동주 **列**國志

《완역 결정본》 東周 列國志

노래가 왕을 쫓아내다

6

솔

● 일러두기

1. 본문의 옮긴이 주는 둥근 괄호로 묶었으며, 한시와 관련된 주는 시 하단에 달았다.
   편집자 주는 원저자 풍몽룡의 오류를 바로잡은 것으로 ―로 표시하였다.
2. 관련 고사, 관직, 등장 인물, 기물, 주요 역사 사실 등은 본문에 ●로 표시하였고, 부록에
   서 자세히 설명하였다.
3. 인명의 경우 춘추 전국 시대 당시의 표기법을 따랐다
   예) 기부忌父 → 기보忌父, 임부林父 → 임보林父, 관지부管至父 → 관지보管至父.
4. '주周 왕실과 주요 제후국 계보도'는 독자의 편의를 위해 각 권마다 해당 시대 부분만을
   수록하였다.
5. '등장 인물'은 각 권에서 등장하는 주요 인물을 다루었으며, 가나다순으로 정리하였다.
6. '연보'의 굵은 글자는 그 당시의 중요한 사건을 말한다.

차례

춘추 전국 시대 도읍 위치도

진晉나라를 중심으로 한 교통

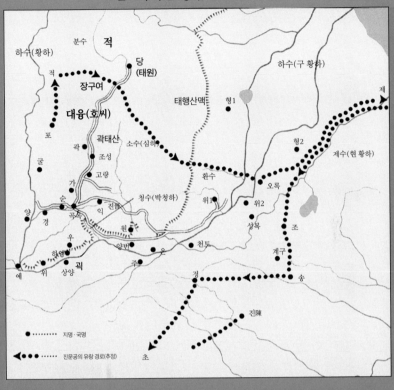

하수(황하) 분수 적
당(태원) 하수(구 황하)
적 장구여 제
대융(호씨) 태행산맥 형1
포 곽태산 소수(심하) 형2
굴 곽 조성 제수(현 황하)
가 고랑 환수 오록
순 청수(박청하) 위1
양 곡옥 익 진陳 위2
경 원 성복 조
우 양번 계구
하양 오 송
예 위 상양 곡 천토 조
정 진陳
초

● ·········· 지명·국명

◀●● ········· 진문공의 유랑 경로(추정)

주요 제후국의 관계

기원전 600~570

중원　진晉° ═══ (진陳, 위衛, 조曹, 거莒, 주邾, 소주小邾, 등滕, 설薛, 기紀, 오吳, 증鄫)

동방　제齊

남방　정鄭　　초楚°

(채蔡 ═══ 신申 ═══ 식息 ═══ 기타 한동제국漢東諸國)

(═══ ‖ 회맹會盟, 부용附庸　═══ 우호　≒ 강화　↔ ↕ 적대　° 패권 국가)

한 아낙의 속옷

원래 공자 귀생歸生과 공자 송宋은 정鄭나라• 귀족이었다. 그들은 모두 경卿의 벼슬에 있었다. 정영공鄭靈公 원년元年이었다. 어느 날 공자 송과 귀생은 다음날 함께 궁으로 들어가서 임금에게 문안을 드리자고 약속했다. 이튿날 그들은 아침 일찍 입궐하는 도중에 서로 만났다. 이때 홀연 공자 송의 식지食指가 저절로 끄떡끄떡 움직였다.

식지란 무엇인가? 손가락 중에 첫째손가락을 무지拇指라 하며, 셋째손가락을 중지中指라 하며, 넷째손가락을 무명지無名指라 하며, 다섯째손가락을 소지小指라 한다. 그러니까 둘째손가락이 식지다. 그럼 왜 둘째손가락을 식지라고 하는가? 음식을 먹을 때엔 반드시 그 손가락을 사용하기 때문이다.

공자 송은 저절로 끄떡끄떡 움직이는 자기 식지를 공자 귀생에게 보였다.

공자 귀생이 묻는다.

"그거 참 이상하다. 늘 그렇게 손가락이 저절로 움직이는가?"

공자 송이 자랑스레 대답한다.

"나 역시 까닭은 모르겠으나 참 신통하단 말이오. 이렇게 식지가 움직이는 날엔 반드시 특이한 음식을 먹게 되지요. 지난날 내가 사신으로 진晉나라에 갔을 때 식지가 이렇게 움직이더니 그날 처음으로 석화어石花魚란 걸 먹었소. 그후 초楚나라에 사신으로 갔을 때도 이렇게 식지가 움직였는데, 그땐 처음으로 천아天鵝 고기를 먹었소. 그리고 그후에도 식지가 움직인 일이 있었는데, 그땐 합환귤合歡橘을 먹었소. 이상한 음식을 먹게 되는 날이면 영락없이 이 손가락이 이렇게 미리 움직이오. 지금까지 한번도 맞지 않은 일이 없었는데 오늘은 무슨 별미를 먹게 되려는지 궁금하구려."

두 사람이 함께 조문朝門으로 들어갔을 때였다.

내시가 나와서 재부宰夫(궁중의 요리사)를 부른다.

공자 송이 내시에게 묻는다.

"네 무슨 일로 재부를 부르느냐?"

내시가 대답한다.

"오늘 새벽에 한 백성이 한강漢江에서 큰 자라 한 마리를 잡아와 상감께 진상했습니다. 그 자라는 무게가 200근이나 됩니다. 상감께선 그 백성에게 상금을 주시고, 자라를 당하堂下에 매어두셨습니다. 그래서 지금 재부에게 그 자라로 국을 끓이게 하려고 부르는 것입니다. 상감께선 자라국을 모든 대부에게도 나눠주겠다고 하셨습니다."

공자 송이 공자 귀생을 돌아보며 자랑한다.

"오늘 별미가 어디 있나 했더니 바로 궁중에 있었구려. 그럼 그렇지! 내 식지가 공연히 움직일 리 있으려고……"

그들은 안으로 들어가서 기둥에 비끄러매둔 큰 자라를 보고 서로 유쾌히 웃었다.

그들은 정영공을 알현하면서도 기쁨을 감추지 못했다.

정영공이 묻는다.

"경들은 오늘 무슨 좋은 일이 있기에 얼굴에 기쁨이 가득한가?"

공자 귀생이 대답한다.

"신들이 궁으로 들어오기 전에 송宋의 식지가 문득 저절로 움직였습니다. 송은 그런 일이 있을 때마다 그날은 꼭 특별한 음식을 먹게 된답니다. 그런데 지금 들어오다가 당하에 큰 자라가 매여 있는 걸 봤습니다. 그래서 아마 오늘은 자라 고기를 맛보게 되나 보다 하고 함께 웃었습니다."

정영공이 장난조로 말한다.

"그게 정말 맞는지 안 맞는지는 과인의 생각 여하에 달려 있을 뿐이다."

두 공자는 대신들 방으로 물러갔다.

공자 귀생이 먼저 말한다.

"별미가 있긴 하지만 상감께서 그대를 부르실지는 모르겠네."

공자 송이 대답한다.

"모든 대신을 청하신다 했는데 어찌 나만 빼놓을 리 있으리오."

그날 점심때였다.

과연 내시가 들어와서 대신들을 내궁으로 들게 했다.

공자 송이 흔연히 일어나 내궁으로 들어가면서 공자 귀생을 돌아보고 장담한다.

"나는 상감이 나를 꼭 부를 줄 알고 있었소."

대신들이 정영공 앞에 다 모였다.

정영공이 말한다.

"자라는 수족水族 중에서도 특히 맛있는 것이라. 과인이 혼자 먹기 뭣해서 경들을 불렀노라."

모든 대신들이 일제히 대답한다.

"주공께서 이런 음식까지 신들과 함께하려 하시니, 신들은 무엇으로 보답하올지 모르겠습니다."

대신들이 자리를 정하고 앉자, 재부宰夫가 요리해온 자라 고기를 들고 들어와 먼저 정영공에게 바쳤다. 정영공이 그 맛을 본즉 참으로 희한했다.

"모든 대신에게 각기 자라국 한 그릇과 상아象牙 젓가락 한 벌씩을 올려라. 그리고 저 아랫자리부터 윗자리로 올라가며 국을 놓아라."

재부가 대신들에게 자라국을 올리다가 아랫자리에서 윗자리까지 수효를 헤아려보더니 아뢴다.

"자라국 한 그릇이 모자라는데 어찌하리까?"

이에 정영공이,

"저 귀생 앞에 갖다놓아라."

하고 큰소리로 웃으면서 공자 송에게 말한다.

"과인이 모든 대신에게 국을 대접하려는데 한 그릇이 부족하다니 그대는 맛을 못 보겠구나. 이러고야 경의 식지가 아무리 저절로 움직인들 무슨 소용이 있으리오."

원래 정영공은 일부러 재부에게 국 한 그릇을 부족하게 하라고 분부했다. 그러고서 공자 송의 식지가 아무 영험이 없다는 걸 말함으로써 그저 한바탕 웃으며 좌중의 분위기를 유쾌하게 만들려고 한 것이다.

그런데 의외의 결과를 초래하고 말았다. 공자 송은 아침부터 공자 귀생에게 자기 식지가 영험하다는 걸 무척 자랑했다. 그런데 문무백관이 다 자라국을 받았건만 유독 자기만 빠지게 되니 무안하기 짝이 없었다.

순간 공자 송은 창피한 생각이 들면서 이내 참을 수 없는 분노로 변했다. 그는 자리에서 벌떡 일어나 급한 걸음으로 가서 정영공 앞에 놓인 자라국에 손가락을 쓱 넣었다. 그가 자라 고기 한 점을 집어내어 마구 씹으면서 대답한다.

"신은 이미 자라 고기를 맛보고 있습니다. 어째서 신의 식지가 영험하지 않다고 하십니까?"

공자 송은 말을 마치자 분연히 밖으로 나가버렸다. 정영공이 상아 젓가락을 집어던지면서 호통을 친다.

"저놈이 감히 어디다 대고 이런 해괴한 짓을 하는가. 어찌 정나라에 저놈 목을 자를 한치 칼이 없겠느냐!"

이에 공자 귀생 등 모든 대신들이 자리에서 일어나 일제히 마룻바닥에 꿇어엎드렸다.

"공자 송은 그저 상감의 지극하신 총애만 믿고, 자기도 상감께서 베푸시는 은덕을 입고자 장난한 것에 불과합니다. 그가 어찌 감히 상감께 무례하게 굴 리 있겠습니까. 상감께선 고정하시고 그를 용서하십시오."

그러나 정영공은 노여움을 풀지 못하고 공자 송을 저주했다.

대신들은 자라국도 먹는 둥 마는 둥 하고서 모두 걱정스런 표정으로 돌아갔다.

그날 공자 귀생은 궁에서 나오는 길로 즉시 공자 송의 집으로 갔다. 그는 오늘 상감이 매우 진노했다는 걸 전하고,

"그러니 내일 일찍이 궁에 들어가서 상감께 사죄하게."
하고 일러줬다.

그러나 공자 송이 발끈 화를 낸다.

"듣건대 남을 업신여기는 자는 반드시 남에게 업신여김을 받는다고 했소. 임금은 자기가 먼저 남을 업신여기고서도, 그래 자책自責할 줄은 모르고 나를 책망합디까?"

"비록 그러할지라도 임금과 신하 사이가 아닌가. 그대가 사죄해야만 하네."

이튿날 두 사람은 함께 궁으로 들어갔다. 공자 송은 대신들의 반열에 끼여 정영공에게 아침 문안을 드렸다.

그러나 공자 송은 아무런 사죄의 말도 하지 않았고, 그 태도엔 황송해하는 기색조차 전혀 없었다.

도리어 공자 귀생이 불안해서 아뢴다.

"송은 전날 상감 앞에서 저지른 자기 죄를 사죄하려고 왔습니다. 그러나 너무 황송하고 황공해서 능히 말을 못하고 있습니다. 그러니 상감께선 그를 너그러이 용서하십시오."

정영공은 거친 목소리로,

"과인이 송에게 죄를 문책당할까 두려울 지경이다. 송이 어찌 과인을 두려워할 리 있겠느냐. 에이, 고약한 놈 같으니라고!"
하고 소매를 떨치고 일어나 안으로 들어가버렸다.

이날 공자 송이 궁에서 나오며 공자 귀생에게 청한다.

"할말이 있으니 오늘 밤에 내 집으로 좀 와주시오."

그날 밤에 공자 귀생은 공자 송의 집으로 갔다. 공자 송은 공자 귀생을 밀실로 안내했다.

"주공은 나를 몹시 미워하고 있소. 아마 나를 죽여버릴 작정인 모양이오. 앉아서 죽음을 기다리느니 차라리 내가 먼저 선수를 써야겠소."

공자 귀생이 자기 귀를 막으면서 대답한다.

"아예 그런 소리 말게. 개도 오래 기른 개는 차마 죽이지 못하는 것인데, 하물며 일국의 임금을 죽이겠다니 어찌 그런 소리를 하는가."

공자 송이 태연히 부탁한다.

"지금 내가 한 말은 농담이오. 그대는 다른 사람에게 절대 누설 마오."

공자 귀생은 피곤하다면서 곧 일어나 자기 집으로 돌아갔다.

공자 송은 원래 공자 귀생이 상감의 동생인 공자 거질去疾과 서로 친하다는 걸 알고 있었다. 공자 귀생과 공자 거질은 자주 왕래가 있었다.

이튿날 공자 송은 궁에 들어가 대부들이 많이 모인 자리에서,

"귀생과 거질은 밤낮 서로 만나는데, 그들이 과연 무엇을 의논하는지 모르겠구려. 장차 사직社稷에 이롭지 못한 일이 일어나지 않을까 두렵소."

하고 말했다.

곁에서 이 말을 듣고 공자 귀생은 얼굴이 흙빛으로 변했다. 그는 황급히 공자 송의 소매를 끌어당겨 조용한 곳으로 데리고 갔다.

"그래, 그대는 생사람을 잡을 생각인가? 그게 무슨 말인가. 나와 무슨 원수가 졌나?"

공자 송이 아무렇지도 않게 대답한다.

"그대는 나에게 협력하지 않을 사람이오. 그러니 그대를 나보다 하루라도 먼저 저 세상으로 보내버리는 수밖에 없소."

공자 귀생은 원래 심성이 약한 사람이었다. 그는 공자 송의 공
갈 협박을 받고 어쩔 줄을 몰라 했다. 그는 모든 것이 무서웠다.

"나보고 어쩌란 건가?"

공자 송이 대답한다.

"지금 임금이 얼마나 무도한가는 자라국 나누는 것만 봐도 알
수 있지 않소? 그대가 나를 도와 일을 성취하게만 해준다면, 내 그
대와 함께 공자 거질을 임금으로 삼고 진晉나라와 친선해서 우리
정나라를 안전하게 하겠소."

공자 귀생이 더듬거리며 겨우 말한다.

"난 만사를 그대에게 맡기네. 그대를 위해서 이 일을 결코 누설
하진 않겠네."

이에 공자 송은 자기 직속 장정壯丁들을 모았다.

그후 정영공은 가을 제사를 올리려고 태묘太廟에 나아가 재실
齋室에서 잤다. 이때 공자 송은 재실 밖에서 정영공을 모시고 호
위하는 좌우 사람들에게 많은 뇌물을 주고 그들을 매수한 후였다.

그날 밤중에 괴한들은 무거운 흙가마니를 메고 재실로 들어가
서 누워자는 정영공을 내리눌러 죽였다.

정영공은 다친 데 하나 없이 멀쩡하게 죽었다.

재실 밖에서 시위하던 사람들은 필시 잡귀가 와서 정영공의 목
숨을 빼앗아간 것이 틀림없다고 소문을 퍼뜨렸다. 공자 귀생은 그
것이 다 공자 송의 소행이란 걸 알았으나 입 밖에 내어 말하지 않
았다.

공자孔子는 그의 저서인 『춘추春秋』에서 이 일을 다음과 같이
논술하고 있다.

정나라 귀생歸生이 그 임금 이夷(정영공의 이름)를 죽였도다.
鄭公子歸生弑其君夷

곧 공자孔子는 공자 송에 대해서는 언급하지 않고, 임금을 죽인 죄를 오로지 공자 귀생에게 돌렸다. 어째서 공자는 이런 판단을 내렸을까? 그 당시 정나라의 정권을 잡은 자는 바로 공자 귀생이었다. 그런데 집권자인 공자 귀생은 공자 송의 협박에 겁이 나서 마침내 임금을 죽이도록 도왔다. 공자孔子는 모든 집권자에게 그만큼 책임이 무겁다는 것을 알리기 위해서 임금을 죽인 죄를 오로지 공자 귀생에게 돌린 것이다. 성인聖人의 말씀이 이와 같으니, 벼슬 사는 사람이라면 어찌 조심하지 않을 수 있으리오.

이튿날 공자 귀생과 공자 송은 서로 의논하고 공자 거질을 임금 자리에 모시기로 했다.

그러나 이 말을 듣고서 당사자인 공자 거질이 크게 놀라 극구 사양한다.

"내가 임금이 된다는 건 천부당만부당한 일이오. 덕 있는 사람이 임금이 돼야 한다면 나는 우선 그만한 덕이 없으며, 나이 많은 어른을 임금으로 모셔야 한다면 나에겐 형님뻘 되시는 공자 견堅이 계시오. 난 죽으면 죽었지 서열을 무시하고 임금이 될 순 없소."

이에 그들은 공자 견을 임금으로 올려모셨다. 그가 바로 정양공 鄭襄公이다.

원래 정목공鄭穆公에게는 아들이 열셋이나 있었다. 첫째아들 정영공 이夷는 이미 말한 바와 같이 피살됐고, 둘째아들 정양공 견堅은 임금 자리에 올랐고, 그 밑으로 공자 거질去疾, 공자 희喜, 공자 비騑, 공자 발發, 공자 가嘉, 공자 언偃, 공자 서舒, 공자 풍

豊, 공자 우羽, 공자 연然, 공자 지志 등 열한 명이 있었다.

정양공은 임금이 된 후로 동생들의 세력이 큰 것을 시기했다. 그는 열한 명의 동생들이 혹 변란이라도 일으키지나 않을까 하고 두려워했다. 정양공은 바로 아래 동생인 공자 거질을 불러 이 일을 상의했다.

"너만 나를 도와준다면, 나는 나머지 동생들을 다 국외로 추방해버리겠다."

공자 거질이 대답한다.

"선군께서 꿈에 난초를 보신 것이 바로 형님을 낳게 된 태몽이었다고 합니다. 그때 복관卜官이 점을 쳐보고서, '이번에 태어나시는 아드님은 반드시 이 나라를 번영하게 하실 것입니다' 하고 해몽했다고 합니다. 우리 형제는 다 공족公族이 아닙니까. 상감이 근본이라면 우리 동생들은 가지와 잎과 같습니다. 가지와 잎이 무성해야만 근본도 번영합니다. 만일 가지와 잎을 쳐버리면 근본도 머지않아서 말라버립니다. 상감께선 많은 동생들을 다 용납해주십시오. 만일 동생들을 버리신다면 저도 그들과 함께 이 나라를 떠나겠습니다. 어찌 저 혼자만 이곳에 남아 있을 수 있으며, 또 다음날 무슨 면목으로 지하에 가서 선군을 뵙겠습니까?"

정양공은 공자 거질의 말에 깊이 감동하고 깨달은 바 있어서 동생 열한 명에게 전부 대부 벼슬을 줬다. 이리하여 열한 명의 공자가 다 나랏일에 참여했다.

그후 공자 송은 사자使者를 진晉나라로 보내어 변함없이 정나라를 보호해달라고 청하는 동시에 충성을 맹세했다. 이때가 바로 주정왕周定王 2년이었다. 그 이듬해를 정양공 원년으로 삼았다.

그해에 초장왕楚莊王*은 공자 영제嬰齊*를 시켜 정나라를 치게 했다.

18

공자 영제는 군사를 거느리고 정나라로 쳐들어가서 정나라 군사들을 매우 꾸짖었다.

"너희는 어찌하여 임금을 죽였느냐? 우리는 신용 없고 지조 없는 정나라의 버릇을 고쳐주려고 왔다."

그러나 정나라는 이미 진晉나라에 사자를 보내어 구원을 청한 후였다.

이윽고 진晉나라에서 순림보荀林父가 군사를 거느리고 정나라를 구원하러 왔다. 이에 초군은 정나라를 떠나 진陳나라를 치러 갔다.

진晉나라의 도움으로 위기를 면한 정양공은 그후 흑양黑壤이란 곳에서 진성공晉成公과 회견하고 서로 동맹을 맺었다. 곧 정양공은 진성공에게 감사하고 충성을 맹세했다.

주정왕 3년에 진晉나라 상경上卿인 조돈趙盾이 병들어 죽었다. 이에 극결郤缺이 조돈의 후임으로 중군 원수가 됐다.

이때는 진陳나라가 초군의 공격에 견딜 수 없어 초나라와 서로 강화하고 우호 조약을 맺은 뒤였다. 이에 진성공은 극결의 계책에 따라 순림보와 함께 송宋·위衛·정鄭·조曹 네 나라 연합군을 일으켜 초나라에 붙은 진陳나라를 치러 갔다.

그러나 도중에서 진성공은 병을 얻어 세상을 떠났다. 이에 진晉나라 연합군은 진陳나라 정벌을 파의罷議하고 각기 본국으로 돌아갔다.

진성공의 시체는 본국으로 돌아오고, 세자 유獳가 임금이 됐으니 그가 바로 진경공晉景公이다.

그해에 초장왕은 친히 대군을 거느리고 유분柳棼이란 곳에서 정나라를 쳤다. 초장왕은 배신한 정나라를 싹 무찔러버릴 작정이었다. 그러나 이번에도 진晉나라 극결이 군사를 거느리고 와서 정나라를 위해 초군과 싸웠다. 마침내 초장왕은 싸움에 패하여 돌아갔다.

정나라는 두 번이나 와서 도와준 진군晉軍을 잘 대접했고, 백성들은 거리마다 몰려나와 진군에게 환호성을 보냈다. 이렇게 정나라 사람이 다 기뻐하건만, 공자 거질만은 걱정스러워하는 기색이 역력했다.

정양공이 묻는다.

"그대는 어째서 얼굴에 수심이 가득한가?"

공자 거질이 대답한다.

"진군晉軍이 우리를 위해 초군을 물리쳤으나, 이번 싸움은 우연히 이긴 것입니다. 초나라는 반드시 또 우리 나라를 치러 올 것입니다. 우리 정나라는 언제까지나 진晉나라만 믿고 살 순 없으니, 장차 나랏일이 낭패로소이다."

아니나 다를까, 그 다음해에 초장왕은 또다시 대군을 거느리고 정나라로 쳐들어와 영수潁水 북쪽에 진을 세웠다.

이때 정나라에선 이미 공자 귀생歸生이 죽은 후였다. 공자 거질은 초군이 영수 북쪽까지 쳐들어왔다는 보고를 듣고 즉시 나졸들을 보내어 공자 송宋을 잡아들였다.

공자 거질이 추상같이 호령한다.

"네 이놈! 네 죄를 알겠지? 임금을 죽인 놈이 어찌 살기를 바라겠느냐!"

붙들려온 공자 송은 천만 뜻밖에도 공자 거질의 입에서 지난날의 자기 비밀이 튀어나오는 데 당황했다. 공자 거질의 눈짓 한 번으로 좌우에 늘어선 나졸들이 일시에 칼을 뽑아 공자 송을 찔러죽였다. 마침내 공자 송은 구구한 답변 한 번 못하고 죽었다.

공자 거질은 공자 송의 시체를 장바닥에 내다가 백성들에게 구경시키는 한편, 공자 귀생의 무덤을 파서 관을 부수고 시체를 칼로 끊고 그 자손들을 모조리 국외로 추방했다. 그제야 정양공은 영수 북쪽에 와 있는 초군 진영으로 사자를 보냈다.

정나라 사자가 초장왕에게 아뢴다.

"우리 상감께선 역신逆臣 귀생과 송을 다 죽여 없앴습니다. 그리고 지금 진陳나라 군후처럼 귀국과 더불어 동맹하고자 원하십니다."

초장왕은 즉시 정나라 청을 허락했다. 이에 초장왕은 장차 진陳나라 땅 진릉辰陵에서 진陳·정鄭 두 나라 임금을 불러 맹회盟會를 열고 동맹을 맺을 작정으로 우선 진나라로 사자를 보냈다.

그런데 진나라로 갔던 사자가 돌아와서 천만 뜻밖의 소식을 전했다.

"진나라 진영공陳靈公이 대부 하징서夏徵舒*에게 피살됐습니다. 진나라는 지금 정신을 못 차리고 야단들입니다."

옛사람이 시로써 진나라 사건을 증명한 것이 있다.

주나라가 도읍을 동쪽으로 옮긴 이후로 천하는 너무도 어지러워
모든 나라가 제각기 임금을 죽이기에 편안할 날이 없었도다.
요성妖星이 북두北斗로 들어 삼국에 비극을 일으키니
이번엔 진후陳侯가 신하에게 피살됐도다.
周室東遷世亂離
紛紛篡弑歲無虛

妖星入斗徵三國
又報陳侯遇夏舒

진영공의 이름은 평국平國이니, 그는 진공공陳共公의 아들로 주경왕周頃王 6년에 임금 자리에 올랐다.

진영공은 임금이 된 후로 나랏일은 전혀 다스리지 않고 밤낮 주색잡기酒色雜技로 세월을 보냈다. 그는 위인이 경조부박輕佻浮薄하고 게을러빠져서 조금도 임금다운 데가 없었다.

이때 진영공의 총애를 받는 신하 중에 공영孔寧과 의행보儀行父라는 두 대부가 있었다. 그들은 임금에게 주색잡기를 권하는 간신들이었다.

이리하여 한 임금과 두 신하는 서로 뜻이 맞고 생각이 같아서 남의 이목도 가리지 않고 갖은 추행을 저질렀다.

이때 조정에 한 어진 신하가 있었는데, 그의 이름은 설야泄冶였다. 설야는 워낙 충직해서 늘 임금에게 간했다. 그래서 진영공과 두 간신은 설야를 매우 싫어했다.

여기에다 또 한 대부가 있었다. 그의 이름은 하어숙夏御叔이었다. 원래 하어숙의 아버지는 공자 소서少西이며, 공자 소서의 아버지는 진정공陳定公이었다. 그러므로 하어숙은 진陳나라 공족公族의 자손으로 집안이 대대로 사마 벼슬을 살았다.

하어숙은 주림株林이란 곳을 식읍으로 받았다. 그후 그는 정나라 정목공의 딸을 아내로 맞이했다. 그녀가 바로 하희夏姬*다. 하희는 눈이 살구꽃 같고 뺨은 복숭아꽃이 활짝 핀 것처럼 아름다웠다. 그녀는 여희驪姬나 식규息嬀 같은 절세미인이었고, 겸하여 달기妲己와 문강文姜처럼 요염하고 음탕한 여자였다. 누구나 하희를 한번 보기만 하면 전부 다 넋을 잃었다.

하희에겐 일찍이 기이한 일이 있었다. 그러니까 하희가 열다섯 살 때였다. 어느 날 밤에 그녀는 꿈을 꿨다. 꿈에 씩씩한 장부 하나가 성관星冠을 쓰고 우복羽服을 입고 나타나 자칭 상계上界의 하늘 신선이라고 했다. 그래서 그녀는 그 풍채 좋고 씩씩한 사나이와 교정交情했다. 그 사나이는 하희에게 남자의 정액을 빨아들이는 법과 남자의 기운을 흡수하는 법을 가르쳐줬다. 그 꿈에서 깨어난 이후로 그녀의 성적 기교는 대단했다. 그녀는 교정할 때마다 남자의 양기陽氣를 충분히 흡수해서 그걸로 자기의 음陰을 보충했다. 그래서 늙어갈수록 도리어 젊어졌다. 그녀는 이러한 성교 비법을 소녀채전지술素女採戰之術이라고 불렀다.

하희가 아직 출가하지 않고 정나라에 있었을 때 일이다. 그녀는 정영공의 서형庶兄인 공자 만蠻과 깊은 관계를 맺고 있었다. 공자 만은 여동생뻘 되는 하희와 상간相姦해온 지 3년 만에 기운을 잃고 요절했다.

그후 하희는 진陳나라 하어숙의 아내가 되어 아들 하나를 낳았다. 그 아이의 이름이 하징서夏徵舒였다. 하징서가 열두 살 되던 해에 그의 아버지 하어숙도 기운이 빠져서 죽었다.

하희는 과부가 된 후로도 가끔 서방질을 했다. 아들 하징서는 성안에 머무르며 스승에게 글공부를 했다. 하희만 주림株林 땅으로 물러가서 살고 있었다.

원래 공영과 의행보는 전날 하어숙과 궁중에서 함께 벼슬을 살았기 때문에 세 사람이 다 서로 친한 사이였다. 그래서 공영과 의행보는 하어숙의 집에 여러 번 놀러 간 일이 있었다. 그들은 갈 때마다 하희의 아름다운 자색을 몰래 엿보곤 했다. 그러던 차에 하어숙이 죽자 공영과 의행보는 과부가 된 하희를 각기 유혹하기로 결심했다.

이때 하희의 시녀로 하화荷華라는 계집이 있었다. 시녀 하화는 매사에 눈치가 빠르고 영리했으며, 마님 하희를 위해서 남자를 끌어들이는 데 이골이 난 여자였다.

어느 날 공영은 친구의 아들인 하징서를 데리고 교외에 나가서 사냥을 했다.

"여기서 너의 어머니가 계시는 곳이 멀지 않으니 내가 너를 데려다주마."

이리하여 공영은 하징서를 데리고 주림으로 갔다. 마침내 공영은 하희의 집에서 그날 밤을 묵게 됐다.

물론 공영은 애초부터 간절한 생각이 있어서 간 것이었다. 그는 저녁 밥상을 들고 나온 하화에게 좋은 귀고리 한 쌍을 줬다. 그리고 자기를 마님에게 천거해달라고 간곡히 부탁했다.

그날 밤에 공영은 하화의 안내를 받아 내실로 들어갔다. 드디어 그는 하희와 동침했다. 새벽이 되자 공영은 하희가 벗어놓은 비단 속옷을 몰래 훔쳐 나왔다.

공영은 도성으로 돌아가자 하희의 비단 속옷을 의행보에게 내보이고 자랑했다. 의행보는 그걸 보고 부러워서 입맛만 다셨다.

어느 날이었다. 이번엔 주림 땅에 의행보가 나타났다. 의행보는 하화에게 많은 뇌물을 주고 자기가 온 뜻을 말했다.

지난날에 하희는 의행보를 유심히 봐둔 일이 있었다. 왜냐하면 의행보는 몸집이 장대하고 특히 코가 컸기 때문이다. 그래서 하희는 이미 그를 마음에 두고 있던 참이었다. 그러던 차에 하화가 들어와서 의행보의 뜻을 전했다. 그날 밤에 하희는 의행보를 자기

방으로 데리고 오도록 하화에게 분부했다.

의행보는 많은 강장제를 먹고 왔다. 그날 밤에 그는 하희에게 잘 보이려고 갖은 기교를 다 부렸다. 그래서 하희는 공영보다 몇 배나 더 의행보를 사랑했다.

일을 마치고 의행보가 하희와 나란히 누워서 청한다.

"공영에겐 비단 속옷을 주셨더군요. 나에게도 한 가지 기념품을 주기 바라오. 그래야만 나도 차별 없는 사랑을 받은 셈이 되겠소."

하희가 웃으며,

"그 비단 속옷은 공대부孔大夫가 몰래 훔쳐간 것이오. 첩이 그에게 준 것은 아닙니다."

하고 다시 의행보의 귀에다 입을 대고 속삭인다.

"비록 잠자리를 함께한 사람일지라도 어찌 그에 대한 차별이 없을 수 있겠소."

하희는 일어나 장롱에서 특별히 좋은 벽라碧羅 저고리를 내어 의행보에게 줬다. 의행보는 기뻐서 어쩔 줄을 몰라 했다.

이런 후로 의행보는 하희에게 자주 갔다. 따라서 하희와 공영의 사이는 자연 멀어졌다.

옛 시에 이런 음탕한 일을 증명한 것이 있다.

　　정나라의 음탕한 풍속이여
　　옛 어진 임금의 교화는 간곳없도다.
　　남자와 여자는 막 놀아나서
　　모두가 밤낮을 가리지 않는도다.
　　그들은 담을 넘고
　　서로 수단을 가리지 않는다.

갈대밭에서 맺은 사랑이여
이젠 들에도 풀이 우거졌으니 놀기 좋도다.
치마를 벗기란 어렵지 않건만
수레는 어디로 떠나갔는가.
내 그 남자를 생각함이여
사랑만이 세월을 잊게 하도다.
비바람이 치는 한밤중에도
그들은 교묘히 만나는도다.
남이 눈치챌까 봐 이 핑계 저 핑계 곧잘 대지만
정도가 지나치면 어찌 풍파가 없겠는가.
꼬리가 길면 밟히는 법이거니
옳지 못한 사랑이 얼마나 오래가랴.

鄭風何其淫
桓武化己渺
士女競私奔
里巷失昏曉
仲子牆欲踰
子充性偏狡
東門憶茹蘆
野外生蔓草
褰裳望匪遙
駕車去何杳
靑衿縈我心
瓊琚破人老
風雨雞鳴時

相會密以巧
揚言流束薪
讒言莫相攪
慴氣多感人
安能自美好

　지난날은 공영이 의행보에게 하희의 비단 속옷을 자랑했지만,
이젠 의행보가 공영에게 하희의 벽라 저고리를 자랑했다. 공영은
남몰래 하화를 찾아가서 그 사실 여부를 물어봤다. 그는 하화로부
터 하희와 의행보가 이미 깊은 사랑에 빠져 있다는 얘기를 들었다.

　공영은 질투를 느꼈으나 그들의 사이를 떼놓을 만한 묘한 계책
이 없었다. 그는 며칠 동안 궁리한 끝에 드디어 한 가지 계책을 생
각해냈다.

　진영공은 원래 천성이 음탕한 사람이었다. 그는 오래 전부터 하
희가 미인이란 말을 듣고 그후에도 간혹 그녀에 대해 묻곤 했다.
진영공은 속으론 하희를 매우 사모했으나, 임금의 체면상 혼자서
어찌해볼 도리가 없었다.

　이 눈치를 알아챈 공영은 임금과 하희 사이를 붙여주기로 마음
먹었다.

　공영이 속으로 중얼거린다.

　'그렇게만 해주면 상감은 반드시 나에게 감사할 것이다. 더구
나 상감은 의서醫書에서 말하는 호취狐臭가 있어 겨드랑이에서
노린내가 몹시 난다. 하희가 그 냄새를 좋아할 리 없다. 그러니 의
행보와 하희 사이는 멀어질 것이다. 우선 이렇게 그들의 사이를
떼어놓고 나서 서서히 기회를 노리기로 하자.'

어느 날 공영은 단독으로 진영공을 뵈옵고, 이런 이야기 저런 이야기를 하다가 슬며시 하희가 천하절색이란 말을 꺼냈다.

진영공이 탄식한다.

"과인도 하희가 절색이란 말은 오래 전부터 들어서 알고 있네. 그러나 여자 나이로 마흔이 가깝다면 무슨 매력이 있겠는가? 시든 도화가 어찌 그 어여쁜 빛을 회복할 수 있으리오."

"아닙니다. 하희는 특히 방사房事하는 법을 잘 알고 있습니다. 그래서 그녀는 갈수록 신록新綠처럼 젊어만 갑니다. 누가 보아도 17, 8세 가량의 처녀로 알 것입니다. 또 그녀는 남자와 교접交接하는 방법이 보통 여자와 전혀 다릅니다. 주공께선 한번 시험해보지 않으시렵니까? 저절로 넋이 녹아내릴 것입니다."

이 말을 듣자 진영공은 자기도 모르는 중에 음탕한 불길이 솟아올랐다. 진영공이 뺨이 빨개져서는 공영에게 부탁한다.

"경은 어떠한 계책을 써서든지 과인과 하희를 만나게 해다오. 결코 그대의 은혜를 잊지 않음세."

공영이 아뢴다.

"하씨夏氏는 늘 주림株林에 있습니다. 그곳은 대나무가 무성해서 가히 놀기에 좋은 곳입니다. 내일 아침 일찍이 주공께서는 주림으로 행차하신다고 영을 내리십시오. 하씨는 필시 음식을 장만하고 주공을 영접할 것입니다. 하씨에겐 하화라는 시비侍婢가 있습니다. 그 시비는 남녀 정사를 붙이는 데 능란합니다. 신이 미리 하화에게 통지하여 이번 일에 착오가 없도록 당부하겠습니다."

진영공이 웃으며 거듭 부탁한다.

"그저 경만 믿노니 알아서 잘 조처하라."

이튿날 아침에 진영공은 수레에 말을 매게 하고 미복微服으로 주림 땅을 향해 떠났다. 이날 진영공은 공영만 데리고 갔다.

공영은 이미 하희에게 서신을 보내어 만반의 준비를 하게 하고 하화에게도 쪽지를 보냈다.

원래 남자라면 사족을 못 쓰는 하희는 공영의 서신을 받고 즉시 모든 준비를 했다.

진영공은 하희에 대한 생각으로 가득했다. 그가 주림 땅을 구경한다는 건 명목뿐이었다. 진영공은 산수山水엔 전혀 뜻이 없었고 오로지 하희를 자기 품속에 끌어넣을 일만 공상했다.

진영공이 하희의 집에 당도하자 하희는 예복을 입고 나와서 임금을 영접했다. 하희가 진영공을 청당廳堂으로 안내하고 날듯이 배알拜謁한다.

"첩의 자식 하징서는 도성에서 스승을 두고 글공부를 하기 때문에 오늘 상감의 행차를 영접하지 못했습니다."

하희의 목소리는 신록 속에서 꾀꼬리가 노래하는 듯했다. 진영공은 유심히 하희를 굽어봤다. 그 모습은 참으로 하늘 선녀요, 인간 세상의 여자는 아니었다. 육궁六宮의 비빈妃嬪들이 허다하지만 그는 하희와 견줄 만한 인물을 본 일이 없었다.

진영공이 말한다.

"과인은 우연히 이곳에 놀러 왔다가 잠시 들른 것이니 괴이하게 생각지 마라."

하희가 옷깃을 여미며 대답한다.

"상감께서 하림下臨하시매 첩의 집은 영광이 넘치나이다. 첩이 술과 안주를 장만했사온데 어찌 그냥 가실 수 있습니까."

"이미 음식을 장만했다 하니 무정스레 물리칠 수야 없구나. 그러나 까다롭게 예의를 갖추어 자리를 마련할 필요는 없다. 내 듣건대 존부尊府의 후원과 정자가 깊숙하고 아름답다 하니 한번 구경이나 시켜주기 바란다. 이왕이면 주인의 성찬을 그곳에서 먹는 것도 좋으리라."

"남편이 세상을 떠난 이후로 오랫동안 후원을 소제하지 않아서 상감을 그곳으로 모시기가 죄송스럽습니다. 그러니 첩은 미리 상감의 양해를 받아야겠습니다."

하희의 대답하는 품이 몹시 은근했다. 그래서 진영공은 속으로 더욱 그녀를 사랑했다.

"주인은 거추장스러운 예복일랑 벗어버리고 과인을 위해서 후원으로 안내하여라."

이에 하희는 예복을 벗어버리고 살결이 은은히 내다뵈는 얇은 비단옷으로 갈아입었다. 아름답고 우아한 그녀의 자태는 달 아래 배꽃 같고 설중매雪中梅의 꽃술 같아, 보는 사람은 그저 황홀하기만 했다.

하희는 앞장서서 진영공을 후원으로 안내했다.

후원은 비록 크진 않으나 높은 소나무와 잣나무와 기이한 바위와 아름다운 꽃이 가득했다. 또 연못 한쪽엔 꽃 같은 정자가 여러 채 있었다. 그중 처마가 높고 붉은 난간과 수놓은 장막이 드리워져 있는 정자는 보기에 매우 상쾌했다. 그곳이 바로 손님이 오면 잔치를 하는 곳이었다. 좌우엔 각기 상방廂房이 있고, 그 뒤엔 여러 층의 곡방曲房이 있고, 복도를 따라 이리저리 돌아들어가면 내방內房 침소로 통했다.

또 후원엔 마구간이 있어 말을 길렀고, 후원 서쪽 공지空地엔 활 쏘는 기구가 전부 갖춰져 있었다.

진영공이 후원을 한바퀴 다 둘러보았을 때엔 이미 정자에 잔칫

상이 차려진 뒤였다.

하희가 술병을 들고 자리를 정해 앉는다. 진영공이 자기 곁에 와서 앉기를 권하나, 하희는 사양하며 감히 가까이 가지 못했다.

"주인은 어찌 내 곁에 앉지 못하리오. 그럼 공영은 내 오른편에 앉고 주인은 내 왼편에 앉아라. 오늘은 임금과 신하의 예법을 파탈하고 다만 유쾌히 놀지로다."

술을 마시는 동안 진영공의 시선은 잠시도 하희에게서 떠나지 않았다. 하희 또한 진영공에게 자주 추파를 보냈다.

진영공은 취해오르는 술기운과 더불어 욕정을 참을 수 없었다. 공영은 곁에서 눈치를 보아가며 양쪽 기분을 맞춰주었다.

술잔을 거듭하는 동안에 어느덧 해가 서산으로 넘어갔다. 이에 그들은 촛불을 밝히고 잔을 씻은 후 다시 술을 마셨다.

마침내 몹시 취한 진영공은 자리에 쓰러져 코를 골기 시작했다. 공영이 하희에게 말한다.

"주공께서 오랫동안 그대를 사모하다가 오늘 이곳까지 오셨음이라. 그대는 주공을 모시는 데 소홀함이 없게 하라."

하희는 그저 미소만 지을 뿐 대답하지 않았다.

이에 공영은 밖으로 나가서 따라온 어자御子들에게 잘 곳을 마련해줬다. 그리고 그는 객사客舍로 들어갔다.

한편 하희는 비단 이불과 수놓은 베개를 정자로 내보냈다. 그녀는 향탕香湯에 들어가서 목욕하고 다시 몸을 단장했다.

정자에선 하화가 곯아떨어진 진영공을 모시고 앉아 있었다. 잠시 후 진영공이 잠에서 깨어나 묻는다.

"너는 누구냐?"

하화가 꿇어앉아 대답한다.

"천비는 하화라 하옵니다. 마님의 분부를 받고 상감을 모시고 있는 중입니다."

하화는 술 깨는 데 특효가 있는 매탕梅湯을 바쳤다.

진영공이 묻는다.

"이 매탕은 누가 만들었느냐?"

"천비賤婢가 만들었나이다."

"네 능히 매탕을 만들 줄 아니 과인을 위해서 중매도 하여라."

하화가 일부러 아무것도 모르는 체하면서 대답한다.

"천비가 비록 중매하는 데엔 익숙하지 못하나 그저 주선하러 분주히 돌아다닐 줄은 압니다. 그런데 상감께선 어떤 사람을 생각하고 계십니까?"

"과인은 이 집 주인 때문에 마음이 산란하다. 네 능히 나를 위해 힘써주면 마땅히 그 은공을 잊지 않으마."

하화가 천연스럽게 대답한다.

"이 집 마님은 과부이신지라 상감껜 합당치 않을까 두렵소이다. 그래도 상감께서 길이 버리지 않으시겠다면 천비가 지금 곧 마님 있는 곳으로 모시겠습니다."

진영공은 무척 기뻐하며 일어섰다. 하화가 청사초롱에 불을 밝히고 앞장서서 안내한다. 긴 복도를 이리저리 굽이굽이 돌아가자 바로 내실內室이 나타났다.

하희는 등불을 밝히고 마치 누구를 기다리는 듯이 혼자 앉아 있다가, 발자국 소리를 듣고 누구냐고 물으려는데 문이 먼저 열렸다.

진영공이 방 안으로 들어왔다. 하화는 방 밖에서 문을 닫아주고 가버렸다.

진영공은 여러 말 할 것 없이 하희를 덥석 끌어안고 방장房帳

속으로 들어갔다. 그리고 그들은 옷을 벗었다. 진영공은 하희의 살이 어찌나 부드러운지 황홀했다. 더구나 놀라운 것은 교접을 하는데 하희의 음부가 완연히 처녀나 다름없었다.

진영공이 감탄한다.

"과부의 몸으로 어찌 이다지도 처녀 같으냐?"

하희가 대답한다.

"첩은 속으로 빨아들이는 법을 알고 있기 때문에, 비록 해산解産한 후에도 사흘만 지나면 전처럼 충실해집니다."

진영공이 연신 감탄한다.

"과인이 천상天上 선녀를 만났다 해도 이보다 낫지는 못하리라."

진영공의 성기는 공영, 의행보 두 사람 것만 못했다. 게다가 겨드랑이에서는 노린내가 몹시 났다. 그러니 한 가지도 취할 바가 없었다. 그러나 그는 한 나라의 임금이었다. 원래 부녀자란 세력과 이익을 좋아하는 법이다. 그러므로 잠자리에서 감히 짜증을 내거나 싫은 내색을 할 순 없었다. 하희는 가지가지 몸짓으로 진영공을 만족시켰다. 진영공은 천추에 보기 드문 기이한 인연을 만났다고 감격하면서 깊이 잠들었다.

사방에서 새벽닭이 울자 하희가 진영공을 깨웠다.

진영공이 하희에게 묻는다.

"과인이 그대와 관계하고 나니 육궁六宮에 있는 비빈들은 다 썩은 지푸라기 같도다. 한데 그대가 참으로 과인을 사랑하는지 궁금하구나."

이 말을 듣자 하희는 생각했다.

'내가 공영, 의행보 두 사람과도 이미 관계가 있었다는 걸 임금

은 알고 있구나.'

그래서 하희가 솔직히 대답한다.

"친첩이 어찌 상감을 속이리까. 지난날 남편이 세상을 떠난 후로 자제하기 힘들어 결국 다른 사람과도 관계가 없지 않았습니다. 그러나 이제 상감을 모신 몸이니 앞으로는 다른 사람과의 관계를 일체 끊겠습니다. 어찌 다시 두 마음을 품어 스스로 죄를 짓겠습니까."

진영공이 흔연히 다시 묻는다.

"사랑하는 그대는 지난날 관계했던 남자를 과인에게 다 말하여라. 굳이 숨길 필요는 없다."

하희가 대답한다.

"공영, 의행보 두 대부가 첩의 자식을 여러모로 돌봐주어 고마운 마음에 결국은 관계를 맺은 일이 있습니다. 이 두 사람밖에는 없습니다."

진영공이 유쾌히 웃는다.

"그러면 그렇지. 공영과 의행보가 그대의 교접하는 법이 매우 묘하다는 걸 여러 번 이야기하기에 내 이상하다고 생각했지! 그들이 친히 경험하지 못했다면 어찌 그렇게 소상히 알 수 있었으리오."

"이는 다 지난날의 죄로소이다. 너그럽게 용서하십시오."

진영공이 연방 웃으며 말한다.

"공영은 과인에게 그대를 천거해준 사람이다. 과인은 지금 그의 공로에 감격하고 있다. 그대는 조금도 의심하지 마라. 다만 과인은 늘 그대와 서로 만나고 애정이 끊어지지 않기를 원할 뿐이다. 그외는 그대 하고 싶은 대로 하라. 그대를 속박하지는 않으리라."

"상감께서 첩을 사랑하시고 오시는데야 어찌 서로 못 만날 리 있겠습니까."

이윽고 진영공은 자리에서 일어났다.

하희가 자기 한삼汗衫을 벗어 진영공에게 입혀주며 말한다.

"주공께서는 이 한삼을 보실 때마다 첩을 생각하소서."

하화가 청사초롱에 불을 밝히고 와서 진영공을 모시고 다시 복도를 꼬불꼬불 돌아 정자로 나갔다.

날이 밝자 청당엔 이미 아침 준비가 되어 있었다.

공영은 어자와 시종배를 거느리고 들어와서 진영공에게 아침 문안을 드렸다.

이윽고 하희가 나와서 진영공에게 청당으로 오르시기를 청한다. 포인庖人들은 수라상을 올리고, 어자와 시종배에게도 술과 음식을 내보내어 배불리 먹였다.

아침 식사가 끝나자 공영은 진영공을 수레에 모시고 궁성으로 돌아갔다.

문무백관들은 임금이 바깥에서 자고 들어온 걸 다 알고 있었다. 그들이 진영공에게 문안을 드리려는데 내궁에서 사람이 나와,

"오늘은 조회를 그만둔다는 분부이시오."

하고 전했다.

의행보가 돌아서려는 공영의 소매를 붙들고 묻는다.

"상감께서는 간밤에 어디서 주무셨는가?"

공영은 숨기지 않고 사실대로 대답했다.

의행보는 공영이 상감에게 하희를 추천한 것을 알고는 발을 구르며 분해했다.

"그런 좋은 인정을 쓰려면 내게 사양하지 않고 어찌 그대 혼자만 생색을 냈는가?"

"상감께서 이번에 아주 반해버렸으니, 이다음은 그대가 인정을 써서 생색을 내게."

이에 두 사람은 한바탕 웃고 헤어졌다.

이튿날 이른 아침이었다. 진영공은 조례를 마치고 신하들을 돌려보낸 후 공영만 어전으로 불러앉히고,

"과인에게 하희를 천거해준 경의 공로에 감사하네."

하고 또 의행보를 불렀다.

"그렇듯 좋은 일을 그대는 왜 일찍이 과인에게 아뢰지 않고, 그래 그대들 두 사람만 먼저 재미를 봤느냐? 그건 임금을 섬기는 도리가 아니다."

공영과 의행보가 약속이라도 한 듯이 일제히 시침을 뗀다.

"신들은 전혀 그런 일이 없었습니다."

"그 미인이 친히 나에게 그러던데 그래. 그대들은 굳이 과인을 속이지 마라."

그제야 공영이 대답한다.

"말하자면, 음식이 있으면 임금을 위해서 신하가 먼저 맛을 보며 아비를 위해선 자식이 먼저 맛을 보는 것과 같습니다. 맛이 없으면 감히 임금께 권하지 못합니다."

진영공이 크게 웃으면서 대꾸한다.

"그렇지 않다. 그것만은 마치 곰의 발바닥과 같아서 임금이 먼저 핥아도 무방하니라."

이 말에 공영과 의행보도 함께 웃었다.

진영공은 계속 웃으면서,

"그대들이 비록 그녀와 관계가 있다지만, 그녀는 나에게 특히 좋은 선물까지 하였노라."

하고 겉옷을 치키고 속에 입은 한삼 자락을 내보이며 자랑했다.

"바로 이것이 그 미인이 과인에게 준 것이다. 너희 두 사람도 이런 것이 있느냐?"

공영이 대답한다.

"신 또한 그와 비슷한 것을 가지고 있습니다."

"그럼 경은 어떤 물건을 받았느냐?"

공영이 관복 자락을 헤치고 비단 속옷을 보이며 아뢴다.

"이것이 바로 하희가 신에게 준 것입니다. 신뿐만 아니라 의행보도 이와 비슷한 걸 가지고 있습니다."

"그럼 행보는 어떤 것을 받았느냐?"

의행보도 관복 자락을 헤치고 벽라 저고리를 내보였다.

진영공이 다시 한바탕 웃으면서 말한다.

"우리 세 사람이 다 몸에 하나씩 증거물을 입고 있구나. 다음날 우리 세 사람은 주림 땅에 함께 가서 침상을 나란히 늘어놓고 대회를 한번 열기로 하자."

임금과 두 신하가 조당朝堂에서 서로 희학질한다는 소문은 곧 조문朝門 밖까지 퍼졌다.

이 추잡한 소문은 즉시 한 정직한 신하를 괴롭혔다.

그 정직한 신하는,

"조정의 기강이 이렇듯 문란하니 장차 우리 진陳나라가 망하겠구나!"

하고 외쳤다.

그 정직한 신하는 의관을 정제하고 단정히 홀笏을 잡고서 수레를 달려 진영공에게 간하려고 조문으로 들어갔다.

착하구나, 신숙시申叔時의 말이여

진영공陳靈公이 공영孔寧, 의행보儀行父 두 대부와 함께 각기 하희夏姬에게서 받은 옷을 속에 입고 조당에서 한참 희학질을 하는데, 정직한 대부 설야泄冶가 이 소문을 듣고서 조문朝門으로 달려들어갔다.

공영과 의행보는 원래부터 설야를 싫어했다. 그들은 내시가 들어와서 설야가 왔다고 아뢰는 소리를 듣자 몸을 피했다. 진영공도 어좌御座에서 일어나 몸을 피하려는데 설야가 들어왔다.

설야가 진영공의 소매를 잡고 꿇어앉아 아뢴다.

"신이 듣건대, 임금과 신하는 서로 공경할 줄 알아야 하며, 남자와 여자는 서로 유별有別하다고 합니다. 이제 주공께서는 덕화德化에 힘쓰지 않고, 신하와 함께 절개 없는 과부를 상관하고, 감히 조당에서 듣기 고약한 음탕한 말을 하고, 소위 염치란 걸 잃고 체통을 버렸습니다. 이제 군신간의 공경과 남녀간의 유별한 법이 모조리 없어졌습니다. 대저 공경할 줄 모르면 버릇이 없고, 남녀가 터놓고 지내면 혼란이 일어납니다. 이것이 바로 나라를 망치는 길입니다. 주공께서는 앞으로 정신을 바짝 차리십시오."

진영공이 소매를 들어 얼굴을 가리면서 말한다.

"경은 그만 말하라. 과인은 지난 일을 후회한다. 앞으론 그런 일이 없으리라."

설야는 진영공에게 절하고 조문으로 나갔다.

이때 공영, 의행보 두 사람은 조문 밖에서 안을 기웃거리던 참이었다. 그들은 설야가 노기를 띠고 나오는 걸 보고는 얼른 사람들 틈으로 숨었다. 그러나 설야는 두 사람을 알아보고 불러냈다.

"임금이 좋은 일을 하시면 신하가 이를 널리 선전하고, 임금에게 옳지 못한 일이 있으면 신하가 그것을 덮어줘야 하오. 그대들은 스스로 좋지 못한 짓을 하고서도 부족해서 임금까지 좋지 못한 길로 유혹하고, 그런 고약한 일을 백성들한테까지 소문이 나도록 선양했으니 그리고서야 어찌 국록을 먹을 수 있소? 과연 그대들은 부끄러운 줄도 모르는가!"

두 사람은 아무 소리도 못하고 그저 허리를 굽실거리면서 사과했다. 설야는 바른 도리로써 그들을 꾸짖고 가버렸다.

두 사람은 즉시 돌아서서 진영공에게 갔다.

"신들은 방금 설야에게서 갖은 책망을 들었습니다. 주공께서는 다시 주림 땅에 놀러 가시지 마십시오."

진영공이 다급히 묻는다.

"그럼 경들도 안 가려는가?"

두 사람이 천연스레 대답한다.

"설야는 신하로서 주공께 간한 것입니다. 신들과는 아무 관계가 없습니다. 그러니 신들이 못 갈 거야 있습니까?"

진영공이 분연히 소리를 지른다.

"과인이 차라리 설야에게 죄를 지을지언정 어찌 그 재미를 버릴 수 있으리오!"

두 사람이 다시 아뢴다.

"주공께서 또 하희에게 가신다면 설야가 그냥 있지 않을 것입니다. 그러니 어찌하시겠습니까?"

진영공이 답답해서 묻는다.

"경들은 좋은 계책을 생각해보라. 어떻게 하면 설야가 잔소리를 않게 될까?"

공영이 아뢴다.

"설야의 잔소리를 듣지 않으시려면 우선 그가 입을 열지 못하도록 하십시오."

진영공이 웃는다.

"제 입 가지고 제가 말하는데, 과인이 어찌 입을 열지 못하게 한단 말인가?"

의행보가 앞으로 다가앉으면서 아뢴다.

"공영의 말을 신은 능히 알아듣겠습니다. 대저 사람이란 죽으면 입을 닫습니다. 주공께서는 왜 설야를 죽이라는 전지傳旨를 내리시지 않습니까? 그러면 일생 동안 즐거움이 무궁하오리다."

진영공이 대답한다.

"그것만은 못하겠네."

이번엔 공영이 또 아뢴다.

"다른 사람을 시켜서 죽이면 어떠하올지요?"

진영공이 머리를 끄덕인다.

"그대들이 알아서 하라."

두 사람은 곧 조문 밖으로 나가 조용한 곳에서 상의했다. 그리고 그들은 많은 재물을 써서 자객을 샀다.

이튿날 그 자객은 길가에 숨어서 기다리다가 궁으로 가는 설야를 칼로 찔러 죽였다. 결국 백성들은 임금이 설야를 죽인 것으로 알았을 뿐, 공영과 의행보의 계책인 줄은 몰랐다.

사신史臣이 시로 설야를 찬탄한 것이 있다.

진陳나라는 밝은 덕을 잃어
임금과 신하가 한 계집을 간음했도다.
고관高官들도 오금을 못 쓰니
주림株林 땅이 바로 궁宮이나 다름없었도다.
장하다, 설야여
혼자서 임금에게 직간直諫했도다.
비록 몸은 죽었지만 그 이름을 남겼으니
옛 충신들과 비해서 손색이 없도다.
陣喪明德
君臣宣淫
纓紳袒服
大廷株林
壯哉泄冶
獨矢直音
身死名高
龍血比心

설야가 죽은 후로 임금과 두 신하는 더욱 거침없이 놀아났다.

그들은 함께 주림 땅에 가서 서로 하희와 정을 통하고 각기 즐겼다. 그 짓이 습관이 되어서 마침내 세 사람은 남의 이목도 피하지 않고 공공연하게 주림 땅으로 드나들었다.

이에 진陳나라 백성들은 음탕한 그들을 비난하는 주림의 노래를 지어서 불렀다.

우리 임금은 무엇 하러 주림에 가나?
그야 하희를 만나러 가지.
그래도 임금은 말하기를, 주림에 가는 것은
하희와 만나려는 것이 아니라고 잡아떼네.
우리 임금은 수레를 타고 가서
주림에서 누워자네.
말 타고 간 우리 임금은
주림에서 아침 식사를 하네.
胡爲乎株林
從夏南
匪適株林
從夏南
駕我乘馬
說于株野
乘我乘駒
朝食于株

원래 진영공은 보잘것없는 인물이었다. 공영과 의행보는 임금의 비위를 맞추기에 염치도 없는 자들이었다. 그들은 열심히 하희와

42

임금 사이를 붙여주는 동시에 자기들도 하회의 알몸을 주물렀다.

이리하여 한 계집이 남자 셋을 거느리고 한자리에서 즐기고 웃었다. 그러나 그들은 서로 그러는 짓을 예사로 생각했다.

하징서夏徵舒는 점점 장성하면서 그 어머니의 소행을 알았다. 그는 어머니의 음탕한 소행 때문에 가슴이 찢어지는 듯했다. 그러나 상대가 임금인 만큼 어쩔 도리가 없었다. 그래서 진영공이 주림으로 온다는 소리를 듣기만 하면 일부러 집을 나가 몸을 피했다. 차마 그 추잡한 광경을 볼 수 없었던 것이다.

한편 음탕한 남녀들 역시 하징서가 밖으로 피해주는 걸 다행으로 생각했다.

세월은 화살처럼 흘러갔다.

어느덧 하징서도 열여덟 살이 됐다. 그는 체격이 건장하고 힘이 아주 셌을 뿐 아니라 특히 활•을 잘 쏘았다.

진영공은 하회를 기쁘게 해주려고 하징서夏徵舒에게 사마司馬 벼슬을 주었다. 사마는 그 나라의 병권을 잡는 직책이다. 하징서는 임금에게 사은謝恩하고 주림 땅으로 돌아가서 어머니를 뵈었다.

하회가 아들에게 말한다.

"이는 다 상감의 은혜이시다. 너는 사마의 직분에 충실하고 나라를 위해서 근심할지언정 앞으로 집안 걱정은 조금도 마라."

하징서는 어머니에게 하직하고 조정에 들어가서 나랏일을 보살폈다.

어느 날 진영공은 역시 공영, 의행보 두 신하를 거느리고 주림 땅으로 갔다. 물론 그들은 하회의 집에서 자게 됐다. 이날 하징서는 높은 벼슬을 받은 데에 감사의 뜻을 표하기 위해 집에 돌아가서 잔치를 차리고 진영공을 대접했다.

이때 하희는 자식이 잔치 자리에 앉아 있어 감히 나오지를 못했다.

술이 얼근히 취하자 임금과 두 신하는 또 희학질을 시작했다.

그들은 서로 일어나서 손짓발짓해가며 춤을 추었다.

하징서는 그 노는 꼴이 하도 추잡스러워서 슬며시 병풍 뒤로 몸을 피했다.

진영공이 의행보에게 말한다.

"하징서는 몸이 크고 힘이 센 것이 꼭 너를 닮았구나. 바로 네 자식이 아니냐?"

의행보가 껄껄 웃는다.

"하징서의 번쩍거리는 두 눈은 꼭 주공을 닮았습니다. 아마 주공의 소생인가 합니다."

곁에서 공영이 참견한다.

"주공과 의행보는 그런 자식을 두실 만한 연세가 아니니, 하징서는 아마 잡종雜種인가 합니다. 하부인夏夫人도 접촉한 사람이 너무 많아서 누구의 자식인지 짐작 못할 것입니다."

세 사람은 서로 손뼉을 치며 깔깔 웃었다.

하징서는 병풍 뒤에서 그들의 말을 듣지 않을래야 안 들을 수가 없었다. 그는 수치와 증오와 분노를 동시에 느끼며 이를 악물고 주먹을 꼭 쥐었다.

그는 무슨 결심을 했는지 내실로 들어가서 어머니가 있는 방문을 바깥으로 덜컥 걸어잠갔다. 그리고 변문便門 바깥으로 나가서 자기가 거느리고 온 군사들을 불러모았다.

"너희들은 집 주위를 포위하여라. 그리고 임금과 공영, 의행보가 달아나지 못하도록 지켜라."

그가 분부를 내리자 군사들은 일제히 집을 포위했다.

하징서는 어깨에 활을 메고 손에 시퍼런 칼을 든 채 집안 장정 몇 사람만 거느리고 대문 안으로 뛰어들어가면서 소리를 질렀다.

"저 음탕한 도적을 잡아라!"

이때 대취한 진영공은 음담패설을 하느라 그 소리도 듣지 못했다. 들은 것은 공영이었다.

"상감께서는 정신차리십시오. 하징서가 이렇게 잔치를 차린 것은 무슨 딴 뜻이 있어서인 것 같습니다. 만일 그가 군사들을 거느리고 쳐들어오면 어떡합니까? 지금 바깥에서 수상한 소리가 들려왔습니다."

진영공이 놀라 묻는다.

"수상한 소리라니?"

"신이 듣기에 '음탕한 도적을 잡아라' 하는 소리 같았습니다."

의행보가 기겁을 하면서 말한다.

"앞문은 이미 막혔을 것입니다. 속히 뒷문으로 달아납시다."

세 사람은 하희의 집 구조를 잘 알고 있었다.

이런 경황없는 중에도 진영공은 하희와 함께 달아나려고 내실 쪽으로 뛰어갔다. 그러나 내실로 통하는 중문엔 큰 자물쇠가 잠겨 있었다.

더욱 당황한 진영공은 후원 쪽으로 달아나면서 좌우를 돌아봤다. 공영과 의행보는 그새 어디로 달아났는지 없었다. 뒤에선 하징서가 쫓아온다.

진영공은 동쪽에 마구간이 있다는 걸 알고 있었다. 그 마구간은 울타리가 낮아서 바깥으로 넘어갈 수 있을 것 같았다. 진영공은 곧장 마구간 쪽으로 뛰었다.

하징서가 진영공 뒤를 쫓아가면서 외친다.

"무도한 임금아, 게 섰거라!"

하징서는 뒤쫓아가면서 진영공을 향해 활을 쏘았다. 화살•은 빗나가고 맞질 않았다. 진영공은 몸을 감추려고 마구간으로 들어 갔으나 말들이 놀라 코를 불면서 날뛰는 바람에 할 수 없이 다시 밖으로 뛰어나왔다.

하징서는 마구간에서 나오는 진영공을 보고 정면으로 활을 쐈 다. 전력을 기울인 만큼 무서운 화살이었다. 화살은 바로 진영공 의 심장을 꿰뚫었다.

참으로 불쌍한 일이었다. 진영공은 군위에 오른 지 15년 만에 비명횡사하고 말았다. 더구나 마구간 앞에서 쓰러져 죽었다.

그새 공영과 의행보는 임금이 동쪽으로 달아난 걸 알고, 또 하 징서가 임금을 뒤쫓을 줄 알고 서쪽으로 달아났다. 과연 하징서는 임금 뒤를 쫓아갔다.

그동안에 공영과 의행보는 서쪽 활터에 가서 개구멍으로 빠져 나갔다. 겨우 밖으로 나온 그들은 집으로 가지 않고 초楚나라를 향해 달아났다.

한편 하징서는 진영공을 쏘아죽인 후, 군사를 거느리고 성으로 돌아갔다. 그는 임금이 대취하여 급병으로 죽었다고 선포했다.

"상감께서는 세상을 떠나면서 세자 오누에게 군위를 계승시키 라고 유언하셨소."

이에 세자 오가 임금 자리에 올랐다. 그가 바로 진성공陳成公이다.

진성공인들 자기 아버지를 죽인 자가 바로 하징서란 걸 어찌 모 를 리 있으리오. 그러나 그는 하징서를 제압할 만한 힘이 없는지 라 참고서 입 밖에 내어 말하지 않았다.

하징서는 모든 나라 제후들이 이번 사건을 따지려고 군사를 일으키지나 않을까 두려웠다. 그래서 그는 진성공을 협박했다.

"상감께서 친히 진晉나라에 가셔서 단단히 우호를 맺고 오셔야겠습니다."

진성공은 하는 수 없이 우호를 맺으려고 진晉나라로 갔다.

이상 말한 것이 하징서가 진영공을 죽이게 된 전후 경위였다.

초나라 사신이 진릉辰陵 땅에서 동맹을 맺고자 교섭하러 가다가 진陳나라에 이르기도 전에 이 소문을 듣고서 그냥 돌아가버린 수일 후였다.

진陳나라 대부 공영과 의행보가 초나라로 도망쳐왔다. 그들은 초장왕楚莊王 앞에 나아가서 자기네의 음란한 과거는 쏙 빼버리고,

"반란을 일으킨 하징서는 마침내 임금을 죽였습니다."

하고 호소했다.

도망해온 두 사람의 말은, 진나라로 가다가 도중에서 돌아온 사자의 말과 같았다.

이에 초장왕은 모든 신하를 모으고 조당朝堂에서 상의했다. 이때 초나라에 한 공족公族 대부가 있었다. 그의 성은 굴屈이며 이름은 무巫였다. 굴무•는 바로 굴탕屈蕩의 아들이었다.

굴무는 풍채도 좋으려니와 문무도 겸비한 사람이었다. 그러나 그에겐 한 가지 흠이 있었다. 그는 여자를 몹시 좋아하는 호색한 이었다. 팽조彭祖는 중국 고대 인물로서 800여 년을 살았다는 사람이다. 굴무는 팽조가 지었다는 남녀 교접술에 관한 책만 늘 연구했다.

여러 해 전에 굴무는 진陳나라에 사신으로 간 적이 있었다. 그

때 하희가 들로 놀이 나가는 걸 본 일이 있었다. 잠깐 보았으나 하희의 아름다운 자태에 넋을 잃었다. 더구나 그는 하희가 남녀 교접술의 특수한 비법을 알고 있어 늙을수록 더욱 젊어진다는 소문을 들었다. 그래서 굴무는 마음속으로 하희를 매우 사모했다.

이날 조당 회의에서 굴무는 하징서가 진영공을 죽였다는 말을 듣고 강력히 주장했다.

"그런 놈이 있기 때문에 천하가 어지럽습니다. 우리 초나라가 천하를 바로잡으려면 우선 진陳나라부터 쳐야 합니다."

그러나 굴무는 천하를 바로잡기 위해서가 아니라 하희를 사로잡아올 생각에 싸움을 이용하려는 것이었다.

영윤令尹 손숙오孫叔敖도,

"진陳나라 죄를 마땅히 따져야 합니다."

하고 주장했다. 마침내 초장왕은 진나라를 치기로 결심했다.

이때가 주정왕周定王 9년 진성공陳成公 원년이었다. 초장왕은 우선 진나라로 격문을 보냈다.

초왕은 하징서가 그 임금을 죽였다는 사실을 너희들에게 밝히노라. 이는 하늘과 사람이 다 분노할 일이다. 너희 나라가 역신逆臣을 치지 못하니, 과인이 너희를 위해서 불의를 치러 가겠다. 벌은 오로지 죄지은 자만이 받을 것이다. 그외의 신민臣民들은 동요하지 말고 우리 초군楚軍을 영접하여라.

진나라에 이 격문이 오자 모든 사람은 그 허물을 오로지 하징서에게 돌렸다. 그래서 진나라 상하는 초군을 막아내기 위한 상의는 하지 않았다.

한편 초장왕은 공자 영제嬰齊, 공자 측側, 굴무 등 한 무리의 대장大將들을 거느리고 물밀듯 진나라 도성으로 향했다. 초군은 무인지경을 들어가듯 진군했다.

초장왕은 이르는 곳마다 백성들을 위로하고 추호도 백성들을 범하지 않았다.

한편 하징서는 세상 인심이 자기를 미워한다는 걸 알았다. 그래서 이미 주림 땅에 가서 몰래 숨어 있었다.

이때 진성공은 우호를 맺기 위해 진晉나라에 가서 아직 돌아오기 전이었다.

진陳나라 대부 원파轅頗는 모든 대신들을 모아놓고 이 일을 상의했다.

"초왕이 우리를 위해 역신을 치러 오는 중이오. 그들은 하징서를 죽여야만 물러갈 것이오. 그러니 차라리 우리가 하징서를 잡아다가 초군에게 바치고 화평을 청해 사직社稷을 보전하는 것이 상책일까 하오. 대부들의 뜻은 어떠하신지요?"

모든 대신들이 대답한다.

"그 말씀이 옳소."

"그러는 수밖에 도리가 없소."

마침내 원파는 아들 교여僑如에게 군사를 내줬다. 교여는 군사를 거느리고 하징서를 잡으러 주림 땅으로 갈 참이었다. 그러나 교여가 미처 길을 떠나기도 전에 초군이 성 아래로 들이닥쳤다.

진陳나라는 오랫동안 정령政令이 없었다. 더구나 진성공은 진晉나라에 가 있고 아직 돌아오지 않았다. 그래서 백성들은 맘대로 성문을 열고 초군을 영접해들였다.

초장왕은 군사의 대열을 정돈하고 성안으로 들어갔다.

초나라 장수들이 진陳나라 대부 원파 등을 잡아와서 초장왕 앞에 꿇어앉혔다.

초장왕이 묻는다.

"하징서란 놈은 어디 있느냐?"

원파가 아뢴다.

"주림 땅에 있습니다."

"너희들은 다 전 임금의 신하가 아니냐? 한데 어째서 그 역적놈을 죽이지 않고 버려뒀느냐?"

"버려둔 것이 아니라 힘이 모자라서 이러고 있습니다."

초장왕은 즉시 원파를 앞세워 대군을 거느리고 주림 땅으로 갔다. 공자 영제가 거느린 일군—軍만이 성안에 머물렀다.

한편 하징서는 어머니 하희를 모시고 정나라로 달아나려고 한창 집안 살림을 챙기던 중이었다. 초군은 주림 땅을 포위하고 하희의 집으로 들어가서 하징서를 사로잡았다.

초장왕이 하징서를 함거檻車에 실으라고 명하고 묻는다.

"그런데 어째서 하희는 보이지 않느냐?"

초군은 집 안을 샅샅이 뒤져 마침내 후원 구석에 숨어 있는 하희를 잡아냈다. 하녀 하화만은 벌써 어디로 달아났는지 결국 잡질 못했다.

하희가 초장왕에게 두 번 절하고 아뢴다.

"불행하게도 나라는 어지럽고 집안은 망했습니다. 천첩의 목숨은 대왕의 손에 달려 있습니다. 불쌍히 생각하시고 이 몸을 관비官婢로 받아주시면 천은天恩이 망극하겠나이다."

하희의 얼굴은 아름다웠고, 그 말소리는 간결하고도 고왔다. 초장왕은 하희를 한번 보자 정신이 황홀했다.

초장왕이 하희를 물러가게 하고 모든 장수를 돌아보며 묻는다.

"우리 초나라에 후궁이 비록 많지만 하희만한 여자가 없다. 과인이 데리고 가서 비빈으로 삼을까 하는데 경들의 뜻은 어떠한가?"

굴무가 누구보다도 먼저 나서서 간한다.

"그건 옳지 못한 생각이십니다. 왕께서 군사를 거느리고 진陳나라에 오신 것은 그 죄를 치기 위해서입니다. 만일 하희를 데리고 사신다면 이는 결국 여색을 탐한 결과가 되고 맙니다. 죄를 치는 것은 의義이며, 여색을 탐하는 것은 음淫입니다. 그러니 어찌 의로 시작하여 음으로 종말을 지을 수 있겠습니까. 이는 천하를 건지려는 백주伯主로서 할 짓이 아닙니다."

초장왕이 연방 머리를 끄덕인다.

"굴무의 말이 심히 옳다! 과인은 그녀를 데리고 가지 않으리라. 그 여자는 이 세상의 요물임이 틀림없다. 만일 그 여자를 다시 본다면 과인도 스스로 억제하지 못할 것이다. 그렇다고 인정상 죽일 순 없다. 군사들은 담을 헐고 그 여자를 놓아주어 가고 싶은 데로 가게 하여라."

장군 공자 측이 초장왕 곁에 있다가 무릎을 꿇고 청한다. 그도 어느새 하희의 아름다운 얼굴에 홀딱 반한 것이다.

"신은 나이 중년이 됐으나 아직 아내가 없습니다. 왕께선 하희를 신에게 하사하소서. 신이 아내로 삼아서 데리고 살겠습니다."

굴무는 속으로 당황했다. 굴무가 초장왕에게 급히 아뢴다.

"왕께서는 공자 측에게 하희를 줘선 안 됩니다."

공자 측이 버럭 화를 낸다.

"그대는 내가 하희에게 장가들겠다는 것을 반대하니 무슨 까닭이라도 있느냐?"

굴무가 천연히 대답한다.

"그 여자는 천하의 요물이오. 내가 아는 것만 우선 말하리다. 공자 만蠻은 그녀가 처녀일 때 상통하다가 요절했고, 그녀의 남편 하어숙夏御叔도 명대로 살질 못했으며, 진영공은 그녀 때문에 사살射殺당했고, 하징서는 그 어미 때문에 장차 죽음을 당할 것이며, 공영과 의행보는 그녀 때문에 국외로 망명했고, 마침내 진陳나라는 그녀 때문에 망하게 됐소. 세상에 이렇듯 재수 없는 요물이 어디 있으리오. 천하에 아름다운 여자가 허다하거늘 왜 하필이면 그런 음물淫物을 얻어 장차 신세를 망치려고 하오?"

초장왕이 말한다.

"굴무의 말을 듣고 보니 과인 또한 그 계집이 무섭다."

공자 측이 분을 삭이지 못하고 굴무를 노려보며 외친다.

"정 그렇다면 나도 어쩔 수 없다! 그러나 내 말만을 자세히 명심하여라. 왕께서도 그녀를 얻지 못했으며, 나 역시 그녀를 얻지 못하게 됐다. 이젠 네가 그녀를 얻겠다고는 못하겠지?"

굴무는 가슴이 뜨끔했다. 그러나 천연스레 대답했다.

"천만에, 천만에, 그럴 리가 있겠소."

초장왕이 그들 사이를 중재한다.

"물건이 있되 주인이 없으면 서로 다투는 법이다. 내 듣자 하니, 연윤連尹•(관명官名) 양노襄老가 요즘 상처喪妻를 했다지? 하희를 양노의 후처로 내주어라."

이때 양노는 군사를 거느리고 후대後隊에 있었다. 초장왕은 양노를 데려오게 하여 하희를 내주었다.

이에 한 쌍 부부는 초장왕에게 감사의 뜻을 표하고 물러갔다.

공자 측은 분하고 원통했다. 이것도 다 굴무가 방해한 때문이었다. 굴무는 공자 측을 훼방놓아 결국 하희를 자기 것으로 만들 작정이었다. 그런데 왕이 하희를 양노에게 내주는 걸 보고서 그는 속으로 부르짖었다.

'아아, 아깝고 원통하구나!'

굴무가 다시 속으로 중얼거린다.

'저 늙어빠진 양노가 어떻게 하희를 다룰 수 있으리오. 많이 간댔자 반년 아니면 1년이겠지. 하희가 또 과부 될 때를 기다려서 다시 계책을 세우기로 하자.'

물론 굴무는 이런 속뜻을 결코 발설하진 않았다.

초장왕은 주림 땅에서 하룻밤을 자고 이튿날 진성陳城으로 돌아갔다. 공자 영제가 성밖까지 나와서 초장왕을 영접했다.

이날 초장왕은 영을 내렸다.

"하징서를 율문栗門으로 끌어내어라."

율문 앞에서 하징서는 다섯 대의 수레에 비끄러매였다.

그는 오체五體가 찢겨 죽었다. 그것은 지난날 제양공齊襄公이 고거미高渠彌를 처형한 것과 같은 형벌이었다.

사신이 시로써 이 일을 읊은 것이 있다.

음탕한 진영공은 불행을 스스로 취했지만
하징서가 임금을 죽인 것도 법을 어긴 것이었다.
초장왕이 불의를 친 것은 때맞추어 내린 비와 같아서
모든 나라 제후들이 다 초나라 깃발을 우러러보았도다.
陳主荒淫雖自取
徵舒弑逆亦違條

莊王弔伐如時雨
泗上諸侯望羽旄

초장왕은 하징서를 처형한 후 무자비하게도 진陳나라 국권을
빼앗았다. 이리하여 진나라는 망하고 한갓 초나라 고을〔縣〕이 됐
다. 초나라 공자 영제가 진공陳公이 되어 진나라를 통치했다. 초
장왕은 진나라 대부 원파 등을 이끌고 초나라로 돌아갔다.

이때 초나라 남쪽 속국들은 초장왕이 진나라를 쳐서 합병하고
돌아왔다는 소문을 듣고 모두 초나라 궁으로 가서 하례했다. 그러
니 각처의 현공縣公들이야 말할 것도 없었다.

이때는 초나라 대부 신숙시申叔時가 제齊나라에 사신으로 가서
아직 돌아오기 전이었다.

제나라에선 제혜공齊惠公이 죽고 세자 무야無野가 즉위했다.
그가 바로 제경공齊頃公이다.

그 무렵 제나라와 초나라는 친숙한 사이였다. 그래서 초장왕은
죽은 전 임금을 조상弔喪하고, 새로 즉위한 임금을 축하하기 위해
서 신숙시를 제나라로 보냈다. 이것은 초장왕이 진陳나라를 치러
가기 전 일이었다.

진나라를 합병하고 초장왕이 본국으로 돌아온 지 사흘 후였다.
이때 초나라는 진나라가 자기 나라 고을이 됐다고 해서 기쁨에 들
떠 있었다.

그 사흘째 되던 날, 제나라에 갔던 신숙시가 돌아왔다. 그는 초
장왕에게 제나라에 갔다 온 경과를 보고했다. 그런데 그는 이번에
초장왕이 세운 공로에 대해선 축하하는 말 한마디 하지 않고 물러

갔다.

초장왕은 신숙시를 괘씸하게 생각했다. 그래서 사람을 보내어 신숙시를 꾸짖었다.

"하징서는 그 임금을 죽인 흉악무도한 놈이다. 과인이 그놈을 쳐서 잡아죽인 것이 무슨 잘못이란 말이냐? 우리 나라가 그런 독립할 만한 능력이 없는 진나라를 거둬들였기 때문에 나의 의기義氣를 천하에 떨쳤다. 남쪽 모든 제후와 현공縣公들이 다 과인의 이번 처사를 축하했는데 너만 한마디도 칭송하는 말이 없으니, 그래 과인이 진나라를 친 것이 잘못이란 말이냐?"

신숙시는 내관한테서 왕의 꾸지람을 전해듣고, 그 내관과 함께 궁으로 갔다.

그는 궁에 들어가서 왕을 뵙겠다고 청했다. 초장왕은 신숙시를 들어오게 했다.

신숙시가 초장왕 앞에 나아가서 아뢴다.

"왕께선 옛날에 어떤 사람이 밭둑에서 소를 뺏었다는 이야기를 들으셨습니까?"

"그런 이야긴 들은 일이 없다."

"어떤 사람이 빨리 가기 위해서 소를 끌고 남의 밭으로 질러갔습니다. 그래서 소가 그 밭 곡식을 많이 짓밟아버렸습니다. 이에 그 밭 주인이 나와서 그 사람의 소를 뺏었습니다. 이런 일로 소송이 일어났다면 왕께서는 어떻게 판결하시렵니까?"

초장왕이 대답한다.

"소가 밭을 밟았대야 곡식이 그렇게 많이 상하진 않았을 것이다. 그렇다고 소를 뺏는 것은 너무 심한 일이다. 과인이 만일 그 소송을 판결한다면, 소 주인을 약간 꾸짖고 그 밭 주인에겐 소를 도로 돌려주라고 분부할 것이다. 그대는 어떻게 판결하겠느냐?"

신숙시가 조용히 대답한다.

"왕께서는 그런 소송에 대해선 밝은 판단을 하시면서도, 어째서 진陳나라에 대해선 그 판단이 어두우십니까? 하징서는 그 임금을 죽인 죄밖에 없습니다. 그는 결코 진나라를 망칠 만한 죄를 저지르지는 않았습니다. 왕께서는 하징서의 죄만 치시면 그만입니다. 그 나라까지 뺏었다는 것은 마치 밭 주인이 소를 뺏은 것과 무엇이 다릅니까. 그러므로 신은 왕의 이번 처사를 축하할 수 없습니다."

초장왕이 손을 들어 찬탄한다.

"착하구나, 그대 말씀이여! 과인은 아직 그런 말을 들어보지 못했도다."

신숙시가 엎드려 아뢴다.

"왕께서 신의 말을 옳다고 생각하시면 뺏은 소를 곧 돌려주도록 분부하십시오."

초장왕은 전번에 데리고 온 진陳나라 대부 원파 등을 즉시 궁으로 불러들였다.

초장왕이 원파에게 묻는다.

"지금 진나라 임금은 어디 있느냐?"

"지난날에 진晋나라로 가셨습니다. 지금 어디서 어떻게 하고 계시는지 모르겠습니다."

원파는 대답을 마치자 하염없이 흐느껴 울었다.

초장왕의 얼굴에 측은해하는 빛이 떠올랐다.

"내 마땅히 너희 나라를 다시 독립시키리라. 너는 네 임금을 찾아다가 군위君位에 모셔라. 그리고 대대로 과인의 은덕을 잊지 말고 우리 초나라에 충성을 다하여라."

초장왕이 또 공영과 의행보를 불러 분부한다.

"내 너희들을 본국으로 돌려보내노니, 진陳나라 임금을 잘 섬기어라."

원파는 이번 참사의 원인이 다 공영, 의행보 두 사람에게 있다는 걸 알지만 초장왕 앞이라 감히 말을 못했다.

이에 진나라 신하들은 초장왕에게 예로써 인사하고 본국을 향해 떠났다.

그들이 초나라 경계를 나갔을 때였다. 그들은 마침 도중에서 초나라를 향해 오는 진성공 오두를 만났다. 그간 진성공은 진晉나라에 가서 우호를 맺고 돌아오다가, 자기 나라가 망했다는 보고를 받고 초장왕에게 호소하러 오는 길이었다.

원파는 임금 앞에 나아가서 초장왕의 고마운 뜻을 전했다. 이에 진성공은 어가御駕를 돌려 원파 등 신하들을 거느리고 본국으로 돌아갔다.

한편 진陳나라를 통치하던 공자 영제는 이미 초장왕의 소환을 받고 본국으로 돌아갈 준비를 하고 있었다. 그는 진성공에게 모든 것을 넘겨주고 초나라로 돌아갔다.

이번 일은 초장왕이 한 일 중에서도 가장 잘한 일이었다.

염옹이 시로써 초장왕을 찬탄한 것이 있다.

초나라가 진나라를 다시 독립시켜줄 줄이야 그 누가 알았으리오

도적도 성인도 결국 그 마음을 어떻게 쓰느냐에 달렸음이라.

남쪽 초나라가 의기를 천하에 떨쳤으니

착하구나, 신숙시申叔時의 말이여 • 57

이는 어진 임금이 어진 신하에게 힘입은 바로다.

縣陳誰料復封陳

跖舜還從一念新

南楚義聲馳四海

須知賢主賴賢臣

공영이 본국에 돌아온 지 한 달도 못 된 어느 날이었다. 대낮에 그의 눈앞에 죽은 하징서가 나타났다.

하징서가 산발하고 외친다.

"내 목숨을 돌려다오."

그 뒤로 그의 눈앞엔 날마다 하징서가 나타나 똑같은 소리를 되풀이했다. 수일 후 공영은 마침내 미쳐버렸다.

어느 날 그는 괴상한 웃음을 터뜨리며 연못에 뛰어들어가서 죽었다.

공영이 죽은 지 며칠 후였다. 의행보는 자다가 꿈을 꿨다.

그 꿈에 진영공과 공영과 하징서 세 사람이 방으로 들어왔다. 의행보는 어떤 큰 궁성 안으로 끌려갔다. 중앙엔 천자天子가 높이 앉아 있었다. 진영공·공영·하징서가 울면서 의행보를 고발한다.

의행보는 기절초풍하여 외마디 소리를 지르면서 잠을 깼다. 그러나 그는 새벽닭이 울기도 전에 죽었다. 무릇 음탕한 사람의 최후는 이런 것이다.

한편 공자 영제는 초나라로 돌아왔다. 그는 초장왕을 뵙고 자기를 말할 때, 아직도 진陳나라 통감統監으로 지내던 날의 버릇을 버리지 못해서 진공陳公 영제라고 자칭했다.

초장왕은 그의 속뜻을 짐작했다.

"과인은 이미 진나라를 돌려주었다. 경이 섭섭하지 않도록 내 다른 벼슬을 주마."

공자 영제가 청한다.

"그러시다면 신申·여呂 지방을 신에게 주십시오."

초장왕은 공자 영제의 청을 허락했다. 이 소문을 듣고서 굴무가 초장왕에게 아뢴다.

"신·여 땅은 우리 나라 북쪽 지대로서 진晉나라의 침략을 막는 데엔 둘도 없는 요지입니다. 그런 곳을 아무에게나 함부로 내주셔선 안 됩니다."

이에 초장왕은 공자 영제에게 주기로 한 약속을 취소했다.

이때 신숙시는 늙은 몸을 빙자하고 벼슬을 내놓았다. 그래서 초장왕은 굴무를 신공申公으로 삼았다. 굴무는 한마디 사양도 하지 않고 신·여 땅을 받았다.

그런 후로 공자 영제와 굴무는 사이가 대단히 나빠졌다.

이때가 바로 주정왕周定王 10년, 초장왕 17년이었다.

초장왕은 진陳나라가 비록 초나라를 섬기긴 하지만, 정나라가 진晉나라만 섬기고 초나라에 복종하지 않는 것을 매우 미워했다. 마침내 초장왕은 모든 대부를 불러들여 상의했다.

영윤 손숙오孫叔敖가 아뢴다.

"우리가 정나라를 치면 진晉나라는 반드시 정나라를 구원할 것입니다. 그러니 이왕 군사를 일으킬 바에는 대군을 총동원시켜야 합니다."

"과인의 생각도 역시 그러하오."

이에 초나라 삼군三軍과 좌광左廣, 우광右廣의 군사를 모조리 일으켰다. 초나라 대군은 호호탕탕히 형양滎陽을 향해 나아갔다.

연윤連尹 양노襄老가 맨 앞 부대를 거느리고 나아갔다. 장수 당교唐狡가 양노에게 청한다.

"조그만 정나라 때문에 우리 대군을 수고시킬 필요는 없습니다. 군사 100명만 주시면 제가 앞서가서 뒤에 오는 삼군을 위해 길을 열겠습니다."

양노는 그 뜻을 장하게 생각하고 당교에게 군사 100명을 내줬다. 당교는 군사를 거느리고 앞서가면서 정병鄭兵과 만나는 대로 힘껏 싸워 무찔렀다.

그래서 초장왕은 정성鄭城 교외까지 곧장 쳐들어갔으나 도중에서 정나라 군사를 보지 못했다. 초장왕은 이상한 일이라고 생각하면서도 선발대의 장수인 양노를 불러 치하했다.

"경이 늙어갈수록 더욱 씩씩할 줄은 몰랐다. 우리가 이렇게 쉽사리 정나라로 쳐들어온 것은 다 경의 용맹에 힘입은 바라."

양노가 대답한다.

"이번 일은 신의 공로가 아닙니다. 바로 부장副將 당교가 앞장서서 힘껏 싸워준 덕분입니다."

초장왕은 곧 당교를 불러들여 후한 상을 줬다.

그러나 당교가 상을 사양한다.

"신은 이미 왕께 너무나 많은 상을 받았습니다. 그래서 그 은혜를 갚고자 이번에 힘껏 싸운 것뿐입니다. 어찌 외람되이 또 상까지 받을 수 있겠습니까."

초장왕이 의아해서 묻는다.

"과인은 경을 잘 모르는데, 경은 어디서 과인한테 많은 상을 받았단 말이냐?"

당교가 대답한다.

"언젠가 밤에 잔치 자리에서 모든 대신들에게 관冠 끈을 끊게 하신 일이 있지 않습니까? 그날 밤에 미인을 희롱한 사람이 바로 신입니다. 그때 왕께서 신을 죽이지 않으셨기 때문에 신은 이번에 생명을 걸고 싸워 그 은혜에 보답하려고 한 것입니다."

이 말을 듣고 초장왕이 찬탄한다.

"기이한 일이다. 그때 과인이 촛불을 밝히고 죄인을 잡아 다스렸던들, 어찌 나라를 위해서 목숨을 아끼지 않는 이런 훌륭한 신하를 둘 수 있었으리오."

초장왕은 군정軍正*을 불러 당교를 제일 공로자로 문서에 기록하게 했다. 곧 정나라를 평정한 뒤에 장차 당교에게 높은 벼슬을 줄 작정이었다.

이날 당교가 한 친구에게 말한다.

"지난날에 나는 왕에게 죽을죄를 지은 사람이다. 그때 왕이 모든 것을 덮어두고 나를 죽이지 않았으므로 그 은혜를 갚은 데 불과하다. 그러나 이젠 모든 사실을 밝혔다. 죄인이 어찌 다음날에 상을 받을 수 있으리오."

그날 밤 당교는 어디론지 종적을 감춰버렸다.

이튿날 초장왕은 당교가 어디론지 가버렸다는 소식을 듣고 거듭 탄식했다.

"그는 참으로 열사烈士로다!"

이에 초나라 대군은 교외에 있는 방비를 격파하고 즉시 정성鄭城 아래에 이르렀다. 초장왕은 정성을 포위하고 공격했다.

초군이 밤낮없이 정성을 공격한 지도 보름이 지났다.

한편 정양공은 진晉나라에서 구원병이 올 것을 믿고 끝까지 버티었다. 그래서 정나라 군사는 많이 죽고 많이 상했다.

마침내 초군의 날카로운 공격을 견뎌내지 못하고 정성 동북쪽이 수십 길이나 무너져내렸다. 이에 초나라 군사들은 성 위로 오르기 시작했다. 성안에선 울부짖는 백성들의 곡성이 진동했다. 초장왕은 성안에서 일어나는 그 통곡 소리를 차마 들을 수가 없었다.

초장왕이 대군에게 명령한다.

"공격을 중지하고 모든 군사는 10리 밖으로 후퇴하여라."

이 명령을 듣고 공자 영제가 어리둥절하여 초장왕에게 묻는다.

"정성을 함몰할 기회는 바로 이때인데, 후퇴하라시니 이것이 참말입니까?"

초장왕이 대답한다.

"정나라는 과인의 위력만 알고 아직 과인의 덕을 모르는 모양이다. 이제 과인은 군사를 잠시 후퇴시킴으로써 그들에게 덕을 보여줄 작정이다. 그러고 나서 정나라가 우리에게 순종하는지 거역하는지 본 연후에 다시 칠 것인가 물러갈 것인가를 결정하겠다."

이리하여 초군은 일제히 10리 밖으로 물러갔다.

한편 정양공은 초군이 물러갔다는 보고를 듣고 혹시 진晉나라 군사가 오지 않았나 하고 생각했다.

정양공은 백성들에게,

"이제 진나라에서 구원군이 온 모양이니 더욱 분발하여라."
하고 격려했다.

이에 백성들은 다시 무너진 성을 쌓고 남녀 할 것 없이 다 성 위로 올라가서 싸울 준비를 했다.

초장왕은 마침내 정나라가 항복할 의사가 없다는 걸 알았다. 이에 초군은 다시 나아가서 정성을 포위하고 공격했다.

그후 정성은 3개월 동안을 더 버텼다. 그러나 더 이상은 버틸 도리가 없었다. 마침내 초나라 장수 악백樂伯이 군사를 거느리고 황문皇門으로 올라가서 정나라 군사와 크게 싸워 무찌르고 정나라 성문을 열었다.

초군은 물밀듯이 성안으로 들어갔다.

초장왕은 군사들에게 일체 노략질을 못하도록 엄명했다. 초군은 숙연히 행진해서 정나라 궁 앞에 이르러 정돈했다.

정양공은 하는 수 없이 웃옷을 벗고 염소(항복하고 동맹을 청할 때 쓰는 희생犧牲)를 이끌고 나와서 초군을 영접했다.

정양공이 초장왕 앞에 꿇어앉아 고한다.

"이 몸이 덕이 없어 대국을 섬기지 못해 왕을 분노하시게 하고, 마침내 대군을 이곳까지 오게 했으니 이 죄를 벗어날 길이 없습니다. 바라건대 대왕께서 지난날 우리 선조들이 서로 우호하였음을 생각하사 이 나라를 없애지 않고 종묘 제사나마 받들게 해주시면, 앞으로 대국에 충성을 다하겠습니다. 군왕께서는 은혜를 베푸소서."

곁에서 공자 영제가 조그만 소리로 초장왕에게 아뢴다.

"정후鄭侯는 끝까지 버티다가 하는 수 없어서 항복하는 것입니다. 용서해주면 또 우리를 배반합니다. 이왕이면 정나라를 아주 없애버리십시오."

초장왕이 나지막이 대답한다.

"지금 이 자리에 신숙시가 있다면 과인에게 또 소 뺏은 이야기를 할 것이다."

이에 초장왕은 대군을 거느리고 정성에서 30리 밖으로 물러갔다. 정양공은 친히 초군에게 가서 다시 사죄하고 동맹을 청했다. 그리고 자기 동생 공자 거질을 초장왕에게 인질로 바쳤다.

착하구나, 신숙시申叔時의 말이여 • **63**

초장왕은 정나라의 서약을 받은 후 군사를 거느리고 북쪽 연郯 땅으로 갔다.

이때 세작細作이 와서 아뢴다.

"진晉나라에선 순림보荀林父를 대장으로 삼고, 선곡先穀을 부장으로 삼아 병거 600승을 주어 정나라를 구원하게 했습니다. 진군晉軍은 이미 황하黃河를 건넜습니다."

초장왕이 모든 장수에게 묻는다.

"진군이 이곳으로 오는 중이다. 우리는 돌아갈 것인가, 아니면 싸울 것인가?"

영윤 손숙오가 아뢴다.

"정나라를 굴복시키지 못했다면 물론 진군과 싸워야 합니다. 그러나 우리는 이미 정나라를 굴복시켰습니다. 이제 다시 진나라와 원수를 맺는대야 무슨 소용이 있습니까. 군사를 더 손상시킬 것 없이 돌아가는 것이 만전지책萬全之策일까 합니다."

왕의 총애를 받는 오삼伍參이 아뢴다.

"영윤의 말은 옳지 못합니다. 지금까지 정나라는 우리의 힘이 미약하다고 생각했기 때문에 진晉나라를 섬긴 것입니다. 이제 진군이 오는데 우리가 피한다면, 이건 정말로 우리가 진군보다 약하다는 것을 스스로 인정하는 것밖에 안 됩니다. 또 진군이 와서 그새 정나라가 우리 나라를 섬기기로 했다는 걸 알면, 진군은 필시 정나라를 포위하고 칠 것입니다. 진군이 정나라를 구원하러 오는데 우리는 어째서 정나라를 구원할 수 없단 말입니까?"

손숙오가 답변한다.

"우리는 작년에 진陳나라를 쳤고 금년엔 정나라를 쳤소. 우리 군사는 지금 지칠 대로 지쳐 있소. 우리가 진군晉軍과 싸워서 진다면 그때는 오삼의 살을 먹는다 해도 오삼은 그 죄를 다 면하지 못할 것이오."

오삼이 분연히 반박한다.

"만일 싸워서 우리가 이긴다면 영윤은 어떡할 테요? 만약 싸워서 이기지 못한다면 그땐 이 오삼의 몸은 이미 진군에게 먹힌 후일 것이오. 어찌 초나라 사람의 입에까지 들어갈 여분이 있으리오."

이때 초장왕이 두 신하의 언쟁을 중지시키고 모든 장수에게 분부한다.

"모든 장수는 각기 손바닥에다 자기의 의견을 써라. 싸워야 한다는 자는 전戰자를 쓰고, 물러가야 한다는 자는 퇴退자를 써라."

장수들은 각기 자기 의견을 손바닥에 썼다. 초장왕은 모든 장수에게 손바닥을 펴게 했다.

중군 원수 우구虞邱와 연윤 양노와 비장裨將인 채구蔡鳩, 거팽居彭 네 사람의 손바닥엔 퇴退자가 적혀 있었다.

그외 공자 영제와 공자 측, 공자 곡穀, 굴탕屈蕩, 반당潘黨, 악백, 양유기養繇基•, 허백許伯, 웅부기熊負羈, 허언許偃 등 20여 명의 손바닥엔 다 전戰자가 씌어 있었다.

초장왕이 말한다.

"우구는 나이 많은 신하라. 나이 많은 신하와 영윤 손숙오의 뜻이 같으니 본국으로 물러가기로 한다."

이에 초나라 대군은 모든 병거와 기旗를 남쪽으로 돌려 본국으로 돌아가기로 했다.

그날 밤이었다. 오삼이 초장왕에게 뵙기를 청하고 아뢴다.

"왕께서는 어찌하사 진군晉軍을 두려워하십니까? 힘써 얻은 정나라까지 버리고 돌아가시려 합니까?"

"과인이 어찌 정나라를 버릴 리 있으리오."

"우리는 정나라 성을 공격한 지 90일 만에 항복을 받았습니다. 이제 진군은 오는 중인데 우리 초군이 떠나면 어찌 됩니까? 진군은 정나라를 구원한 걸로 삼고 다시 정나라를 자기 나라 지배 아래 둘 것입니다. 일이 그렇게 되면 우리 초나라는 다시 정나라를 차지할 수 없습니다. 그런데 어째서 정나라를 버리는 것이 아니라고 하십니까?"

"그런데 영윤이 말하기를 진군과 싸우면 이기지 못한다고 하니 돌아가려는 것이다."

오삼이 차근차근 말한다.

"신은 이미 모든 걸 짐작할 수 있습니다. 순림보는 이번에 새로 중군 장수가 된 사람입니다. 그래서 그는 아직 군사들에게 위엄과 신망을 받지 못하고 있습니다. 그 다음 부장 선곡이란 자로 말하자면 그는 선진先軫의 증손자이며, 선극先克의 아들입니다. 그는 대대로 내려오는 자기 집 공훈만 믿고 인자하지 못하니 일을 성취시킬 만한 장수감이 아닙니다. 그외에 유명한 장수들이 있지만, 모두가 자기 고집만 우길 뿐 잘 통합되어 있지 않습니다. 비록 진晉나라 군사는 많지만 우리가 그들을 쳐부수기는 쉽습니다. 더구나 왕께서는 초나라의 주인으로서 진나라 모든 신하를 피하신다면 이는 천하의 웃음거리가 됩니다. 그러고야 어찌 정나라를 지배할 수 있습니까?"

초장왕이 놀라 큰소리로 말한다.

"과인이 비록 싸울 줄은 모르나 어찌 진나라 모든 신하만 못하리오. 과인은 그대를 따라 싸우리라."

그날 밤으로 초장왕은 영윤 손숙오에게 사람을 보내어 진군과 싸우기로 결심했다는 뜻을 알렸다.

이튿날 초군은 일제히 병거를 북쪽으로 돌려 출발했다.

초군은 관성管城 땅에 이르러 진군이 오기를 기다렸다.

배우가 왕을 깨우치다

진경공晉景公이 즉위한 지 3년째 되던 해였다. 진晉나라는 초군楚軍의 공격을 받고 있는 정나라를 구출하려고 순림보荀林父를 중군中軍 원수로 삼고, 선곡先縠을 그 부장副將으로 삼고, 사회士會를 상군上軍 원수로 삼고, 극극郤克을 그 부장으로 삼고, 조삭趙朔을 하군下軍 원수로 삼고, 난서欒書를 그 부장으로 삼았다.

그리고 조괄趙括·조영趙嬰을 중군 대부로 삼고, 공삭鞏朔·한천韓穿을 상군 대부로 삼고, 순수荀首·조동趙同을 하군 대부로 삼았다. 또 한궐韓厥을 사마司馬로 삼고, 위기魏錡·조전趙旃·순앵荀罃·봉백逢伯·포계鮑癸 등 수십 명을 부장部將으로 삼았다.

이들 모든 장수는 병거 600승을 거느리고 6월에 진晉나라 강성絳城을 떠나 황하에 이르렀다.

세작細作이 돌아와서 보고한다.

"오랫동안 포위를 당한 정나라는 우리 나라 군사를 기다리다 못해 이미 초군에게 항복했습니다. 그후 초군은 북쪽으로 갔다고 합니다."

순림보는 행군을 중지시키고 모든 장수와 회의했다.

사회가 먼저 말한다.

"미처 정나라를 구원하지 못한 바에야 다시 초군과 싸운대도 아무 명목이 서질 않소. 군사를 돌려 본국으로 돌아갔다가 기회를 기다려 다시 출동하기로 합시다."

순림보는,

"그 의견이 타당하오."

하고 즉시 모든 장수에게 회군하도록 명령을 내렸다.

이때 중군 중에서 한 상장上將이 앞으로 나서며 반대한다.

"이대로 돌아가다니 그게 무슨 말씀이오? 우리 진나라가 패업覇 業을 성취하고 모든 나라 제후를 지배하게 된 것은, 지금까지 우 리가 기울어가는 나라를 붙들어 일으키고 위급한 나라를 구해줬 기 때문이오. 이번에 정나라가 굴복한 것도 우리가 속히 그들을 도와주지 못했기 때문이었소. 지금이라도 우리가 초군을 무찔러 이기기만 하면 정나라는 반드시 우리 편이 될 것이오. 이제 우리 가 정나라를 버리고 초군을 피하여 달아난다면 천하의 약소弱小 한 나라들은 무엇으로 우리를 믿겠습니까? 우리 진나라는 장차 천 하를 지배하지 못할 것이며, 백주伯主의 지위를 잃을 것이오. 원 수가 꼭 회군하겠다면 한 가지 청이 있소. 소장小將은 본부本部 군 대만이라도 거느리고 가서 초군을 치겠소."

순림보가 보니 그는 다름 아닌 중군 부장 선곡이었다. 순림보가 대답한다.

"지금 초왕은 친히 군사를 지휘하고 있소. 그들의 군사는 결코 약하지 않소. 그대가 자기 소속 군사만 거느리고 적을 친다는 것은 마치 굶주린 범에게 고기를 던져주는 것과 같소. 무슨 소용이 있겠소."

선곡이 큰소리로 부르짖는다.

"만일 싸우지 않으면 천하 모든 나라가 진나라엔 초군과 싸울 만한 사람이 하나도 없다고 할 것이오. 어찌 그런 수치를 받을 수 있겠소. 비록 적진 앞에서 죽을지언정 우리는 우리의 뜻을 버릴 순 없소."

선곡은 말을 마치자 분연히 밖으로 나가버렸다.

바깥으로 나온 선곡이 조동趙同, 조괄趙括 형제에게 말한다.

"원수는 초군이 무서워서 회군하겠다고 하오. 나는 내가 거느린 군사만이라도 데리고 가서 싸울 작정이오."

조동 형제가 찬성한다.

"대장부가 어찌 도중에서 돌아갈 수 있으리오. 우리 형제도 장군을 따라가겠소."

이에 세 장수는 장령將令도 받지 않고 자기네 맘대로 군사를 거느리고서 황하를 건넜다. 그후 순수荀首가 조동을 찾았으나 보이지 않았다.

한 군사가 와서 고한다.

"조동 형제분은 선곡 장군을 따라 초군을 치러 갔습니다."

순수는 이 말에 깜짝 놀라 곧 사마 한궐韓厥에게 이 일을 보고했다. 한궐이 즉시 중군으로 가서 순림보에게 묻는다.

"원수는 선곡이 이미 황하를 건너갔다는 걸 모르시오? 그가 초군과 싸운다면 반드시 패할 것이오. 그가 싸움에 패하면 원수는 오로지 그 책임을 도맡아 져야 하오. 장차 이 일을 어찌하시려오?"

순림보가 황망히 되묻는다.

"이 일을 어떻게 하면 좋겠소?"

한궐이 대답한다.

"일이 이 지경에 이른 바에야 삼군을 총진군시키는 도리밖에 없습니다. 싸워서 이기면 이는 원수의 공이며, 만일 질지라도 모든 장수가 그 책임을 나누어 지면 원수 혼자 죄를 당하진 않을 것이오."

순림보가 자리에서 내려가 한궐의 손을 잡으며,

"고마운 말씀이오."

하고 곧 전군全軍에게 진군할 것을 명령했다. 이에 진군晉軍은 황하를 건너가 오산敖山과 호산鄗山 사이에서 영채를 세웠다. 먼저 황하를 건너간 선곡은 뒤따라 강을 건너오는 진군을 보고 매우 기뻐했다.

"그러면 그렇지, 원수가 내 의견을 무시할 리 있나!"

한편, 정나라 정양공은 진晉나라 대군이 온다는 세작의 보고를 듣고 무서워했다. 진군이 초군을 이기는 날엔 어떻게 될까. 틀림없이 진군은 초나라에 충성을 맹세한 정나라를 내버려두지 않을 것이다. 그러면 진군으로부터 어떤 호된 꾸지람을 들을지 모른다.

이에 정양공은 모든 신하를 불러 상의했다.

대부 황술皇戌이 앞으로 나가서 아뢴다.

"청컨대 신이 사신으로 진군에게 가서 초군과 싸울 것을 권하겠습니다. 우리는 진군이 이기면 진나라를 섬기고, 초군이 이기면 초나라를 섬기면 그만입니다. 곧 둘 중에 강한 나라를 골라서 섬기는 수밖에 없습니다. 상감께선 이 일을 너무 근심하지 마십시오."

정양공은 머리를 끄덕이며 대부 황술에게 만사를 맡겼다.

황술은 진군이 오는 곳으로 갔다. 그는 진군에게 가서 정양공의 뜻을 전했다.

"우리 상감께선 가물에 비를 기다리듯이 귀국 군사가 와서 도와주기를 기다렸습니다. 그러나 사직社稷이 장차 위기에 직면한지라, 본의는 아니었습니다만 하는 수 없이 잠시나마 숨을 좀 돌리려고 초군에게 굴복했습니다. 우리 정나라를 정복한 초군은 지금 교만할 대로 교만해졌습니다. 그리고 그들은 우리 나라를 오랫동안 공격했으므로 지칠 대로 지쳐 있습니다. 이 참에 진군이 초군을 친다면 우리 정나라도 그 뒤를 따라 일어나겠습니다."

선곡이 힘차게 대답한다.

"초군을 쳐서 물리치고 정나라를 도와줘야 할 때는 바로 지금이오."

난서欒書가 주의를 준다.

"원래 정나라 사람은 변화무쌍하오. 그 말을 다 곧이들을 수는 없소."

조동·조괄 형제가 참견한다.

"우리의 속국屬國이 우리를 돕겠다는데 이 기회를 놓쳐선 안 되오. 선곡의 말씀이 옳습니다."

마침내 선곡은 뒤에 오는 원수 순림보에겐 이 일을 의논하지도 않고 자기 마음대로 정나라 왕술에게 초군과 싸우겠다고 확약해서 보냈다.

그러나 누가 알았으랴!

한편, 정양공은 또 다른 신하 한 사람을 초군에게 보내어 초장왕에게 진군과 싸우도록 권했다. 정나라는 양편 군사에게 다 싸움

을 하도록 만들어놓고 누가 이기나 앉아서 구경이나 하자는 배짱
이었다.

손숙오는 진군이 강한 것을 염려하여 초장왕에게 성심을 다해
아뢰었다.

"진군은 지금 우리와 싸울 생각이 별로 없을 것입니다. 그러니
우리 편에서 화평을 한번 청해보십시오. 그래도 저편이 응하지 않
거든 그때에 싸워도 늦지 않습니다. 그러고 나서 싸워야만 천하가
다 진군이 잘못이라고 할 것입니다."

초장왕은 그 말을 옳게 여기고, 채구蔡鳩를 진군에게 보냈다.
채구는 즉시 진군에게 가서 화평을 청했다.

순림보가 반가이 찬동한다.

"이는 진·초 두 나라의 복이오."

그러나 곁에서 선곡이 채구에게 욕설을 퍼붓는다.

"네 우리 속국을 뺏고 이제 와서 화평을 청하느냐. 우리 원수는
승낙했다만, 나 같으면 결코 화평하지 않고 너의 나라 군사를 한
놈도 못 돌아가게 다 쳐죽여 이 선곡의 솜씨를 보여주겠다. 너는
속히 돌아가서 네 임금에게 내 말을 전하여라. 속히 달아나서 목
숨이나 유지하라고 일러라."

채구가 한바탕 욕을 먹고 쥐구멍을 찾듯 급히 진군 영문營門을
나오는 참이었다.

그때 조동·조괄 형제가 그에게 시퍼런 칼을 들이대면서 위협
한다.

"채구야! 말 듣거라. 네 다시 이곳에 오는 날이면 이 칼이 너를
가만두지 않을 것이다."

채구가 허둥지둥 진영眞營을 나왔을 때였다.

이번엔 진나라 장수 조전趙旃이 활을 들어 채구를 겨누면서 꾸짖는다.

"너는 바로 내 화살에 먹혀야 할 고깃덩어리다. 언제고 내 손에 너의 임금이 죽을 줄 알아라. 이번만은 특별히 살려보내니 내 말을 오랑캐 왕[蠻王]에게 잘 전달하여라."

채구는 초군 영채로 돌아가서 초장왕에게 자기가 당하고 온 가지가지 모욕을 낱낱이 고했다.

초장왕은 분기충천했다.

"누가 가서 진군에게 싸움을 걸겠느냐!"

대장 악백樂伯이 기다렸다는 듯이 앞으로 나선다.

"원컨대 신이 가겠습니다."

악백은 즉시 혼자서 병거를 타고 허백許伯을 어자御者로 삼고, 섭숙攝叔을 차우車右로 삼아 바람처럼 달려갔다. 악백은 진군 보루保壘 가까이 가서 일부러 병거에서 내려 말고삐를 잡고, 허백은 말을 손질하고 안장을 바로잡으며 매우 한가한 체를 했다.

이때 보초를 보던 진병晉兵 10여 명이 달려나왔다. 악백은 갑자기 돌아서면서 활을 쏘아 그중 한 놈을 거꾸러뜨렸다. 동시에 섭숙이 수레에서 나는 듯이 뛰어내려 앞서오는 놈을 때려눕힌 다음, 그 쓰러진 놈을 사로잡아 수레 위에 올라탔다. 나머지 진병은 그제야 상대가 무서운 적장인 줄 알고 소리를 지르면서 병영으로 달아났다. 이에 악백은 병거를 돌려 본영本營 쪽으로 향했다.

한편, 병졸의 보고를 받고서 진군晉軍은 초나라 장수가 와서 보졸을 죽이고 싸움을 건 것을 알았다.

이에 진군은 세 길로 나누어 초나라 병거를 뒤쫓았다. 말을 타고 한가운데서 악백의 병거를 뒤쫓아가는 진나라 장수는 포계鮑

癸며, 왼편은 봉영逢寧이며, 오른편은 봉개逢蓋였다.

악백이 병거를 달리면서 섭숙과 허백에게 말한다.

"그대들은 말고삐를 잡으라. 나는 뒤따라오는 진나라 장수에게 솜씨를 보여줘야겠다."

악백은 조궁彫弓(조각을 한 활)을 잡아당겨 뒤쫓아오는 진군을 향해 잇달아 쐈다. 화살은 조금도 빗나가는 것이 없었다.

왼편에서 뒤쫓아오던 봉영은 말이 화살에 맞아 쓰러지는 바람에 저 멀리 나가떨어졌다. 다음 순간, 오른편에서 뒤쫓아오던 봉개가 이마에 화살을 맞고 말에서 굴러떨어졌다. 두 장수가 나가떨어지자 좌우에서 뒤쫓아오던 군사들은 더 따라오질 않았다.

한가운데를 달리는 포계만이 악백의 병거 뒤로 점점 접근해왔다. 악백은 이미 활을 잡아당겨 뒤쫓아오는 포계를 노렸다. 이때 악백에게 남은 화살이라곤 단 한 대밖에 없었다. 악백은 포계를 쏘려다가 문득 생각을 고쳤다.

'만일 이 한 대의 화살이 적장敵將을 죽이지 못하면 그땐 우리가 죽는 것이다.'

바로 이때였다.

사슴 한 마리가 요란한 말발굽 소리와 병거 바퀴 소리에 놀라 덤불에서 잘못 튀어나왔다가 다시 덤불 속으로 뛰어들어가려고 했다. 악백은 포계를 노리던 활을 즉시 사슴에게 돌려 쐈다. 사슴은 강한 화살을 맞고 쓰러졌다.

"저 사슴을 적장에게 바쳐라."

악백의 분부가 내리자 섭숙이 병거에서 뛰어내려 두 팔을 벌리고 우선 뒤쫓아오는 포계의 앞을 가로막았다. 포계가 말을 세우자, 섭숙은 즉시 죽은 사슴을 메고 가서 포계에게 바쳤다.

"원컨대 뒤따라오는 부하 군사들에게 줘서 반찬이나 하십시오."

그렇지 않아도 포계는 악백의 화살이 백발백중인 것을 보고 속으로 매우 불안해하던 참이었다. 그는 섭숙이 바치는 사슴을 받고 위엄을 부리면서 대답한다.

"초나라 장수가 예로써 대하니 내 어찌 그를 칠 수 있으리오."

그러나 속으론 악백의 활솜씨에 무한히 감탄하고는 죽음을 면하게 된 것을 다행으로 생각했다. 악백은 포계가 부하들을 거느리고 되돌아가는 것을 보고서야 병거를 천천히 몰았다.

옛사람이 시로써 이 일을 증명한 것이 있다.

> 한 대의 병거로 가서 싸움을 걸고 적의 장수를 끌어냈으니
> 달리는 병거는 우레 소리 같고 뛰는 말은 용과 같더라.
> 악백의 화살을 누가 무서워하지 않을쏘냐
> 뒤쫓던 군사들은 목을 움츠리고 바람처럼 돌아갔도다.
> 單車挑戰騁豪雄
> 車似雷轟馬似龍
> 神箭將軍誰不怕
> 追軍縮首去如風

진나라 장수 위기魏錡는 포계가 초나라 장수 악백을 놓아줬다는 말을 듣고 몹시 노했다.

"초나라 장수가 혼자 와서 싸움을 걸었는데 우리 진나라 편에서 한 사람도 나가서 싸우지 못한다면, 우리는 적의 웃음거리가 될 것이다. 나 또한 병거 한 대만 몰고 가서 초군의 힘을 탐지하리라."

조전趙旃이 청한다.

"바라건대 함께 갑시다. 나도 장군과 함께 가서 적과 겨루어보고 싶소."

곁에서 순림보가 충고한다.

"초군은 처음에 와서 화평을 청했고, 그런 연후에 싸움을 걸었소. 그대도 초군에 가거든 먼저 화평부터 청하오. 그래야만 우리나라도 답례를 하는 셈이 되오."

위기가 대답한다.

"그럼 소장이 먼저 가서 화평을 청하기로 하지요."

조전도 나선다.

"그럼 장군이 먼저 병거를 타고 가서 초나라 강화사講和使 채구에 대한 보답을 하십시오. 나는 뒤따라가서 악백에 대한 앙갚음을 하겠소."

이에 위기가 병거를 타고 먼저 떠났다.

이때 상군 원수 사회는 조전, 위기 두 장수가 초군에게 앙갚음을 하러 간다는 말을 듣고 그들을 말리려고 급히 순림보에게 갔다. 그러나 사회가 갔을 때엔 이미 두 장수가 떠난 뒤였다.

사회가 순림보를 비난한다.

"위기와 조전은 둘 다 조상이 세운 공로만 잔뜩 믿고서, 늘 자기들에게 높은 벼슬을 주지 않는대서 불평과 원망을 품고 있는 사람들이오. 더구나 그들은 혈기방장해서 덤빌 줄만 알지 물러설 줄을 모르오. 그들은 이번에 가서 반드시 초군을 격분시킬 것이오. 분노한 초군이 갑자기 이리로 쳐들어온다면 장차 우리는 무엇으로 적을 막을 작정이오?"

이때 부장 극극郤克이 와서 말한다.

"초왕의 속맘이란 측량할 수가 없습니다. 우리는 여하튼 간에 미리 준비를 해야 하오."

이 말에 선곡이 큰소리로 부르짖는다.

"조만간에 적을 무찔러버릴 것인데 방비는 무슨 놈의 방비란 말이오!"

중군 원수 순림보는 두 의견 사이에 끼여 능히 결단을 내리지 못했다. 사회가 물러나오면서 극극에게 한탄한다.

"순림보는 막대기로 만들어놓은 사람이오. 그런 사람을 믿고 무슨 일을 하겠소. 이젠 우리끼리 계책을 세웁시다."

이에 극극은 사회의 분부를 받고 상군 대부인 공삭鞏朔과 한천에게 명령했다.

"그대들은 각기 본부병本部兵을 거느리고 삼대로 나누어 오산 앞에 가서 매복하고 기다리오."

동시에 중군 대부 조영趙嬰도 만일을 염려하여 군사를 황하로 보내어 배들을 대기시켰다.

한편, 진나라 장수 위기는 전부터 순림보가 중군 원수가 된 것을 질투하고 있었다. 그래서 순림보 앞에선 시키는 대로 가서 화평을 청하겠다고 했으나, 정작 초군에게 가서는 싸움을 청했다.

이때 초나라 장수 반당潘黨은 지난번에 채구가 진영晉營으로 갔다가 진나라 장수들에게 갖은 모욕을 당하고 왔다는 걸 알고 있었다.

반당은 진나라 장수 위기가 왔다는 말을 듣고, 그 앙갚음을 하려고 황급히 중군으로 뛰어들어갔다. 그러나 그땐 이미 위기가 싸움을 청하고 떠난 후였다. 반당은 즉시 말을 타고 그 뒤를 쫓아갔다.

반당은 큰 못 가에 이르러 앞에 가는 위기를 보았다. 그는 달리는 말에 더욱 채찍질을 하여 뒤쫓아갔다.

위기는 큰 못을 돌아나가다가 초나라 장수가 급히 뒤쫓아오는 걸 보고서 즉시 한바탕 싸우기로 했다. 이때 그는 그 큰 못 가에서 여섯 마리의 사슴이 놀고 있는 걸 봤다. 이에 그는 전번에 악백이 포계에게 사슴을 잡아주었던 일을 생각하고 화살을 뽑아 사슴 한 마리를 쏴죽이고서,

"뒤쫓아오는 초나라 장수에게 저 사슴을 갖다줘라."

하고 어자에게 분부했다. 어자는 달려오는 반당의 앞을 가로막고서 그 사슴을 바쳤다.

"전날 악백 장군이 우리에게 사슴 한 마리를 선사한 일이 있기에, 이제 우리도 경건히 이 사슴 한 마리를 장군에게 바칩니다."

반당은 말 위에서 소리 없이 웃으며 속으로 생각했다.

'이놈들이 우리 흉내를 내는구나. 내가 이놈들을 때려눕힌다면 이는 우리 초나라에 예법이 없다는 것밖에 안 된다.'

반당은 뒤따라온 부하 군졸에게 사슴을 받게 하고 하는 수 없이 말고삐를 돌려 돌아갔다.

이리하여 위기는 무사히 진영陣營으로 돌아가서 순림보에게 거짓말을 했다.

"화평을 청했으나 초왕이 들어먹질 않습디다. 굳이 우리와 싸워야겠다고 버팁니다."

순림보가 묻는다.

"조전은 어째서 아직 돌아오지 않소?"

"내가 먼저 초군에게 갔고 그는 나보다 뒤에 떠났을 것이오. 그래서 우리는 서로 만나질 못했소."

순림보는 이맛살을 찌푸리며,

"초왕이 우리의 화평을 거절했다면, 지금쯤 조장군趙將軍은 초

군에게 가서 큰 낭패를 당하겠구려. 순앵荀罃은 돈거軘車 20승(수레)과 보졸 1,500명을 거느리고 속히 가서 조장군을 구출해오라."

하고 명령을 내렸다.

이에 진군은 초군이 있는 곳으로 출동했다.

한편, 조전이 초군 있는 곳에 당도했을 때는 밤이었다. 그는 초영楚營 군문軍門 밖에 자리를 펴고 병거 안에 편히 앉아서 술을 마셨다. 조전을 따라온 20여 명의 군사들은 초병楚兵으로 가장하고 사방을 순찰하는 체하면서, 그날 밤 초군이 사용하는 암호를 알아냈다. 이리하여 진나라 군졸들은 초영 안으로 끼여들어갔다.

그러나 그들은 한 초나라 병사의 검문에 걸려 진나라 군사인 것이 탄로났다. 이에 20여 명의 진병晉兵들은 즉시 칼을 뽑아 그 초나라 병사를 쳤다. 어느새 그 초병도 칼을 뽑고 있었다. 그러나 그 초병은 여러 진병의 칼에 맞아 쓰러지면서 소리소리 질렀다.

"진병이 침입했다!"

이 소리에 초영은 발칵 뒤집혔다. 군사들이 횃불을 들고 나와서 진병을 잡느라 야단법석이었다. 결국 초군은 20명의 진병을 쥐잡듯 때려잡았다. 그중에서 몇몇 진병이 겨우 도망쳐나와본즉 조전은 그때까지 술을 마시고 있었다.

진나라 병사들은 조전을 부축해서 병거에 태우고 어자를 불렀다. 그러나 어자는 초영에서 나오지 못하고 사로잡힌 후였다.

이미 동쪽 하늘이 밝아오기 시작했다. 조전은 친히 말등에다 채찍질을 했다. 그러나 병거는 속력을 내지 못했다. 말은 배가 고파서 병거를 끌고 달릴 만한 힘이 없었다.

한편 초장왕은 진병이 영중營中에 들어왔다가 달아났다는 보고를 듣고, 친히 융로戎輅를 몰아 군사를 거느리고 진병을 뒤쫓았다.

조전은 황급해서 병거를 버리고 소나무 숲 속으로 달아났다. 마침 초나라 장수 굴탕屈蕩이 달아나는 조전을 보고서 역시 병거를 버리고 숲 속으로 뒤쫓아 들어갔다. 달아나던 조전은 갑옷을 벗어 소나무 가지에 걸어놓고 가벼이 뛰었다. 굴탕은 조전이 버리고 간 갑옷과 병거를 거두어 돌아가서 초장왕에게 바쳤다.

이에 초장왕이 조전을 놓치고 본영으로 돌아가려고 융로를 돌리려던 참이었다. 저편에서 병거 한 대가 나는 듯이 달려왔다. 가까이 오는 걸 본즉 그 병거에 탄 장수는 반당이었다.

반당이 초장왕 앞에 이르러 북쪽을 가리키며 황급히 아뢴다.

"저 멀리 일어나는 먼지를 보십시오. 진나라 대군이 이리로 오고 있습니다."

사실 그것은 순림보가 조전을 구출해오도록 보낸 군사들이었다. 그런데 반당은 엄청나게 많은 군대로 잘못 본 것이다. 반당의 경솔한 보고 때문에 초장왕의 얼굴은 대뜸 흙빛으로 변했다.

이때 문득 남쪽에서 북소리와 뿔피리 소리가 하늘을 뒤흔들듯 일어났다. 곧 대신大臣 한 명이 일대一隊의 군사들을 거느리고 나는 듯이 달려왔다. 그 대신은 영윤 손숙오였다. 초장왕은 그제야 약간 안심하고 병거에서 내려오는 손숙오에게 물었다.

"승상은 진군이 오는 줄 어찌 알고서 과인을 구하러 왔소?"

손숙오가 대답한다.

"신은 진군이 오는 줄은 모르고 왔습니다. 다만 군왕께서 진군 속에 잘못 들어가시지나 않았을까 하고 신이 먼저 달려왔습니다. 지금 뒤에 우리 삼군이 이리로 오는 중입니다."

초장왕은 다시 북쪽을 바라봤다. 그러나 먼지가 그다지 높게 일진 않았다. 초장왕이 말한다.

"저기 오는 적은 대군이 아니다."

손숙오가 아뢴다.

"병법에 이르기를, '내가 먼저 적을 칠지언정 적에게 쫓기지 말라' 했습니다. 우리 대군이 이미 이르렀으니 왕께서는 곧 영을 내리사 적군으로 쳐들어가십시오. 만일 진나라 중군만 쳐서 무찔러버리면 나머지 적의 이군二軍은 능히 우리를 당적하지 못할 것입니다."

드디어 초장왕은 명령을 내렸다.

"공자 영제와 부장 채구는 좌군을 거느리고서 진나라 상군上軍을 치고, 공자 측과 부장 공윤工尹은 우군을 거느리고서 하군下軍을 쳐라."

그리고 초장왕은 친히 중군과 좌우 양광兩廣의 군사를 거느리고 직접 순림보의 대영大營으로 전진했다.

초장왕은 친히 북채를 들고 북을 쳤다. 이에 뭇 군사들이 따라서 일제히 북을 울렸다. 북소리는 우레 소리처럼 천지를 진동했다. 초군의 병거와 말은 일제히 진영晉營 쪽으로 달리고 달려갔다. 보졸들은 병거와 말을 따라 앞서거니뒤서거니 달렸다.

한편, 이때 진군은 아무런 준비도 없었다. 순림보는 들려오는 북소리에 대경실색하여 사람을 내보내어 초군이 얼마나 되고 어디쯤 왔는지 알아오게 했다. 그러나 이때엔 초군이 산과 들에 가득 퍼져 이미 진군 군영 밖까지 몰려들었다. 참으로 뜻밖에 당한 일이었다.

순림보는 너무나 다급하고 황망해서 아무 계책도 생각나지 않았다. 그는 힘을 다해서 싸우라고만 명령했다.

그런가 하면, 초군은 모두가 용기와 자신에 가득 차 있었다. 초군의 위세는 바다가 성난 듯, 산이 무너지는 듯, 하늘이 내려앉고 땅이 뒤집히는 듯한 힘을 가지고 있었다.

이에 비해서 진군은 꿈에서 깨어난 듯, 잔뜩 취했다가 술에서 깨어난 듯 동서남북을 구별하지 못하고 정신이 들락날락했다. 이러니 진군이 어찌 초군을 당적할 수 있으리오.

양군兩軍 사이에 서로 싸움이 벌어지자 진나라 군사는 그물에 쫓기는 고기나 탄알에 쫓기는 새처럼 초나라 군사에게 여지없이 죽음을 당했다. 진병은 문자 그대로 사분오열하여 쓰러졌다.

이때 순앵荀罃은 돈거를 타고 조전을 구출하러 갔다가 서로 만나지도 못하고, 도리어 초나라 장수 웅부기熊負羈를 만나 접전했다. 자꾸 초병의 후속 부대가 몰려왔다. 진병은 많은 초병을 감당할 수 없어 산지사방으로 달아났다. 순앵은 병거를 돌려 달아나다가 말이 화살에 맞아 쓰러지는 바람에 마침내 웅부기에게 사로잡히고 말았다.

한편 진나라 장수 봉백逢伯은 두 아들 봉영逢寧, 봉개逢蓋와 함께 조그만 병거를 타고 정신없이 달아나는 참이었다. 앞에서 조전이 뛰어오고 있었다. 조전은 발가락이 모두 터지고 찢어져서 참혹하기 이를 데 없었다. 조전은 진나라 병거를 보자 지옥에서 부처님을 만난 듯이 두 손을 들고 외쳤다.

"병거에 탄 분들이 누구신지는 모르겠으나 속히 와서 나를 태워주오!"

봉백은 조전의 음성임을 알아듣고 황급한 김에 한다는 말이,

"속히 속히 달려라! 그리고 돌아보지 말아라."

하고 두 아들에게 분부했다. 두 아들은 아버지의 뜻을 알 수 없어 어리둥절했다. 그러는 동안에 병거는 쏜살같이 조전의 곁을 지나

가 버렸다. 조전이 그냥 지나가버리는 병거 뒤를 쫓아가면서 죽을 힘을 다해 부르짖는다.

"봉백이여, 나를 태워주오!"

두 아들은 발에 피를 흘리면서 뒤쫓아오는 조전을 돌아보고 그 아버지에게 말한다.

"아버지, 조전이 저렇듯 뒤쫓아오면서 태워달라고 애걸하고 있습니다."

이 말을 듣자 봉백이 노발대발하며 두 아들을 꾸짖는다.

"너희들이 이미 조전을 봤다면 어째서 태우지 않았느냐! 속히 내려가서 모셔올려라!"

두 아들은 꾸중을 듣고 얼떨결에 황망히 뛰어내려 조전을 떠받쳐 병거에 태웠다. 어찌나 초군에게 놀랐던지 이미 제정신을 잃은 봉백은 조전이 타자 두 아들이 탔는지 어쩐지도 모르고서 그냥 병거를 몰고 달려가버렸다. 이에 미처 병거에 타지 못한 봉영과 봉개는 그날 군사들의 어지러운 싸움 속에서 전사했다.

한편 순림보는 한궐과 함께 병거를 타고 패잔병을 거느리고서 군영軍營 뒷문으로 빠져나가, 오른쪽으로 산을 끼고 황하 줄기를 따라 달아났다. 진군이 달아나면서 내버린 병거와 말과 무기는 이루 헤아릴 수 없을 정도였다. 이때 선곡이 화살을 맞아 피가 줄줄 흐르는 이마를 전포戰袍 자락으로 싸맨 채 순림보의 뒤를 쫓아왔다.

순림보가 뒤쫓아온 선곡을 손가락으로 가리키며,

"늘 싸워야 한다고 주장하던 자가 어찌 그 꼴이냐!"

하고 꾸짖었다.

그들은 정신없이 달아나 황하 건널목에 당도했다. 그런데 조괄趙括이 와서 순림보에게 그 형을 비난한다.

"나의 형 조영趙嬰은 몰래 준비해뒀던 배를 먼저 타고 자기만 황하를 건너가고선 우리를 태우러 오지 않습니다. 세상에 이런 도리가 어디 있습니까. 법으로 다스려주십시오."

순림보가 소리를 지른다.

"지금 죽느냐 사느냐 하는 판에 서로 소송할 여가가 어디 있느냐!"

이때부터 조괄은 그 형 조영을 원망했다.

순림보가 분부한다.

"우리 군사는 더 이상 초군과 싸울 수 없다. 지금 가장 급한 문제는 이 황하를 어떻게 건너느냐는 것이다. 선곡은 속히 배들을 모아오너라!"

그러나 대부분의 배는 이미 사방으로 흩어져버렸으니 어디에 있는지 누가 알리오. 선곡이 배를 모으러 떠난 후에도 진군은 건널목에서 아무 질서 없이 소란만 떨었다.

이때 황하의 언덕을 따라 무수한 군사와 말들이 오고 있었다. 순림보가 바라보니 건널목으로 몰려오는 진나라 하군 장수 조삭趙朔, 난서欒書와 그 수하 군졸들이었다. 그들은 초나라 장수 공자 측側에게 대패하여 역시 패잔병을 거느리고 이 길로 오는 중이었다.

이렇게 건널목엔 싸움에 져서 몰려오는 군사의 수효가 자꾸만 늘어났다. 지금 있는 배로는 도저히 모두 다 탈 가망이 없었다.

이때 남쪽 저편에서 먼지가 누렇게 일어났다. 순림보는 초군이 이곳까지 뒤쫓아오는 줄로만 알고 급히 북을 치면서 명을 내렸다.

"먼저 황하를 건너는 자에겐 상을 주리라."

마침내 생지옥이 벌어졌다. 군사들은 먼저 배를 타려고 서로 밟고 죽이고 아우성을 쳤다. 순식간에 배들은 초만원이 됐다.

뒤에 온 자들은 배에 올라타려고 새까맣게 몰려와 뱃전을 붙들고 매달렸다. 나중엔 매달린 자를 붙들고 서로 기어오르기 시작했다. 곧 배는 기울어지고 배에 탔던 자들은 개미 떼처럼 물 속으로 떨어졌다. 잇달아 배들이 뒤집혔다. 어지러운 비명 소리는 천지를 뒤흔들고 30여 척의 배는 차례로 부서졌다.

이때 선곡이 모아온 배들도 순식간에 초만원이 되어 기울어지기 시작했다. 배 위에서 선곡이 호령한다.

"매달리는 놈들의 손을 칼로 쳐라!"

먼저 탄 군사들은 일제히 칼을 뽑아 뱃전으로 기어오르려는 군사들의 손을 사정없이 내리쳤다.

이를 보자 한꺼번에 다른 배에서도 똑같이 그 짓들을 했다. 울부짖는 소리가 진동하고, 무수한 팔과 손가락이 배 안까지 굴러떨어졌다. 배에 탄 군사들은 그걸 긁어모아선 황하에다 던졌다.

언덕에선 군사들의 곡성이 산과 골을 뒤흔들었다. 하늘은 어둡고 땅도 처량했다. 햇빛도 빛을 잃었다.

사신史臣이 시로써 이 참혹한 광경을 읊은 것이 있다.

배가 큰 물결에 뒤집히고 잇달아 돛대는 쓰러지니
군사들은 파도에 밀려 피를 흘리면서 떠내려가는도다.
슬프구나, 진晉나라 수만 명의 군사는
그 반이 황하에서 귀중한 목숨을 잃었도다.
舟翻巨浪連帆倒
人逐洪波帶血流
可憐數萬山西卒

半喪黃河作水囚

이때 저편에서 또 먼지가 누렇게 일어났다. 점점 가까이 오는 걸 보니 그들은 순수荀首· 조동趙同· 위기魏錡· 봉백逢伯· 포계鮑癸 등 패전한 장수들이었다. 그들은 건널목에 이르자 즉시 배를 탔다.

순수는 배에 올라탄 뒤에야 아들 순앵이 없다는 것을 알았다. 순수는 군졸을 시켜 언덕에 가서 아들의 이름을 불러보게 했다.

한 군졸이 와서 순수에게 아뢴다.

"순앵 소장小將은 초군에게 사로잡혔습니다. 제가 그걸 직접 목격했습니다."

순수는 눈앞이 아찔해졌다.

"그래 그게 정말이냐? 허어! 자식을 잃고 어찌 맨손으로 돌아갈 수 있으리오."

그는 배에서 내려 다시 언덕으로 올라가 병거를 타고 초군에게 가려고 했다. 순림보가 말린다.

"순앵은 이미 초군에게 사로잡혀갔는데, 이제 간들 무슨 소용이 있으리오."

순수가 대답한다.

"적군의 장수를 잡아서라도 반드시 내 아들과 바꿔오겠소."

원래 위기는 순앵과 매우 친한 사이였다.

그래서 위기는,

"나도 함께 가서 순앵을 찾겠소."

하고 나섰다.

이 말을 듣고 순수는 힘을 냈다.

이때 순수의 가병家兵들이 아직도 수백 명이나 살아남아 있었다. 순수는 평소에 수하 사람과 군사를 사랑했기 때문에 그들의 존경을 받는 터였다. 그래서 그의 소속인 하군과 언덕에 있던 군사들이 다 순수를 따라가겠다고 나섰다. 뿐만 아니라 이미 배 위에 탄 군사들 중에서도 하군 대부 순수가 그 아들을 찾으러 초군에게 간다는 말을 듣고 배에서 내려 다시 언덕으로 올라오는 자들이 많았다. 이때 진군의 사기는 처음 고국을 떠날 때보다 못하지 않았다. 더구나 순수는 진나라에서도 유명한 명궁名弓이었다.

마침내 순수는 좋은 화살을 많이 가지고 군사들을 거느리고서 다시 초군 있는 곳을 향해 떠났다.

한편, 초나라 노장老將 연윤連尹 양노襄老는 진군이 버리고 간 병거와 무기를 주워모으고 있었다. 이때 진나라 군사가 졸지에 역습해왔다. 양노는 몹시 당황해서 군대를 정비할 겨를이 없었다. 순수는 즉시 튼튼한 화살로 양노를 쐈다. 늙은 양노는 뺨에 화살을 맞고 병거 위에 벌렁 나자빠졌다. 초나라 장수 공자 곡신穀臣이 양노가 화살을 맞고 쓰러지는 것을 보고서 병거를 달려 양노를 구출하려고 갔다.

이에 위기가 달려나가 도중에서 공자 곡신을 가로막고 싸웠다. 이를 보자 순수는 다시 활로 공자 곡신을 쐈다. 화살은 공자 곡신의 오른팔을 맞혔다. 공자 곡신이 아픔을 참고 화살을 뽑는 사이에 위기는 번개처럼 달려들어 그를 사로잡았다.

순수가 자기 앞에 끌려온 양노의 시체와 사로잡힌 공자 곡신을 굽어보면서 부하에게 분부한다.

"이것들을 다 수레에 실어라. 가히 내 아들을 대신해서 앙갚음을 하리라. 초군은 매우 강하다. 이 이상 더 지체할 순 없다. 어서 돌아가자."

이에 순수는 군사를 거두고 병거를 돌려 돌아갔다. 초군이 이일을 알고 달려왔을 때엔 진병은 이미 떠난 지 오래였다.

한편 초나라 장수 공자 영제嬰齊는 진나라 상군을 쳤다. 사회士會는 이런 일이 있을 줄을 미리 알고 우선 각처에다 진을 벌였기 때문에 초군을 맞이하여 싸우면서 일변 달아났다.

공자 영제가 진나라 상군을 뒤쫓아 오산 아래 이르렀을 때였다. 문득 포성이 진동하면서 진군이 쏟아져나왔다. 맨 앞에 달려나오는 한 장수가 병거 위에서 큰 소리로 외친다.

"나는 진나라 장수 공삭鞏朔이다. 내 너희들을 기다린 지 오래다!"

공자 영제는 안심하고 적을 쫓다가 깜짝 놀랐다. 이에 공삭과 공자 영제는 서로 어울려 20여 합을 싸웠다. 공삭은 싸우는 한편으로 사회를 보호하면서 천천히 후퇴했다. 공자 영제는 다시 진군을 추격했다. 그때 갑자기 전면에서 포성이 일어났다. 동시에 진나라 장수 한천이 군사를 거느리고 나타났다.

이에 초나라 편장偏將 채구蔡鳩가 나아가 서로 어우러져 싸우려는데, 또 산골짜기에서 포성이 진동하면서 무수한 기패旗旆가 구름처럼 일어났다. 동시에 진나라 군사들이 내려오기 시작했다. 이에 공자 영제는 많은 진군이 매복하고 있음을 보고 당황했다. 그는 혹 진군의 계책에 빠질까 겁이 나서 마침내 금金을 울리고 군사를 거두어 후퇴했다.

초군이 물러가는 걸 보고 사회는 군사를 점호했다. 졸병 하나 상한 사람이 없었다. 사회는 오산의 험한 곳을 이용해서 북두칠성 모양으로 조그만 영채營寨 일곱 개를 세우고 서로 긴밀한 연락을 취했다. 그런 뒤로 초군은 감히 쳐들어오지 못하고 결국 물러가버렸다.

그제야 사회는 군사와 기치를 정돈하고 돌아갔다. 이리하여 순수도 다시 황하 건널목으로 돌아오고 사회도 돌아왔다.

이렇게 진군은 속속 다시 모여들었다. 그러나 순림보는 아직도 군사를 다 황하 저편으로 건너보내질 못해서 초조했다.

그러던 차에 조영이 빈 배들을 거느리고 저편에서 남쪽으로 건너와 순림보와 모든 군사를 태웠다. 이땐 이미 해가 서산을 넘어서 사방이 어두워졌다.

한편, 이때 초군은 필성邲城• 땅까지 왔다.

오삼伍參이 청한다.

"속히 가서 진군을 모조리 무찔러야 합니다."

초장왕이 머리를 흔들며 조용히 대답한다.

"우리 나라는 옛날에 성복城濮 땅에서 진문공晉文公에게 패한 이후로 사직에까지 수치羞恥를 끼쳤다. 그러나 이번 싸움에서 가히 전날의 분을 설욕했다. 이젠 우리도 진晉과 강화할 도리를 생각해야 한다. 무엇 때문에 적을 많이 죽일 필요가 있으리오."

마침내 초군은 더 나아가지 않고 필성 땅에서 영채를 세웠다. 그래서 이날 밤에 진군은 황하를 무사히 건널 수 있었다. 밤새도록 진군晉軍은 배를 타느라고 소란했다. 아침이 됐을 때에야 그들은 겨우 황하를 다 건넜다.

후세 사신은 순림보를 다음과 같이 논평했다.

순림보는 초군을 당적할 줄을 몰랐으며, 장수를 부릴 만한 자격이 없었다. 그래서 그는 나아가지도 물러서지도 못하다가 그런 참패를 당한 것이다. 이리하여 패권은 중원에서 남쪽 오랑캐 초나라로 넘어가고 말았다. 어찌 애달픈 일이 아니리오.

또 사신이 시로써 이 일을 탄식한 것이 있다.

　싸움에 나가면 원수元帥가 모든 전권을 쥐는 법인데
　어찌하여 비장裨將 급인 선곡 등이 마음대로 싸우기를 결정
했던가.
　배를 타려던 군사들이 손과 팔을 잃었으니 기막힌 노릇이다
　비록 진군이 황하를 건너 돌아는 갔지만 처량하구나.
　閫外元戎無地天
　如何裨將敢撓權
　舟中掬指眞堪痛
　縱渡黃河也覩然

　정나라 정양공鄭襄公은 초군이 승리했다는 소식을 들었다. 그
는 친히 필성 땅까지 가서 초군에게 아첨했다. 정양공은 초장왕을
모시고 형옹衡雍으로 돌아가서 성대히 잔치를 베풀고 초나라의
승전을 축하했다. 이때 정나라가 베풀어준 잔치 자리에서 반당潘
黨이 아뢴다.
　"청컨대 진晉나라 군사들의 시체를 다 모아 성내에 높이 쌓아
놓고 우리의 무공武功을 천추만세에 빛나게 해야겠습니다."
　초장왕이 조용히 대답한다.
　"진나라에는 우리가 쳐야만 할 그런 죄가 있는 것도 아니었다.
과인은 그저 이번에 다행히 이겼을 뿐이니 무슨 무공이랄 것이 있
으리오."

이에 초군은 진나라 군사의 시체를 모두 땅에 묻어주었다. 그리고 초장왕은 친히 제문祭文을 짓고 황하의 신神에게 제사를 지냈다. 연후에 초군은 개가를 부르면서 본국으로 돌아갔다.

초나라로 돌아온 초장왕은 이번 싸움에 나간 장수와 군사들에게 논공행상論功行賞을 베풀었다. 이번 싸움에 오삼의 계책이 큰 효과를 거뒀다 해서 오삼은 일약 대부가 됐다. 오거伍擧 · 오사伍奢 · 오상伍尙 · 오원伍員(오월吳越 시대 영웅 오자서伍子胥의 본명)은 다 이 오삼의 후손들이다.

영윤 손숙오가 소리 높여 탄식한다.

"진나라를 이긴 큰 공훈이 한낱 보잘것없는 오삼에게 돌아갔으니 나는 그저 부끄럽기만 하다."

이때부터 영윤 손숙오는 우울병에 걸려 끝내 자리에 눕고 말았다.

한편, 순림보는 패한 군사를 이끌고 본국으로 돌아가서 진경공晉景公을 뵈었다. 노발대발한 진경공은 순림보를 당장에 참하도록 호령했다. 모든 신하가 일제히 아뢴다.

"순림보는 선조 때부터 벼슬을 살아온 대신입니다. 비록 이번 싸움에 진 죄가 없진 않으나, 실은 선곡이 군령을 어긴 때문이었습니다. 상감께서는 선곡만을 참하시고 앞으론 이런 일이 없도록 경계하시는 걸로써 고정하십시오. 예전에 초왕楚王이 패장敗將 성득신成得臣을 죽였을 때 우리 문공께선 기뻐하셨고, 진秦나라가 패장 맹명孟明을 용서했을 때 우리 양공襄公께선 두려워하신 일도 있습니다. 바라건대 상감께선 순림보를 용서하시고 이 다음에 큰 공을 세울 수 있도록 기회를 주십시오."

진경공은 모든 대신의 의견에 따라 선곡만 죽이고 순림보는 본직에 머물러 있게 했다. 그리고 진경공은,

"육경六卿은 철저히 군사를 조련시켜 다음날 초나라에 원수를 갚도록 하여라."

하고 분부했다.

이때가 바로 주정왕周定王 10년이었다.

주정왕 12년 봄에 초나라 영윤 손숙오는 병세가 악화됐다. 그는 아들 손안孫安을 병상 곁으로 불렀다.

"여기 유서가 있으니 내가 죽거든 왕께 갖다바쳐라. 만일 왕께서 너에게 벼슬을 내릴지라도 결코 받아선 안 된다. 너는 재주가 없는 사람이다. 나라를 경영하고 백성을 건질 만한 인물이 못 된다. 외람되이 벼슬을 할 생각은 아예 말아라. 또 왕께서 큰 고을을 주거든 그것도 받지 말고 사양하여라. 정 사양할 수 없거든 침구寢邱 땅이나 달라고 하여라. 그곳은 토질이 워낙 박薄해서 아무도 욕심낼 사람이 없을 것이다. 침구 땅 정도라면 네가 오래도록 자손을 보존할 수 있으리라."

손숙오는 말을 마치고 세상을 떠났다. 이에 손안은 아버지의 유서를 가지고 가서 초장왕에게 바쳤다. 초장왕이 받아본즉, 그 내용은 다음과 같았다.

신은 보잘것없는 인물입니다. 군왕께서 뽑아주신 은덕으로 정승의 자리에 있은 지 수년 이래, 큰 공을 세우지 못하고 중임重任을 저버렸으니 부끄럽습니다. 평생 군왕의 은덕을 입어 이제 제 집 창 아래서 죽게 되니 신으로선 천만다행이라 하겠습니다. 손안孫安은 신에게 단 하나밖에 없는 자식이지만 워낙 불초해서 가히 벼슬을 감당할 만한 인물이 못 됩니다. 신의 조카 위빙蕩憑이 자못 재능이 있기에 천거하오니 가히 한자리를 맡기십시오. 진晉나라는 대대로 천하의 패권을 잡고 백업伯業을 유지하다가 비록 이번에 우리에게 패하긴 했으나 결코 가벼이 볼 상대가 아닙니다. 그리고 우리 나라는 오랜 싸움 때문에 백성들의 고생이 이만저만이 아닙니다. 다만 군사를 쉬게 하고 백성들을 편안하게 해주는 것이 상책일까 합니다. 사람이 죽을 때엔 그 말〔言〕이 착하다고 합니다. 왕께선 신의 마음을 살피소서.

초장왕이 다 읽고서 탄식한다.

"손숙오는 죽으면서도 나라를 잊지 않았구나. 과인이 복이 없어 하늘이 이런 훌륭한 신하를 뺏어갔도다."

초장왕은 즉시 어가를 타고 손숙오의 집으로 갔다. 초장왕은 친히 그 염殮하는 것을 보고 널〔棺〕을 쓰다듬으면서 슬피 울었다. 따라갔던 모든 신하들도 다 흐느껴 울었다.

이튿날 초장왕은 공자 영제를 영윤令尹으로 삼고, 죽은 손숙오가 천거한 위빙을 불러서 잠윤箴尹 벼슬을 줬다. 또 이날 초장왕은 손안에게 공정工正* 벼슬을 줬다. 그러나 손안은 죽은 아버지의 유언을 지키기 위해 굳이 사양하고 받지 않았다. 그후 손안은 교외로 물러가서 밭을 갈며 살았다.

원래 초장왕에겐 총애하는 한 배우俳優가 있었다. 그는 난쟁이였다. 그의 성이 맹孟가라 사람들은 그를 우맹優孟이라고 불렀다. 우맹은 비록 키는 5척이 못 되지만 평소 익살을 잘 부리고 사람을 곧잘 웃겼다. 그래서 우맹이 나타나기만 하면 어느 자리고 간에 웃음꽃이 피었다.

어느 날, 우맹은 교외에 나갔다가 마침 산에서 나뭇짐을 지고 집으로 돌아가는 손안을 만났다. 우맹은 처음엔 자기 눈을 의심했다. 그러다가 황급히 나아가 손안에게 인사했다.

"귀인貴人이 어찌하사 나뭇짐을 지고 이렇듯 고생을 하십니까?"

손안이 대답한다.

"우리 아버지는 오랫동안 이 나라 정승으로 계셨지만 아무것도 나에게 남기신 것이 없네. 아버지는 그렇듯 청렴한 분이셨지. 아버지는 세상을 떠나셨고 집안엔 남은 재산이 없으니, 내 어찌 지게를 지지 않을 수 있으리오."

우맹이 연신 탄식한다.

"귀인은 낙심 마십시오. 언제고 왕께서 부르실 날이 있을 것입니다."

이날 우맹은 성안으로 돌아가자마자 손숙오가 생전에 입던 것과 똑같은 의관衣冠 한 벌을 장만하고 똑같은 칼까지 한 자루 장만했다. 그러고서 우맹은 혼자서 열심히 손숙오가 살았을 적의 그 음성과 행동하던 몸짓을 연습했다. 사흘 만에 우맹은 손숙오가 다시 살아난 것처럼 흉내를 내게 됐다.

이때 궁중에서 큰 잔치가 있어 초장왕은 우맹을 불러들여 연극을 하게 했다. 우맹은 다른 배우에게,

"너는 초장왕으로 분장하고 무대에 나가서 손숙오를 생각하는 태도를 지어라."

하고 일러줬다.

그 배우가 초장왕으로 분장하여 무대에 나가서 한참 손숙오를 생각하는 태도를 짓고 있는데, 우맹이 손숙오로 분장하고 무대로

나왔다. 초장왕이 무대에 나타난 손숙오를 보고 환호하며 부르짖는다.

"숙오는 그간 별고 없었는가! 내 요즘 그대를 생각하는 마음이 더욱 간절하도다. 경은 언제까지나 내 옆에서 나를 도우라."

이 말에 도리어 당황한 것은 무대 위의 우맹이었다.

"신은 진짜 손숙오가 아닙니다. 다만 흡사하게 분장을 했을 뿐입니다."

초장왕이 무대를 향해 말한다.

"과인은 손숙오를 생각하건만 그를 볼 수가 없다. 이제 숙오와 흡사한 사람만 보아도 적이 위로가 되는구나. 우맹은 사양하지 말고 곧 영윤 자리에 취임하여라."

우맹은 초장왕을 향하고,

"왕께서 과연 신을 중용重用하신다면 신에게 한 가지 청이 있습니다. 신의 늙은 아내는 세상 물정에 능통합니다. 신은 잠시 집에 돌아가서 이 일을 늙은 아내와 상의한 후에 돌아와서 확실한 대답을 드리겠습니다."

하고 무대에서 퇴장했다.

얼마 후 우맹이 다시 무대에 나타나 초장왕을 향하고 아뢴다.

"신이 집에 가서 의논했더니 늙은 아내가 말하기를 신에게 벼슬을 살지 말라고 합니다."

초장왕이 묻는다.

"어째서 벼슬을 받지 말라던고?"

우맹이 대답한다.

"신의 아내는 이런 촌村 노래를 들려주었습니다. 청컨대 신이 그것을 노래하겠습니다."

우맹이 목청을 뽑아 노래한다.

욕심 많은 관리는 못할 짓을 하며
청렴한 관리는 할 짓 이외는 하지 않네.
욕심 많은 관리의 몹쓸 짓이란 더럽고 야비한 것이어서
자손을 위해 돈을 긁어모으는 것일세.
청렴한 관리가 하는 일은 높고도 깨끗해서
몹쓸 짓을 않기 때문에 그 자손은 헐벗고 굶주리네.
그대는 초나라 정승 손숙오를 보지 못했는가
그는 생전에 재산 한푼 불리지 않았네.
그가 죽자 집안은 망하고
자손은 밥을 빌어먹으며 쑥대밭에서 살고 있네.
그대에게 권하노니 손숙오를 부러워 마라
왕은 지난날의 그의 공로를 생각하지 않는도다.
貪吏不可爲而可爲
廉吏可爲而不可爲
貪吏不可爲者汚且卑
而可爲者子孫乘堅而策肥
廉吏可爲者高且潔
而不可爲者子孫衣單而食缺
君不見楚之令尹孫叔敖
生前私殖無分毫
一朝身沒家凌替
子孫丐食棲蓬蒿
勸君勿學孫叔敖

君王不念前功勞

초장왕은 서로 묻고 대답하는 동안에 우맹이 완연히 죽은 손숙오와 같다는 느낌이 들어서 슬펐다.

우맹의 노래가 끝났을 때였다. 초장왕은 하염없이 울었다.

초장왕이 눈물을 씻으며 말한다.

"과인이 어찌 손숙오의 공로를 잠시나마 잊었을 리 있으리오. 우맹아! 그의 아들을 과인에게 데리고 오너라."

이튿날 우맹은 교외에 가서 손안을 데리고 왔다. 손안은 다 해어진 옷을 입고 짚신을 신은 채로 초장왕 앞에 나아가서 절했다.

초장왕이 묻는다.

"그대의 고생이 어찌 이렇듯 막심하냐!"

곁에서 우맹이 대신 대답한다.

"어찌 곤궁하지 않겠습니까. 손숙오는 어진 정승이었습니다."

초장왕이 말한다.

"전날 손안은 벼슬을 사양했으니 내 이제 큰 고을을 주리라."

그러나 손안은 굳이 사양했다.

"과인의 뜻이 이미 정해졌으니 그대는 더 이상 사양하지 마라."

손안이 아뢴다.

"군왕께서 만일 선친의 조그마한 공로를 생각하사 신에게 의식衣食을 주시려면 저 침구寢邱 고을을 주십시오. 신은 그것만으로도 만족합니다."

"침구는 토박土薄하고 보잘것없는 곳이다. 경이 그런 곳에 간들 무슨 도움이 되리오."

"선친의 유언을 저버릴 수 없습니다. 침구가 아니면 신은 받지 않겠습니다."

초장왕은 하는 수 없이 허락했다.

그후 대부들은 침구가 좋은 곳이 아니므로 아무도 그 땅을 탐내어 다투지 않았다. 그래서 마침내 손씨孫氏는 대대로 침구 땅을 소유하게 됐다. 그것은 오로지 손숙오의 선견지명이었다.

사신이 시로써 우맹의 연극을 찬탄한 것이 있다.

훌륭한 신하는 청렴결백하기 때문에 그 자손이 가난하니
몸은 죽었으나 배우에 의해서 임금의 힘을 입었도다.
만일 우맹이 연극으로 간하지 않았던들
초장왕이 어찌 지난날의 신하를 생각이나 하였으리오.
清官遺計子孫貧
身死優崇賴主君
不是侏儒能諷諫
莊王安肯念先臣

한편, 진晉나라 순림보는 초나라 정승 손숙오가 죽었다는 소식을 듣고 궁에 들어가서 진경공에게 아뢰었다.

"이젠 초군이 갑자기 출동할 순 없을 것입니다. 이 기회를 놓치지 말고 우리의 힘을 정나라에 과시해야 합니다."

이에 순림보는 군사를 거느리고 정나라에 가서 곡식과 백성을 노략질했다.

모든 장수가 청한다.

"이왕 예까지 왔으니 아예 정성鄭城을 포위하고 본격적으로 공격합시다."

순림보가 대답한다.

"정성을 에워싼대도 갑자기 함몰시키진 못할 것이오. 그러는 동안에 초군이 정나라를 도우러 오면 이는 우리가 적군을 불러들이는 셈이라."

아니나 다를까, 정나라 임금은 진군晉軍이 와서 크게 노략질한다는 보고를 듣고 즉시 그의 아우 공자 장張을 초나라로 보냈다.

공자 장은 초나라에 가서 초장왕에게 아뢰었다.

"진군이 와서 우리를 위협하고 있습니다. 제가 이곳에 볼모로 있겠으니 공자 거질去疾을 돌려보내주십시오. 지금 우리 나라 임금은 공자 거질과 함께 나라를 다스리려 하십니다."

초장왕은,

"정나라가 이렇듯 과인을 믿는데 무슨 볼모가 필요 있으리오."

하고 그들을 다 정나라로 돌려보냈다. 그리고 초장왕은 즉시 모든 신하를 불러들여 회의를 열었다.

결초보은結草報恩

초장왕楚莊王은 모든 신하와 함께 진군晉軍을 물리칠 일을 상의했다.

공자 측이 나아가 아뢴다.

"지금 제齊나라는 우리 초나라와 친하며, 송宋나라는 진晉나라와 친한 사이입니다. 우리가 송나라를 치면, 진나라는 송나라를 구원해야 합니다. 무슨 겨를이 있어 진나라가 우리와 함께 정鄭나라를 다툴 수 있겠습니까?"

초장왕이 말한다.

"그대의 계책이 좋긴 좋으나, 무엇이고 명목이 서야 송나라를 치지 않겠느냐?"

공자 영제嬰齊가 아뢴다.

"그건 어렵지 않습니다. 그간 제나라 임금이 대왕을 여러 번 초빙했건만, 우리는 아직 한번도 보답하지 못했습니다. 그러니 왕께서 이번에 사신을 보내어 제후齊侯를 초빙하십시오. 사신이 제나라로 가려면 반드시 송나라를 거쳐야 하는데, 송나라는 필시 우리 사신에게 길을 빌려주지 않을 것입니다. 그들이 우리 사신에게 욕을 보이거든 문제를 일으키십시오. 그러면 어찌 송나라를 칠 명목이 없겠습니까?"

초장왕이 묻는다.

"누구를 사신으로 보낼까?"

공자 영제가 대답한다.

"신무외申無畏가 지난날 궐맥厥貉 땅 대회 때 참석한 일이 있습니다. 그를 보내면 더욱 좋겠습니다."

초장왕이 신무외에게 분부한다.

"그럼 그대가 사신으로 가서 제후를 초빙하라."

신무외가 아뢴다.

"제나라에 가려면 반드시 송나라를 지나가야 합니다. 그들은 필시 길을 빌려달라는 정식 문서를 가지고 왔느냐고 신에게 물을 것이며, 그런 문서라도 보아야만 관문關門을 열어줄 것입니다."

초장왕이 언성을 높인다.

"그래 그대는 사신으로 가기 싫단 말이냐?"

신무외는 난처해했다.

"지난날 선왕先王께서 궐맥 땅에서 대회를 열었을 때, 모든 나라 군후가 다 맹제孟諸 땅에 왔건만 송나라 임금만이 분부를 어기고 오지 않았습니다. 그래서 그때 신은 분한 맘을 참지 못하고 송나라 하급 관리를 잡아죽였습니다. 그후로 송나라는 신을 잔뜩 노리고 있습니다. 이번 길에 만일 길을 빌려달라는 정식 문서를 가지고 가지 못하면 신은 틀림없이 그들에게 붙들려 죽습니다."

초장왕이 대답한다.

"그럴 것 없이 네 이름을 신주申舟로 고쳐서 행세하라. 신무외란 옛이름을 쓰지 않으면 그만 아닌가."

그러나 신무외는 주저했다.

"이름이야 고칠 수 있지만 얼굴은 고칠 수 없지 않습니까?"

초장왕의 얼굴에 노기가 떠오른다.

"그대가 송나라에서 죽는다면, 내 마땅히 군사를 일으켜 송나라를 무찌르고 그대의 원수를 갚아주리라."

신무외는 더 이상 거절할 수가 없었다.

이튿날 신무외는 아들 신서申犀를 데리고 궁으로 들어가서 초장왕께 알현시켰다.

"나라를 위해 죽는 것은 신의 분수입니다. 다만 바라건대 왕께선 신의 자식이나마 잘 돌봐주십시오."

초장왕이 대답한다.

"그건 과인이 알아서 할 일이다. 그대는 과도히 염려 마라."

신무외는, 아니 신주는 제나라에 가지고 갈 예물을 받아서 초장왕에게 하직 인사를 하고 궁에서 물러나갔다.

이날 신주가 성을 떠나는데, 그의 아들 신서가 교외까지 따라나갔다.

신주가 아들에게 부탁한다.

"네 아비는 이 길을 가면 반드시 송나라에서 죽는다. 너는 군왕에게 청해서 꼭 이 아비의 원수를 갚아야 한다. 부디 내 말을 잊지 말고 명심하여라."

아버지와 아들은 서로 울면서 작별했다.

신주는 송나라 수양睢陽에 당도했다. 송나라 관리關吏●는 신주가 초나라에서 온 사신인 줄 알고,

"길을 빌려달라는 정식 문서를 가지고 왔소?"

하고 손을 내밀었다.

신주가 대답한다.

"나는 초왕의 명령을 받들어 다만 제후齊侯를 초빙하는 문서밖에 가진 것이 없소."

관리는 신주를 머물러 있게 하고, 말을 달려가서 이 일을 송문공宋文公에게 아뢰었다.

이때 송나라 정승은 화원華元이었다. 화원이 송문공에게 아뢴다.

"초나라는 우리와 대대로 원수간입니다. 제나라에 사신을 보내면서 우리 나라를 지나가야만 하는데도 예의상 길을 빌려달라는 문서 하나 보내지 않았으니, 이는 우리 송나라를 너무나 멸시하는 짓입니다. 청컨대 그 사신이란 자를 죽이십시오."

송문공이 묻는다.

"초나라 사신을 죽이면 초왕은 반드시 우리 나라를 칠 것이다. 그렇게 되면 시끄럽지 않을까?"

"우리가 이런 무시를 당하는 것은 차라리 초나라의 공격을 받는 것보다 더 치사스런 일입니다. 이런 멸시를 참으면 초나라는 우리를 업신여기고 반드시 쳐들어올 것입니다. 그렇다면 이러나 저러나 간에 결국 우리는 이런 모욕을 갚아야만 합니다."

송문공이 분부한다.

"초나라에서 왔다는 사자를 이리로 잡아들여라."

이윽고 신주는 송나라 조정으로 붙들려 들어갔다. 화원이 첫눈에 신무외를 알아보고 펄쩍뛴다.

"네 이놈, 네가 지난날 우리 선공先公의 시종을 죽이고서 이젠 이름을 고쳐 살아보겠다는 거냐!"

죽음을 각오한 신주가 송문공을 쳐다보고 큰 소리로 꾸짖는다.

"이놈 포鮑(송문공의 이름)야! 너는 조모祖母와 붙어먹은 놈이며, 조카를 죽이고 임금 자리를 가로챈 놈이다! 그런데 웬일인지 하늘이 아직 너를 살려두고 있구나. 초나라 사신인 나를 죽여만 보아라. 우리 초군楚軍이 이곳에 이르기만 하면 너희들 임금과 신하는 다 박살을 당할 것이다."

화원이 펄펄 뛴다.

"저놈의 혓바닥을 끊어라!"

무사들은 신무외의 혀부터 먼저 끊고서 나중에 쳐죽였다. 그리고 송나라 관리는 신무외가 제나라로 가지고 가던 문서와 예물을 교외에 내다가 모조리 불태워버렸다.

이에 신무외의 시종들은 수레를 버리고 달아났다. 그들은 돌아가는 길로 신무외가 피살됐다는 것을 초장왕에게 고했다.

이때 초장왕은 점심 식사를 하던 중이었다. 초장왕은 신무외가 죽음을 당했다는 보고를 듣자 젓가락을 내던지고 분연히 소매를 떨치며 일어섰다.

초장왕은 즉시 사마 공자 측을 대장으로 삼고 신숙시申叔時를 부장으로 삼아 명령했다.

"군사와 병거를 정돈시켜라!"

이리하여 초장왕은 친히 대군을 거느리고 송나라로 쳐들어갔다. 초장왕은 죽은 신무외의 아들 신서를 군정軍正으로 삼아서 데리고 갔다.

『사기史記』에 의하면 신무외가 송나라에서 피살된 것은 그해 여름 4월이었고, 초군이 송나라의 국경에 당도한 것은 그해 가을 9월로 되어 있다. 이것만 보아도 초군이 얼마나 급히 서둘렀던가를 알 수 있을 것이다.

잠연潛淵이 시로써 이 일을 읊은 것이 있다.

　　분명 송나라를 치기 위한 미끼가 되었으나
　　임금의 분부가 하늘 같거니 어찌 죽음인들 두려워하리오.
　　초왕은 소매를 떨치고 일어나 군사를 일으켰으니
　　화원이 길 가던 사람을 죽인 것을 머지않아 후회하리로다.
　　明知欺宋必遭屯
　　君命如天敢惜身
　　投袂興師風雨至
　　華元應悔殺行人

　　초군은 수양성睢陽城을 포위하고 성 높이와 똑같은 누거樓車를
만들어 사면에서 공격했다. 성안에선 화원이 군사와 장정들을 거
느리고 성을 지키는 한편, 급히 대부 악영제樂嬰齊를 진晉나라로
보냈다.

　　악영제는 진나라에 가서 구원을 청했다. 진경공晉景公은 곧 군
사를 일으켜 송나라를 도와줄 생각이었다. 그런데 곁에서 모신謀
臣 백종伯宗이 간한다.

　　"순림보는 600승의 병력을 거느리고도 초군과 싸워 필성邲城 땅
에서 패했습니다. 이는 하늘이 초나라를 도운 것입니다. 그러므로
우리가 다시 초군과 싸운대도 별 성과는 얻지 못할 것입니다."

　　"우리 진나라와 송나라는 매우 친한 사이다. 구원하지 않으면
우리는 송나라를 초나라에 잃고 만다."

　　백종이 계책을 아뢴다.

"초나라에서 송나라까지는 2,000리 거리입니다. 초나라가 그 머나먼 길에 계속해서 군량軍糧을 보내기란 여간 어려운 노릇이 아닙니다. 초군은 필시 오래도록 송나라와 싸우지는 못할 것입니다. 그러니 주공께선 송나라로 사신을 보내어, '진나라는 이미 대군을 일으켜 송나라를 도우러 가는 중이다. 그러니 그동안만 굳게 지키라'고 하십시오. 초군이 이 소문을 듣기만 하면 몇 달 안에 돌아갈 것입니다. 이건 우리가 초군과 싸우지 않고도 송나라를 구원하는 유일한 길입니다."

진경공이 그 말을 그럴싸하게 생각하고 묻는다.

"그럼 누가 이 사명을 띠고 송나라에 가겠느냐?"

대부 해양解揚이 청한다.

"신이 송나라로 가겠습니다."

"해양이 아니면 이 일을 감당 못할 것이다."

하고 진경공은 곧 승낙했다.

해양은 그날로 출발하여 미복微服으로 행색을 감추고 송나라 교외에 당도했다. 그러나 그만 초군에게 붙들리고 말았다. 초군은 해양을 초장왕에게 끌고 갔다.

초장왕은 첫눈에 그가 진나라 장수 해양임을 알아봤다.

"네 어째서 이곳에 왔느냐?"

해양이 대답한다.

"나는 진후晉侯의 명령을 받고 진나라 대군이 올 때까지 굳게 지키라는 말을 송나라에 전하러 왔소."

초장왕이 노하여 말한다.

"너는 지난날 북림北林 싸움에서 우리 나라 장수 위가蔿賈에게 사로잡혔지! 그때 과인이 죽이지 않고 너를 진나라로 돌려보냈다. 그런데 이제 또 나비처럼 불로 뛰어들었구나. 그래, 무슨 할말이 있거든 다 해보아라."

해양이 머리를 쳐든다.

"진나라와 초나라는 원수간이오. 나는 이제 살아서 돌아갈 가망이 없소. 죽게 된 사람이 무슨 할말이 있겠소."

초군은 해양의 몸을 수색했다. 해양의 몸에서 문서 한 통이 나왔다. 초장왕이 그 문서를 읽고 나서 말한다.

"송성宋城의 함락은 조석간에 놓여 있다. 너는 송후宋侯에게 가서 이 문서 내용과는 반대의 뜻을 말하여라. 곧 '진나라는 지금 급한 일이 있어, 미안하지만 송나라를 도울 수 없다. 혹 진군이 올 줄 믿고 기다리다가 송나라 앞날에 낭패가 있을까 염려되어 특별히 직접 구두로 이 뜻을 전하려고 왔다'고 하여라. 그러면 송후는 절망하여 곧 우리에게 항복할 것이다. 동시에 두 나라는 많은 피를 흘리지 않아도 좋을 것이다. 이 일만 성공하면 나는 너를 현공縣公으로 삼겠다. 그래, 우리 초나라에 가서 부귀영화를 누릴 생각은 없느냐?"

해양은 머리만 숙이고 대답을 하지 않았다. 초장왕이 슬며시 눈알을 부라린다.

"싫으냐? 그럼 너는 죽는 수밖에 없다."

물론 해양은 싫었다. 그러나 시키는 대로 하지 않으면 초군에게 죽는다. 죽는 건 괜찮으나 진후晉侯의 말을 송후에게 전할 사람이 없어진다. 이에 해양은 태연히 승낙했다.

초군은 해양을 끌고 나갔다. 해양은 초군이 시키는 대로 한발 한발 누거樓車 위로 올라갔다. 송나라 성안이 점점 굽어보이기 시작했다. 밑에서 초군이 해양에게 연방 재촉하는 신호를 한다. 드디어 해양이 큰소리로 외친다.

"송나라 사람들아! 나는 진나라 사신 해양이다. 나는 지금 초군에게 사로잡힌 신세다. 그들은 나에게 송나라가 항복하도록 거짓말을 하라고 강요한다. 그러나 너희들은 무슨 일이 있더라도 결코 항복하지 말아라. 우리 나라 임금께서 친히 대군을 거느리고 너희들을 구원하려고 오시는 중이니 머지않아 당도할 것이다."

초장왕은 밑에서 이 말을 듣고 있는 대로 분기가 치솟았다.

"속히 누거를 내려라!"

초장왕이 해양을 꾸짖는다.

"네 이미 과인에게 허락해놓고 배반했으니, 참으로 신신이 없는 놈이다. 죽더라도 과인을 원망하진 마라."

초장왕은 속히 해양을 참하라고 분부했다. 그러나 해양은 조금도 두려워하는 기색이 없었다.

해양이 조용한 목소리로 대답한다.

"신臣은 한번도 신신을 잃은 일이 없습니다. 신이 만일 초나라에 오로지 신신을 지킨다면 이는 진나라에 신을 잃는 것이 됩니다. 신과 입장을 바꿔서 생각해보십시오. 만일 초나라 신하가 그 임금을 배반하고 다른 나라 뇌물을 받는다면 그것을 신신이라고 하겠습니까, 신이 아니라고 하겠습니까. 신臣은 이제 죽기를 원합니다. 그러나 초나라의 신신은 물질에만 있고 정신엔 없다는 것을 알았습니다."

초장왕이 길이 탄식한다.

"충신은 죽음을 두려워하지 않는다더니 바로 그대를 두고 말한 것이구나."

초장왕은 해양을 진나라로 돌려보냈다.

한편 송나라 화원華元은 해양의 말을 듣고 더욱 성을 굳게 지켰다. 초나라 장수 공자 측은 군사를 시켜 망루望樓를 쌓게 했다. 송나라 성루城樓의 높이만큼 망루를 쌓고서 그는 친히 그 속에서 거처했다. 그리고 송성宋城 안의 일거일동을 낱낱이 굽어보았다.

화원도 초군이 쌓은 망루와 마주보이는 곳에다 그와 똑같은 망루를 쌓아올렸다. 이리하여 초군이 가을 9월에 송성을 포위한 이래 세월은 흘러 그 다음해 여름 5월이 되었다. 그들은 서로 9개월 동안을 싸웠다.

이때 송나라 수양성 안엔 양식과 마초馬草가 다 동이 났다. 그래서 굶어죽는 사람이 많았다.

화원은 오로지 충의를 내세우고 군민軍民을 격려했다. 백성들은 오직 애국이란 일념으로 모든 고난을 참았다. 나중엔 서로 자식을 바꾸어 뜯어먹는 일까지 생겼다. 게다가 죽은 사람의 해골을 주워다 아궁이에 불을 지폈다.

그러나 송나라 사람들의 뜻은 조금도 변하지 않았다. 송나라의 이런 굳은 결심 앞에선 초장왕도 어쩔 도리가 없었다.

하루는 군리軍吏가 들어와서 아뢴다.

"영중營中엔 일주일 먹을 양식밖에 없습니다."

"송나라를 굴복시키기가 이렇듯 어려울 줄은 몰랐다."

초장왕은 탄식하고 친히 병거에 올라 송성을 한바퀴 둘러봤다. 성을 지키는 송군의 수비는 빈틈이 없었다. 초장왕은 다시 탄식하고 돌아와 공자 측을 부른 다음 회군回軍할 것을 상의했다.

송성에 대한 공격을 중지하고 장차 모든 군사가 초나라로 돌아갈 것이란 소문을 듣고서, 신무외의 아들 신서申犀는 초장왕에게 달려갔다. 신서가 초장왕이 타고 있는 말 앞에 가서 절하고 통곡한다.

"신의 아비는 왕명으로 죽었습니다. 왕께선 신의 아비에게 신信을 잃으시렵니까?"

초장왕은 말 위에서 부끄러움을 참지 못해 얼굴을 붉혔다.

이때 초장왕의 말고삐를 잡고 있던 신숙시가 아뢴다.

"송나라가 항복하지 않는 것은 우리가 이곳에 오래 머물지 못할 것을 알고 있기 때문입니다. 그러니 군사들에게 집을 짓게 하고 밭을 갈게 해서 이곳에 언제까지나 머물겠다는 우리의 뜻을 송군에게 보이십시오. 그러면 송나라 사람들은 반드시 우리를 두려워할 것입니다."

"그 계책이 참으로 좋다."

이에 초장왕은 다시 말에서 내렸다.

사마 공자 측이 초장왕의 분부를 받고 군사들에게 지시한다.

"지금부터 우리는 송성 주위에다 각기 살림집을 짓기로 한다. 우리는 여하한 일이 있어도 송나라의 항복을 받지 않고는 물러가지 않을 것이다. 너희는 열 명씩 한 반班을 조직한다. 곧 각 반마다 다섯 명은 나가서 송성을 공격하고, 나머지 다섯 명은 밭을 갈고 농사를 짓는다. 그리고 열흘마다 서로 교대해서 성을 치고 농사를 짓기로 한다."

초군은 즉시 많은 살림집을 짓기 시작했다. 이 소문은 곧 송성 안까지 퍼졌다.

한편 송나라 정승 화원은 이 소문을 듣고 깜짝 놀랐다. 화원이 송문공에게 아뢴다.

"초왕은 돌아갈 뜻이 없고, 진군晉軍은 오질 않습니다. 이 일을 어찌하리이까? 이젠 신이 초영楚營에 가서 공자 측을 직접 만나보고, 위협으로써 화평을 교섭해보는 도리밖에 없습니다. 혹 하늘이 도우시면 성공할지도 모릅니다."

송문공이 대답한다.

"사직社稷이 망하느냐 존속하느냐는 그대의 이번 걸음에 달려 있다. 조심하고 조심하라."

화원은 공자 측이 망루 안에서 기거하고 있다는 걸 알고 있었다. 그는 공자 측을 호위하고 있는 몇몇 군사의 이름을 알아내고 그 망루의 구조도 탐지해냈다.

밤은 점점 깊어갔다. 화원은 알자謁者•로 가장하고서 군사들이 드리운 밧줄을 타고 성 아래로 내려갔다. 그는 곧 망루 앞으로 갔다.

순찰하는 군사가 온다.

"누구냐!"

화원이 묻는다.

"사마는 위에 계시는가?"

"음, 계신다."

"벌써 주무시는가?"

"연일 걱정하고 과로하신 끝에, 더구나 오늘 밤은 대왕께서 술한 통을 하사하셨으므로 그걸 마시고 이미 자리에 드셨노라."

화원이 곧장 망루 위로 올라가려 하자 그 군사가 앞을 가로막는다.

화원이 말한다.

"나는 알자謁者라. 대왕의 긴한 분부를 받고 사마를 뵈러 왔다. 대왕께선 하사하신 술에 혹 사마가 취하여 자고 있을지 염려하여 특별히 나를 보내신 것이다. 한마디만 아뢰고 곧 나오겠다."

군사는 화원의 말을 곧이듣고 길을 비켜줬다. 화원은 망루 안으로 올라가서 공자 측이 거처하는 방문을 열고 들어갔다. 공자 측은 등불을 밝힌 채 잠들어 있었다. 화원은 누워자는 공자 측의 몸을 가벼이 흔들었다. 공자 측이 잠에서 깨어나 몸을 움직이는 순간 화원이 그를 잡아일으켰다.

공자 측이 급히 묻는다.

"너는 누구냐?"

화원이 목소리를 낮추어 대답한다.

"원수元帥는 놀라지 마십시오. 나는 송나라 우사右師 화원이오. 나는 우리 상감의 분부를 받고 이 밤에 화평을 청하러 왔소. 원수가 내 말을 따른다면 모르거니와, 만일 내 말을 듣지 않는다면 이 밤에 당신은 나와 함께 죽어야 하오."

화원은 왼손으로 침상을 누르고 소매 속에서 오른손을 내밀었다. 그 손엔 싸늘한 비수가 불빛에 번쩍였다. 공자 측이 황망히 말한다.

"이 일은 보통 소소한 일이 아니오. 피차 경솔히 취급해선 안 되오."

화원이 비수를 거두고 사과한다.

"나의 지나친 행동을 나무라지 마오. 사세가 너무 급박해서 어쩔 수가 없었소."

공자 측이 묻는다.

"그대 나라는 지금 형편이 어떠하오?"

"백성들은 자식을 바꿔서 먹고 해골을 주워다 불을 때는 판이오. 참으로 낭패요."

공자 측이 놀란다.

"송나라 처지가 그 지경까지 이르렀소? 내 듣건대 군사軍事란 속이 허하면 겉으론 실속이 있는 체해야만 하고, 속이 충실하면 겉으론 허한 체하는 법이라던데, 그대는 어째서 적인 나에게 실정을 말하오?"

"군자는 남이 위기에 처해 있으면 동정하고, 소인은 남이 불행한 기회를 타서 이익을 취하오. 그러나 원수는 군자라. 소인이 아니니 내 무엇을 감추리오."

"그럼 왜 항복을 하지 않소?"

화원이 점잖게 대답한다.

"나라는 곤궁해졌지만 사람들의 뜻은 조금도 곤궁해지질 않는구려. 임금과 백성이 함께 죽기를 원하며 성과 더불어 깨어지기를 바라고 있소. 그러니 어찌 성하城下의 맹세야 할 수 있겠소. 원수는 우리의 뜻을 불쌍히 생각해서 항복을 강요하지 말고 서로 화친할 수 있도록 주선해주오. 초군이 이곳에서 일단 20리만 물러가주면 우리 상감은 귀국과 화친을 맺고 귀국을 섬기되, 맹세하고 다시는 두 가지 뜻을 갖지 않을 생각이시오."

공자 측이 옷깃을 여미며 말한다.

"나도 그대를 속이지는 않겠소. 지금 우리 군중엔 일주일 간 먹을 양식밖에 없소. 앞으로 일주일이 지나도 항복을 받지 못할 때엔 우리는 본국으로 돌아갈 작정이었소. 집을 짓고 밭을 갈아 농사를 짓게 한 것은 다만 귀국을 놀라게 하기 위한 것뿐이오. 내 내일 우리 왕께 이 뜻을 아뢰고 일사─舍(30리)를 물러가겠소. 그러니 그대 임금과 신하들도 신信을 잃지 마시오."

"원수가 믿을 수 있도록 나는 이 자리에서 맹세를 하겠소. 그리고 화친만 성립되면 이 몸은 귀국의 볼모가 되어 따라가겠소."

두 사람은 그 자리에서 서로 약속을 지키겠다는 걸 천지신명에게 맹세했다. 맹세가 끝나자 이번엔 공자 측이 청하여 화원과 결의형제結義兄弟를 맺었다. 공자 측이 전통箭筒에서 자기 화살 한 대를 뽑아주며 말한다.

"이 화살을 보이면 검문을 받지 않고 무사히 통과할 수 있소. 속히 돌아가오."

화원은 공자 측의 화살을 받아들고 버젓이 초군 사이를 지나 성 밑으로 갔다. 그는 어둠 속에서 사방을 둘러본 후 성 위를 향하여 암호를 보냈다. 이윽고 성 위에서 밧줄로 만든 사닥다리가 내려왔다. 화원은 그 사닥다리를 타고 성 위로 올라갔다.

화원은 그날 밤으로 송문공에게 가서 다녀온 경과를 보고했다.

송문공이 흡족해하며 말한다.

"그럼 내일 초군이 물러갔다는 소식을 기다리기로 하자."

이튿날 날이 새자 공자 측은 초장왕에게 가서 지난 밤에 화원이 와서 하던 말을 아뢰었다.

"하마터면 신은 화원의 비수에 목숨을 잃을 뻔했습니다. 그러나 화원은 어진 사람이었습니다. 그는 송나라 실정을 신에게 다 말하고서 우리 군사가 물러서주기를 간청했습니다. 그래서 신은 그에게 물러서겠다고 허락했습니다. 그러니 퇴군하라는 분부를 내리십시오."

초장왕이 대답한다.

"송나라 형편이 그렇게 절박하다니 반가운 일이다. 물러설 것 없이 과인은 아주 송성을 함몰하고서 돌아가리라."

공자 측이 머리를 조아리며 아뢴다.

"신은 우리 군중에 앞으로 일주일밖에 먹을 양식이 없다는 것도 그에게 말했습니다."

초장왕이 순간 진노한다.

"네 어찌하여 우리의 비밀을 적에게 알렸느냐?"

공자 측이 대답한다.

"거의 죽어가는 송나라 신하도 신을 속이지 않았습니다. 당당한 대국인 초나라 신하가 어찌 송나라 신하만 못하리이까. 그러므로 신도 그를 속이지 않았습니다."

일순 초장왕의 노기는 씻은 듯이 사라졌다.

"사마의 말이 옳다. 즉시 군사를 30리 밖으로 물러나게 하여라."

이리하여 초군은 일제히 송성宋城을 떠났다.

이때 신무외의 아들 신서는 후퇴하라는 군령을 듣고 길바닥에 쓰러져서 가슴을 치며 대성통곡했다. 초장왕은 사람을 보내어 신서를 위로했다.

"그대는 슬퍼 마라! 결국엔 너의 효성을 성취시켜주마."

그러나 신서의 통곡은 좀체 그칠 줄을 몰랐다.

초군은 30리 밖으로 물러가서 영채를 정하고 머물렀다. 이윽고 송성에서 화원이 초영楚營으로 왔다. 화원이 초장왕에게 세 번 절하고 청한다.

"우리 송나라의 맹약盟約을 받아주소서."

이에 공자 측이 초군을 대표해서 화원의 안내를 받아 송성으로 들어갔다. 송문공은 공자 측을 영접하고 서로 입술에 희생의 피를 바르고 양국 우호를 맹세했다.

맹약이 끝나자 화원은 다시 공자 측을 모시고 초영으로 갔다.

그들의 뒤엔 신무외의 관을 실은 수레가 따랐다. 그리고 화원은 약속한 바와 같이 볼모가 되어 초나라로 따라갈 것을 자청했다.

초장왕은 신무외의 관과 볼모인 화원을 따르게 하고 대군을 거느리고 초나라로 돌아갔다.

초나라로 돌아온 초장왕은 신무외를 크게 장사지냈다. 신무외의 관이 장지葬地로 향하던 날, 조정의 문무백관도 다 성밖까지 나가서 전송했다. 그러니 백성들이야 더 말할 것도 없었다.

장사가 끝난 이튿날 초장왕은 신무외의 아들 신서에게 대부 벼슬을 줬다.

화원은 초나라에 와서 볼모로 있으면서 공자 측과 친하게 지냈다. 그러던 중 그는 공자 영제와도 친해졌다.

하루는 화원과 공자 영제가 서로 놀다가 천하 대세를 논하게 되었다.

공자 영제가 탄식한다.

"오늘날 천하는 우리 초나라와 진晉나라가 서로 패권을 다투는 판국이오. 갈수록 싸움은 그칠 가망이 없으니 언제나 태평 세월을 볼꼬?"

화원이 말한다.

"나의 어리석은 소견으로 볼진대 초나라와 진나라는 서로 어느 쪽이 낫고 못할 것이 없는 무서운 적수요. 이런 시국에 진실로 한 인물을 얻는다면 두 강대국의 반목反目을 없애게 하고, 각기 군사를 쉬게 하고, 자기 나라를 다스리는 데만 힘쓰게 하여 천하 백성을 도탄에서 건져내련만…… 그렇게만 된다면 이 세상에 평화가 올 것이니 얼마나 다행한 일이겠소."

공자 영제가 묻는다.

"이 일을 그대가 담당할 수 있겠소?"

화원이 대답한다.

"나는 진晉나라 장수 난서欒書와 매우 친하오. 내가 지난날 진나라에 초빙되어 갔을 때, 그때도 그와 서로 이 일을 얘기했습니다. 그러나 모든 사람이 이 일에 유의하지 않으니 어찌하리오!"

이튿날 공자 영제는 화원에게서 들은 바를 공자 측에게 전했다. 공자 측은,

"두 나라가 아직 평화에 뜻이 없으니 이 일을 경솔히 말할 바 아니오."

하고 조용히 대답했다.

그후 화원은 초나라에서 볼모로 6년 간을 지냈다. 주정왕 16년에 송문공 포鮑가 죽고 그 아들 송공공宋共公 고固가 군위에 올랐다. 그때 비로소 화원은 전 임금의 장사葬事에 가봐야겠다고 진정하고 송나라로 돌아갔다. 그러나 이것은 물론 다음날의 이야기다.

이야기는 잠시 전날로 돌아간다.

진나라 진경공은 초군이 송성을 포위한 지 1년이 지나도 물러가지 않는다는 소식을 듣고서 백종伯宗에게 말한다.

"송나라는 성을 지키기에 지칠 대로 지쳤을 것이다. 과인은 이 이상 송나라에 신용을 잃을 수 없다. 곧 송나라의 위급을 구하러 떠나야겠다."

진경공은 곧 군사를 송나라에 보내기로 했다. 이때 신하 한 사람이 들어와서 진경공에게 아뢴다.

"노潞나라에서 밀서를 보내왔습니다."

그럼, 이 노나라란 어떤 나라인가.

노나라는 바로 오랑캐 적적赤狄의 별종別種이었다. 그곳 임금의 성은 외隗이며 벼슬은 자작子爵이었다. 노나라 옆에는 바로 여

黎나라가 있었다.

주평왕周平王 때 일이다. 노나라 임금은 싸움을 일으켜 여후黎侯를 몰아내고 여나라를 자기 영토로 삼았다. 그래서 오랑캐 적적인 노나라는 한창 강성했다.

그 뒤 노나라 임금은 죽고 그 아들 영아嬰兒가 임금이 됐다. 영아는 일찍이 진晉나라에 장가를 들었다. 그는 진경공의 누이인 백희伯姬를 부인으로 데려왔던 것이다.

그러나 영아는 원래가 나약한 사람이었다. 그래서 노나라 정승 풍서酆舒가 전권專權을 잡고 나랏일을 맘대로 휘둘렀다.

지난날 호사고狐射姑가 노나라에 도망가 있었을 때 일이다. 호사고로 말할 것 같으면 진晉나라 공신으로 학문과 재주가 높은 사람인 건 두말할 것도 없다. 그래서 그때는 풍서가 꼼짝을 못했다.

그러다가 호사고가 죽자 다시 풍서는 더욱 기탄없이 굴었다. 풍서는 노나라와 진나라의 우호부터 끊어버릴 생각으로 영아에게 백희를 중상모략해서 억울한 죄명을 뒤집어씌웠다. 그리고 임금 영아에게 백희를 교수絞首하라고 강요했다. 이리하여 진경공의 누이 백희는 못난 남편과 간악한 신하의 협박에 몰려 억울하게 목을 매고 자살했다.

그러나 풍서의 횡포는 이것만으로 그치지 않았다.

그후 어느 날 영아는 신하들을 거느리고 교외로 사냥을 나갔다. 술이 얼근히 취하자 임금과 신하들은 함께 탄알로 나는 새를 쏘기로 했다.

영아가 한창 신하들과 새를 쏘던 중이었다. 이때 풍서는 새를 쏘는 체하면서 임금인 영아를 쐈다. 탄알은 영아의 한쪽 눈에 들어맞았다.

천행으로 죽진 않았으나 영아는 한쪽 눈을 실명하고 애꾸가 됐다. 신하들은 모두 당황하여 어쩔 줄을 몰랐다. 그러나 풍서는 탄궁彈弓을 땅에 던지며 껄껄 웃었다.

"탄알이 빗나갔습니다. 신은 그 벌로 이제 벌주를 한잔 마시겠습니다."

풍서는 술 한잔을 쭉 들이켜고 나서 다시 호쾌한 웃음을 터뜨렸다. 임금 영아는 이런 풍서의 횡포에 견뎌낼 수 없었다. 그렇다고 그를 제지할 순 더더구나 없었다.

마침내 영아는 비밀히 밀서를 써서 진晉나라로 보냈다. 자기로선 더 어쩔 능력이 없으니 진군晉軍이 와서 풍서를 잡아 족쳐달라는 간청이었다.

모신謀臣 백종伯宗이 진경공에게 아뢴다.

"풍서를 잡아죽이고 노나라와 그 옆에 있는 나라까지 무찔러버리면 오랑캐 땅을 다 우리의 것으로 만들 수 있습니다. 그러면 진나라 경계는 서남西南 일대까지 확장됩니다. 우리는 더욱 많은 군사를 뽑을 수 있고 더 많은 세금을 징수할 수 있습니다. 이 기회를 놓치지 마십시오."

그렇지 않아도 진경공은 전부터 영아가 제 아내 하나를 보호하지 못한 데 대해서 분노하고 있던 참이었다. 그는 억울하게 죽은 자기 누이의 원수를 갚아주고 싶었다.

이에 진나라는 송나라를 구원하려던 것은 작파하고 노나라를 치기로 작정했다. 순림보가 대장이 되고 위과魏顆가 부장이 되어 병거 300승을 거느리고 출발했다.

진군이 노나라를 치자, 풍서도 군사를 거느리고 나와 곡양曲梁이란 곳에서 싸웠다. 그러나 풍서는 진군에게 대패하여 위衛나라로 달아났다.

원래 위나라 위목공衛穆公은 진晉나라와 친한 사이였다. 위목공은 도망온 풍서를 사로잡아 함거檻車에 태워 진군에게 보냈다. 순림보는 군사를 시켜 풍서를 다시 진나라 도읍 강도絳都로 압송했다. 결국 풍서는 진나라에서 참형을 당했다.

한편 순림보는 무인지경을 가듯 군사를 거느리고 노나라 성으로 들어갔다. 이에 노나라 임금 영아는 네거리까지 나와서 진군을 영접했다.

순림보가 노나라 임금을 크게 꾸짖는다.

"그대는 어째서 우리 상감의 누님 되시는 백희를 무고히 죽게 했느냐? 그러고도 그 죄에서 벗어날 수 있다고 생각했느냐?"

그리고 좌우 군사들에게,

"무엇을 우물쭈물하느냐! 속히 노나라 임금을 결박하여라."

하고 추상같은 호령을 내렸다.

이어 순림보는 다음과 같이 말했다.

"여나라 백성들은 나라를 잃고 얼마나 그 임금을 그리워했겠는가. 내 그 자손을 찾아보지 않을 수 없다."

이에 순림보는 여후黎侯의 자손을 찾아내어 500가家를 할당해주고 성을 쌓아줬다. 그리고 여나라를 다시 승인한다고 선포했다.

그러나 이건 다 외면적인 수작으로, 실은 노나라를 아예 없애버리기 위한 처사였다. 진군에게 사로잡혀 있는 노나라 임금 영아인들 어찌 그것을 눈치채지 못했으리오. 그는 나라가 망한 현실을 통탄했다. 그날 밤에 노나라 임금 영아는 칼로 자기 목을 찌르고 진군 속에서 죽었다.

노나라 백성들은 죽은 영아를 불쌍히 생각하고 그를 위해 사당

祠堂을 세웠다. 지금도 여성黎城 남쪽 15리쯤 가면 노사산潞祠山 이란 산이 있다. 그 산 위에 영아를 모신 사당이 서 있다. 그러나 이것은 다 다음날의 이야기다.

한편, 진경공은 순림보가 또 성공하지 못할까 염려하고 미심스러워서 친히 대군을 거느리고 직산稷山까지 가서 주둔했다. 이에 순림보는 곧 직산으로 가서 승리를 고했다.

이때 노나라엔 진나라 부장 위과魏顆가 남아 있으면서 오랑캐 적적의 땅을 대략 안정시켰다. 그러고서 군사를 거느리고 떠났다.

위과가 보씨輔氏의 못〔澤〕에 이르렀을 때였다. 문득 아득한 저 편에서 누런 먼지가 일어나며 점점 하늘의 해를 가렸다. 그리고 그곳으로부터 하늘을 뒤흔들 듯한 함성이 일어났다. 위과와 군사들은 어느 나라 군대가 오는 것인지 전혀 알 수 없어서 당황했다.

이때 보발군 한 사람이 나는 듯 말을 타고 달려와서 급히 고한다.

"큰일났습니다. 저것은 진秦나라 대장 두회杜回가 군사를 거느리고 쳐들어오는 것입니다."

이에 위과는 행군을 멈추고 곧 전투 준비를 했다.

진秦나라 진강공秦康公은 주광왕周匡王 4년에 세상을 떠났다.

그리고 그 아들 진공공秦共公 도稻가 임금 자리를 계승했다. 진공공은 노潞나라 풍서와 비밀리에 연락을 취하면서 장차 진晉나라를 치기로 짜고 있었다. 그런데 진공공은 군위에 오른 지 4년 되던 해에 병으로 세상을 떠났다.

그리고 그 아들 진환공秦桓公 영榮이 임금 자리에 올랐다. 그러니까 이때가 바로 진환공 11년이었다.

진환공은 진晉나라가 노나라의 풍서를 친다는 보고를 듣고 곧 군사를 보내어 풍서를 구출하기로 했다. 그래서 군사를 일으키려는 참인데 또 보고가 들어오기를, 풍서는 이미 진나라 강도에 붙들려가서 죽고 노나라 임금 영아도 진군晉軍에게 붙들려 감금당해 있다는 것이었다.

이에 진환공은 사세가 급박함을 깨닫고 두회를 대장으로 삼고 군사를 주어,

"시각을 지체 말고 속히 가서 노나라 땅을 진晉나라에 뺏기지 않도록 하여라."

하고 분부했다.

원래 두회란 사람은 진秦나라에서도 유명한 장사였다. 그는 나면서부터 이[齒]가 강철 같았고, 튀어나온 눈동자는 이상스레 빛이 났다. 그의 주먹은 구리쇠로 만든 망치 같고, 뺨은 쇠로 만든 바리때 같았으며, 수염은 머리털까지 감겨 올랐고, 키가 1장丈이 넘었다. 그는 능히 1,000균鈞의 무게를 들고, 평소 개산대부開山大斧 한 자루를 쓰는데 그 무게가 120근이나 됐다.

두회는 원래가 백적白翟 사람으로, 일찍이 청미산靑眉山이란 데서 하루에 호랑이 다섯 마리를 맨주먹으로 때려잡아 그 가죽을 벗겨온 일이 있었다.

이에 진환공은 그 용맹을 듣고 두회를 불러다가 처음엔 차우 장군으로 삼았다. 그후 두회는 또 군사 300명을 거느리고 차아산嵯峨山에 가서 산적 1만여 명을 쳐부쉈다. 이때부터 두회의 이름은 세상에 널리 알려졌다.

그는 이제 대장이 되어 진晉나라 장수 위과와 서로 싸우게 됐다.

이때 진나라 장수 위과는 진을 치고 서로 싸울 태세를 취했다.

그러나 진秦나라 대장 두회는 진을 치고 말고 할 것이 없었다.

두회는 말도 병거도 타지 않고, 다만 평소에 부리던 용기 있는 군사 300명만 거느리고 태산 같은 위세로 뚜벅뚜벅 걸어서 바로 진군晉軍의 진 속으로 쳐들어갔다.

두회는 120근이나 되는 개산대부를 휘두르며 닥치는 대로 콩타작하듯 말 다리와 갑옷 입은 진군을 후려갈겼다. 그야말로 흉악한 죽음의 신이 하늘에서 내려온 듯했다.

진군은 이렇듯 흉악한 거인을 보기는 처음이었다. 진군은 도저히 감당할 수 없어 일진一陣을 패했다. 위과는 영루營壘를 굳게 닫고 아무도 나가서 싸우지 못하게 했다.

이에 두회는 1대隊의 도부수刀斧手를 거느리고 영채 밖에서 펄펄뛰며 진군에게 갖은 욕설을 퍼부었다. 이러기를 사흘이나 계속했건만 진군은 꼼짝못하고 영내에만 들어박혀 있었다.

이때 진晉나라 응원군이 왔다. 응원군을 거느리고 온 장수는 바로 위과의 동생인 위기魏錡였다.

위기가 형에게 말한다.

"상감께선 적적赤狄의 무리가 진秦나라와 손을 잡고 무슨 변을 일으킬지 모른다고 염려하사 특별히 저를 형님에게 보내셨습니다."

위과는 진秦나라 장수 두회에 관해서 대충 설명을 했다.

"그러니 두회의 용맹을 당해낼 수 없는지라. 그렇지 않아도 사람을 보내어 원병을 청하려던 참이었는데 마침 잘 왔다."

그러나 위기는 그 형의 말을 믿으려고 하지 않았다.

"형님, 과히 염려 마십시오. 제깐 놈이 용맹한들 얼마나 용맹하겠습니까. 내일 제가 그놈을 쳐서 무찌르겠습니다."

이튿날이었다. 두회는 또 진군의 영채 밖에 와서 싸움을 걸었다.

위기는 분연히 병거를 타고 나가서 싸우려고 했다. 위과가 쫓아나가 동생을 말렸으나 그는 듣질 않았다. 마침내 위기는 자기가 데려온 군사들을 거느리고 병거를 달려 싸우러 나갔다.

위기가 군사를 거느리고 달려나가자 진군秦軍은 사방으로 흩어져 달아났다. 위기는 군사를 사방으로 흩어 진군秦軍을 뒤쫓았다.

이때 두회가 신호 비슷한 소리를 우렁차게 내질렀다. 그러자 300명의 도부수들이 일제히 달려와 두회를 따랐다. 두회는 그들을 거느리고 120근이나 되는 개산대부를 번쩍 쳐들어 진군晉軍의 말과 군사를 닥치는 대로 내리찍었다.

진군晉軍은 흩어져 달아나는 진군秦軍을 뒤쫓았기 때문에 두회와 300명의 도부수에게 집중 공격을 못하고 이리저리 쓰러졌다.

위과가 군사를 거느리고 달려나와 대패한 동생을 겨우 구출해서 영채로 돌아갔다.

그날 밤 위과는 군영 안에서 잠을 이루지 못하고 고민했다. 이리 생각하고 저리 생각해봤으나 두회를 꺾어 누를 만한 묘한 계책이 떠오르지 않았다. 삼경三更이 되어서야 위과는 너무나 피곤해서 자리에 쓰러져 혼곤히 잠이 들었다. 그때 누가 귓전에서 속삭인다.

"청초파靑草坡! 청초파! 청초파!"

위과는 자다 말고 이 소리에 깜짝 놀라 일어났다. 그러나 장막 안엔 아무도 없었다.

"분명 누가 내 귓가에 대고 청초파라고 말했는데…… 이게 무슨 뜻일까?"

그러나 암만 생각해도 그 뜻을 알 수 없었다. 그는 자기의 착각이 아닌가 하고 다시 자리에 누웠다. 살며시 잠이 들려는데 비몽사몽간에 또 '청초파' 하는 소리가 분명히 들려왔다. 위과는 다시 잠에서 깨어났다. 그는 동생 위기에게 이 일을 말했다.

위기가 대답한다.

"10리 길이나 되는 보씨輔氏의 못에 청초파라는 둑이 있는데 혹 그곳을 말하는 것이 아닐까요? 꿈에 신인神人이 나타나 진군秦軍은 청초파에서 패할 것이란 걸 형님께 일러준 거나 아닌지요? 좌우간 저는 일지군一枝軍을 거느리고 미리 청초파에 가서 매복하고 있겠습니다. 날이 새거든 형님은 진군을 유인해서 청초파로 끌고만 오십시오. 형님과 제가 그곳에서 진군을 좌우로 협공해봅시다."

"좌우간 그렇게라도 해보자."

즉시 위기는 일지군을 거느리고 청초파로 갔다.

날이 새자 위과가 군사들에게 분부한다.

"지금부터 여성黎城으로 돌아간다. 그리 알고 전군은 출동 준비를 하여라."

진군晉軍은 일제히 영채를 뽑고 여성 쪽으로 출발했다. 아니나 다를까, 두회는 군사를 거느리고 떠나가는 진군晉軍을 추격했다.

위과는 한편으론 싸우며 한편으론 달아나면서 진군秦軍을 점점 청초파로 유인했다.

진군秦軍이 달아나는 진군晉軍을 뒤쫓아 청초파에 이르렀을 때였다. 난데없는 포성이 우렁차게 일어났다. 동시에 위기의 복병伏兵들이 일시에 일어났다. 지금까지 달아나던 위과도 돌연 돌아서서 진군秦軍에게 달려들었다.

삽시간에 진군晉軍은 두회를 겹겹이 에워싸고 앞뒤에서 그를 협공했다. 그러나 두회는 조금도 두려워하지 않고 120근이나 되는 개산대부를 팔랑개비 돌리듯 휘두르면서 닥치는 대로 진군晉軍을 찍었다. 진군晉軍은 많은 사상자를 냈다. 진군은 좀체 이길 자신이 없었다. 그래도 위과 형제는 군사들을 지휘하며 두회를 공격할 뿐 한 발짝도 물러서지 않았다.

싸움이 점차 자리를 옮겨 청초파 중간쯤에 이르렀을 때였다. 갑자기 두회는 걸음을 옮길 때마다 비틀거리기 시작했다. 마치 기름칠을 한 신발을 신고 얼음판을 건너는 듯한 모습이었다. 이를 보자 진군晉軍은 일제히 함성을 지르면서 급히 두회를 공격했다.

이때 위과의 눈앞에 이상한 광경이 나타났다.

저편에서 삼베 도포를 입고 짚신을 신은 한 노인이 마치 농군처럼 둑 위의 푸른 풀을 한 묶음씩 잡고 두회가 움직일 때마다 그 발을 묶는 것이었다.

그러나 다른 사람과 두회의 눈엔 그 노인이 보이지 않았다. 이리하여 두회의 걸음걸이는 더욱 비틀거렸다. 무엇이 자꾸 발을 묶었기 때문에 두회는 몸의 중심을 잡지 못했다.

이에 위과, 위기 두 형제는 쏜살같이 병거를 달려가 창을 번쩍 들어 두회를 찔렀다. 두회는 겨우 몸을 피했으나 묶어놓은 풀에 두 발이 걸려서 큰소리를 지르며 벌렁 나자빠졌다.

진군晉軍은 기회를 놓치지 않고 일제히 달려들어 쓰러진 두회를 산 채로 잡아 결박했다.

진秦나라 도부수 300명은 자기네 대장인 두회가 사로잡히는 걸 보자 사방으로 흩어져 달아났다.

진군晉軍은 즉시 도부수들을 뒤쫓아가서 닥치는 대로 쳐죽였다. 이에 두회를 따르던 300명의 도부수 중 무사히 달아난 자는 겨우 4, 50명에 불과했다.

위과가 결박당한 두회를 굽어보고 묻는다.

"네 스스로 영웅이라고 뽐내더니 어째서 사로잡혔느냐?"

두회가 한숨을 쉰다.

"참 이상한 일이다. 무엇이 내 두 발을 자꾸 묶어서 맘대로 몸을 놀릴 수 없었다. 이건 하늘이 내 목숨을 뺏음이다. 사람의 힘으론 어쩔 수 없었다."

위과가 속으로 생각한다.

'참 이상한 일도 있구나!'

위기가 형님에게 말한다.

"두회는 무서운 힘을 가진 장수입니다. 그냥 우리 군중軍中에 두어뒀다간 무슨 변이 생길지 모릅니다."

"나도 지금 그걸 염려하는 중이다. 즉시 두회를 참하여라."

결국 거인 두회는 결박당한 채로 진군晉軍의 칼에 죽었다. 위과는 동생과 함께 두회의 목을 잘라 직산稷山에 가서 진경공에게 바치고 승전을 아뢰었다.

그날 밤에 위과는 오랜만에 편안히 잠을 잤다.

꿈이었다.

낮에 청초파에서 두회의 발을 풀로 묶던 노인이 나타났다. 노인이 위과에게 정중히 읍하며 말한다.

"장군은 두회가 사로잡힌 까닭을 아시오? 이 늙은 몸이 풀로 발을 묶어 그의 자유를 뺏었기 때문입니다. 결국 두회는 풀에 걸려서 쓰러진 것입니다. 그래서 장군은 그를 사로잡을 수 있었습니다."

위과는 꿈속에서도 황급히 일어났다.

"나는 원래 노인이 누구신지를 전혀 모르오. 이런 큰 도움을 받았으니 장차 무엇으로 그 은혜를 갚아야 좋을지 모르겠습니다."

노인이 웃으며 대답한다.

"나는 다른 사람이 아니라 바로 조희祖姬의 아비 되는 사람이오. 장군은 생전에 부친께서 말씀하신 것을 잘 지켜서 내 딸을 다시 좋은 곳으로 개가改嫁시켜줬으므로, 이 늙은이는 구천에서도 여간 감격하지 않았습니다. 그러니 장군은 내 딸을 다시 살려주신 은인입니다. 도리어 내가 장군에게 은혜를 갚고자 미미한 힘이나마 기울여 도운 데 불과합니다. 장군은 앞으로 더욱 힘쓰십시오. 반드시 대대로 영귀榮貴하고 자손은 왕후王侯(전국戰國 시대 위魏나라는 바로 이 위씨魏氏의 자손이 세운 나라)가 될 것이오. 결코 내 말을 잊지 마시오."

노인은 문득 사라졌다. 동시에 위과도 꿈에서 깨어났다.

그럼 조희란 어떤 여자인가?

독자는 혹 기억하고 있을지 모르지만, 위과와 위기는 바로 진문공晉文公 때 유명한 장수 위주魏犨의 아들들이다.

그러니까 위주가 살아 있을 때 일이었다. 원래 위주에겐 사랑하는 첩이 하나 있었다. 그녀의 이름이 조희였다. 위주는 전쟁에 나갈 때마다 아들 위과에게 다음과 같은 부탁을 했다.

"내가 이번 싸움에 나가서 죽거든 너는 조희를 좋은 사람에게 개가시켜라. 결코 조희가 적막한 일생을 보내지 않게 해야 한다. 그래야만 내가 죽어도 눈을 감을 것이다."

그러던 위주가 정작 병이 들어서 죽게 됐을 때는 그 태도가 일변했다. 위주가 큰아들 위과에게 분부한다.

"조희는 내가 평소 사랑하고 아끼던 여자다. 내가 죽거든 조희를 나와 함께 묻어다오. 그녀는 틀림없이 나를 위해 순사殉死할 것이다. 그러면 나는 땅속에 묻혀도 외롭지 않으리라."

위주는 말을 마치자 이내 숨을 거뒀다. 그러나 위과는 아버지를 장사지낼 때 살아 있는 조희를 함께 묻지 않았다.

동생 위기가 묻는다.

"형님은 아버지께서 세상을 떠나실 때 분부하신 말씀을 잊었습니까?"

위과가 조용히 대답한다.

"아버지는 살아 계실 때 평소 말씀하시기를, '내가 죽거든 조희를 좋은 곳으로 개가시켜주어라'고 하셨다. 임종 때 말씀은 정신없이 하신 것이다. 효자는 부모께서 평소에 하시던 말씀을 따르는 법이다. 숨을 거두실 때 정신없이 하신 말씀을 어찌 따를 수 있으리오."

위과는 장사를 마친 후 조희를 좋은 선비에게 개가시켰다.

이러한 음덕陰德이 있었기에 조희의 친정 아버지의 혼령이 나타나 풀을 묶어 그 은혜를 갚은 것이었다. 그래서 오늘날도 사람들은 결초보은結草報恩●하겠다는 말을 곧잘 쓴다. 그러나 이 말에 이런 고사故事가 있다는 걸 아는 사람은 드물다.

이튿날 위과는 동생 위기에게 꿈 이야기를 했다.

"내가 아버지께서 평소 하신 말씀을 지켜 조희를 살려줬으나, 지하에 있는 그 친정 아버지가 이렇듯 나를 도와줄 줄이야 어찌 알았으리오."

위기는 형으로부터 그 꿈 이야기를 듣고서 거듭 감탄해 마지않았다.

염옹이 시로써 이 일을 찬탄한 것이 있다.

어떤 사람이 풀을 묶어 두회를 잡히게 했는가
꿈에 노인이 나타나 은혜를 갚은 것이라고 말하였도다.

사람들에게 권하노니 부디 음덕을 많이 쌓으라

이치에 순종하면 마음도 편안하려니와 또한 복을 받느니라.

結草何人亢杜回

夢中明說報恩來

勸人廣積陰功事

理順心安福自該

　진군秦軍은 참패하여 본국으로 돌아갔다. 진秦나라는 두회가 전
사했다는 소식을 듣고 임금과 신하가 하나같이 기운을 잃었다.

　한편 진晉나라 진경공은 위과의 공훈을 찬양하고 그에게 영호
令狐 땅을 하사했다. 다시 진경공은 큰 종을 만들게 하고 그 종에
다 위과가 승전한 연월일을 새기게 했다. 진경공 시대에 만들어진
이 종을 후세 사람은 경종景鐘이라고 불렀다.

　진경공은 사회士會에게 군사를 주어 오랑캐 적적의 나머지 종
족을 치게 했다. 이에 사회는 군사를 거느리고 가서 세 나라를 쳐
서 없애버렸다. 그 세 나라는 갑씨甲氏와 유우留吁와 유우의 속국
이었던 탁진鐸辰이었다. 이리하여 오랑캐 적적의 땅이 다 진晉나
라 소유가 되고 말았다.

객客에게 굴욕을 주고 전쟁을 불러들이다

　그후 진晉나라는 극심한 흉년이 들어 사방에서 도적이 들끓었다. 순림보荀林父는 전국에 방문榜文을 내어걸고 도적 잘 잡는 사람을 모집했다. 이리하여 한 사람을 뽑았는데, 그는 극씨郤氏의 일족으로 이름을 옹雍이라고 했다. 극옹은 남의 속을 잘 알아맞히는 사람이었다. 언젠가 그는 시장市場을 거닐다가 문득 길 가는 사람 하나를 가리키면서,
　"저자는 도적놈이다!"
하고 소리를 질렀다. 이에 극옹의 친구들이 그자를 잡아서 조사해본즉 과연 도적놈이었다.
　순림보가 묻는다.
　"그때 그대는 그놈이 도적인 줄을 어떻게 알았느냐?"
　극옹이 대답한다.
　"저는 그자의 눈과 눈썹 사이를 봤습니다. 물건을 볼 때 그자의 눈엔 욕심이 가득 찼습니다. 사람을 볼 때 그자의 눈엔 부끄러움

이 떠올랐습니다. 제가 가까이 갔을 때 그자의 눈엔 두려움이 나타났습니다. 그래서 그자가 도적놈인 줄 알았습니다."

그후로 극옹은 매일 도적을 수십 명씩 잡았다. 시정市井 사람들은 모두 극옹을 무서워했다. 그런데 잡으면 잡을수록 도적은 점점 늘어나기만 했다.

어느 날 대부 양설직羊舌職이 순림보에게 말한다.

"나는 원수元帥가 극옹을 임용해서 도적을 잡는다는 소문을 들었소. 그러나 도적을 다 잡아들이기도 전에 극옹이 먼저 죽을 것이오."

순림보가 놀란다.

"어째서 극옹이 죽는단 말이오?"

양설직이 대답한다.

"주周나라 속담에 '연못 속 고기를 잘 볼 줄 아는 자는 팔자가 좋지 못하며, 남의 비밀을 잘 알아내는 사람은 불행하다' 는 말이 있지요. 어찌했든 간에 극옹 한 사람의 힘만으로 도적을 다 잡아 없앨 순 없소. 모든 도적들이 힘을 합쳐서 도리어 극옹을 노릴 것이오. 그러니 극옹이 죽지 않고 배기겠소?"

양설직이 이런 말을 한 지 사흘째 되던 날이었다.

이날 극옹은 교외에 나갔다가 수십 명의 도적에게 집단 공격을 받고 죽었다. 도적들은 극옹의 머리를 잘라 달아났다. 이 소식을 듣고 순림보는 울화병이 나서 앓다가 죽고 말았다.

진경공晉景公은 양설직이 이런 말을 미리 예언했다는 말을 듣고 즉시 그를 불렀다.

"그대가 예언한 것처럼 극옹은 죽었다. 그럼 어떻게 해야 도적이 없어질꼬?"

양설직이 대답한다.

"대저 꾀로써 꾀를 막는 것은 마치 돌로 풀을 눌러두는 것과 같습니다. 풀은 반드시 돌 틈을 비집고 자라나고야 맙니다. 무법無法한 놈들을 엄한 법으로 금하는 것은 돌로써 돌을 치는 것과 같습니다. 결국 두 개의 돌은 다 깨어지고 맙니다. 그러므로 도적을 없애는 방법은 그들을 교화敎化하는 길밖에 없습니다. 곧 그들에게 염치廉恥를 가르치는 것이 그 첩경입니다. 결코 도적을 많이 잡는 것이 도적을 없애는 길은 아닙니다. 그러니 상감께서는 문무백관들 중에서 어질고 착한 사람을 골라 백성들에게 어질고 착한 길을 밝게 하십시오. 마침내는 착하지 못한 자들이 스스로 감화될 것입니다. 그러고 보면 도적쯤을 근심하실 것 있습니까?"

진경공이 또 묻는다.

"그럼 지금 우리 진나라에서 가장 착한 사람은 누군가? 경은 주저 말고 말하라."

"지금 우리 나라엔 사회士會만한 인물이 없습니다. 그는 신용 있는 말을 하며, 의리 있는 행동을 하며, 너그럽되 아첨하지 않으며, 청렴하되 소견이 좁지 않으며, 강직하되 반항하지 않으며, 위엄이 있으되 사납지 않습니다. 상감께서는 잊지 마시고 사회를 등용하십시오."

그런 지 수개월 후에 사회가 오랑캐 적적赤狄을 평정하고 돌아왔다. 진경공은 포로로 잡혀온 오랑캐 적적의 군사를 모두 주나라로 보내어 주정왕周定王에게 바쳤다. 그리고 이것이 다 사회의 공로인 것을 고했다.

이에 주정왕은 진晉나라 사회에게 불복黻服과 면관冕冠을 하사하고 상경 벼슬에 오를 것을 승낙했다.

이리하여 사회는 주 천자天子의 정식 허가를 받고 진나라 상경이 됐다. 이것은 진경공이 사회의 존재를 백성들에게 인식시키기 위해서 일부러 정식 절차를 밟았던 것이다.

이에 사회는 죽은 순림보를 대신해서 중군中軍 원수가 되고, 태부太傅직을 겸했다. 진경공은 다시 사회에게 범范 땅을 줬다. 그래서 진나라 범씨范氏의 시조가 바로 사회인 것이다.

사회는 진나라 정사를 맡게 되자 곧 도적에 관한 법률 조항을 모두 삭제해버렸다. 그는 오로지 교화에 힘쓰는 동시에 백성에게 선행善行을 권했다. 근성이 나쁜 자들은 진나라에서 배겨날 수 없어 다 진秦나라로 도망쳐버렸다. 어느덧 도적은 찾아보려야 찾아볼 수 없게 됐다. 이리하여 진나라는 잘 다스려졌다.

진경공은 다시 천하를 제패하고 백주伯主가 되려는 야심을 품었다.

모신謀臣 백종伯宗이 진경공에게 나아가 아뢴다.

"선군先君 진문공晉文公께서 처음으로 천토踐土에서 맹회盟會를 열었을 때, 천하 어느 나라 할 것 없이 모든 제후가 다 와서 우리 나라에 순종했습니다. 그후 진양공 때에 다시 신성新城에서 맹회를 열고 모든 나라 제후의 맹세를 받았을 때만 해도 감히 우리 나라에 두 마음을 품은 자가 없었습니다. 그러던 것이 영호令狐 땅에서 신용을 잃은 이후로 우리 나라는 진秦나라와 우호가 끊어졌고, 또 제나라와 송나라에서 각기 임금을 죽인 사건이 발생했건만 그때 그들을 쳐서 그 죄를 다스리지 못했기 때문에 산동山東 모든 나라가 우리 진晉나라를 무시하고 모두 초나라에 붙어버렸습니다. 그뿐만이 아니라 정나라를 구원해주려다가 실패했고, 위기에 빠진 송나라도 구해주지 못했습니다. 그래서 우리는 정·송

두 나라까지 잃었습니다. 지금 우리 진나라 지배 아래 있는 나라라곤 위衛·조曹 등 겨우 서너 개 국가에 불과합니다. 아직도 천하에서 무시할 수 없는 나라는 제나라와 노魯나라입니다. 상감께서 다시 맹주로서 백업을 회복하실 생각이시라면, 지금이라도 곧 제·노 두 나라에 사신을 보내어 서로 친선을 맺고 초나라를 무찌를 수 있는 기회를 노려야만 다시 우리 진나라가 천하를 지배할 수 있습니다."

진경공은 몇 번이고 머리를 끄덕였다. 이에 상군上軍 원수 극극郤克이 사신이 되어 많은 예물을 가지고 제·노 두 나라와 친선을 맺기 위해서 떠났다.

한편, 노나라 노선공魯宣公은 임금 자리에 오른 것이 다 제나라 제혜공齊惠公의 덕택이었던 만큼 그후로 제나라를 끔찍이 섬겼다. 그래서 노선공은 기일을 정해놓고 1년에 두 번씩 사신을 시켜 제나라로 예물을 보냈다. 제혜공이 죽고 제경공齊頃公이 즉위한 후에도, 노선공은 지금까지 해오던 일을 중단할 수 없다 해서 해마다 두 번씩 사신을 보내어 제나라를 깍듯이 섬겼다.

진晉나라 극극은 일단 노나라에 가서 친선하는 뜻을 표명하고 다시 제나라로 가기 위해 노선공에게 하직 인사를 하려고 궁으로 들어갔다.

노선공이 극극에게 말한다.

"우리도 이맘때면 제나라로 사신을 보내어 우호를 두터이 하오. 우리 나라 상경 벼슬에 있는 계손행보季孫行父가 마침 제나라로 친선하러 가게 됐으니 동행하도록 하오."

이에 극극은 쾌히 수락하고 노나라 사신 계손행보와 함께 제나라로 떠났다.

두 사람이 제나라 교외에 당도했을 때였다. 그들은 뜻밖에 위衛나라 상경 손양부孫良夫와 조曹나라 대부 공자 수首를 만났다. 그들 또한 제나라와 친선하려고 사신으로서 온 것이었다. 진·노·위·조 네 나라 사신은 우연히 서로 만난 것을 기뻐했다. 네 나라 사신은 함께 제나라 성으로 들어가 우선 객관客館에서 여장을 풀었다.

이튿날 그들은 제나라 궁으로 들어가서 제경공에게 절하고 각기 자기 나라 임금의 말을 전했다.

제경공은 네 나라에서 온 사신들의 용모를 보고, '세상엔 별 재미나는 일도 다 많구나' 하고 생각했다. 그러나 겉으론 내색하지 않고 점잖게 말했다.

"네 나라 대부들은 먼 길 오시느라 수고하셨소. 일단 공관公館에 가서 잠시 쉬시라. 내 잔치를 차려놓고 시신侍臣을 보내어 초청하겠소."

이에 네 나라 사신은 안내를 받고 궁문을 나와 공관으로 갔다.

제경공은 내궁으로 들어가서 어머니인 소태부인蕭太夫人을 뵙고 연방 소리 없는 웃음만 머금었다. 일찍이 소태부인은 소蕭나라 임금의 딸로 제혜공齊惠公에게 시집온 사람이다.

제혜공이 죽은 후로 소태부인은 밤낮없이 슬피 울었다. 제경공은 효성이 대단해서 매양 어머니를 기쁘게 해주려고 우스운 일이 있으면 친히 그걸 흉내내면서까지 어머니를 웃겼다. 이날 제경공은 그저 웃기만 하고 그 까닭을 말하지 않았다.

소태부인이 묻는다.

"오늘 무슨 일이 있었기에 그렇게 웃기만 하는가?"

제경공이 대답한다.

"별일은 없었으나 괴상한 걸 봤습니다. 오늘 진·노·위·조 네 나라에서 친선차 대부들이 왔는데, 진나라 대부 극극은 애꾸눈이고, 노나라 대부 계손행보는 머리털 하나 없는 대머리고, 위나라 대부 손양부는 절름발이고, 조나라 공자 수는 꼽추였습니다. 무릇 사람에겐 사지四肢가 온전하지 못한 자도 있지만 그 네 사람이 각기 괴상한 모양으로, 더구나 함께 우리 나라에 왔으니, 그들을 한자리에서 바라볼 때 어찌 우습지 않았겠습니까?"

소태부인이 그 말을 믿지 않는다.

"나도 그들을 한번 볼 수 없을까?"

제경공이 대답한다.

"무릇 다른 나라에서 사신이 오면 우선 공적인 잔치를 차려 대접하고, 다음은 사적으로 잔치를 차려 대접하는 법입니다. 내일 후원에서 잔치를 베풀고 네 나라 대부를 초청하기로 했습니다. 그때 그들은 틀림없이 종대宗臺 밑을 지나서 들어올 것입니다. 어머니께선 종대 위에서 방장房帳을 드리우고 그 틈으로 내다보십시오. 그럼 쉽사리 그들을 구경할 수 있습니다."

이튿날 공적인 잔치가 끝나고 후원에서 사적인 잔치가 열렸다. 소태부인은 이미 종대 위에 나와 있었다.

이윽고 보통 관례대로 사신들이 당도했다. 무릇 사신들을 태워 오는 수레라든가 어자御者는 반드시 잔치를 베푸는 나라 쪽에서 제공하는 법이다. 이는 먼 길을 온 사신들을 위로하는 뜻이었다.

제경공은 오로지 어머니 소태부인을 한번 웃게 해주려고, 백성들 중에서 특히 애꾸눈과 대머리와 절름발이와 꼽추를 골라 네 나라에서 온 네 대부의 수레를 몰게 했다. 그리하여 애꾸눈인 극극이 탄 수레는 애꾸눈이 몰고, 대머리 계손행보의 수레는 대머리가 몰고, 절름발이 손양부의 수레는 절름발이가 몰고, 꼽추인 공자 수의 수레는 꼽추가 몰았다.

상경 벼슬에 있는 국좌國佐가 제경공에게 간한다.

"외국 사신을 대접하는 것은 국가의 중대한 일입니다. 손님과 주인이 서로 공경하는 것이 예의거늘 어찌 장난을 하십니까?"

그러나 제경공은 듣지 않았다. 이리하여 한 쌍의 애꾸눈과 한 쌍의 대머리, 한 쌍의 절름발이와 한 쌍의 꼽추가 수레를 타고 종대 밑을 지나갔다.

소태부인은 방장 사이로 그 괴상한 행렬을 굽어보다가 자기도 모르는 중에 큰소리로,

"호호호 호호호호호호……"

하고 웃었다. 좌우의 시녀들은 모두 입을 가리고 웃었다. 웃음소리는 바로 그 밑을 지나가던 행렬에까지 들렸다.

처음에 극극은 어자가 애꾸눈인 것을 보고 우연이려니 생각하고 별로 개의치 않았다. 그러나 대 위에서 부녀자의 웃음소리를 듣고는 의심이 났다. 이에 극극은 사적인 잔치 자리에서 몇 잔 술만 마시고는 몸을 일으켜 총총히 공관으로 돌아갔다.

공관에 돌아간 극극이 따라온 제나라 사인使人에게 묻는다.

"이놈, 내 물음에 바른 대로 대답하여라. 아까 대 위에서 웃던 여자가 누구냐?"

"국모國母 소태부인이십니다."

조금 지나서 노 · 위 · 조 세 나라 사신도 돌아왔다. 그들이 극극에게 말한다.

"허! 우리는 오늘 모두 조롱을 당했소. 제나라는 일부러 그런 어

자만을 골라서 우리를 희롱한 것이오. 우리는 부녀자의 웃음거리로 제공된 셈이오. 세상에 이런 법이 어디 있소?"

극극이 분연히 제의한다.

"우리는 친선하러 왔다가 도리어 큰 모욕을 당했소. 기필코 이 원수를 갚지 않는다면 이는 사내대장부라고 할 수 없소."

계손행보 등 세 사람도 일제히 대답한다.

"만일 대부께서 군사를 일으켜 제나라를 친다면, 우리도 각기 우리 임금께 아뢰고 마땅히 전 병력을 기울여 돕겠소."

극극이 청한다.

"세 대부께서도 과연 한마음 한뜻이라면 우리 여기서 함께 맹세합시다."

이에 네 나라 대부가 서로 입술에 피를 바르고 똑같이 하늘을 우러러 맹세한다.

"제나라를 치는 날에 만일 힘을 다하여 서로 돕지 않는 자가 있거든 천지신명이여, 그를 벌하소서."

마침내 네 나라 대부는 밤새도록 모여앉아 상의했다.

이튿날 새벽이었다. 네 나라 대부는 제경공에게 하직 인사도 하지 않고 수레를 타고 각기 본국으로 돌아가버렸다.

이 소식을 듣고서 제나라 상경 국좌가 길이 탄식한다.

"이제부터 제나라에 큰 걱정거리가 생기겠구나."

사신史臣이 시로써 이 일을 탄식한 것이 있다.

주인과 손님은 무엇보다 서로 공경해야 하거늘
어찌 수레 모는 일을 병신들에게 맡겼는가.
종대 위의 웃음소리가 사라지기도 전에

사방 봉화대烽火臺에서 급한 연기가 일어났도다.

主賓相見敬爲先

殘疾何當配執鞭

臺上笑聲猶未寂

四郊已報起烽烟

이때 노魯나라는 동문東門 수遂도 숙손득신叔孫得臣도 다 죽은 후였다. 그래서 계손행보가 정경正卿으로서 나라 살림을 맡아보고 있었다.

계손행보는 제나라에 사신으로 갔다가 소태부인의 웃음거리가 되어 돌아온 후로 그 원수를 갚고자 맹세했다. 그래서 진晉나라가 제나라를 치기만 고대하고 있었다. 그런데 들리는 소문에 의하면, 극극은 제나라를 치려고 하건만 태부太傅 사회가 반대하기 때문에 진경공이 허락을 하지 않는다는 것이었다.

이 소식을 듣고 노나라 계손행보는 초조했다. 계손행보는 노선공에게 아뢰고 군사를 빌리려고 초나라로 사람을 보냈다.

그러나 노나라 사신이 초나라에 당도했을 때였다. 그간 초장왕 여旅가 병을 앓다가 세상을 떠났다.

초나라에선 세자 심審이 즉위했으니 이때 그의 나이 겨우 열 살이었다. 그가 바로 초공왕楚共王*이다.

사신이 시로써 죽은 초장왕을 찬한 것이 있다.

오오 빛나도다, 초장왕이여!

조상이 못다 이룬 일을 성취했도다.

처음엔 주색에 잠겼으나

마침내 초나라를 넓혔도다.
번희는 내궁에서 그를 돕고
손숙오는 신하로서 그를 도왔도다.
서舒나라를 쳐서 의를 드날리고
진晉나라를 꺾어눌러 위력을 드날렸도다.
주 천자를 노리고 또 송나라를 포위했으니
그 기상이 범과 같았도다.
보잘것없는 남쪽 오랑캐였지만
그는 제환공, 진문공과 견줄 만한 인물이었도다.

於赫莊王
幹父之蠱
始不飛鳴
終能張楚
樊姬內助
孫叔外輔
戮舒播義
衂晉覿武
窺周圍宋
威聲如虎
蠢爾荊蠻
桓文爲伍

　초공왕은 노나라 사신에게 국상國喪이 났으므로 군사를 빌려줄 수 없다고 거절했다.
　그후 노나라 계손행보는 초나라에 갔던 사신이 돌아와서 군사를 빌려주지 않더라는 보고를 받고 더욱 분노하고 초조해했다.

그러던 어느 날 진晉나라에서 어떤 사람이 계손행보를 찾아왔다.

"지금 진나라 극극은 제나라를 쳐야만 천하 패권을 잡을 수 있다고 주장하고 있습니다. 그래서 진나라 임금도 귀가 솔깃해졌습니다. 중군 원수 사회는 극극의 생각을 돌리지 못할 것을 알고, '신은 늙어서 더 이상 정사를 맡아볼 수 없습니다' 하고 벼슬을 내놨습니다. 그래서 이젠 극극이 중군 원수가 되어 진나라 정치를 맡았습니다. 극극은 불원간에 군사를 일으켜 제나라를 칠 것입니다."

이 말을 듣고서야 계손행보는 비로소 기뻐했다. 계손행보는 곧 동문 수의 아들 공손귀보公孫歸父를 진晉나라에 보내기로 했다. 첫째는 극극에게 안부를 묻기 위함이요, 둘째는 제나라를 언제 칠 것인가 그 시기를 알기 위해서였다.

원래 노나라 노선공은 동문 수 덕택으로 임금 자리에 오른 사람인 만큼 그 아들 공손귀보를 남달리 사랑했다.

이때 노나라에선 맹손씨孟孫氏·숙손씨叔孫氏·계손씨季孫氏이 세 집안 자손이 가장 번성했다. 그래서 노선공은 늘 이 삼가三家 때문에 은근히 걱정을 했다. 노선공은 삼가의 세력이 장차 임금인 자기 자손까지 위압할 것이라고 염려했던 것이다.

공손귀보가 진나라로 떠나던 날이었다. 노선공이 공손귀보의 손을 잡고 비밀히 부탁한다.

"삼환三桓(맹손씨·숙손씨·계손씨 세 가문)의 세력은 나날이 커가고 궁중 권력은 나날이 줄고 있다는 것은 그대도 잘 아는 바라. 그대는 이번에 가거든 진나라 임금과 신하에게 과인의 이 고민을 잘 말해보아라. 만일 진나라가 군사를 일으켜 우리 나라에서 맹손·숙손·계손 삼환만 내쫓아준다면 과인은 해마다 진나라에 예물을 바치고 영구히 진나라를 섬길 작정이다. 그대는 조심하고 조심하라. 내 뜻을 경솔히 남에게 누설하지 마라."

공손귀보는 노선공의 밀지密旨를 받고 많은 뇌물을 가지고서 진나라로 갔다.

이때 진나라에선 도안가屠岸賈*가 또 갖은 아첨을 부려 다시 진경공의 총애를 받고 사구司寇라는 높은 벼슬에 앉아 있었다.

그래서 진나라에 당도한 노나라 사신 공손귀보는 도안가에게 많은 뇌물을 바치고 노선공의 뜻을 전했다.

"우리 나라의 삼환만 몰아내주면 우리는 영구히 진나라를 섬길 작정입니다."

원래 도안가는 조돈趙盾 일파에게 죄를 지은 일이 있었기 때문에 난서欒書와 극결郤缺 두 씨족과 친밀히 지냈다.

노나라 뇌물을 담뿍 받아먹은 도안가는 공손귀보의 청을 난서에게 가서 전했다.

난서가 신중히 대답한다.

"지금 원수 극극은 노나라 계손씨와 함께 제나라를 치려는 참이오. 그러니 원수 극극이 결코 노나라 삼환을 내쫓는 데 협력할 리 없소. 그러나 내 슬며시 원수의 의향을 한번 떠보겠소."

이튿날 난서는 도안가한테 들은 말을 원수 극극에게 전했다.

"노나라 삼환만 몰아내주면 노나라는 영구히 우리 진나라를 섬기겠다고 한답디다."

극극이 단호히 대답한다.

"노나라 삼환이라면 맹손씨 · 숙손씨 · 계손씨 그 삼가를 말하는 것 아니오? 흠! 노후魯侯가 나라를 어지럽히려고 하는 것이니 아예 그런 말은 듣지 마시오."

이날 극극은 난서를 돌려보내고서 즉시 노나라 계손행보에게 보내는 밀서 한 통을 썼다.

수일 후 극극의 심복 부하는 노나라에 가서 그 밀서를 계손행보에게 전했다. 노나라 계손행보가 진나라 극극의 밀서를 읽고서 몹시 노한다.

"지난날에 공자 악惡과 공자 시視를 죽이고 그 동생인 지금 임금을 군위에 세운 것이 다 누구의 짓이냐 하면 동문 수의 소행이었다. 우리 삼환은 다만 국가의 안정을 위해서 모든 것을 참아왔다. 그런데 이제 와선 동문 수의 아들놈 공손귀보가 진나라에 가서 우리 삼환을 몰아낼 궁리를 한다니, 어찌 범새끼를 길러 미래의 불행을 초래하리오."

계손행보는 극극이 보낸 밀서를 숙손교여叔孫僑如에게 보였다.

"주공이 병들었네 하고 한 달 동안이나 조회朝會에 나오지 않는 것도 무슨 이유가 있는 것 같소. 우리 함께 궁에 들어가서 주공을 문병합시다. 그러고서 주공의 태도를 한번 살펴봅시다."

그리고 그들은 사람을 보내어 중손멸仲孫蔑도 불렀다. 그러나 중손멸은 와서 그들의 요청을 거절했다.

"신하가 임금에게 시비를 따질 순 없는 법이오. 나는 감히 그대들과 함께 궁으론 못 가겠소."

이에 계손행보와 숙손교여는 하는 수 없이 사구司寇 벼슬에 있는 장손허臧孫許를 불러 세 사람이 함께 궁으로 갔다.

그들은 궁문 앞까지 갔으나 노선공의 병이 위독하다는 말을 듣고는 감히 꼭 뵙겠다고 우기지 못하고 인사만 전하고 돌아갔다.

이튿날 노선공은 세상을 떠났다. 이때가 바로 주정왕周定王 16년이었다. 계손행보 등은 즉시 궁으로 들어가서 세자 흑굉黑肱을 받들어 즉위시켰다. 이때 흑굉의 나이 겨우 열세 살이었다. 그가 바로 노성공魯成公이다.

노성공은 너무나 나이가 어렸다. 그래서 계손행보가 나랏일을 도맡아 처리했다.

계손행보가 모든 대부를 조당朝堂으로 불러들이고 말한다.

"임금은 어리시고 나라는 쇠약하니 크게 정법政法과 형법刑法을 밝히지 않으면 안 될 줄 아오. 지난날에 우리 나라가 적자嫡子 둘을 죽이고 서자庶子를 세워서 제혜공齊惠公에게 아첨했기 때문에 진晉나라와 우호마저 끊어지고 말았소. 그럼 이런 짓을 한 장본인이 누구겠소? 다 동문 수가 저질러놓은 것이오. 그러니 우리 노나라에서 동문 수의 죄를 그냥 내버려둘 순 없소."

이미 죽은 동문 수의 죄를 어떻게 다스린단 말인가? 그러나 모든 대부는 다 허리를 굽실거리면서 옳은 말이라고 아첨했다.

마침내 계손행보는 사구인 장손허를 시켜 죽은 동문 수의 유족遺族을 다 국외로 몰아냈다.

한편 진晉나라에 사신으로 갔던 공손귀보는 노나라로 돌아오다가 국경에 이르기도 전에 노선공이 세상을 떠났다는 소식을 들었다. 그리고 국내에서 죽은 자기 아버지 동문 수의 죄가 논란이 되어 일족이 국외로 추방당했다는 소식까지 겸하여 들었다.

이에 공손귀보는 방향을 바꾸어 제나라로 달아났다. 노나라에서 추방당한 그들 일족도 그후 제나라로 모여들었다.

후세 선비는 이 일을 다음과 같이 논평했다.

동문 수는 제혜공과 짜고서 전 임금의 적자인 공자 악과 공자 시를 죽이고 노선공을 군위에 세웠다. 그러나 노선공이 죽자 곧

146

동문 수의 자손은 다 국외로 추방당했다. 우리는 이 사실 하나만으로도 알 수 있다. 곧 악한 짓을 한 자에게 무슨 이익이 있는가?

또 염옹髥翁이 시로써 동문 수를 비난한 것이 있다.

몹쓸 짓을 하면서까지 자손이 천추만세로 부귀하길 바랐으나
누가 알았으랴, 그 자손들이 삼환에게 쫓겨날 줄을.
그가 남겨놓은 세도가 한번 꺾이고 보니
결국 역사에 흉악한 이름만 남겼도다.
援宣富貴望千秋
誰料三桓作寇仇
楹折東門喬木萎
獨餘靑簡惡名留

노성공이 즉위한 지 2년 때 일이었다.

제나라 제경공은 진晉·노魯 두 나라가 머지않은 앞날에 서로 연합하여 제나라를 치기로 상의하고 있는 중이라는 소문을 듣고, 급히 사신을 보내어 초나라와 우호를 맺었다. 물론 진·노 두 나라 군사가 쳐들어오면 초나라에 원조를 청할 생각에서였다.

그리고 제경공은 한편으로 병거와 무기를 정돈한 뒤, 적이 쳐들어오기를 기다리지 않고 먼저 노나라를 쳤다. 제나라 군사는 평음平陰 땅을 경유하여 바로 노나라 용읍龍邑으로 나아갔다.

이때 제경공이 총애하는 신하로 노포盧蒲와 취괴就魁란 장수가 있었다. 노포와 취괴는 경솔히 앞장서서 행진하다가 용읍 북문에

서 노군에게 사로잡혔다. 이에 제경공이 병거에 올라 용성龍城 위를 쳐다보며 노군에게 청한다.

"너희가 노포와 취괴를 돌려준다면 우리는 곧 군사를 거느리고 돌아가겠다."

그러나 노군은 그 말을 믿지 않았다. 도리어 노포와 취괴를 죽여 그 시체를 성 위에 내걸었다.

이를 보고 분노한 제경공은 삼군을 거느리고 용읍을 사면에서 공격했다. 밤낮을 쉬지 않고 공격한 지 사흘 만에 용성은 함락됐다. 제경공은 성안으로 들어가서 그곳 노나라 군사와 백성들을 모조리 잡아죽였다.

일단 노포와 취괴의 죽음에 대한 분풀이를 하고 나서 제경공은 다시 노나라 깊숙이 쳐들어가려는데, 보발군이 급히 말을 달려 왔다.

"어째서 왔느냐?"

"위衛나라 대장 손양부孫良夫가 군사를 거느리고 우리 제나라 국경으로 쳐들어오는 중입니다."

"내가 없는 빈틈을 엿보고 위군衛軍이 우리 나라를 침범하려는 것이로구나. 마땅히 그들을 맞이하여 무찌르리라."

제경공은 약간의 군사를 두어 용읍을 지키게 하고 나머지 군사를 거느리고서 남쪽으로 갔다.

제경공은 위나라 땅 신축新築에 이르러 위군의 전대前隊와 만났다. 제군과 위군은 즉시 각기 영채를 세우고 돌을 쌓아 누壘를 만들어 서로 대치했다.

위나라 부장 석직石稷이 중군 원수 손양부에게 고한다.

"우리는 빈틈을 타서 제나라를 치려고 온 것입니다. 그런데 제군이 이제 다 돌아온데다 제후齊侯가 친히 지휘하고 있습니다. 적의 형세가 결코 만만치 않으니 그들에게 길을 터주고 물러가는 것이 좋을 듯합니다. 다시 때를 기다려 진晉·노魯 두 나라와 합력해서 제나라를 치는 것이 어떻겠습니까?"

손양부가 벌컥 화를 낸다.

"본시 제후에게서 받은 조롱과 모욕에 대한 원수를 갚기 위해서 군사를 일으킨 것이오. 지금 불구대천지원수가 앞에 있거늘 어찌 피하리오."

손양부는 석직이 간하는 말을 듣지 않고 그날 밤에 중군을 거느리고 제나라 영채를 기습했다.

그러나 제군은 그날 밤에 위군이 쳐들어오리란 것을 미리 짐작하고 있었다. 위군은 물밀듯이 제군의 영문營門으로 쳐들어갔다. 그러나 제영齊營은 텅 비어 있었다.

손양부가 황급히 제영을 나오는데 오른편에선 제나라 장수 국좌가, 왼편에선 고고高固가 앞을 막으며 에워싸기 시작했다. 그리고 제경공이 친히 대군을 거느리고 오면서 부르짖는다.

"절름발이 손양부야! 속히 목을 늘여 칼을 받아라!"

손양부는 제나라 군사의 계책에 속은 걸 알고 전력을 기울여 싸웠으나 도저히 당적할 수 없었다. 손양부가 위험에 빠져 있는데, 영상寧相과 상금向禽 두 부대가 말을 타고 병거를 몰고 와서 제군과 싸워 가까스로 손양부를 구출해냈다.

이에 위군은 대패하여 달아나기 시작했다. 제경공은 국좌, 고고 두 장수를 거느리고 달아나는 위군을 뒤쫓았다.

이때 위나라 부장 석직이 달려와서 손양부를 영접하며 외친다.

"원수는 속히 달아나십시오. 내가 제군을 가로막겠습니다."

손양부는 정신없이 북쪽을 향해 달아났다. 한 마장도 못 갔을 때였다. 앞쪽 멀리에서 먼지가 누렇게 일어나면서 달려오는 병거들 바퀴 소리가 우레 소리처럼 들려왔다.

손양부가 길이 탄식한다.

"제나라 복병伏兵이 또 있구나. 이젠 나의 목숨도 끝나는가 보다."

가까이 달려오는 병거들 속에서 한 장수가 나타나 허리를 굽히며 손양부에게 절한다.

"소장小將은 원수께서 적과 싸우시는 줄 모르고 늦게 왔습니다. 이 죄를 용서하십시오."

손양부가 묻는다.

"그대는 누구냐?"

"저는 신축新築 땅을 지키는 대부 중숙仲叔 우해于奚입니다. 지금 국경 지대를 지키는 병거 100여 승을 다 거느리고 왔습니다. 족히 적과 한번 싸울 만하니 원수는 근심 마십시오."

손양부가 비로소 안심하고 중숙 우해에게 명령한다.

"지금 석직 장군이 이 뒤에서 적군과 싸우고 있으니, 그대는 속히 가서 그를 도우라."

중숙 우해는 즉시 모든 병거를 거느리고 석직을 도우러 갔다.

한편 제군齊軍은 앞을 가로막는 위나라 부장 석직과 한참 싸우는 중이었다. 그때 북쪽에서 먼지가 하늘을 가릴 듯이 일어나면서 중숙 우해가 군사를 거느리고 달려왔다.

제경공은 지금 위나라 땅에서 싸우고 있는 만큼 후속 부대가 없어서 마침내 금을 울리고 군사를 거두었다. 그리고 위군이 버리고 달아난 치중輜重만 약탈해 돌아갔다. 석직과 중숙 우해는 제군을 추격하지 않았다.

이왕에 중숙 우해가 등장했으니, 그후 위나라가 진나라와 함께 제나라를 쳐서 이기고 돌아갔을 때 일을 미리 이야기해야겠다.

그때 위목공衛穆公은 지난날에 중숙 우해가 위기에 처한 손양부를 구출해준 일이 있었기 때문에 그 공로로 한 고을을 줬다. 그러나 중숙 우해는 사양했다.

"신은 고을을 받고 싶진 않습니다. 원컨대 곡현曲縣과 번영繁纓을 주신다면 귀작貴爵 고관高官에 참석하여 이 몸도 영광을 누리겠습니다."

『주례周禮』에 의하면 천자天子만이 악기를 사면四面에 걸고 연주를 즐길 수 있게 되어 있다. 이것을 궁현宮縣이라고 한다. 그래서 제후諸侯는 악기를 삼면三面에만 걸 수 있고 특별히 남쪽엔 걸 수 없게 되어 있다. 그러므로 천자의 음악을 궁현이라 하고, 제후의 음악을 곡현曲縣 혹은 헌현軒縣이라고 한다.

그럼, 중숙 우해가 청한 번영이란 무엇인가? 번영은 대부 벼슬에 있는 사람이라야만 양쪽 귀에 걸칠 수 있는 관冠 끈의 구슬이다. 그러나 제후에게는 그 번영이 말馬의 목을 장식하는 데 불과했다.

중숙 우해가 위목공에게 청한 곡현과 번영이란, 곧 자기를 제후로 대접해달라는 뜻이었다. 이건 신하가 제후에게 청할 수도 없는 일이며, 주 천자가 아닌 한갓 제후로 신하에게 허락할 성질의 것도 아니었다. 중숙 우해는 자기 공을 믿고 이렇듯 방자하게 굴었다.

더 가관인 것은, 이 말을 듣자 위목공은 자기가 마치 천자나 되는 양 웃으며 중숙 우해에게 곡현과 번영을 허락했다는 사실이다.

후세에 이르러 공자孔子는 그의 저서 『춘추春秋』에서 이 일을 다음과 같이 논평했다.

모든 제도는 귀천을 분별하기 위해서 마련한 것이다. 그러므로 함부로 아무에게나 모든 걸 허락해서는 안 된다. 그런데 위후衛候는 그 상賞 주는 법을 망각했다.

이것은 물론 다음에 해야 할 이야기지만 형편상 미리 해두는 데 불과하다.

이야기는 다시 전날로 돌아간다. 손양부는 패한 군사를 거느리고 신축성으로 돌아가서 며칠을 쉬었다. 모든 장수들이 손양부에게 묻는다.

"언제 회군하시겠습니까?"

손양부가 벌컥 화를 내면서 대답한다.

"내 본시 제나라를 쳐서 원수를 갚으려다가 도리어 패했다. 내 무슨 면목으로 그냥 돌아가 임금을 뵈올 수 있으리오. 내 마땅히 진晉나라 군사를 빌려와 제나라 임금을 잡아서 분풀이를 하기 전에는 결코 돌아가지 않으리라."

이에 손양부는 석직에게 군사를 맡겨 신축 땅에 머물러 있게 하고, 자기는 군사를 빌리러 진나라로 떠나갔다.

진나라로 가던 도중이었다. 손양부는 역시 진나라로 가는 노나라 사구司寇 장손허臧孫許와 만났다. 장손허도 제나라에 보복하기 위해서 군사를 빌리려고 진나라로 가는 중이었다.

동지를 만난 두 사람은 진나라에 당도하자 바로 극극郤克의 집으로 갔다. 극극은 그들을 반갑게 영접했다. 세 사람은 서로 상의한 후에 궁으로 가서 진경공을 뵈었다.

세 사람은 미리 짜고 간 만큼 서로 진경공에게 제나라를 무찌르지 않으면 안 된다고 주장했다. 진경공은 세 사람의 의견을 따르지 않을 수 없었다. 극극은 제나라가 강한 것을 염려하고 병거 800승을 청했다. 진경공은 이를 승낙했다.

이에 극극은 중군中軍 원수가 되어 해장解張을 어자로 삼고, 정구완鄭邱緩을 차우車右로 삼고, 사섭士燮을 상군 장수로 삼고, 난서를 하군 장수를 삼고, 한궐韓厥을 사마司馬로 삼아 주정왕周定王 18년 6월에 진나라 강성絳城을 떠났다.

진군晉軍은 일로 동쪽을 향해 나아갔다.

한편, 노나라에서는 진나라에서 돌아온 장손허의 보고를 받고 계손행보와 숙손교여가 즉시 군사를 거느리고 진군과 합세하려고 떠났다.

또한 진나라에서 신축 땅으로 돌아온 위나라 원수 손양부도 즉시 군사를 거느리고 진군과 합세하기 위해서 떠났다.

한편 조曹나라에서도 이에 호응하여 공자 수가 군사를 거느리고 진군과 합세하기 위해서 떠났다.

이리하여 진晉·위衛·노魯·조曹 네 나라 연합군의 행렬은 수십 리에 뻗쳤다. 그리고 병거 바퀴 소리는 천지를 진동했다.

한편 제나라 제경공은 세작細作을 보내어 노나라 동정을 살폈다. 노나라에서 돌아온 세작의 보고를 듣고 제경공은 이미 노나라 사구 장손허가 진나라에 가서 일을 꾸미고 돌아왔다는 걸 알았다.

제경공이 단호히 말한다.

"진나라 군대가 우리 나라에 들어오면 백성들이 몹시 놀랄 것이다. 그러니 기다릴 것 없이 우리가 먼저 가서 적을 맞이하여 싸우는 것이 좋겠다."

이에 제경공은 대대적으로 군사와 병거를 사열하고 병거 500승을 거느리고 출발했다. 제군은 사흘 낮 사흘 밤을 쉬지 않고 500여 리를 행군했다. 그들은 바로 안鞍 땅에 이르러 영채를 세웠다.

세작이 돌아와서 제경공에게 보고한다.

"지금 진군은 마계산摩笄山 아래에다 영채를 세웠습니다."

제경공은 즉시 진군에게 사람을 보내어 싸움을 청했다. 극극은 내일 싸우자고 회답했다.

대장 고고高固가 제경공에게 청한다.

"우리 제나라는 진나라와 아직 싸워본 일이 없기 때문에 진군의 힘을 모르겠습니다. 청컨대 신이 먼저 적군에 가서 그들의 실력을 알아보겠습니다."

고고는 제경공의 승낙을 받고 홀로 병거를 몰고 나는 듯이 진영晉營으로 달려갔다. 고고는 진영 앞에 가서 곧 싸움을 걸었다. 이윽고 진영에서 말장末將 하나가 병거를 타고 나와 고고에게 쏜살같이 달려들었다. 이에 고고는 병거에서 뛰어내려 큰 돌을 번쩍 들어올렸다. 그러고는 자기를 향해 달려오는 진나라 병거에 그 큰 돌을 던졌다. 진나라 말장은 의외로 가볍게 날아오는 그 큰 돌을 피하지 못하고 두골이 깨어져 병거 위에 쓰러져 죽었다.

이에 병거를 몰던 진나라 어자는 깜짝 놀라 수레를 돌려 달아나려 했다. 순간 고고는 발을 굴러 몸을 공중으로 솟구쳤다. 눈 깜박할 사이에 고고는 벌써 달아나려는 진나라 병거 위에 올라탔다. 고고는 발로 진나라 어자를 밟아누르고 말고삐를 뺏어쥐고 병거를 돌려 제나라 영루營壘 쪽으로 달렸다. 고고가 병거를 달려 제영으로 돌아가 한바퀴 돌면서 큰소리로 외친다.

"적군에 가서 심심풀이를 하고 돌아왔노라!"

제군은 진나라 병거를 뺏어타고 온 고고에게 일제히 박수 갈채를 보내며 환호성을 올렸다. 진군은 병거까지 빼앗긴 걸 알고 고고를 뒤쫓았으나 곧 단념하고 돌아갔다.

고고가 제경공에게 보고한다.

"진군은 비록 수효는 많지만 싸울 줄 아는 자는 많지 않더이다. 우리는 족히 그들을 두려워할 것이 없습니다."

이튿날 제경공은 친히 갑옷을 입고 출진했다.

병하邴夏는 어거御車를 몰고, 봉축보逢丑父는 차우로 나섰다. 이리하여 진나라 연합군과 제나라 군사는 안 땅에서 각기 진을 치고 서로 대결하게 됐다.

제나라 장수 국좌는 우군을 거느리고서 노군魯軍과 대하고, 고고는 좌군을 거느리고서 위군衛軍과 조군曹軍을 대했다. 그들은 서로 노려만 볼 뿐 좀처럼 싸움을 시작하지 않았다. 그들은 각기 중군中軍에서 공격 명령이 내려오기만을 기다렸다.

제경공은 자기 용기만 믿고서 진군을 무시했다. 제경공은 금포수갑金袍繡甲을 입은 채 병거 위의 금여金輿를 타고 있었다. 제군은 활을 잡고 명령만 기다렸다.

"내 말[馬]이 가는 쪽으로 활을 쏘아라."

요란스레 북소리가 일어나자 제경공이 탄 금여 병거는 나는 듯이 진군의 진을 향해 달려갔다. 동시에 제군은 일제히 진군 쪽으로 활을 쐈다. 화살은 메뚜기 떼처럼 날았다. 진나라 군사들이 외마디 소리를 지르면서 화살에 맞아 쓰러져 죽는다.

진나라 중군 원수 극극의 병거를 몰던 어자 해장의 팔에도 제군이 쏜 화살 두 대가 날아와 꽂혔다. 해장의 팔에서 흘러내리는 피가 달리는 수레바퀴를 적신다. 그러나 해장은 아픈 것을 참고 말고삐를 굳게 잡고서 병거를 급히 몰았다.

극극은 연방 북을 치면서 모든 군사에게 진격하라는 신호를 보냈다. 제군이 쏜 화살 한 대가 병거 위에서 북을 치는 극극의 왼편 옆구리에 맞았다. 극극의 옆구리에서 피가 흘러내려 신발을 적신다. 갑자기 북소리가 사이를 두고 느리게 힘없이 울린다.

해장이 병거를 몰면서 극극을 돌아보고 외친다.

"우리 군사의 눈과 귀가 지금 원수의 깃발과 북소리에 집중하고 있다는 걸 잊었습니까? 삼군三軍의 진퇴進退가 원수의 일거일동에 달려 있습니다. 상처가 아직 목숨을 뺏을 정도는 아닙니다. 정신을 바짝 차리고 기운을 내십시오!"

곁에서 차우 정구완도 소리를 높여 극극을 격려한다.

"해장의 말이 옳습니다. 죽느냐 사느냐 하는 것은 천명입니다. 지금 기운을 잃어선 안 됩니다."

이에 극극은 죽을 힘을 다 내어 북을 쳤다. 북소리는 다시 힘차게 울려퍼졌다. 해장은 쉴새없이 날아오는 화살을 무릅쓰고 병거를 몰았다.

정구완은 왼손에 방패를 잡고서 날아오는 적의 화살로부터 극극을 막아주며, 오른손으론 창을 높이 들어 가까이 오는 제군을 닥치는 대로 찔러죽였다.

극극은 이를 악물고 피를 흘리면서 힘껏 북을 쳤다. 원수 극극이 치는 북소리를 듣고 좌우 병거에서도 더욱 힘차게 북을 쳤다. 마침내 진군의 북소리는 천지를 뒤흔들었다.

이에 진나라 연합군은 더욱 앞을 다투어 달리며 제군을 뒤쫓았다. 그 기세는 산이라도 밀어내고 바다라도 뒤집어엎을 듯했다. 제군은 도저히 당적할 수 없어 참패하여 달아났다.

달려온 한궐은 원수 극극이 중상을 입은 것을 보고 놀랐다.

"원수는 잠시 쉬십시오. 제가 힘을 다하여 적을 뒤쫓겠습니다."

한궐은 즉시 본부군本部軍을 거느리고 극극을 대신해서 제군을 추격했다. 제군은 너무나 다급해서 사방으로 흩어져 뿔뿔이 달아 났다. 제경공은 화부주산華不注山 기슭으로 달아났다. 한궐은 금 여로 꾸민 병거만을 바라보고 뒤쫓아갔다.

한편 금여 병거의 차우車右인 봉축보가 어자인 병하에게 말한다.

"이렇게 달아난다고 진군의 추격에서 벗어날 수 있는 건 아니 오. 장군은 속히 가서 구원병을 데리고 오시오. 내가 장군을 대신 해서 그동안 병거를 몰겠소."

이에 병하는 금여 병거에서 뛰어내려 말을 타고 구원병을 데리 러 갔다. 이러는 동안에 진군은 더욱 많이 몰려와 화부주산을 세 겹으로 에워쌌다.

봉축보가 금여 병거를 몰고 달아나면서 제경공에게 아뢴다.

"사태가 매우 급합니다. 주공께서는 속히 입고 계시는 금포수 갑을 벗어 신에게 주십시오. 그리고 신의 옷으로 바꿔입고서 이 말고삐를 잡으십시오. 이젠 진나라 군사를 속여야겠습니다. 만일 예측할 수 없는 일이 생긴다면 금포수갑을 입은 신이 주공을 대신 해서 죽겠습니다. 그래야만 주공께서 무사히 적군 속을 벗어날 수 있습니다."

제경공은 봉축보가 시키는 대로 옷을 바꿔입었다. 다시 금여 병 거를 달려 화천華泉 샘에 이르렀을 때였다. 진나라 장수 한궐의 병거가 달려와서 금여 병거의 앞을 가로막았다.

한궐은 금포수갑을 입은 사람이 바로 제경공인 줄 알았다. 한궐 이 금여 병거의 어자가 잡고 있는 말고삐를 뺏어서 부하에게 넘겨 주고, 금포수갑을 입은 가짜 제경공에게 재배再拜한다.

"우리 상감께선 노·위·조 삼국의 청을 사양할 수 없어 신에게 귀국의 죄를 묻게 했습니다. 그러니 바라건대 군후君侯께선 우리 나라까지 가셔야겠습니다."

가짜 제경공인 봉축보가 진짜 제경공인 어자에게 표주박을 내주며 말한다.

"봉축보야, 내가 목이 말라서 대답을 못하겠구나. 나를 위해 물을 좀 떠오너라."

이에 진짜 제경공이 금여 병거에서 내려 화천에 가서 물을 떠왔다. 금포수갑을 입은 봉축보가 물을 마시려다가 도로 내주며 말한다.

"봉축보야! 물이 탁해서 어디 마시겠니? 좀 늦어도 좋으니 맑은 물을 떠오너라."

그제야 어자로 변장한 제경공은 그 뜻을 알아차리고 다시 물을 뜨러 갔다. 제경공은 그길로 산속 덤불을 헤치고 달아났다. 얼마쯤 달아나다가 산밑 길로 달려오는 제나라 장수 정주보鄭周父를 만났다. 정주보가 어자로 변장한 임금을 알아보고 급히 영접하며 아뢴다.

"병하는 이미 진군에게 사로잡혔습니다. 진나라 군사의 기세는 대단합니다. 이 길이 비교적 안전하니 주공께선 속히 타십시오."

제경공은 정주보의 병거를 타고 친히 말을 몰고 달아났다.

한편 한궐은 부하를 극극에게 보냈다.

"이미 우리는 제후齊侯를 사로잡았습니다."

극극은 이 보고를 받고 쾌재를 불렀다.

그런데 얼마 후 잡혀온 제경공을 본즉 딴사람이었다. 극극이 소리를 지른다.

"이건 제후가 아니다!"

원래 극극은 제나라에 사신으로 간 적이 있기에 제경공의 얼굴을 잘 알고 있었다. 그러나 한궐은 전에 제경공을 본 일이 없어 그들의 계책에 속았던 것이다.

한궐이 분기충천하여 묻는다.

"이놈! 너는 대체 누구냐?"

금포수갑을 입은 자가 대답한다.

"나는 차우 장군인 봉축보다. 우리 임금은 아까 화천으로 물을 뜨러 가신 분이시다."

극극이 분이 솟아 꾸짖는다.

"군법에 삼군三軍을 속인 놈은 죽게 마련이다. 너는 제후인 것처럼 꾸미고서 우리 군사를 속였으니 그러고도 살기를 바라느냐? 속히 저놈을 결박지어 끌어내다가 참하여라."

봉축보가 끌려나가면서 큰소리로 외친다.

"진나라 임금은 내 말을 들어라. 이제부터 천하에 자기 임금을 대신해서 죽을 자가 없겠구나. 나는 우리 임금을 대신해서 죽음을 당하는 표본이다."

이 말을 듣고 극극은 곧 봉축보의 결박을 풀어주게 했다.

"그 임금에게 충성을 다한 사람을 죽인다면 이는 상서롭지 못한 일이다."

이리하여 봉축보는 죽음을 면하고 함거檻車에 수금됐다.

잠연潛淵이 시로써 이 일을 찬탄한 것이 있다.

진군은 온 산을 에워쌌는데
금포수갑을 입은 가짜 임금이 사로잡혔도다.
천길 화천華泉의 근원은 마를 리 없지만

봉축보의 꾀만큼 깊지는 못하리라.

遠山戈甲密如林

繡甲君王險被擒

千尺華泉源不竭

不如丑父計謀深

후세 사람들은 화부주산을 금여산金輿山이라고 불렀다. 제경공이 금여를 타고 이 산에 왔다고 해서 산 이름을 금여산으로 고친 것이다.

무사히 본영으로 돌아간 제경공은 자기 목숨을 살려준 봉축보를 잊지 못했다. 그래서 제경공은 다시 병거를 타고 봉축보를 구출하려고 진군 있는 곳으로 갔다. 그러나 제경공은 갔다가는 도망쳐오기를 세 번이나 되풀이했다.

국좌, 고고 두 장수는 중군이 이미 패했으므로 혹 제경공에게 무슨 사고라도 일어날까 염려해서 각기 군사를 거느리고 마중을 나갔다.

제경공은 어자로 변복한 채 진군 속을 헤매다가 결국 봉축보의 소식을 알아내지 못하고 돌아왔다. 국좌와 고고가 깜짝 놀라 제경공을 영접하면서 아뢴다.

"주공께선 천승千乘의 귀하신 몸으로서 이렇듯 친히 위험한 진군 속을 드나드십니까?"

제경공이 슬피 대답한다.

"봉축보는 과인을 대신해서 적군에게 붙들려갔다. 그가 죽었는지 살았는지 알 수 없으니 내 어찌 마음이 편안하리오. 그러므로 그의 소식이나마 알려고 했으나 허사였다."

이때 초마군哨馬軍이 달려와서 제경공에게 아뢴다.

"지금 진군이 오로五路로 나뉘어 쳐들어오고 있습니다."

국좌가 아뢴다.

"우리 나라 군사의 사기는 이미 다 꺾였습니다. 주공께선 더 이상 이곳에 머무르시면 안 됩니다. 곧 본국으로 돌아가셔서 굳게 지키며 초나라 구원병이 오기를 기다리십시오."

제경공은 하는 수 없이 군사를 거느리고 제나라 도읍 임치臨淄로 돌아갔다.

한편, 극극은 대군과 위·노·조 세 나라 군사를 거느리고 국경을 넘어 바로 제나라 안으로 쳐들어갔다. 제나라에 들어선 연합군은 지나는 관문마다 불을 지르고 부숴버렸다. 마침내 연합군은 제나라 도읍을 목표로 행군했다. 그들은 제나라를 쳐서 아주 없애버릴 작정이었다.

제 자식을 죽여 은인의 아이를 구하다

진군晉軍은 제齊나라 군사 뒤를 쫓아 450리나 가서 원루袁婁 땅
에 영채를 세웠다. 그리고 본격적으로 원루성袁婁城을 공격했다.
원루성 안에서 제경공齊頃公은 황망히 모은 신하와 회의를 열었다.

국좌國佐가 아뢴다.

"예전에 기杞나라 임금이 우리 나라에 바친 떡 시루〔甗〕와 옥경
玉磬(옥으로 만든 악기)을 진晉나라에 뇌물로 바치고 화평을 청하
는 수밖에 없습니다. 그리고 노魯 · 위衛 두 나라엔 전날 우리가
뺏은 그들의 땅을 돌려주도록 하십시오."

제경공이 대답한다.

"그걸로 화평이 이루어진다면 좋겠다. 만일 진나라가 응하지
않을 경우엔 다시 싸우는 수밖에 없다."

이에 국좌는 떡 찌는 시루와 옥경을 가지고 진군에게 갔다. 국
좌는 우선 진나라 장수 한궐韓厥을 찾아가 제경공의 뜻을 전했다.
한궐이 국좌에게 대답한다.

"노 · 위 두 나라는 귀국의 침범을 받았기 때문에 매우 분개하고 있소. 그러므로 우리 나라 상감께선 그들을 동정하사 군사를 일으킨 것이오. 그렇지 않다면야 우리 상감께서 제나라와 원수질 것이 무엇이겠소."

"그럼 우리 제나라가 전날 뺏은 땅을 노 · 위 두 나라에 각기 돌려주면 화평할 수 있을까요?"

이에 한궐은 국좌를 데리고 극극郤克에게 갔다.

극극은 분노한 표정으로 제나라 장수를 대했다. 그래서 국좌는 더욱 공손히 화평을 청했다.

극극이 대답한다.

"이제 너희 나라는 수일 내에 망하고 만다. 이러고 와서 그럴싸한 말을 한다고 우리가 공격을 늦출 줄 아느냐? 만일 진심으로 화평을 원한다면 우리의 두 가지 조건을 들어라."

"그 두 가지 조건이 무엇입니까?"

"그 하나는 너희 나라 소태부인蕭太夫人을 볼모로 우리 진나라에 보내라. 둘째는 너희 나라 밭두렁과 논두렁 길을 다 동쪽에서 서쪽으로, 곧 우리 진나라 쪽으로 고쳐놓아라. 만일 제나라가 다시 배반하는 날엔 우선 소태부인부터 죽여버리고 우리 진나라가 동쪽에 있는 너희 나라를 치러 갈 때 일직선으로 단숨에 갈 수 있도록 모든 길을 고쳐놓으란 말이다."

지금까지 공손하던 국좌가 갑자기 분노한다.

"이건 너무 과하십니다. 소태부인은 우리 상감의 어머니 되시는 분입니다. 어찌 국모를 볼모로 남의 나라에 보낼 수 있습니까. 진나라에서도 국모를 타국으로 보내는 법은 없을 것입니다. 또 논두렁 길과 밭두렁 길이란 어디나 다 지세地勢를 따라 만들어진 것

입니다. 그것을 다른 나라와 직선으로 통하도록 다 고쳐놓는다는
것은 스스로 망하겠다는 것과 뭣이 다릅니까. 원수께서 이렇듯 까
다로운 조건을 내놓으신다면 이건 화평을 거절하겠다는 뜻으로밖
에 해석되지 않습니다."

극극이 버럭 소리를 지른다.

"그래, 화평을 거절한다면 너희들이 나를 어쩌겠다는 거냐?"

국좌가 결연히 대꾸한다.

"원수는 우리 나라에 너무 가혹하게 하지 마십시오. 비록 제나
라가 작지만 그래도 임금은 천승千乘의 국고國庫를 누리시며, 모
든 신하는 수백 섬씩 식록食祿을 받고 있습니다. 이번 싸움에 우
연히 지긴 했습니다만 아직 아주 망하진 않았습니다. 원수께서 이
렇듯 우리의 화평을 들어주지 않으신다면 우리는 패잔병을 수습
하고 성 아래서 원수와 싸워 사생결단을 내겠습니다. 한 번 싸워
이기지 못하면 다시 싸우고, 다시 싸워 이기지 못하면 세 번 싸우
고, 세 번 싸워 이기지 못할 때엔 우리 제나라는 다 진나라의 것이
되고 말 것입니다. 그러니 우리는 지금부터 국모를 볼모로 타국에
보낼 필요도 없고 지금부터 논두렁, 밭두렁을 고칠 필요도 없습니
다. 자, 맘대로 해보십시오. 나는 갑니다."

국좌는 떡 시루와 옥경을 땅바닥에 버려두고 한 번 읍한 후 분
연히 진나라 영채를 나왔다.

노나라 계손행보季孫行父와 위나라 손양부孫良夫는 장막 뒤에
서 국좌의 말을 죄다 듣고 있었다. 장막 뒤에서 두 사람이 나와 극
극에게 말한다.

"제나라가 우리를 깊이 원망하나 봅니다. 그들은 죽을 각오를
하고 우리에게 덤벼들 것입니다. 싸워서 이기고 지는 것은 언제나

측량할 수 없는 일이니 그들의 화평을 받아들이는 것이 어떻겠습니까?"

극극이 대답한다.

"그러나 제나라 사자가 이미 가버렸으니 어찌하리오."

계손행보가 말한다.

"그야 급히 사람을 보내면 국좌를 다시 데려올 수 있습니다."

곧 진나라 소장小將 한 사람이 병거를 타고 급히 국좌의 뒤를 쫓아갔다. 10리를 달려가서야 진나라 소장은 앞에 가는 국좌를 붙들어 싫다는 것을 억지로 이끌고 진영晉營으로 돌아왔다.

극극이 계손행보와 손양부를 자기 좌우에 앉히고 들어오는 국좌에게 말한다.

"내가 아까 화평을 허락하지 않은 것은 우리 임금께 혹 꾸중이 계실까 염려한 때문이었소. 그런데 노·위 두 나라 대부께서 나에게 화평을 권하시기에 그 뜻을 어길 수 없어 그대의 청을 받아들이기로 했소."

국좌가 대답한다.

"원수께서 우리 나라 청을 들어주신다면 서로 동맹하고 신의信義를 지키겠습니다. 우리 제나라는 진나라를 충성으로써 섬기고 전날 뺏은 노나라, 위나라 땅을 다 돌려드리겠습니다."

이에 진군은 회군할 것을 승낙하고 제나라 백성에 대해서 추호도 노략질을 하지 않겠다고 다짐했다. 그리고 극극은 국좌와 함께 입술에 희생의 피를 바르고 서로 맹세했다. 극극은 국좌가 돌아갈 때 그간 사로잡아뒀던 봉축보逢丑父를 내줬다.

제경공은 생명의 은인인 봉축보를 맞이하여 그에게 상경上卿 벼슬을 줬다. 수일 후 진·노·위·조 네 나라 군사는 다 본국으로 돌아갔다.

후세 선비는 이 조약을 다음과 같이 논평했다.

극극은 승리한 것만 믿고서 교만스레 굴다가 국좌의 분노를
샀다. 그는 비록 싸움엔 이기고 돌아갔으나 제나라 백성의 마음
만은 정복하질 못했다.

한편 진군은 본국에 돌아가서 승리를 아뢰었다. 진경공晉景公
은 그 공로를 가상히 여기고 극극 등 모든 장수에게 많은 땅을 하
사했다.

그후 진나라는 다시 새로운 상·중·하의 삼군三軍을 더 뒀다.
곧 한궐을 신중군新中軍 원수로 삼고 조괄趙括을 그 보좌로 삼았
으며, 공삭鞏朔을 신상군新上軍 원수로 삼고 한천韓穿을 그 보좌
로 삼았으며, 순추荀騅를 신하군新下軍 원수로 삼고 조전을 그 보
좌로 삼았다. 그리고 그들에게 다 경이란 벼슬을 줬다. 이리하여
진나라는 육군六軍을 두고 다시 패업을 일으켰다.

그러나 사구司寇 벼슬에 있는 도안가屠岸賈는 다시 조씨趙氏 일
파가 득세하는 걸 보고서 몹시 마땅치 않게 생각했다. 도안가는
밤낮없이 조씨 일파의 단점만 찾아내어 진경공에게 중상모략을
일삼았다. 동시에 그는 극극과 난서欒書를 부지런히 사귀어뒀다.

한편 제나라 제경공은 이번 싸움에 죽은 군사들을 위해 큰 제사
를 지내고 백성을 사랑하고 나랏일에 힘썼다. 제경공은 언제고 진
나라를 쳐서 이번 싸움에 진 분풀이를 할 작정이었다.

한편 진나라 임금과 신하들도 제나라가 보복하기 위해서 쳐들
어오지나 않을까 하고 은근히 두려워했다. 겨우 천하의 패권을 다

시 잡으려다가 또 잃지나 않을지 염려했던 것이다. 그래서 진나라는 은근히 제나라의 비위를 맞춰주려고, '이제 제나라가 우리 진나라에 잘 순종하니 제나라 땅을 차지한 나라들은 그 뺏은 땅을 다 제나라에 돌려주라'는 글을 써서 모든 나라에 보냈다.

이에 모든 나라 제후는 몹시 노했다.

"진나라는 도무지 신의가 없다. 제까짓 것들이 무엇이관데 땅을 돌려주라는 둥 말라는 둥 간섭이냐!"

이리하여 모든 나라는 점점 진나라를 미워하기 시작했다. 그러나 이것은 물론 다음날의 이야기다.

다시 진陳나라 음녀淫女 하희夏姬에 대한 이야기를 계속해야겠다. 하희가 초나라에 붙들려가서 연윤連尹 양노襄老와 함께 살았다는 것은 이미 앞에서 말한 바와 같다.

그러나 1년이 못 되어 양노는 필邲 땅으로 싸우러 나갔다. 하희는 그동안을 참지 못하고 양노의 아들 흑요黑要와 교정交情했다.

이때 양노는 진군晋軍과 싸우다가 죽었다.

한편 그 아들 흑요는 하희에게 홀딱 미쳐 있었다. 그래서 흑요는 아비의 시체도 찾으러 가지 않았다. 이때 백성들 사이에도 그들 서모庶母와 자식이 서로 배가 맞았다는 소문이 자자했다.

하희는 그 소문 때문에 얼굴을 들고 다닐 수 없었다. 이에 하희는 남편 양노의 시체를 찾으러 간다는 핑계를 대고서 장차 친정인 정鄭나라로 달아날 작정이었다.

이런 눈치를 누구보다도 먼저 알아챈 신공申公 굴무屈巫는 이제야 하희를 자기 사람으로 만들 때가 왔다고 내심 기뻐했다. 굴무는 하희 집 시녀들에게 많은 뇌물을 썼다.

한 시녀가 하희에게 속삭인다.

"신공 굴무께서 마님을 매우 사모하고 계십니다. 정나라로 가시기만 하면 뒤쫓아가서 마님을 부인으로 삼겠다고 하시더이다."

한편 굴무는 심복 부하를 정나라로 보냈다. 그 심복 부하가 정나라로 가서 정양공鄭襄公에게 아뢴다.

"지금 하희는 정나라로 돌아올 생각입니다. 그러니 군후께서 초나라로 사람을 보내어 하희를 데려오십시오."

그 뒤 과연 정나라 사자가 하희를 데리러 초나라로 왔다. 초장왕楚莊王이 모든 대부에게 묻는다.

"정나라에서 사람을 보내 하희를 데리러 온 뜻은 무엇일까?"

굴무가 대답한다.

"하희는 자기 남편 양노의 시체를 찾아오려고 가는 것입니다. 정나라에서 하희를 위해 모든 편의를 돌봐주기로 했답니다."

초장왕이 이상하다는 듯이 묻는다.

"양노의 시체는 진晉나라에 있는데 정나라가 어떻게 주선한단 말인가?"

굴무가 대답한다.

"저번에 우리 나라가 진나라와 싸웠을 때 우리는 진나라 장수 순수荀首의 아들 순앵을 잡아왔습니다. 그 뒤 순수는 우리 나라에 잡혀와 있는 아들 순앵荀罃을 잊지 못하고 있습니다. 그런데 순수는 원래 정나라 대부 황술皇戌과 아주 친한 사이입니다. 그래서 순수는 정나라 황술에게 우리 나라와 교섭을 해달라고 청했답니다. 곧, 공자 곡신穀臣과 양노의 시체를 돌려줄 테니 자기 아들 순앵을 돌려달라는 부탁입니다. 이런 부탁을 받은 정나라 임금은 전날 우리 초나라와 진나라가 필 땅에서 싸울 때 진군晉軍을 도와주지 않았던 만큼 혹 진나라로부터 무슨 처벌이라도 받지 않을까 하고 늘 두려워하던 참이었습니다. 이에 정나라는 진나라에 아첨하려고 그 부탁을 맡았답니다. 그러니 이번에 하희가 가면 양노의 시체뿐만 아니라 반드시 공자 곡신의 시체까지 찾아서 돌아올 것입니다……"

굴무의 말이 끝나기도 전이었다.

마침 하희가 작별 인사를 드리러 초장왕에게 왔다.

하희가 구슬 같은 눈물을 흘리면서 아뢴다.

"만일 이번에 가서 남편의 시체를 찾지 못하면 첩은 맹세코 초나라에 다시 돌아오지 않겠습니다."

초장왕은 하희를 불쌍히 생각하고 허락했다. 그날 굴무가 '하희를 아내로 삼겠다'는 서신을 써서 정나라로 가는 하희에게 주며 말한다.

"이 서신을 정나라 임금에게 전해주시오."

그후 하희는 정나라에 가서 정양공에게 초나라 굴무의 서신을 전했다. 정양공은 전날 초장왕과 공자 영제가 하희를 데리고 살 생각이 있었다는 것을 알 리 없었다. 다만 그는 굴무가 지금 초나라 요직에 있는 대신이란 것만 생각했다. 이런 사람과 인척 관계를 맺으면 정나라에 유리한 점이 많을 것이라고 생각했다. 그래서 정양공은 굴무가 편지 속에 함께 넣어 보낸 사주단자四柱單子를 받아들이기로 했다.

물론 초나라에선 굴무와 정나라 사이에 이런 일이 있는 줄은 아무도 몰랐다.

한편 초나라 굴무는 '공자 곡신과 양노의 시체를 보내주면 당신의 아들 순앵을 돌려보내겠으니 정나라 황술에게 이 일을 부탁하라'는 편지를 써서 진晉나라 순수에게 보냈다.

그 뒤 진나라 순수는 굴무의 편지를 받고 즉시 정나라 황술에게 사람을 보내어 이 일을 주선해달라고 부탁했다. 이에 정나라 황술은 초나라 초장왕에게 사람을 보내어 이 일을 교섭했다.

초장왕도 자기 아들 공자 곡신의 시체를 찾고 싶었다. 그래서 초나라는 순앵을 진나라로 돌려보냈다. 그후 진나라도 공자 곡신과 양노의 시체를 초나라로 보냈다. 그리하여 초나라 사람들은 아무도 굴무의 말을 의심하지 않았다.

그후 진晉나라가 노魯·위衛·조曹 세 나라와 연합군을 일으켜 제나라를 쳤을 때 제경공은 황급히 초나라에 원조를 청했다. 그때 마침 초나라에선 초장왕이 세상을 떠났기 때문에 제나라를 돕지 못했다.

그후 초공왕楚共王은 제군齊軍이 연합군에게 대패했고 국좌가 이미 진나라에 항복하고 동맹을 맺었다는 소문을 들었다.

초공왕이 모든 신하에게 분연히 묻는다.

"제나라가 진나라에 항복한 것은 우리가 그들을 도와주지 못했기 때문이라. 내 이제 위나라와 노나라를 쳐서 제나라의 원수를 갚아주리라. 누가 제후齊侯에게 가서 이러한 나의 뜻을 전하겠느냐?"

굴무가 나아가 대답한다.

"신이 가겠습니다."

초공왕이 부탁한다.

"그대가 제나라로 가려면 반드시 정나라를 경과해야 할 것이다. 경은 정후鄭侯에게 정군鄭軍을 거느리고 10월 보름에 위나라 국경으로 가서 우리 초군과 합세하라고 일러라. 그리고 제후齊侯

에게도 우리가 그때 위나라를 칠 것이라고 알려주어라."

이날 굴무는 집에 돌아가 10여 대의 수레에다 재물을 실어서 어디론지 성밖으로 떠나보냈다. 굴무는 집안 사람과 친척에게 다만 다음과 같이 말했다.

"나는 금년 추수를 하러 식읍食邑으로 떠나노라."

굴무는 날쌘 수레를 혼자 타고 앞서 재물을 실어서 보낸 수레들의 뒤를 쫓아갔다. 이리하여 굴무는 재물 실은 수레들을 거느리고 밤낮없이 정나라로 달려갔다. 정나라에 당도한 굴무는 즉시 정양공에게 초공왕의 말을 전했다. 그리고 그는 드디어 하희와 결혼했다. 두 사람 사이의 재미는 깨가 쏟아질 지경이었다.

후세 사람이 시로써 이 일을 증명한 것이 있다.

아름다운 하희는 원래 천년 묵은 요물이니
가는 곳마다 서방질 잘하기로 유명했도다.
그들은 많은 경쟁자를 물리치고 서로 짝을 지었으니
그동안의 싸움도 이제야 승부가 난 셈이다.
佳人原是老妖精
到處偸情舊有名
採戰一雙今作配
這廻鏖戰定輸贏

하희가 굴무와 함께 나란히 베개를 베고 누워서 묻는다.

"우리가 이렇게 함께 살기로 했다는 것을 초왕에게 말씀하셨소?"

굴무는 빙그레 웃으며, 지난날에 초장왕과 공자 영제가 그녀와

함께 살고 싶어한 일이 있었다는 걸 한바탕 말하고서,

"그때부터 나는 부인을 잃지 않으려고 오늘날까지 얼마나 정신을 소모했는지 모르오. 이제야 우리는 평생 소원을 성취했소. 그러므로 나는 초나라엔 돌아갈 수 없는 신세요. 나는 부인과 함께 편안히 살 곳을 찾아가서 백년해로할 작정이오."

하희가 묻는다.

"만일 그러시다면 초왕의 분부를 제후齊侯에게 전하기로 한 당신의 사명은 어찌하시려오?"

"그까짓 거야 어떻게 되든 내가 알 바 아니오. 나는 제나라에 가지 않기로 했소. 지금 초나라와 겨룰 수 있는 건 진晉나라밖에 없소. 나는 장차 그대와 함께 진나라에 가서 살 생각이오."

이튿날 굴무는 서신 한 장을 써서 따라온 시종에게 주어 초공왕에게 전하라고 보냈다.

그리고 그날로 하희를 데리고 진나라로 갔다.

진나라 진경공은 초나라와 싸워 패한 이래 늘 설욕할 기회만 노리고 있었다. 그러던 차에 초나라 굴무가 귀화해왔기 때문에 진경공은 매우 반겼다.

"하늘이 굴무를 나에게 보내신 것이다."

진경공은 그날로 굴무에게 대부 벼슬을 주고 형邢 땅을 주어 녹祿을 받게 했다. 이에 굴무는 자기 성인 굴屈을 버리고 무巫라 하고 이름을 신臣이라고 고쳤다. 그래서 후세 사람들도 그를 무신巫臣이라고 한다. 무신은 하희와 함께 진나라에서 안락한 생활을 했다.

한편, 초공왕은 무신이 보낸 서신을 받았다.

신은 정나라 임금의 호의로 하희와 함께 살게 됐습니다. 불초

신은 혹 대왕으로부터 벌을 받지나 않을까 두려워서 작별 인사도 드리러 가지 못합니다. 장차 신은 진나라에서 살 작정이기 때문에 제나라에 가서 전해야 할 사명을 다하지 못하겠습니다. 왕께선 다른 좋은 신하를 제나라로 보내십시오. 그리고 신의 모든 죄를 용서해주시기 바랍니다.

서신을 다 읽고서 초공왕은 분기가 치솟았다.
초공왕은 즉시 공자 영제와 공자 측側을 불러 서신을 보였다.
공자 측이 아뢴다.
"우리 초나라와 진나라는 대대로 내려오는 원수간입니다. 이제 무신이 더구나 진나라로 갔다는 것은 크게 왕을 배반한 것입니다. 그를 그냥 내버려둘 순 없습니다."
공자 영제도 아뢴다.
"흑요는 전날 그의 계모인 하희와 교정했습니다. 마땅히 흑요도 그냥 둘 수 없습니다."
초공왕은 연방 머리를 끄덕였다. 공자 영제는 즉시 군사를 거느리고 가서 무신의 가족과 그 일가 친척을 다 잡아죽였다. 동시에 공자 측은 군사를 거느리고 가서 흑요를 잡아죽였다. 그리고 공자 영제와 공자 측은 두 집안의 재산을 다 몰수하고 서로 나눠 가졌다.
한편 진나라에 있는 무신은 두고 온 자기 가족이 다 죽음을 당했다는 소식을 듣고 이를 갈았다. 무신은 즉시 공자 영제와 공자 측에게 저주하는 편지를 보냈다.

너희들은 욕심 많고 잔인한 놈들이다. 그러면서도 왕을 섬긴다는 미명 아래 죄 없는 사람을 많이 죽였다. 나는 반드시 너희

놈들이 길바닥에 쓰러져서 비참히 죽도록 할 테다. 그리 알고 그때를 기다려라.

공자 영제와 공자 측은 그 편지를 감춰두고 초공왕에게 보이지 않았다.

그후 무신은 진나라를 위해서 일을 꾸몄다. 무신은 우선 진경공에게 초나라와 가까운 오吳나라와 우호를 맺게 했다. 그리고 오나라에 병거 쓰는 법을 가르쳐줬다. 이에 무신의 아들 무호용巫狐庸이 오나라에 가서 벼슬을 살며 진나라와 모든 연락을 취했다. 이리하여 진나라와 오나라 사이엔 서로 연락이 그치질 않았다.

이때부터 오나라는 나날이 강성해지고 병력이 갈수록 늘었다. 마침내 오나라는 초나라가 동쪽에 거느리고 있는 속국들을 쳐서 뺏기 시작했다. 오나라 추장酋長 수몽壽夢은 드디어 왕이라 자칭하고 심심하면 초나라 변경을 침범했다. 이에 초나라는 오나라의 침략 때문에 한시도 편안한 해가 없었다.

그후 무신은 진나라에서 죽었다. 무신의 아들 무호용은 다시 성을 굴씨屈氏로 고치고 마침내 오나라에서 살았다. 오나라는 굴호용屈狐庸을 정승으로 삼고 그에게 나랏일을 맡겼다. 그러나 이것은 물론 다 다음날의 이야기다.

겨울 10월에 초공왕은 공자 영제를 대장으로 삼고 정鄭나라 군사와 함께 위衛나라를 쳤다. 초·정 두 나라 군사는 위나라 성밖 교외까지 가서 무찌르고 맘껏 노략질한 후에, 곧 방향을 돌려 이번엔 노魯나라를 쳤다. 초·정 두 나라 군사는 노나라 양교楊橋 땅까지 물밀듯 쳐들어가서 주둔했다.

이에 노나라 중손멸仲孫蔑은 국내의 으뜸가는 공장工匠(오늘날의 기술자)과 직녀織女와 침녀針女 각기 100명씩을 초군에게 바치고 화평을 청했다. 초군은 노나라가 바치는 걸 다 받고 다시 맹세까지 받고서 물러갔다.

그 뒤 진晉나라는 사신을 보내어 노성공魯成公과 함께 군사를 일으켜 초나라 앞잡이 노릇을 한 정나라를 치자고 교섭했다. 노성공은 다시 진나라 요청에 응낙했다.

주정왕 20년이었다. 정나라 정양공鄭襄公이 죽고 세자 비費가 임금 자리에 올랐으니, 그가 바로 정도공鄭悼公이다.

이때 정도공은 마침 국경 문제로 허許나라와 시비 중이었다. 허나라 임금은 초나라에 사람을 보내어 국경 분쟁을 조정해달라고 초공왕에게 호소했다. 초공왕은 허나라 편을 들어 정나라를 책망했다.

이에 정도공은 초공왕한테 꾸중을 듣고 분을 품었다.

"세상에 초楚면 그만이냐!"

정도공은 초나라에 대한 충성을 헌신짝처럼 버리고 즉시 진나라를 섬겼다. 그래서 진경공은 노성공과 함께 정나라를 치려던 것을 중지했다.

이해에 진나라 극극郤克은 지난날 제나라와 싸울 때에 화살을 맞은 상처가 악화돼서 마침내 왼팔을 자르고 말았다. 팔병신이 된 극극은 '신은 이제 늙었습니다' 하고 모든 벼슬을 내놨다. 그런지 얼마 후에 극극은 죽었다. 이에 난서欒書가 진나라 중군 원수가 됐다.

그 이듬해에 초나라 공자 영제는, 초나라를 배반하고 진나라에 붙은 정나라를 쳤다. 이에 진나라 난서는 군사를 거느리고 가서 정나라를 구원해줬다.

그후로 제·정 두 나라는 진나라를 잘 섬겼다. 그래서 진경공은 제·정 두 나라를 다 거느리게 된 것을 매우 자랑스럽게 생각했다. 이 무렵부터 진경공은 도안가를 더욱 사랑하고 지난날 진영공晉靈公이 했던 것처럼 날마다 잔치와 술과 사냥질로 세월을 보냈다.

그럼 이때 조씨趙氏 일문一門은 어떠했던가? 그들은 그들대로 서로 사이가 좋지 못했다. 조동趙同, 조괄趙括과 그 형 조영趙嬰은 서로 미워했다. 그들은 다투어 진경공에게 중상모략을 일삼았다. 마침내 조영은 동생들에게 쫓겨나 제나라로 달아났다. 진경공도 조씨 일문의 불화를 금하진 못했다.

이때 진나라 양산梁山이 그럴 만한 까닭도 없이 무너졌다. 저절로 무너진 산이 하수河水를 막아서 사흘 동안이나 강물이 흐르지 못했다. 진경공은 태사太史로 하여금 산이 무너진 데 대해서 점을 쳐보게 했다.

이에 도안가는 미리 태사를 찾아가서 많은 뇌물을 주고,

"상감께서 물으시거든 형벌을 적당히 내리지 못한 때문이라고만 하시오."

하고 부탁했다.

뇌물을 받은 태사는 도안가가 시킨 대로 진경공에게 아뢰었다.

진경공이 혼잣말로 중얼거린다.

"과인은 일찍이 많은 형벌을 내린 일이 없다. 그러니 적당하고 적당하지 않고가 있겠는가?"

옆에서 도안가가 아뢴다.

"형벌이 적당하지 않았다는 것은 형벌을 내리지 않았다는 뜻도

됩니다. 지난날에 조돈趙盾이 도원桃園에서 진영공을 죽였다는 것은 사기史記에도 명백히 적혀 있습니다. 참으로 조돈은 용서 못할 큰 죄인입니다. 그런데 진성공晉成公께서도 조돈을 죽이지 않고 나랏일을 그에게 맡겼습니다. 오늘날도 역적 조돈의 자손들이 조정에 가득 퍼져 있습니다. 이러고야 어떻게 뒤에 오는 사람들을 징계할 수 있습니까. 이번에 양산이 저절로 무너진 것도 억울하게 죽은 진영공의 원한 때문입니다. 상감께서는 조씨 일문의 죄를 다스리십시오."

원래 진경공은 필邲 땅에서 초군과 싸웠을 때부터 조동과 조괄 형제의 방약무인한 태도를 미워했기 때문에 마침내 도안가의 말을 곧이들었다.

이튿날 진경공이 한궐韓厥에게 묻는다.

"조씨 일문의 죄를 다스려야 할까?"

한궐이 대답한다.

"도원에서 진영공이 세상을 떠나신 것과 조돈이 무슨 관계가 있습니까. 하물며 조씨 일문으로 말하면 조쇠趙衰 이후 대대로 많은 공훈을 세운 집안입니다. 상감께서는 어찌하사 그런 말을 곧이 들으시고 공신의 자손을 의심하십니까?"

진경공은 어쩐지 석연치 않았다.

그후 진경공은 이 일에 대해서 난서와 극기에게 또 물었다.

그러나 난서欒書와 극기郤錡는 이미 도안가로부터 부탁을 받은 터라 어리무던하게 대답했을 뿐 조씨 일족을 위해서 변명하진 않았다.

마침내 진경공은 판자板子에다 조돈의 죄를 써서 도안가에게 내줬다.

"조씨 일족을 처치하되, 백성이 놀라지 않도록 조심하여라."

이날 한궐은 이 사실을 알고 그날 밤에 하궁下宮으로 갔다.

원래 조돈의 아들 조삭趙朔의 아내는 진성공晉成公의 딸이었다. 그래서 조삭은 전 임금의 사위로서 하궁에 있었다. 한궐은 이 사실을 조삭에게 알리고 속히 달아나라고 권했다.

조삭이 길이 한숨을 내쉬며 대답한다.

"나의 아버지는 진영공의 횡포를 막으려다가 마침내 흉악한 누명만 썼소. 이제 도안가가 임금의 명령을 받고 설치니 난 분명 그놈 손에 죽을 사람이오. 어찌 달아날 수 있으리오. 그러나 장군께 한 가지 부탁할 말이 있소. 지금 내 아내가 만삭이니 머지않아 해산할 것이오. 만일 딸을 낳으면 더 말할 것 없지만, 하늘이 도우사 만행萬幸으로 아들을 낳는다면 그 아이가 우리 조씨 집안의 제사를 이어받을 것이오. 동시에 우리 조씨 일족의 일점혈육이 될 것이오. 바라건대 장군은 그 아이를 잘 보호해주오. 그러면 나는 죽어도 살아 있는 거나 다름없소."

한궐이 울면서 대답한다.

"나는 지난날 조돈 어른의 애호를 받아 오늘날에 이르렀소. 그 은혜를 말한다면 나도 그 어른의 아들이나 진배없소. 그러나 이제 내 힘이 부족해서 도안가의 목을 참하지 못하니 부끄럽기만 하오. 지금 간신들은 오래 전부터 이 일을 계획해온 만큼 한번 터지기만 하면 옥석玉石이 다 타버릴 것이오. 나는 아무 능력도·힘도 없는 사람이오. 그러니 그것을 나에게 부탁할 것이 아니라 다른 도리를 생각해야겠소. 지금 가장 안전한 곳은 궁중이오. 지금이라도 늦지 않으니 곧 공주마마를 궁중으로 들여보내십시오. 그래야만 큰 화를 면할 수 있고 다음날 아드님이 장성하면 원수도 갚을 수 있을 것이오."

조삭이 머리를 끄덕이며 대답한다.

"삼가 가르치시는 대로 따르겠소."

이에 조삭과 한궐은 서로 눈물을 흘리며 작별했다.

조삭이 아내인 장희莊姬에게 부탁한다.

"만일 딸을 낳거든 이름을 문文이라고 하고, 아들을 낳거든 무武라고 하오. 문은 소용이 없소. 무라야만 이 아비 일족의 원수를 갚아줄 것이오."

그리고 조삭은 문객門客으로 있는 정영程嬰에게만 이 일을 알렸다. 장희는 눈물을 흘리며 남편 조삭과 이별하고 뒷문으로 나가서 온거溫車(누울 수 있도록 되어 있는 수레)를 탔다. 정영이 수레를 호위하고 궁으로 향했다. 장희는 무사히 궁중으로 들어가서 그 어머니 성부인成夫人에게 일신을 의탁했다. 그날 조삭 부부가 이별하던 그 괴로움과 슬픔을 어찌 다 기록할 수 있으리오.

이튿날 새벽이었다. 도안가는 무장한 무사들을 거느리고 가서 하궁을 포위했다. 그리고 도안가는 진경공이 죄명을 써준 판자를 하궁 대문에다 내걸고 안으로 들어가서 낭랑한 목소리로 외쳤다.

"임금의 분부를 받고 역적을 치러 왔노라."

조삭은 조용히 뜰 아래로 내려가서 꿇어엎드렸다. 이내 조동, 조괄, 조전과 조씨 일족의 남녀노소가 속속 무사들에게 붙들려 들어왔다.

이날 도안가는 조씨 일족을 씨도 손도 남기지 않고 다 죽여버렸다. 이때 조전의 아들 조승趙勝만이 죽음을 면했다. 조승은 마침 한단邯鄲이란 곳에 가고 없었다. 그후 조승은 본국으로 돌아오다가 도중에서 자기네 일족이 역적으로 몰려 몰살을 당했다는 소식을 듣고 송宋나라로 달아났다.

그날 조씨 일족의 시체는 대문에까지 쓰러져 있었다. 섬돌과 뜰이 다 피투성이였다. 끔찍하기 짝이 없는 광경이었다. 피비린내에 코를 들 수가 없었다.

무사들은 도안가의 분부를 받고 시체를 일일이 점검했다. 한데 아무리 찾아봐도 조삭의 아내 장희가 보이지 않았다.

도안가가 말한다.

"공주를 꼭 죽여야 할 필요는 없다만, 소문에 의하면 산월産月이 머지않았다더구나. 만일 남자를 낳으면 바로 그것이 역적의 씨라. 반드시 후환이 있을 것이다."

이에 무사들은 하궁에서 일하는 비복婢僕들을 잡아족쳤다. 비복 중에 이 사실을 아는 한 사람이 혹독한 매를 견디다 못해,

"공주마마는 지난밤에 온거를 타고 궁중으로 들어가셨습니다."

하고 실토했다.

도안가는 즉시 궁으로 가서 진경공에게 아뢰었다.

"역신逆臣 일문一門은 다 죽음을 당했습니다. 다만 공주가 이미 궁중에 들어와서 숨어 있다고 합니다. 엎드려 바라건대 분부를 내려주십시오."

진경공이 대답한다.

"나의 누이는 모부인母夫人께서 특히 사랑하시는 바라. 그대는 관여하지 마라."

도안가가 청한다.

"공주는 태중胎中이라는데 만일 사내아이를 낳으면 역적의 씨를 남기게 됩니다. 다음날 장성하면 반드시 원수를 갚으려고 날뛸 것입니다. 그럼 지난날 도원에서 일어났던 일이 또 일어나게 됩니

다. 상감께서는 깊이 생각하십시오."

"사내아이를 낳으면 그때에 없애버리기로 하지."

하고 진경공은 가볍게 대답했다.

그 뒤로 도안가는 밤낮없이 심복 부하를 시켜 궁중의 장희가 무엇을 낳는가를 알아오게 했다.

수일 후 장희는 과연 아들을 낳았다. 성부인成夫人은 궁중에 분부하여 딸을 낳았다고 거짓 소문을 퍼뜨렸다.

그러나 도안가는 그 말을 믿지 않았다. 그는 자기 집 유모를 궁으로 들여보내어 직접 살펴보고 오게 했다.

이에 장희는 몹시 당황했다. 그녀는 어머니 성부인과 상의하고서 갓난애는 이미 죽었다고 다시 소문을 냈다.

이때 진경공은 밤낮 음악과 여색에만 빠져 있었다. 나랏일은 오로지 도안가에게 맡겨버린 실정이었다. 그래서 도안가는 매사를 자기 맘대로 처리했다.

도안가는 장희가 딸을 낳았다는 말도 믿지 않았고 갓난애가 죽었다는 말도 믿지 않았다.

어느 날 도안가는 여복女僕을 거느리고 들어가서 무엄하게도 내궁을 수색했다. 이에 장희는 너무나 다급해서 갓난애를 속바지 안에 넣은 채 그 위에 열두폭 치마를 입고 공주마마로서의 위엄을 갖췄다. 그리고 속으로 열심히 천지신명에게 빌었다.

'하늘이 만일 조씨의 일점혈육을 없애시려거든 이 아기로 하여금 울게 하시고, 조씨의 피를 잇게 하시려거든 아기를 울지 않게 해주옵소서.'

이에 도안가를 따라들어온 여복이 장희를 밖으로 끌어내고 내궁을 일일이 수색했다.

이때 장희의 마음이 어떠했겠는가!

그러나 하늘이 도우심인지 다행히 아기는 어머니의 속바지 안에서 울지 않았다.

이날 도안가는 하는 수 없이 내궁을 나오긴 했으나 도무지 의심이 가시지 않았다. 그 당시 도안가에게 이런 말을 하는 사람이 많았다.

"그 아기가 궁중에 있을 리 있습니까. 벌써 궁 밖에 내주어 지금쯤 누가 몰래 기르고 있을 것입니다."

마침내 도안가는 후한 상금을 건 방을 써서 거리에 내걸었다.

역적의 씨가 있는 곳을 알리는 자에겐 천금을 주겠다. 만일 알면서도 고하지 않거나, 비밀히 역적의 씨를 기르는 자에겐 마땅히 역적을 다스리는 법으로써 그 일가를 몰살하리라.

조돈이 살아 있었을 때 그에겐 심복 부하 두 사람이 있었다. 그들은 조돈의 집 문객으로 많은 신세를 진 사람들이었다. 그중 한 사람은 공손저구公孫杵臼였고, 또 한 사람은 전날 장희를 궁으로 호송한 정영程嬰이었다.

전날 도안가가 하궁을 포위했을 때였다. 그날 공손저구가 정영에게 말했다.

"우리 은인의 집안이 몰살을 당하는 판인데 우리만 살아남으면 뭘 하오. 우리도 하궁으로 갑시다."

정영이 대답한다.

"지금 도안가는 임금의 명령을 내세우고 역적을 친다고 날뛰는 판이오. 우리가 그들 손에 함께 죽는다고 조씨에게 무슨 이익이 있겠소."

"이익을 바라고 죽으려는 건 아니오. 은인의 집안이 환난을 당하는데 우리만 살아남아서 무엇 하리오."

정영이 공손저구의 귀에다 대고 속삭인다.

"지금 공주마마는 포태胞胎 중이오. 머지않아 해산하실 것이오. 만일 남자 아기를 낳는다면 우리는 그 아기를 받들어 뒷일을 도모해야 하오. 그러나 불행히 딸을 낳는다면 그때에 죽어도 늦지 않소."

그 뒤 장희의 몸에서 딸이 태어났다는 소문이 돌았다. 공손저구는 슬피 울며 장탄식을 했다.

"무심하구나. 하늘이 과연 조씨의 뒤를 끊으심인가!"

정영이 말한다.

"아직 그 소문을 믿을 순 없소. 내 자세히 알아보리다."

정영은 궁녀에게 많은 뇌물을 주고 장희와 연락을 취했다. 장희는 원래부터 정영의 충의를 잘 알고 있었다. 하루는 궁녀가 장희의 편지를 정영에게 전했다. 그 밀서를 뜯어본즉 무武자 한 자만 적혀 있었다. 정영은 뛸 듯이 기뻐했다.

"공주께서 과연 생남生男하셨구나!"

그 뒤로 도안가는 내궁을 수색했으나 아기를 찾아내지 못했다. 이 소문을 듣고 정영은 공손저구를 찾아갔다.

"간신놈이 내궁에 들어갔으나 결국 아기를 찾아내지 못했다 하니 참으로 천행天幸이오. 그러나 도안가를 속일 수 있는 것도 일시적인 일에 불과하오. 다음날에 사실이 드러나면 도안가는 아기를 죽이려고 또 갖은 몹쓸 계책을 쓸 것이오. 그러니 아기를 내궁에서 모셔내다가 먼 곳으로 데리고 가서 길러야겠소. 이것이 우리가 장차 해야 할 일이오."

공손저구는 반나절 동안 무엇을 생각하는 모양이었다. 이윽고 공손저구가 정영에게 묻는다.

"아기를 잘 길러 원수를 갚게 하는 것과 우리가 죽는 것 중 어느 쪽이 더 어렵소?"

"그야 죽는 건 쉬운 일이오. 아기를 길러 소원을 성취하기까지가 더 어렵지요."

공손저구가 정영 앞으로 다가앉으며 말한다.

"미안하지만 그대는 어려운 일을 맡아주시오. 나는 쉬운 일을 하겠소."

정영이 당황하여 묻는다.

"그게 무슨 말씀이오?"

공손저구가 자기 계책을 말한다.

"나는 지금부터 갓난애를 하나 구해보겠소. 곧 남의 집 아기를 조삭의 아들인 것처럼 꾸며 수양산首陽山에 가서 숨겠소. 그러거든 그때 그대는 도안가에게 가서 나를 밀고하시오. 도안가는 필시 가짜 아기를 죽이고서 안심할 것이오. 그래야만 그대도 안심하고 진짜 아기를 기를 수 있소."

정영이 대답한다.

"갓난애를 구하기는 쉽소. 그러나 진짜 아기를 내궁에서 모셔 내오기가 큰일이오."

공손저구가 의견을 말한다.

"지금 이 나라 모든 장군들 중에서 한궐이 조씨의 은혜를 가장 많이 입은 사람이오. 한궐을 찾아가서 이 일을 한번 부탁해보오. 그가 거절하지는 않을 것이오."

정영이 옷깃을 여미며,

"내 아내가 이번에 사내아이를 낳았소. 공주마마의 아기씨와 낳은 날이 며칠 차이밖에 안 나오. 그러니 내 아들을 데리고 가시오. 그대는 아기를 감춰뒀다는 죄목으로 반드시 죽음을 당할 것이오. 그러나 그대가 먼저 죽는 것을 보고 내 어찌 차마 살아남을 수 있으리오."

하고 울었다.

공손저구가 화를 낸다.

"이는 중대한 일이오. 또한 지극히 아름다운 일이오. 그런데 그대는 어째서 우오?"

이윽고 정영은 눈물을 거두고 돌아갔다.

그날 밤에 정영은 갓난 자기 아들을 안고 와서 공손저구에게 내줬다. 그리고 그길로 한궐에게 갔다. 정영은 먼저 한궐에게 무武 자를 써 보이고 공손저구의 계책을 소상히 말했다.

한궐이 대답한다.

"그렇지 않아도 공주마마가 병이 있어 나에게 의사를 구해달라던 중이오. 그대는 간신 도안가를 속여 친히 그놈을 수양산으로 데리고 가오. 내 궁중에 들어가서 어떻게 해서라도 아기를 내오겠소."

이튿날 정영은 많은 사람이 모인 곳에 가서 목청껏 외쳤다.

"도屠 사구司寇는 조씨의 자식을 찾는다면서 왜 궁중만 수색하는지 모르겠다."

도안가 집 문객이 묻는다.

"그대가 정말로 조씨의 자식이 어디에 있는지 아는가?"

정영이 대답한다.

"그대가 나에게 천금을 준다면 말하겠다."

그 문객은 정영을 도안가에게 데리고 갔다. 그 자리에서 도안가가 묻는다.

"그대 성명은 무엇인가?"

"나는 정씨程氏며 이름을 영嬰이라고 합니다. 전부터 공손저구와 함께 조씨를 섬겼습니다. 공주는 아기를 낳은 뒤 그 아기를 감춰달라고 우리에게 보냈습니다. 그러나 나는 이 일이 탄로나면 어쩌나 하고 무서웠습니다. 또 어떤 사람이 이 비밀을 밀고라도 한다면 그 사람은 천금의 상을 탈 것이며, 그 대신 나와 온 집안 식구가 다 도륙을 당하겠기에 아뢰러 왔습니다."

"그 아이는 지금 어디 있느냐?"

정영이 청한다.

"좌우 사람을 밖으로 물러가게 해주십시오."

도안가는 좌우 사람을 다 밖으로 내보냈다. 그제야 정영이 은근히 고한다.

"그들은 수양산 깊이 숨어 있습니다. 곧 가셔야 합니다. 머지않아 그들은 진秦나라로 달아날 작정입니다. 그러나 가실 때엔 대부께서 친히 가셔야 합니다. 세상엔 아직도 조씨 일파들이 많기 때문에 이 일만은 경솔히 남에게 맡겨선 안 됩니다."

도안가가 머리를 끄덕인다.

"너도 나와 함께 가야 한다. 가봐서 사실이면 너에게 천금을 줄 것이며, 거짓일 경우엔 너는 죽음을 면치 못하리라."

"나는 수양산에서 지금 막 돌아온 길입니다. 몹시 시장하니 먹을 것이나 좀 주십시오."

도안가는 음식 한 상을 정영에게 차려주도록 분부했다. 정영은 술과 밥을 배불리 먹고,

"속히 가시도록 하십시오."

하고 도안가를 재촉했다.

도안가는 즉시 사병私兵 3,000명을 거느리고 떠났다. 정영은 앞장서서 그들을 수양산 속으로 안내했다. 몇 마장쯤 가자 산길이 끊어지고 매우 궁벽한 곳에 이르렀다. 산마루에 서서 내려다보니 계곡을 끼고 수칸 초가집이 있는데 돌담엔 사립문이 달려 있었다.

정영은 손가락으로 그 초가집을 가리키며,

"저 집에서 공손저구가 조씨의 자식을 기릅니다."

하고 앞서 내려갔다.

정영이 먼저 사립문을 두드리며 부른다.

"이 사람 저구 있나? 날세, 나야!"

이윽고 사립문이 열리며 공손저구가 반가이 나왔다. 그러나 공손저구는 바깥에 무장한 사람이 많이 와 있는 걸 보고 황급히 달아나려는 시늉을 했다.

정영이 큰소리로 꾸짖는다.

"이놈, 달아나지 마라! 도 사구께서 조씨 자식이 예 있는 줄 알고 친히 오셨다. 속히 그 아이를 내다바쳐라."

갑사甲士들이 우르르 달려가 달아나는 공손저구를 잡아와서 도안가 앞에 꿇어앉혔다.

도안가가 묻는다.

"그 갓난애는 어디 있느냐?"

"그런 아기는 없소!"

이에 갑사들이 집 안을 뒤졌다. 벽장에 큰 자물쇠가 단단히 잠겨 있었다. 갑사들은 자물쇠를 부수고 올라갔다. 벽장 속은 어두워서 잘 보이지 않았다.

이때 대〔竹〕로 만든 침상에서 잠을 자던 아기가 놀라 깨어 울었다. 갑사들은 아기의 멱살을 움켜쥐고 나왔다. 비단옷을 입고 수놓은 보褓에 싸여 있는 아기는 참으로 귀한 집 태생 같았다.

공손저구는 미친 듯이 몸을 요동했다. 그러나 결박당한 그는 아기에게로 갈 수 없었다. 공손 저구가 큰소리로 악을 쓴다.

"이 소인小人놈, 정영아! 내 지난날 하궁에 가서 같이 죽자고 했을 때 너는 나에게 뭐라고 말했느냐. 지금 공주마마가 포태 중이니 만일 우리가 죽으면 누가 아기를 보호하겠느냐고 말하지 않았느냐. 우리가 함께 공주마마의 부탁을 받고 이 산속에 숨어살며 아기를 길러오는 터에, 이놈! 그래 천금이 탐이 나서 흉악한 놈에게 밀고를 했단 말이냐. 나는 이제 죽을 몸이다만 지난날 조돈의 은혜를 갚지 못하고 죽으니 원통하고 원통하다. 이 천하에 몹쓸 놈아, 의리 없는 놈아!"

정영이 얼굴을 붉히며 도안가에게 청한다.

"참 듣기 거북합니다. 왜 저놈을 속히 죽여버리지 않습니까?"

도안가의 분부가 내리자 갑사들은 그 당장에 공손저구의 목을 쳐죽였다.

동시에 갑사들은 아기를 바위 위에다 메어쳤다. 아기는 단번에 울음을 딱 멈추고 피투성이가 되어 죽었다. 참으로 애달픈 광경이었다.

염옹이 시로써 이 일을 탄식한 것이 있다.

궁성 안 조씨의 일점혈육이 위급한데
오히려 제 자식을 죽여 은인의 아기를 구했도다.
도안가가 비록 천지에 경계망을 폈으나

두 사람의 지극한 정성엔 속았도다.

一線宮中趙氏危

寧將血嗣代孤兒

屠奸縱有彌天網

誰料公孫已售欺

도안가가 수양산에 가서 조씨의 아기를 잡아죽였다는 소문은 곧 성안에 퍼졌다. 도씨屠氏 일족은 기뻐하고 조씨 일파는 슬퍼했다. 그후로 궁문 출입에 대한 도안가 일파의 경계도 풀렸다.

한궐은 자기 심복인 문객 한 사람을 의원으로 꾸며 공주마마의 병을 진찰하러 궁으로 들어갔다. 가짜 의원은 공주마마의 진맥을 하는 체하며 품속에서 정영한테 받은 무武자를 내보였다. 장희는 곧 그 뜻을 알아차렸다. 진맥이 끝나자 의원은 산전産前 산후産後에 관한 상투적인 주의를 몇 마디 말했다.

장희는 좌우를 둘러봤다. 모두가 자기 심복인 궁녀들뿐이었다. 이에 장희는 궁녀에게 아기를 데리고 오게 하여 의원이 가지고 온 약 주머니에다 넣었다.

이때 아기가 울었다.

장희가 약 주머니를 쓰다듬으면서 축원한다.

"조무趙武야, 조무야. 우리의 원수들이 너의 목숨을 노리고 있다. 너는 조씨 집안의 단 하나뿐인 목숨이다. 궁문을 나갈 때에 제발 울지 말아라. 그리고 장성해서 반드시 이 어미의 한을 씻어다오."

장희가 축원을 마치자 아기는 울음을 멈췄다.

의원은 약 주머니에 든 아기를 옆에 끼고 한궐과 함께 궁문을 나왔다. 아무도 의심하는 사람이 없었다.

한궐은 조씨의 아기를 깊은 방에다 감춰두고 보옥寶玉처럼 길렀다. 유모만이 알 뿐 집안 사람에게도 알리지 않았다.

한편, 도안가는 정영을 자기 부중府中으로 불러 천금을 줬다. 그러나 정영은 상금을 사양했다.

도안가가 묻는다.

"너는 원래 상금을 바라고 밀고했는데 어째서 받지 않느냐?"

"소인은 조씨 문객으로 오래 있었습니다. 이제 조씨의 자식을 죽여 근심 걱정은 잊었으나 어찌 의로운 일을 했다고야 하겠습니까. 그러하거늘 더구나 어찌 많은 돈을 받을 수 있겠습니까. 만일 소인의 수고를 생각하신다면 그 돈으로 조씨 일문의 시체를 거두어 장사나 지내게 해주십시오. 소인은 조씨 문하門下에 있었던 그 은혜를 만분지일이나마 갚고 싶습니다."

도안가가 칭찬한다.

"그대는 참으로 신의信義 있는 선비다."

그는 조씨 일문의 시체를 모조리 내주고,

"내 그대의 뜻을 막지 않노니 이 돈으로 장사를 지내라."

하고 말했다. 그제야 정영은 돈을 받고 절하고 물러나갔다.

정영은 즉시 조씨 일문의 시체를 성대히 염殮하고 좋은 널[棺]에 넣고 조돈 무덤 곁에다 일일이 장사를 지낸 후 하나하나 비를 만들어 표지를 해 세웠다.

정영은 장사를 마치고 다시 도안가에게 가서 감사한 뜻을 고했다. 도안가는 정영을 기특히 생각하고 자기 밑에 머물러 있기를 권했다. 정영이 눈물을 흘리면서 대답한다.

"소인은 그저 목숨을 아끼고 죽기가 싫어서 이런 의롭지 못한 짓을 했습니다. 무슨 면목으로 다시 진晉나라 사람을 대할 수 있겠습니까. 이제 먼 곳으로 떠나려고 하직 인사차 왔습니다."

정영은 도안가에게 절하고 물러나갔다.

그날 밤에 정영은 한궐의 집으로 갔다. 한궐은 유모와 아기를 정영에게 내줬다. 정영은 그 자리에서 아기를 쓰다듬으며 당분간 자기 아들로 기르겠다고 말했다. 그는 아기와 유모를 데리고 우산 盂山으로 들어가서 깊이 숨었다.

후세 사람은 우산을 장산藏山이라고 고쳐 불렀다. 즉 정영이 아기를 데리고 숨어 있던 곳이라 해서 장산이라고 한 것이다.

그 뒤 3년이 지났다. 진경공은 신전新田으로 놀러 갔다. 신전은 토지가 비옥하고 물맛이 달았다. 이에 진경공은 도읍을 신전으로 옮겼다. 그리고 지금까지의 도읍지였던 강絳 땅을 고강故絳이라고 했다. 새 도읍에서 문무백관들은 진경공에게 조하朝賀를 드렸다.

진경공은 새로 지은 내궁에서 큰 잔치를 베풀고 모든 신하를 대접했다.

어느덧 해는 서산 너머로 떨어지고 신시申時가 됐다. 좌우 장수들이 촛불을 밝히려는데, 문득 일진의 괴상한 바람이 내궁 안으로 불어 들어왔다. 그 바람은 매우 차가웠다. 자리에 있던 사람들은 너무나 추워서 한참 동안 몸을 떨었다.

이윽고 그 괴상한 바람이 사라졌다.

그때였다.

진경공은 무시무시한 것을 봤다. 문이 열리면서 무엇이 들어오는데 본즉 키가 8척이나 되는 귀신이었다. 머리는 쑥대머리로 산란하고 그 머리카락이 마룻바닥에까지 드리워져 있었다. 참으로 무서운 귀신이었다. 그 귀신이 팔을 휘저으며 진경공을 호통치며 꾸짖는다.

"하늘이여! 내 자손에게 무슨 죄가 있대서 너는 나의 자손을 다 죽였느냐? 내 이제 옥황상제께 품하고 너를 잡으러 왔다."

말을 마치자 귀신은 소매 속에서 구리 쇠망치를 꺼내어 진경공을 쳤다.

진경공은 큰소리로,

"모든 신하는 과인을 구하라!"

외치며 칼을 뽑아들고 귀신을 향해 휘둘렀다. 진경공은 칼로 허공을 휘젓다가 실수하여 자기 손가락을 잘랐다. 신하들은 임금이 갑자기 왜 그러는지를 알 수 없었다. 그들에겐 귀신이 보이지 않았던 것이다. 그런 만큼 신하들은 어쩔 바를 몰라 했다. 진경공은 황망히 칼을 휘두르다가 시뻘건 피를 쏟고 쓰러졌다.

양유기養繇基의 화살 한 대

진경공晉景公은 봉두난발蓬頭亂髮을 한 귀신에게 구리 쇠망치로 얻어맞고 피를 쏟으며 쓰러졌다. 내시들은 황급히 진경공을 부축하여 방 안에 눕혔다. 한참 후에 진경공은 깨어났다. 그제야 모든 신하는 각기 자기 집으로 돌아갔다.

그 뒤로 진경공은 병석에서 일어나질 못했다. 좌우 시자侍者가 진경공에게 아뢴다.

"상문桑門에 용한 무당이 있다고 합니다. 그 무당은 대낮에도 귀신을 본답니다. 한번 불러서 물어보십시오."

진경공은 상문으로 사람을 보냈다. 상문의 무당은 임금의 부름을 받고 궁으로 들어갔다. 무당이 침문寢門으로 들어가 병석에 누워 있는 진경공을 보고서 아뢴다.

"상감께서는 귀신 때문에 병이 드셨습니다."

진경공이 묻는다.

"그 귀신 모양이 어떠하냐?"

"봉두난발을 한 귀신입니다. 키가 8척이나 됩니다."

하고 무당은 손으로 제 가슴을 치면서 눈알을 부라렸다.

"무당의 말이 내가 본 귀신과 추호도 다르지 않다. 그 귀신은 과인을 보고 말하기를, '죄 없는 내 자손을 죽였구나!' 하고 매우 분노했었다. 어떤 귀신이냐?"

무당이 대답한다.

"그 귀신은 선세先世 때 이 나라에 많은 공로가 있었던 신하입니다. 그 자손들이 참혹한 화를 당했기에 그렇듯 노한 것입니다."

이 말을 듣고 진경공은 매우 놀랐다.

"그럼 조씨趙氏 일문一門이 아니겠느냐?"

곁에서 도안가屠岸賈가 대답한다.

"이 무당은 조돈趙盾의 문객門客이었나 봅니다. 아마 조씨 일족을 신원伸寃하려는 모양입니다. 상감께선 그 말을 믿지 마십시오."

진경공은 한동안 말이 없다가 다시 묻는다.

"그 귀신을 쫓아버릴 수 없겠느냐?"

무당이 대답한다.

"귀신이 매우 노하고 있습니다. 굿을 한대도 소용이 없습니다."

"그럼 과인의 천명天命은 어떠하냐?"

"소인은 죽음을 무릅쓰고 말씀드립니다. 아마 상감께선 새로 나오는 햇보리를 맛보지 못하실 것입니다."

곁에서 도안가가 눈을 부릅뜨고 꾸짖는다.

"너는 이달 안에 새 보리쌀이 나온다는 걸 아느냐? 지금 상감께 선 이렇듯 정신이 말짱하시다. 만일 상감께서 새 보리쌀을 잡숫게 되시는 날엔 네 목숨이 없어질 줄 알아라!"

무당은 진경공의 꾸중을 듣기도 전에 도안가에게 쫓겨났다. 무당이 간 후로 진경공의 병은 더욱 악화됐다. 고명한 의생醫生들이 수없이 와서 봤으나 그 증세를 알 수 없어서 약을 쓰지 못했다.

대부 위기魏錡의 아들 위상魏相이 여러 대신에게 말한다.

"진秦나라에 고화高和, 고완高緩이란 유명한 두 의생이 있다고 하오. 그들은 명의名医 편작扁鵲의 제자로 음양陰陽의 이치에 달통하고 안팎으로 증세를 잘 다스린다고 합니다. 상감의 병을 고치려면 그 진나라 두 의생이 아니면 안 될 줄 아오. 그러니 누가 진나라에 가서 두 의생을 데리고 오시겠소?"

대신들이 대답한다.

"진나라는 우리 나라와 원수간이오. 과연 그들이 훌륭한 의생을 우리 나라로 보내줄지 모르겠소."

위상이 말한다.

"정 갈 사람이 없다면 제가 재주는 없지만 혓바닥 세 치를 놀려 반드시 진나라 명의名医를 데리고 오겠소."

모든 대신이 일제히 대답한다.

"그대가 그렇게만 한다면 우리 나라의 큰 복일 것이오."

위상은 그날로 여장旅裝을 꾸리고 초거軺車를 달려 밤낮없이 진나라로 달려갔다.

위상은 진나라에 당도하자 곧 진환공秦桓公을 뵈었다. 진환공은 위상에게 온 뜻을 물었다.

"우리 나라 상감께서 불행하사 몹쓸 병에 걸렸습니다. 그래서 귀국에 고화, 고완이란 두 명의가 있다는 말을 듣고 왔습니다. 청컨대 우리 상감을 위하사 두 명의를 보내주십시오."

진환공이 대답한다.

"지금까지 진晉나라는 아무런 이유도 없이 우리 나라를 여러 번 쳤다. 우리 나라에 비록 유명한 의원이 있다 할지라도 어찌 너희 나라에 보낼 수 있으리오."

위상이 정색하고 아뢴다.

"그 말씀은 옳지 못합니다. 대저 진秦나라와 진晉나라는 경계를 접한 이웃 나라입니다. 그러므로 지난날에 우리 나라 진헌공晉獻公과 귀국의 진목공秦穆公은 서로 인척 관계를 맺었고 그후로 우리 두 나라는 남달리 친했습니다. 진목공께선 우리 나라 진혜공晉惠公을 임금이 되게 해주셨고 계속해서 위대하신 진문공晉文公을 우리 나라 임금이 되게 해주셨습니다. 그러던 것이 함께 정鄭나라를 치다가 귀국이 맹세를 저버리고 홀로 회군한 이후부터 우리 두 나라 사이엔 금이 가기 시작했습니다. 뿐만 아니라 진목공은 맹명孟明의 말을 잘못 믿고, 우리 나라 진양공晉襄公께서 아직 어리고 약하신 것을 기화로 알고 드디어 효산崤山을 거쳐 우리 나라를 쳤으나 결국 실패하셨습니다. 그때 우리 진군晉軍은 귀국 장수 세 사람을 다 사로잡았지만 죽이지 않고 돌려보냈습니다. 그러나 귀국의 세 장수는 돌아가서 우리에게 맹세한 걸 저버리고 우리 진晉나라를 멸망시키기로 결심했습니다. 그리고 우리 임금 대에 이르러, 지난번에 우리 나라가 제나라의 잘못을 쳤을 때 군후께선 두회杜回를 보내어 제군齊軍을 도우려다가 실패했습니다. 군후께선 생각해보십시오. 진晉나라가 귀국을 침범했다고 생각하십니까? 진秦나라가 우리 진晉나라를 침범했다고는 생각지 않으십니까? 이번에 우리 임금께서 병환이 대단하사 신에게 귀국의 고명한 의원을 청해오라고 하셨습니다. 그때 모든 신하들은 뭐라고 말했는지 아십니까? '진秦나라는 우리 나라를 미워한다. 가서 청해도 의원을 보내주지 않을 것이다' 했습니다. 그때 신은 단연코 그들에게 말했습니다. '그렇지 않다. 진秦나라 임금은 잘못을 후회할 줄 아시는 어른이다. 내가 이번에 가기만 하면 우리 선대 때 임금들처럼 두 나라 우호를 회복하고야 말겠다.' 이렇게 신은 장담하고 왔습니다. 그런데 이제 군후께서 신의 청을 들어주지 않으신다면, 이는 우리 나라 모든 신하가 진秦나라에 대해서 생각한 것이 그대로 들어맞은 셈입니다. 대저 이웃이 불행하면 따뜻한 동정을 베푸는 것이거늘 군후께선 그 아름다운 마음씨를 버리시렵니까. 모든 의원은 사람을 살리려는 마음이 있거늘 군후께선 그들의 어진 마음을 막으시렵니까? 아무리 생각한대도 이건 밝은 임금으로서 취하실 일이 아닌가 합니다."

위상의 말은 분명하고도 힘이 있었다. 진환공은 자기도 모르는 결에 자리에서 일어나 위상에게 공경하는 뜻을 표하며,

"대부가 옳은 말로 나를 책망하니 과인이 어찌 듣지 않을 수 있으리오."

하고 곧 태의太醫 고완을 궁으로 들게 하고 진晉나라에 갔다 오라고 분부했다.

위상은 진환공에게 사은하고 즉시 고완과 함께 진秦나라 도읍 옹주雍州를 떠났다. 그들은 밤낮을 쉬지 않고 진晉나라 신강新絳으로 달렸다.

후인後人이 시로써 이 일을 증명한 것이 있다.

　　일찍이 인척간이었던 것이 원수가 되어
　　서로 상대의 불행을 좋아했도다.
　　만일 위상이 가서 설복하지 않았던들
　　어찌 명의가 진晉나라에 왔으리오.

婚媾於今作寇仇
幸災樂禍是良謀
若非魏相瀾翻舌
安得名醫到絳州

　　그후 진경공은 날로 병이 위독해졌다. 진경공은 밤낮 진秦나라
의 명의가 오기만을 고대했다.
　　어느 날이었다.
　　진경공은 꿈을 꿨다. 자기 콧구멍에서 조그만 아이 둘이 뛰어나
왔다.
　　그중 한 아이가 친구 아이에게 속삭인다.
　　"진秦나라 고완은 당세의 명의다. 만일 그가 와서 약을 쓰면 우
린 배겨날 수 없다. 어찌하면 우리가 안전할 수 있을까?"
　　다른 아이가 대답한다.
　　"그럼 우리는 황肓(심장과 비장 사이)으로 가서 고膏(지방脂肪) 밑
에 숨자. 제아무리 명의라 할지라도 우리를 침범하지는 못할 거야."
　　그러더니 두 아이는 다시 진경공의 콧구멍으로 뛰어들어가버렸
다. 진경공은 큰 소릴 지르면서 눈을 떴다.
　　그는 가슴이 쑤시고 아파서 쩔쩔맸다.
　　이때 마침 진秦나라에 갔던 위상이 고완을 데리고 돌아왔다. 고
완이 즉시 궁으로 들어가서 진경공을 진맥하고 아뢴다.
　　"이 병은 어찌해볼 도리가 없습니다."
　　진경공이 묻는다.
　　"어째서 그러느냐?"
　　"병이 바로 황과 고 사이에 들어 있습니다. 쑥으로도 뜸을 뜰

수 없고, 침을 놓을 수도 없으며, 약으로도 다스릴 수 없습니다. 거의 천명天命이라 하겠습니다."

진경공이 탄식한다.

"바로 내 꿈과 맞는구나. 그대는 참으로 놀라운 명의요."

진경공은 고완에게 많은 예물을 주고 진나라로 돌려보냈다.

이때 내시 중에 강충江忠이란 자가 있었다. 그는 밤낮 진경공의 병을 간호하기에 매우 피로하여 자기도 모르게 그만 깜빡 졸았다.

꿈이었다. 그는 진경공을 등에 업고 하늘로 날아오르고 있었다.

강충은 꿈을 깨자 좌우 사람에게 그 꿈 이야기를 했다.

이때 마침 도안가가 문병하러 들어와서 그 꿈 이야기를 듣고서 진경공에게 아뢴다.

"하늘은 밝은 것입니다. 병이란 어두운 것입니다. 하늘로 날아오른다는 것은 어두운 곳을 떠나 밝은 데로 나아가는 징조입니다. 상감의 병환은 반드시 낫습니다."

이날 진경공은 웬일인지 가슴이 별로 쑤시지 않았다. 그래서 도안가의 해몽을 듣고 매우 기뻐했다.

그때 내시 한 사람이 들어와서 아뢴다.

"교외 백성이 새로 난 보리쌀을 진상해왔습니다."

진경공은 이 말에 구미를 느꼈다.

"절구에 잘 찧어서 죽을 쑤어오너라. 좀 먹어보자."

도안가는 전날 상문桒門의 무당이 조씨의 원귀가 상감에게 붙었다고 말했기 때문에 그를 잔뜩 벼르던 참이었다. 도안가가 진경공에게 아뢴다.

"전날 그 무당은 상감께서 새로 나는 보리를 못 잡수실 것이라고 했습니다. 이제 그 말은 맞지 않습니다. 그 무당놈을 불러서 새로 난 보리쌀을 보이십시오."

진경공은 머리를 끄덕이고 상문의 무당을 불러들이게 했다. 이
윽고 그 무당이 병실로 붙들려 들어왔다.

도안가가 버럭 소리지르며 꾸짖는다.

"네 똑똑히 보아라. 여기에 새로 난 보리쌀이 있다. 이래도 상
감께서 잡숫지 못하실까?"

무당이 대답한다.

"그러나 아직 좀더 두고 볼 일입니다."

진경공의 얼굴에 노기가 떠올랐다.

도안가가 대신 호령한다.

"네 이놈, 못하는 소리가 없구나! 냉큼 이놈을 끌어내어 참하여라."

무당이 무사들에게 끌려나가면서 길이 탄식한다.

"내 아는 것 때문에 이제 죽는구나! 어찌 슬프지 않으리오."

얼마 후 밖에서 무사들은 무당의 목을 끊어 쟁반에 받쳐 들어왔다.
동시에 옹인饔人*이 보리죽을 쒀서 들고 왔다. 이때가 바로 오
시午時였다.

진경공은 막 보리죽을 먹으려는데 갑자기 배가 죄어당기고 설
사가 날 듯했다. 이에 강충이 황급히 진경공을 들쳐업고 측간으로
갔다.

강충이 측간에 내려놓았을 때, 진경공은 가슴이 찢어지는 듯하
다가 정신이 아찔하면서 기운이 쭉 빠졌다. 진경공은 고통과 현기
증 때문에 몸을 휘청거리다가 발을 헛디뎌 측간 밑으로 떨어졌다.

깜짝 놀란 강충은 더럽고 구린 것을 돌볼 계제가 아니었다. 강
충은 측간 밑으로 들어가서 진경공을 안아 올라왔다. 그러나 진경
공은 이미 숨이 끊어진 뒤였다.

진경공은 결국 햇보리를 먹지 못하고 죽었다. 공연히 죄 없는 무당만 죽인 셈이다. 이것은 도안가가 저질러놓은 잘못이었다.

이에 상경 난서는 문무백관을 거느리고 세자 주포州蒲를 받들어 군위에 모셨다. 그가 바로 진여공晉厲公이다.

대부들은 '강충이 꿈에 진경공을 업고 하늘로 오른 것이 이제야 맞았다' 하고 강충을 순장殉葬하기로 결의했다. 이리하여 강충은 살아 있는 몸 그대로 죽은 진경공과 함께 무덤 속에 매장을 당했다. 그때 만일 꿈 이야기만 하지 않았더라도 강충은 그런 죽음을 당하진 않았을 것이다.

아아, 입이야말로 불행의 근본이다. 누구나 말을 삼가야 한다.

진경공이 귀신에게 맞아죽은 후로 백성들은 이것이 다 죽은 조씨 일문의 원한 때문이라고 말했다. 그러나 난씨欒氏, 극씨郤氏 일족은 여전히 도안가와 친하게 지냈다. 다만 한궐韓厥만이 억울하게 죽은 조씨 일문을 신원伸寃해주고 싶었으나 그것 역시 혼자 힘으론 어쩔 수 없었다.

이때 송宋나라에서 화원華元이 진晉나라에 왔다. 화원은 송공공宋共公의 분부를 받고 죽은 진경공을 문상하는 동시에 새로 임금이 된 진여공을 축하하기 위해서 온 것이었다. 화원은 진나라에 온 김에 난서와 함께 상의했다.

"진晉나라와 초楚나라가 서로 우호만 맺는다면 남과 북 사이에 끊임없는 싸움도 없어질 것이고 백성들도 기를 펴고 살 수 있을 것이오."

난서가 대답한다.

"하긴 그렇소만, 초나라를 믿을 수 있어야지요."

"나는 원래 초나라 공자 영제와 친분이 있습니다. 그러니 이 일을 일단 나에게 맡겨주시오."

이에 난서는 화원이 떠날 때 자기의 어린 아들 난침欒鍼을 딸려 보냈다. 화원은 어린 난침을 데리고 초나라에 가서 공자 영제와 회견했다. 공자 영제는 난침이 비록 나이는 어리나 그 생김새가 비범한 것을 보고 화원에게 묻는다.

"같이 온 저 어린 사람은 누구요?"

"진晉나라 중군 원수 난서의 아들 난침이오."

공자 영제가 난침의 재주를 시험해보려고 묻는다.

"귀국에서 군사 쓰는 법은 어떠한가?"

난침이 대답한다.

"주로 정돈整頓하는 데 힘씁니다."

"귀국에서 군사를 쓰는 데 무슨 장기長技라도 있느냐?"

"조급해하지 않을 뿐입니다."

공자 영제가 찬탄한다.

"상대가 소란할 때 자기는 정돈하고 상대가 바쁠 때 자기는 조급해하지 않는다면, 이는 백 번 싸워 백 번 이기는 길이라. 참으로 대답은 간단하지만 그 뜻이 무궁하도다."

이에 공자 영제는 어린 난침을 공경했다.

공자 영제는 그들을 궁으로 데리고 가서 초공왕楚共王에게 배알시키고 회의를 열었다. 회의 결과 마침내 초·진 두 나라는 우호를 맺기로 했다. 그들은 합의 후 다음과 같은 조약을 맺었다.

"초·진 두 나라는 서로 화친하고 경계를 지키며 백성을 편안케 하리라. 싸움을 거는 나라엔 귀신이여, 그들을 저주하라."

그리고 그들은 다시 기일을 정해서 서로 맹세하기로 했다. 두 나라 대표가 모여서 맹세할 장소를 우선 송나라로 정했다. 곧 화원이 이번 일을 알선했기 때문에 제삼국인 송나라에서 하는 것이 좋다는 데 합의를 보았다.

그후 진나라에선 사섭士爕이, 초나라에선 공자 파罷가 각기 자기 나라를 대표해서 송나라로 갔다. 이리하여 진·초 두 나라 대표는 송나라 서문西門 밖에서 희생犧牲을 잡아 하늘에 고하고 각기 그 피를 입술에 바르고 맹세했다.

한편 초나라에선 사마司馬 공자 측側이 진晉나라와 우호를 맺는 데 대해서 몹시 노했다.

"나에겐 전혀 상의도 않고 저희들만 모여서 의논하고는 진나라와 우호를 맺다니 괘씸하다. 그렇듯 쉽게 남북에 평화가 올 성싶으냐? 어디 두고 보자. 영제란 놈이 남북을 합성合成시켰다는 공로를 혼자서 독차지할 생각이지만 그렇게 쉽사리 네 뜻대로 되진 않을 것이다. 내 반드시 영제를 꺾어누르리라."

초·진 두 나라 우호 조약 때문에 초나라에선 은연중 공자 측과 공자 영제 사이에 알력이 생겼다.

한편 지난날 초나라 신하였던 무신巫臣은 진晉나라에 귀화한 이래 맹활약을 했다. 무신은 오吳나라 임금 수몽壽夢과 손을 잡고 초를 고립시키려고 모든 나라와 활발한 외교를 전개했다. 이리하여 노魯·제齊·송宋·위衛·정鄭·오吳 여러 나라 대부급 대표자들이 진晉나라 종리鍾離 땅에 모여서 회會를 열었다.

한편 초나라 공자 측은 이러한 진나라 동태에 관한 정보를 입수하고 초공왕을 설득했다.

"지금 진나라가 겉으론 우리 나라와 우호를 맺고 속으론 오나

라와 우호를 맺고 있는 것을 아십니까? 이것은 반드시 진나라가
우리 초나라를 해치려는 수작입니다. 정보에 의하면 송나라와 정
나라도 이미 진나라 편에 가담했다고 합니다. 우리 초나라는 지금
완전히 고립 상태에 놓였습니다."

초공왕은 우울했다.

"내 당장 정나라를 치고 싶으나 남북간에 서로 전쟁을 일으키
지 않기로 송나라 서문西門에서 진나라와 동맹했으니 이를 어찌
할꼬?"

공자 측이 정중히 아뢴다.

"송·정 두 나라가 우리 초나라와 맹세한 것은 이번이 처음이
아닙니다. 그들이 맹세를 저버린 것은 이루 다 헤아릴 수 없을 정
도입니다. 그들은 이번에도 맹세를 저버리고 다시 진나라에 붙었
습니다. 오늘날은 유리한 점만 있으면 적극적으로 나아가야 할 때
입니다. 그까짓 동맹이 무슨 상관 있습니까?"

초공왕은 드디어 공자 측에게 정나라를 치게 했다. 공자 측이
정나라를 치자 정나라는 다시 진나라를 버리고 초나라 편이 됐다.
이것은 주간왕周簡王 10년 때 일이었다.

한편 진晉나라 진여공은 정나라가 다시 초나라를 섬긴다는 보
고를 받고 노기가 솟았다. 진여공은 대부들을 조당朝堂에 모아놓
고 신의 없는 정나라 칠 일을 상의했다.

이때 진나라 정승은 난서였지만 실은 삼극三郤이 권세를 쥐고
있었다. 삼극이란 극씨 일문인 극기郤錡·극주郤犨·극지郤至 세
사람이다. 그들의 세도는 참으로 대단했다. 극기는 상군上軍 원수
였고, 극주는 상군 부장이었고, 극지는 신군新軍 부장이었고, 심

지어 극주의 아들 극의郤毅와 극지의 동생 극걸郤乞까지도 다 대부 벼슬에 있으면서 극씨 일당이 모든 실권을 잡고 있었다.

그래서 백종伯宗은 워낙 위인이 정직한 만큼 누차 진여공에게 아뢰었다.

"극씨 일족의 세력이 나날이 팽창하고 있습니다. 상감께선 그들 중에서 어질고 어리석은 자를 잘 분별하셔서 그들의 권력을 견제해야 합니다. 그러는 것이 선대 공신功臣의 자손을 보호하는 길이기도 합니다."

진여공은 백종의 말을 듣지 않았다. 그래서 극씨 일족은 백종을 철저히 미워했다. 마침내 삼극 일파는 백종이 국정國政을 비난한다고 참소했다. 진여공은 그 참소를 곧이듣고 도리어 백종을 옥에 가두어 죽였다.

이에 백종의 아들 백주리伯州犁는 초나라로 달아났다. 초나라에선 백주리에게 태재太宰 벼슬을 주고 그와 함께 장차 진나라 칠일을 상의했다.

한편 진나라 진여공은 천성이 자못 교만하고 매사에 사치스러웠다. 그는 안팎으로 총애하는 남녀가 많았다.

그가 밖으로 사랑하는 사람으론 서동胥童·이양오夷羊五·장어교長魚矯·장려씨匠麗氏 등 일반 소년이 있었다. 그래서 이 소년들은 모두 대부 벼슬을 누렸다.

그가 안으로 사랑하는 아름다운 여자들과 총애하는 궁비宮婢들까지 합친다면 그 수효가 너무나 많아서 도저히 헤아릴 수 없을 정도였다.

그는 날마다 음탕한 짓만 하며, 아첨하는 사람을 좋아하고 곧은 말 하는 사람을 싫어했다. 진여공이 나랏일을 돌보지 않기 때문에 모든 신하도 결단성이 없었다.

사섭士燮은 나라 꼴이 날로 말이 아닌 것을 보고 정나라 칠 것
도 단념했다.

극지郤至가 묻는다.

"정나라를 치지 않으면 어떻게 모든 나라 제후를 다스릴 수 있
겠소?"

난서가 대답한다.

"이제 우리가 정나라를 잃으면 노·송 여러 나라들도 우리에게
서 멀어질 것이오. 극지의 말씀이 옳소."

지난날 초나라에서 항복해온 장수 묘분황苗賁皇도 정나라를 쳐
야 한다고 권했다. 이런 신하들의 권고로 진여공은 드디어 정나라
를 치기로 결심했다.

진여공은 순앵荀罃만 나라를 지키도록 남겨두고 친히 대장 난
서·사섭·극기·순언荀偃·한궐·극지·위기魏錡·난침 등과
병거 600승을 앞뒤로 거느리고 호호탕탕히 정나라로 쳐들어갔다.
동시에 진여공은 극주郤犨를 노·위 두 나라에 보내어 후원을 청
했다.

한편 정나라 정성공鄭成公은 진나라 대군이 쳐들어온다는 말을
듣고 즉시 나가서 항복하려고 했다.

대부 요구이姚鉤耳가 아뢴다.

"우리 조그만 정나라 땅은 진·초 양대국 사이에 끼여 있어 늘
편안할 날이 없었습니다. 그러니 둘 중에서 강국 하나만 골라 섬
기는 수밖에 없습니다. 어찌 아침엔 초나라를 섬겼다가 저녁엔 진
나라를 섬겼다가 하면서 해마다 적군만 맞이할 수 있겠습니까?"

정성공이 묻는다.

"그럼 어찌해야 좋을꼬?"

요구이가 대답한다.

"신의 생각으론 초나라에 구원을 청하는 수밖에 없습니다. 초군과 우리 군사가 협공하면 진군을 크게 무찌를 수 있습니다. 그러면 우리는 몇 해 동안은 편안히 지낼 수 있습니다."

정성공은 드디어 요구이를 초나라로 보냈다. 요구이는 초나라에 가서 즉시 초공왕에게 구원을 청했다. 그러나 초공왕은 남북간에 싸움을 하지 않기로 진나라와 맹세한 일이 있기 때문에 군사를 일으킬 생각이 별로 없었다. 그래서 공자 영제에게 이 일을 어떻게 하면 좋겠느냐고 물었다.

공자 영제가 대답한다.

"우리가 정나라를 도우면 참으로 큰 난리가 일어나고야 맙니다. 그러면 진나라와 동맹한 것은 아무 효과가 없습니다. 장차 진군晉軍에게 사람을 보내어 항의하기로 하고 잠시 사세를 기다리십시오."

곁에서 공자 측이 아뢴다.

"정나라는 우리 초나라를 배반할 수 없어서 구원을 청한 것입니다. 지난날은 제나라를 구원하지 않았는데 이제 또 정나라마저 구원하지 않는다면 장차 어느 나라가 우리 초나라를 섬기겠습니까. 신이 비록 재주는 없으나, 원컨대 군사를 거느리고 왕가王駕를 모시고 가서 진군을 무찌르겠습니다."

초공왕은 만족해하고 이에 사마 공자 측을 중군 원수로 삼고, 영윤令尹 공자 영제를 좌군 대장으로 삼고, 우윤右尹 공자 임부壬夫를 우군 대장으로 삼고, 친히 우광右廣과 좌광左廣의 군사를 거느리고 정나라를 구원하려고 북쪽으로 출발했다. 초군은 하루에

100리씩 행군했으니 그 빠르기가 바람과 같았다.

한편 초마군哨馬軍은 급히 진군晉軍에게 가서 이 사실을 알렸다.

"초군이 지금 오는 중입니다."

사섭이 난서에게 말한다.

"지금 상감은 나이 어리셔서 나랏일이 얼마나 조심스럽고 어렵다는 걸 전혀 모르십니다. 우리는 이번에 초군을 두려워하는 체하면서 피합시다. 곧 상감에게 매사가 조심스럽고 두렵다는 것을 이번 기회에 가르쳐드리자는 것입니다. 그런 후에 천천히 초군과 대결해도 늦지 않습니다."

난서가 노기를 띠고 대답한다.

"적을 피하다니요? 아무리 임금에게 조심과 두려움을 가르치기 위해서라 하지만, 나는 조금도 후퇴할 생각이 없소."

사섭이 물러나와 탄식한다.

"이번 싸움에 지는 것이 차라리 낫겠다. 만일 이기기만 하면 대외 관계는 좋아지겠지만 필시 국내에 걱정거리가 생길 것이다. 장차 이 일을 어찌할꼬."

이때 초군은 이미 언릉鄢陵* 땅을 지났다. 진군은 더 전진하질 않고 팽조彭祖 땅 고개 밑에 영채를 세우고 있었다.

그날이 바로 6월 갑오일甲午日이며 그믐날이었다. 자고로 그믐날엔 군사를 움직이지 않는 것이 원칙이었다. 그래서 진군은 초군이 쳐들어오지 않을 줄 믿고 아무 준비도 하지 않았다.

어느덧 시간을 알리는 북소리와 누수漏水도 끝났다. 갑자기 진군 영채 밖에서 함성이 진동했다. 영문營門을 지키던 군사가 황급히 뛰어들어와서 아뢴다.

"초군이 물밀듯 쳐들어와 바로 우리 영채 앞에서 진을 치고 있습니다."

난서는 놀라 당황한다.

"이거 야단났구나! 초군이 바로 우리 영채 앞에다 이미 진을 쳤다면 우리는 군사 대열을 지을 수도, 진을 칠 터도, 싸울 장소도 없다. 영문을 굳게 닫고 영루營壘를 굳게 지켜라. 내 조용히 계책을 써서 적을 물리치리라."

이에 난서는 삼군三軍의 장수들을 불러모아 회의를 열고 대책을 상의했다. 모든 장수의 의견은 분분하기만 했다. 결사대를 조직하여 눈앞에 와 있는 적진을 돌격하자는 둥, 지금은 잠시 후퇴하는 수밖에 없다는 둥 각기 의견이 일치하지 않았다.

이때 사섭의 아들로 사개士匄란 소년이 있었다. 그는 나이 겨우 열여섯 살이었다. 사개는 장수들의 회의가 하등의 진전도 없다는 말을 듣고서 중군 안으로 뛰어들어가 난서에게 품했다.

"초군이 바로 우리 영채 앞까지 와서 결진結陣했기 때문에 원수께선 싸울 장소가 없어 걱정하십니까? 그러시다면 조금도 염려할 것 없습니다."

난서가 묻는다.

"그대에게 무슨 좋은 계책이 있느냐?"

사개가 대답한다.

"원수께선 영令을 내려 영문을 더욱 굳게 지키게 하십시오. 그리고 영채 안의 군사들을 시켜 부엌과 아궁이를 죄다 무너뜨리고 땅을 평평히 닦게 하십시오. 그리고 우물이란 우물은 죄 널판지로 덮고 그 위에다 흙을 펴십시오. 이런 일은 반半 시진時辰만 걸리면 충분히 끝납니다. 그러면 우리는 얼마든지 진을 치고도 땅이 남습니다. 그런 후에 곧 대열을 짓고 영루를 열고 나가서 싸우면 곧 초군과 대결할 수 있습니다."

난서가 묻는다.

"우물과 부엌은 군중軍中에 없어선 안 될 가장 중요한 것이다. 부엌을 헐고 우물을 막으면 무엇을 먹고 살란 말이냐?"

사개가 대답한다.

"그러니까 먼저 각 군에게 건량乾糧과 맑은 물을 준비시키면 됩니다. 그러면 각기 이틀 먹을 건량과 물은 준비할 수 있습니다. 우선 우리도 싸울 수 있도록 진부터 쳐놓고 다시 늙고 병든 군사를 풀어 영채 뒤에다 부엌과 우물을 새로 장만하게 하면 됩니다."

사섭은 본시 초군과 싸우는 걸 원하지 않았다. 그래서 그는 자기 아들이 계책을 말하는 걸 듣고서 몹시 화를 냈다.

"싸워서 이기느냐 지느냐는 것은 하늘만이 아는 일이다. 너 같은 어린것이 무엇을 안다고 함부로 혓바닥을 놀리느냐!"

마침내 사섭은 창을 들어 자식을 죽이려고 했다. 이에 모든 장수들이 사섭을 끌어안아 말렸다. 그 틈을 타서 사개는 아버지로부터 벗어나 달아났다. 이에 난서가 껄껄 웃으며 말한다.

"그 아이의 지혜가 아버지 사섭보다 낫소."

난서는 동자童子 사개의 계책대로 영을 내렸다. 진군은 급히 많은 건량을 만들고 부엌을 헐고 우물을 닫고 진세陣勢를 폈다. 그리고 초군과 싸울 만반의 준비를 했다.

호증胡曾 선생이 시로 이 일을 읊은 것이 있다.

영채 안에서 진을 친다는 것은 참 기이한 계책이건만
사섭은 창을 뽑아들고 자식을 원수 보듯 하였도다.
어찌 어린 자식만 못해서 그러했으리오

늙은 몸이 나라를 진심으로 걱정했기 때문이라.

軍中列陣本奇謀

士燮抽戈若寇仇

豈是心機遜童子

老成憂國有深籌

초공왕이 달 없는 그믐밤에 몰래 진영晉營 앞에 가서 진을 친 것은 날만 새면 진군이 당황하고 소란할 줄 믿었기 때문이다. 그런데 웬일인지 진영 안은 조용할 뿐 아무 동정이 없었다.

초공왕이 진나라에서 귀화해온 태재太宰 백주리伯州犁에게 묻는다.

"진군이 영내에서 꼼짝을 하지 않으니 웬일인가? 그대는 원래 진나라 사람이니 혹 무슨 짐작이라도 하겠는가?"

백주리가 대답했다.

"청컨대 왕께선 소거轈車(누거樓車 중에서도 가장 높은 것) 위에 오르사 진영 안을 굽어보십시오."

초공왕은 즉시 백주리와 함께 소거 위에 올라가서 진영 안을 굽어봤다.

초공왕이 묻는다.

"진군이 저렇듯 좌우로 분주히 달리니 웬일인가?"

백주리가 대답한다.

"군리軍吏들을 부르러 다니는 것입니다."

"저렇게 중군中軍으로 사람들이 모여드는 것은 웬일일까?"

"모여서 무슨 의논을 하려는 모양입니다."

"저기에 막을 치는 것은 웬일일까?"

"선군의 영靈에 무엇을 고하는 모양입니다."

"이젠 저 막을 걷어치우니 웬일일까?"

"장차 군령軍令을 내릴 모양입니다."

"저렇게 군사들이 떠들어대고 티끌이 일어나는 건 웬일일까?"

"저들이 대열을 짓고 진을 칠 수 없어서 부엌을 헐고 우물을 막고 싸움터를 만드는 모양입니다."

"음, 병거에다 말을 매고 장수들이 부산히 타는구나!"

"저건 장차 진을 치려는 것입니다."

"병거에 올라탔던 자들이 도로 내려오니 웬일일까?"

"장차 싸우기 위해서 천지신명께 기도를 드리려는 것입니다."

"저렇듯 중군의 형세가 대단한 걸 보면 혹 진나라 임금이 저 속에 있지 않을까?"

"난씨欒氏와 사씨士氏 일족들이 임금을 호위하고 있는 듯합니다. 결코 적을 가벼이 봐선 안 됩니다."

초공왕이 진영의 정세를 다 살펴보고 내려와서 군사들에게 분부한다.

"내일 싸울 것인즉 그리 알아라."

한편, 진나라로 항복해온 초나라 장수 묘분황苗賁皇도 진여공 곁에서 계책을 아뢴다.

"초나라는 영윤 손숙오孫叔敖가 죽은 후로 군법軍法이 많이 해이해졌습니다. 비록 좌광과 우광의 군대가 강하다고 하지만 오랫동안 교대를 하지 않아서 늙은이들이 많습니다. 더구나 좌군, 우군은 서로 사이가 좋지 못합니다. 잘만 하면 이번 싸움에서 초군을 쳐부수기는 쉽습니다."

염옹이 시로써 이 일을 읊은 것이 있다.

백주리는 진나라 사람이건만 초나라를 돕고
묘분황은 초나라 사람이건만 진나라를 도왔다.
인재는 얻기 어려우니 잘 대접해서
남의 나라에 뺏기지 않도록 각별히 조심할 일이다.
楚用州犁本晉良
晉人用楚是賁皇
人才難得須珍重
莫把謀臣借外邦

이날 두 나라 군사는 굳게 지키기만 하고 싸우지 않았다. 초나라 장수 반당潘黨은 진영陣營 뒤에서 시험삼아 활을 쐈다. 잇달아 화살 세 대를 모두 과녁에 맞혔다. 모든 초나라 장수들은 반당에게 박수 갈채를 보냈다.

이때 마침 양유기養繇基가 왔다. 모든 장수들이 서로 말한다.

"귀신 같은 활솜씨가 오는구려."

이 말을 듣고 반당이 화를 발끈 낸다.

"내 활솜씨가 어찌 양유기만 못하리오!"

양유기가 웃으며 대답한다.

"그대는 과녁만 잘 맞히니 딱히 기이할 것이 없소. 나는 100보步 밖에서 버들잎을 쏘아맞힌 일이 있소."

모든 장수가 묻는다.

"언제 그런 일이 있었소?"

"지난날 언젠가 100보 밖에서 버들 잎사귀 하나를 적장의 얼굴이라 생각하고 한번 쏴봤소. 그랬더니 화살이 그 잎사귀 한복판을 뚫고 나갔지요."

장수들이 청한다.

"그럼 저기 버드나무가 있소. 한번 시험삼아 다시 쏴보구려."

"그거야 못할 것 없지요."

모든 장수가 좋아한다.

"이제 양유기의 귀신 같은 활솜씨를 보겠구나!"

그들은 먹으로 버들 잎사귀 하나를 까맣게 칠했다. 양유기는 곧 100보 밖으로 물러서서 그 버들 잎사귀를 향해 활을 쐈다. 화살은 분명히 날아갔는데 떨어지는 걸 볼 수 없었다. 모든 장수가 달려들어 살펴보니, 활촉은 바로 그 먹칠한 잎사귀의 한복판을 뚫고 버드나무 가지에 걸려 있었다.

반당이 말한다.

"이것은 우연에 불과하다. 만일 화살 세 대로 버들 잎사귀 세 개를 차례로 다 맞힌다면 내 그대의 솜씨를 인정하겠소."

양유기가 대답한다.

"글쎄올시다. 그렇게 쏘아맞힐 수 있을지요. 그러나 시험삼아 한번 해보겠소."

반당은 높고 낮은 버들가지의 잎사귀 셋에다 먹칠을 하고 다시 각기 1, 2, 3이란 번호를 적었다. 양유기는 버드나무 앞에 가서 고저高低의 순서 없이 먹칠을 해놓고 번호까지 적어놓은 세 잎사귀를 바라봤다. 그러고서 100걸음을 물러섰다.

그는 화살 세 대에다 1, 2, 3이란 번호를 써넣은 후 잎사귀를 향해 잇달아 쐈다.

모든 장수가 버드나무로 달려갔다. 첫번째 버들잎이 첫번째 화살에 뚫려 있었다. 그 다음 두번째 세번째 것도 역시 마찬가지였다. 장수들은 양유기 앞에 가서 두 손을 끼고 공경하는 뜻을 표했다.

"그대는 참으로 신인神人이시오."

그러나 반당은 속으론 감탄하면서도 양유기에게 다음과 같이 말했다.

"그대의 솜씨는 그저 교묘할 따름이오. 그러나 사람을 죽이는 데는 내가 그대보다 셀 것이오. 나는 몇 겹이나 되는 갑옷을 뚫을 수 있소. 나와 함께 재주를 겨루어볼 생각은 없는지?"

모든 장수가 양유기에게 권한다.

"우리도 이 참에 한번 구경이나 합시다. 훌륭한 재주를 좀 보여 주시오."

이에 반당은 군사들에게 갑옷을 벗어 쌓게 했다. 군사들은 갑옷 다섯 벌을 쌓았다. 모든 장수가 말한다.

"그만 하라. 다섯 벌이면 족하다."

그러나 반당은 두 벌을 더 쌓아 일곱 벌로 하라고 했다. 장수들은 저마다 속으로 생각했다.

'갑옷 일곱 벌을 포개어쌓으면 거의 1척尺의 부피가 된다. 저 부피를 어떻게 화살로 뚫는단 말인가?'

반당은 다시 그 일곱 벌의 갑옷을 사곡射鵠(활의 과녁) 위에다 비끄러매게 했다. 그리고 100보 밖으로 물러섰다.

그는 조각을 한 검은 활에다 늑대 어금니로 활촉을 만든 화살을 끼운 후, 왼팔을 태산처럼 버티고 오른손으로 갓난아기를 안듯 잡아당겨 단단히 겨냥한 후에 쐈다.

순간 '타악!' 하며 무엇이 터지는 듯, 깨어지는 듯한 소리가 났다. 화살이 날아간 것도 떨어진 것도 보이지 않았다.

모든 장수와 군사들은 갑옷이 매어달려 있는 사곡 앞으로 달려 갔다. 모든 장수와 군사들의 박수 갈채와 함께,

"참으로 놀라운 솜씨다!"
하는 찬사가 일제히 여기저기에서 일어났다.

원래 반당의 힘도 대단했지만 활도 튼튼했다. 화살이 일곱 벌이
나 되는 갑옷을 뚫고 꽉 박혔는데, 그것은 마치 큰 못을 박아놓은
것과 같았다. 군사들이 아무리 흔들어도 일곱 벌의 갑옷에 박힌
화살은 끄떡도 하지 않았다. 그제야 반당의 얼굴에 만족감과 자부
심이 가득 떠올랐다.

"군사들은 사곡판射鵠板을 쪼개고 화살이 꽂힌 그대로 갑옷 일
곱 벌을 잘 내려가지고 오너라."

이렇게 말한 반당은 그것을 진영陣營에 가지고 가서 널리 자랑
할 작정이었다.

양유기가 분부한다.

"군사들은 거기에 손대지 마라. 내 시험삼아 한 대 쏘아보고 싶
은데 어떨지?"

모든 장수가 서로 말한다.

"우린 또 양유기의 신력神力을 보겠구려. 자, 조용합시다."

그러나 양유기는 활을 잡고 쏘려다가 무슨 생각을 했는지 그만
두었다. 모든 장수가 아우성을 친다.

"왜 쏘려다가 그만두오?"

"그저 갑옷 일곱 벌에 구멍을 뚫는 것만으론 희한할 것이 없지
않소? 내 다른 방법으로 활을 쏠까 하오."

양유기는 다시 화살을 집어들며 번개처럼 쏘았다.

화살은 높지도 낮지도 않고, 좌우로 기울지도 않고 정통으로 반
당이 쏘아꽂은 그 화살을 들어맞혔다. 순간, 반당의 화살은 양유
기의 화살에 맞아 사곡판 뒤로 빠져 떨어졌다. 그리고 양유기의

화살이 그 일곱 벌의 갑옷을 여전히 사곡판 위에다 매달아놓았다.

모든 장수와 군사들은 박수를 치는 것마저 잊고 그저 경이의 눈을 부릅떴다. 그제야 반당도 양유기에 대해서 진심으로 감탄했다.

"나는 양유기의 묘한 솜씨를 따를 수 없구나!"

『사기史記』를 보면 다음과 같은 내용이 기재되어 있다.

언젠가 초왕이 형산荊山에서 사냥을 한 일이 있었다. 이때 형산 위에 통비원通臂猿이란 원숭이가 있었다. 사람들이 활로 쏘면 그 원숭이는 날아오는 화살을 잡아 꺾어버렸다. 그래서 초왕은 그 원숭이를 몇 겹으로 포위했다. 좌우 모든 신하들이 일제히 원숭이를 향해 활을 쐈다. 그러나 원숭이는 날아오는 화살을 낱낱이 잡아서는 꺾어버렸다. 이에 초왕은 양유기를 불러오라고 했다. 원숭이는 양유기란 이름을 듣자 슬피 울었다. 이윽고 양유기가 와서 화살 한 대로 원숭이의 심장을 맞혀 죽였다. 양유기는 춘추 시대 제일 사수射手로 자타가 공인하는 바다.

또 잠연潛淵이 시로써 양유기를 찬한 것이 있다.

자고로 활을 잘 쏘는 사람이 없지 않았으나
100보 밖에서 버들잎을 맞혔다는 것은 희한하다.
목표를 뚫는 것쯤은 족히 기이할 것 없으니
참으로 뛰는 사람 위에 나는 사람이 있었도다.
落烏貫蝨名無偶
百步穿楊更罕有
穿札將軍未足奇

모든 장수가 말한다.

"지금 우리가 진군晉軍과 서로 진을 치고 있는 차에 무엇보다도 귀중한 것은 위대한 장수다. 우리에게 이렇듯 활 잘 쏘는 두 장군이 있으니 이 일을 마땅히 왕께 아뢰기로 합시다."

"옳소! 어찌 아름다운 구슬을 궤 속에 감춰둘 수만 있으리오."

장수들은 군사들에게 두 장군의 화살과 갑옷 일곱 벌을 들려 초공왕에게 갔다. 양유기와 반당은 모든 장수에게 끌려가다시피 함께 갔다. 장수들은 초공왕에게 양유기와 반당이 활 쏘던 일을 자세히 설명했다.

"우리 나라에 이런 두 명궁名弓이 있으니 진군이 비록 100만 명이라 할지라도 무엇을 근심하리이까."

초공왕이 엄히 꾸짖는다.

"그대들은 힘껏 싸워 이길 생각은 않고 어찌 화살 한 대로 요행수만 바라느냐! 그대들이 이렇듯 활을 믿다가는 반드시 언제고 재주 때문에 죽으리라."

초공왕은 즉시 양유기의 화살을 다 몰수하고 다시는 쏘지 못하게 했다. 양유기는 부끄러워서 얼굴을 붉히고 물러나왔다.

이튿날 아직 해가 뜨기 전인 오고五鼓 때였다. 진군과 초군은 각기 북을 울리며 나아갔다. 진나라 상군 원수 극기郤錡는 초나라 좌군 공자 영제嬰齊와 대적하기로 하고, 한궐韓厥은 초나라 우군 공자 임부壬夫와 대적하기로 하고, 난서欒書와 사섭士燮은 본부군을 거느리고 진여공을 호위하는 동시에 초공왕과 공자 측을 공격할 작정이었다.

이에 진여공은 극의郤毅를 어자로 삼고, 난침을 차우 장군으로 삼고, 극지郤至 등 신군新軍을 거느리고 나아갔다. 그리고 후속 부대가 그 뒤를 따랐다.

한편 초공왕은 우광右廣을 거느리고 출진하기로 예정되어 있었다. 그런데 이때 우광을 거느린 장수가 다름 아닌 양유기였다. 초공왕은 양유기를 보자 바로 전날에 모든 장수들이 그를 극구 칭찬하던 말이 떠올라서 밉살스런 생각이 났다. 그래서 초공왕은 일부러 병거를 돌려 좌광左廣을 거느렸다.

이리하여 초공왕의 병거는 팽명彭名이 어자가 되어 몰고, 굴탕屈蕩이 차우 장군으로서 왕 곁에 시립했다. 그리고 정성鄭城에서 나온 정성공鄭成公은 정군을 거느리고 초군을 뒤따랐다.

한편 진여공은 머리에 충천봉시회冲天鳳翅盔를 쓰고, 몸에 반룡홍금전포蟠龍紅錦戰袍를 입고, 허리에 보검寶劍을 차고, 손에 방천대극方天大戟을 잡고, 전체를 금엽金葉으로 장식한 융로를 타고, 오른편에 난서와 왼편에 사섭을 거느린 채 활짝 열린 군문軍門을 나가 초진楚陣으로 달렸다.

그런데 누가 알았으랴.

바로 길 한 곳에 움푹 팬 진흙 수렁이 있었다. 더구나 이때는 겨우 먼동이 틀까 말까 한 이른 새벽이라, 아직 어두워서 길이 잘 보이지 않았다.

극의는 전속력으로 융로를 몰았다. 마침내 진여공이 탄 융로의 수레바퀴가 진흙 수렁 속에 푹 빠지고 말았다. 그래서 말은 달리질 못하고 서버렸다.

이때 초공왕의 아들 웅발熊茷은 용감한 소년이었다. 그는 전대前隊를 거느리고 오다가 멀리서 진여공의 수레가 진흙 수렁에 빠진 것을 발견했다. 공명심에 불탄 웅발은 진여공의 융로를 향해 나는 듯이 달려갔다.

한편 진여공의 차우 장군 난침은 급히 진흙 수렁으로 뛰어내렸다. 그는 평생의 힘을 기울여 두 팔로 융로 뒤를 쳐들어올렸다. 바퀴가 진흙 속에서 솟아오르자 비로소 말이 움직이기 시작했다. 난침은 놀랄 만한 힘으로 뒤를 쳐들고 한걸음 한걸음 진흙에서 걸어 나갔다.

이때 웅발은 진여공의 융로 앞으로 쏜살같이 달려오는 중이었다. 실로 진여공에겐 위기일발의 순간이었다.

이때 난서가 병거를 몰고 나는 듯이 달려와, 달려오는 웅발을 큰소리로 꾸짖는다.

"무례한 소년아! 네 어느 존전尊前이라고 감히 침범하려 드느냐!"

웅발은 자기 앞을 가로막으려고 달려오는 병거 위에 진나라 중군 원수의 깃발이 나부끼는 걸 보고 깜짝 놀랐다. 진나라 대군이 전부 자기에게로 몰려오는 걸 보았기 때문이다.

웅발은 즉시 병거를 돌려 달아나기 시작했다. 난서는 나는 듯이 뒤쫓아가서 웅발을 산 채로 잡아내렸다.

이때 초군은 세자 웅발이 진군에게 사로잡히는 걸 보고 그를 구출하기 위해서 일제히 달려왔다. 이에 진장晉將 사섭이 군사를 거느리고 나아가 달려오는 초군을 가로막고 싸웠다. 후대後隊인 극지도 사섭을 도우려고 달려왔다.

초군은 진군이 자꾸 몰려오자 혹 그들의 복병 속에 말려들지나 않을까 두려워서 군사를 거두어 초영楚營으로 돌아갔다. 진군도 그들을 뒤쫓지 않고 진채晉寨로 돌아갔다.

이날 초나라 좌군 공자 영제와 진나라 상군上軍 사이엔 전투가 없었다. 다만 양편 하군下軍들 사이에 20여 합의 싸움이 있었으나, 서로 죽이고 상했을 뿐 승부가 나질 않았다. 이에 진군과 초군은 내일 다시 싸우기로 약속하고 헤어졌다.

난서는 사로잡은 초공왕의 아들 웅발을 진여공에게 바쳤다. 진여공은 웅발을 죽여버리려고 했다.

묘분황이 아뢴다.

"초왕은 그 아들이 우리에게 사로잡혔기 때문에 내일 틀림없이 친히 나와서 싸울 것입니다. 그러니 내일 웅발을 수거囚車에 태워 싸움터로 끌고 다니면서 초왕을 유인하도록 하십시오."

진여공이 머리를 끄덕인다.

"그것이 좋겠다!"

그날 밤은 아무 일 없이 지났다. 난서는 새벽부터 영문營門을 열게 하고 싸울 준비를 시켰다.

대장 위기魏錡가 난서에게 말한다.

"어젯밤 꿈에 보름달을 봤습니다. 내가 활로 그 둥근 달 한복판을 쐈지요. 그랬더니 화살에 맞은 달 한복판에서 한줄기 금빛이 쏟아져 내려오더군요. 나는 황망히 뒷걸음질쳐서 물러서다가 실족을 했습니다. 정신을 차려보니 내가 영문 앞 진흙 구덩이에 자빠져 있지 않겠습니까. 깜짝 놀라 깨고 보니 꿈이더군요. 이게 무슨 징조일까요?"

난서欒書가 그 꿈 풀이를 한다.

"대저 주周 왕실과 동성同姓인 제후諸侯를 해〔日〕로써 비유하고, 성이 다른 임금을 달〔月〕로써 비유하지요. 활을 쏴서 달을 맞혔다 하니 그 달은 아마 초왕일 것이오. 그러나 진흙 속에 빠졌다는 것은 암만 생각해도 좋은 징조가 아닌 것 같소. 오늘 장군은 적과 싸울 때 특히 조심하오."

위기가 대답한다.

"진실로 초군을 쳐서 없애버릴 수만 있다면야 비록 죽는들 무슨 한이 있겠소. 내가 선두로 나가서 초군을 치겠소."

"매사를 조심해서 하오."

하고 난서는 승낙했다.

이에 위기가 군사를 거느리고 나가서 초진楚陣을 쳤다. 초진에선 장군 양襄이 나와서 싸움에 응했다. 위기와 양이 수합을 싸웠을 때였다. 진군은 웅발을 잡아넣은 수거를 몰고 나와서 초진 앞을 왔다갔다했다.

초공왕은 자기 아들 웅발이 수거 속에 갇혀 있는 걸 보자 속에서 울화가 치솟았다.

"팽명아, 속히 수레를 몰아라!"

초공왕은 어자에게 분부하고 즉시 병거에 올라탔다. 초공왕은 아들이 갇혀 있는 수거 쪽으로 달려갔다. 이에 위기는 장군 양과 싸우다 말고 달려오는 초공왕의 병거를 앞질러가면서 번개같이 활을 뽑아 초공왕을 쐈다. 화살은 초공왕의 왼쪽 눈에 들어맞았다.

반당이 위기에게 덤벼들어 싸우는 틈을 타서 초공왕은 병거를 돌렸다. 초공왕은 이를 악물고 왼쪽 눈에 박힌 화살을 뽑았다. 그와 동시에 왼쪽 눈동자가 화살과 함께 빠져나왔다. 초공왕은 눈동자가 꽂혀 있는 화살을 그대로 땅바닥에 내던졌다.

소졸小卒이 황급히 그 화살을 집어올려 병거 위의 초공왕에게 바치며 아뢴다.

"이 용안龍眼을 어찌 함부로 버리시나이까."

초공왕은 아무 말 않고 자기 눈알이 꽂혀 있는 화살을 받아 전통箭筒에 넣었다.

진군은 자기네 장수 위기가 우세한 걸 보자 일제히 초군을 무찔렀다. 이에 초나라 장수 공자 측은 죽을 힘을 다해서 진군을 막았다. 그래서 초공왕은 겨우 위기에서 벗어났다.

한편 진나라 장수 극지는 정성공을 포위했다. 그러나 정성공의 어자 장대將大는 이미 병거 위에 꽂혀 있던 정성공의 기를 끌어내려 자기 궁의弓衣 속에 감춰버린 후였다. 그래서 진군이 정성공을 찾는 동안에 정성공의 병거는 다른 병거 속에 휩쓸려들어가서 겨우 포위를 뚫고 나와 위기를 모면했다.

눈 한 짝만 잃고 위기를 면한 초공왕은 분기충천했다.

"신전장군神箭將軍 양유기는 어디 있느냐? 속히 와서 나를 호위하여라!"

양유기는 부름을 받고 초공왕에게로 황급히 달려갔다. 그러나 그에겐 화살이 한 대도 없었다. 초공왕은 자기 전통에서 화살 두 대를 뽑아주며 분부한다.

"과인의 눈알을 쏜 적장은 녹포綠袍를 입고 구레나룻이 텁수룩한 놈이었다. 장군은 과인의 원수를 갚아다오! 장군의 뛰어난 솜씨로는 그다지 많은 화살이 필요 없을 것이다."

양유기는 화살 두 대를 받고 나는 듯이 병거를 달려 진진晉陣으로 향했다. 달리던 양유기는 갑자기 병거를 세웠다. 그는 바로 정면에서 녹포를 입고 구레나룻이 많이 난 적장이 싸우고 있는 걸 봤다. 양유기가 위기를 향해 호통치듯 꾸짖는다.

"너 이놈! 너는 어이하여 활을 쏘아 우리 임금을 상하게 했느냐!"

위기가 대답을 하려는 찰나, 화살이 먼저 날아와 그의 목에 꽂혔다. 위기는 병거 위에 엎어져 즉사했다.

난서는 군사를 거느리고 급히 달려와서 위기의 시체를 초군에게 뺏기지 않고 찾아서 돌아갔다.

양유기가 진영으로 돌아가 남은 화살 한 대를 초공왕에게 바치며 보고한다.

"대왕의 위엄에 힘입어 녹포 입고 구레나룻이 많이 난 적장을 이미 쏴죽였습니다."

초공왕은 칭찬을 거듭하며 입고 있던 금포錦袍와 낭아전狼牙箭 100대를 친히 양유기에게 하사했다. 그래서 초나라 군중에선, '양유기는 화살 한 대면 그만이다. 두 대가 필요 없다'는 말이 생겨났다.

작자 미상未詳의 시가 전해지고 있다.

양유기가 병거를 달려 범처럼 산을 내려오니
진군은 그를 보고서 모두 모골이 송연했도다.
그 많은 군사들이 보는 데서 위기를 쏴죽였으니
화살 한 대로 개가凱歌를 올렸음이라.
鞭馬飛車虎下山
晉兵一見膽生寒
萬人叢裏誅名將
一矢成功奏凱還

진군은 더욱 급히 초군을 추격했다. 양유기는 활을 들고 초진楚陣 앞에 서서 쫓아오는 진군을 쏘아죽였다. 맨 앞으로 나서기만

224

하면 그 자리에서 화살에 맞아 죽기 때문에, 진군은 감히 가까이 다가가지를 못했다.

초장楚將 공자 영제와 임부는 초공왕이 화살에 부상당했다는 말을 듣고 각기 달려와서 진군과 일대 혼전을 벌였다. 그제야 진군은 물러가기 시작했다.

이때 난침欒鍼은 초군 속에 영윤슈尹의 기가 나부끼는 걸 바라보고서 그것이 바로 공자 영제의 병거란 걸 알았다. 난침이 진여공에게 아뢴다.

"신이 지난날 초나라에 사신으로 갔을 때, 초나라 영윤 공자 영제는 신에게 우리 나라의 군사 쓰는 법을 물었습니다. 신은 그때 '정돈'과 '여유'란 두 마디로 대답했습니다. 이제 싸우는 걸 보니 초군은 질서가 없고 물러가는 것도 여유가 없습니다. 신은 사람을 시켜 공자 영제에게 술을 보내어 지난날 그에게 말한 여유를 보일까 합니다."

진여공이 쾌락한다.

"좋은 일이다."

이에 난침은 수하 군사 한 사람을 시켜 술 한 병을 공자 영제에게 보냈다.

심부름 간 군사가 공자 영제에게 난침의 말을 전한다.

"우리 상감께서 나를 차우車右로 데리고 계시기 때문에 친히 가서 장군을 위로하지 못하오. 이에 사람을 시켜 한잔 술을 바치오. 싸움에 얼마나 피로하시오."

공자 영제가 지난날에 어린 난침한테 들은 '정돈'과 '여유'란 말을 기억하고 한탄한다.

"너의 젊은 장군은 안녕하시냐? 옛날 일을 기억하게 해주니 고

맙구나."

그는 술병을 받아 몇 잔을 마시고서 다시 심부름 온 군사에게 말한다.

"돌아가서 너의 젊은 장군께 내 말을 전하여라. 내일 진전陣前에서 서로 만나 감사하다는 뜻을 말하겠다고."

심부름 갔던 군사는 돌아가서 난침에게 그 말을 전했다. 난침이 그 말을 듣고 걱정한다.

"초나라 임금은 눈알 한 짝을 잃고도 아직 본국으로 돌아갈 생각이 없는 모양이니 이를 어쩌면 좋겠소."

묘분황이 대답한다.

"병거를 검열하고, 군사를 더 보충하고, 말을 배불리 먹이고, 진을 수리하고, 새벽닭이 울 때 포식하고 난 연후에 죽기를 각오하고 일대 결전을 벌이는 수밖에 없소. 그까짓 초군쯤을 두려워할 것 있으리오."

이때, 지난날에 군사를 청하러 노魯·위衛 두 나라에 갔던 극주郤犨와 난염欒黶이 두 나라 원군援軍과 함께 20리 밖에 당도했다. 초나라 세작이 이 사실을 초공왕에게 보고했다. 초공왕이 놀란다.

"진군만 해도 벅찬데 노·위 두 나라 군대까지 온다니 이 일을 어찌할꼬?"

초공왕은 곧 중군 원수 공자 측을 불러오게 했다.

의로운 두 사람의 무덤

원래 초楚나라 중군 원수 공자 측側은 술을 좋아했다. 한번 술 잔을 들기만 하면 100잔씩 마시고 취하면 종일 깨질 않았다.

초공왕楚共王은 그의 이러한 술버릇을 잘 알기 때문에 전쟁에 나갈 때마다 술을 끊게 했다. 더구나 이번 싸움은 최대 강국인 진晉·초楚 두 나라가 대결하는 마당이다. 책임이 중한 만큼 공자 측은 술을 전혀 입에 대지 않았다.

이날 초공왕은 화살을 맞고 진영으로 돌아와 부끄러움과 분노에 어쩔 줄을 몰라 했다.

공자 측이 아뢴다.

"오늘은 양편 군대가 다 지쳤습니다. 내일 하루는 모든 군사를 푹 쉬게 하십시오. 앞으로 반드시 대왕을 위해 분함을 갚아야겠습니다."

공자 측은 초공왕을 위로하고 중군으로 돌아갔다.

자정이 넘었다. 공자 측은 여러 가지 계책을 생각하느라 앉아 있었다. 중군 진중陣中에는 곡양縠陽이라는 조그만 사내아이 하나가 있었다. 그 아이는 공자 측이 남색男色을 하기 위해서 데리고 다니는 아이로, 평소에 많은 사랑을 받고 있었다. 곡양은 중군 원수가 잠을 이루지 못하고 깊은 생각에 잠겨 있는 걸 봤다.

이때 진중陣中에 좋은 술이 서 말 가량 있었다. 곡양은 술 한 병을 따뜻이 데워서 공자 측에게 바쳤다. 공자 측이 그 냄새를 맡아 보고 깜짝 놀란다.

"이건 술이 아니냐?"

곡양은 원수의 심정을 잘 알고 있었다. 그러나 좌우 사람이 알까 봐 두려워 능청스럽게 대답한다.

"술이 아닙니다. 후춧가루차입니다."

공자 측은 곡양의 고마운 마음씨를 알아차렸다. 그는 단숨에 한 잔을 마셨다. 그 향기롭고 쾌락한 맛이란 이루 형언할 수가 없었다.

"후춧가루차가 또 있느냐?"

"네, 많이 끓여놨습니다."

곡양은 연방 후춧가루차라면서 잔에다 술을 가득 따라 바쳤다. 공자 측은 더욱 갈증을 느꼈다.

그는 계속해서 술잔을 받아 마시며,

"거 후춧가루차가 참 좋구나. 네가 나를 위해서 장만했으니 아니 마실 수 있겠느냐."

하고 씨부렁거렸다. 공자 측은 대취하여 마침내 자리에 쓰러졌다.

이때 초공왕은 세작으로부터 '첫닭이 울 때쯤 진군晉軍이 싸울 준비를 마친다' 는 것과 '노군魯軍과 위군衛軍이 온다' 는 보고를 받았다. 초공왕은 급히 내시內侍 한 사람을 보내어 공자 측을 불러오게 했다. 그와 함께 계책을 상의할 작정이었다.

그러나 누가 알았으랴. 공자 측은 진탕 취하여 정신을 잃고 쓰러져 자고 있었다. 내시가 아무리 불러도 대답이 없어, 안으로 들어가 그를 붙들어 일으켰지만 일어나지 않았다. 그저 입에서 술냄새만 풍겼다. 내시는 원수가 대취한 것을 알고 그대로 돌아가서 초공왕에게 보고했다.

초공왕은 사세가 급한 만큼 잇달아 사람을 보내 속히 깨워오라고 재촉했다. 그러나 아무도 깊이 취해 곯아떨어진 공자 측을 깨우진 못했다.

소년 곡양이 울면서 생각한다.

'나는 원수를 위해서 술을 드렸는데 일이 이렇게 될 줄은 몰랐구나. 왕이 장차 이 사실을 자세히 알게 되면 나는 생명을 부지하지 못할 것이다. 그러니 달아나는 수밖에 없다.'

초공왕도 공자 측이 깨어나지 않는다는 데엔 더 이상 어쩔 도리가 없었다. 그래서 영윤 공자 영제를 불러들여 앞일을 상의했다. 원래부터 공자 영제와 공자 측은 사이가 좋지 못한 터였다.

공자 영제가 아뢴다.

"신은 진군晉軍의 형세가 강하다는 걸 알고 있었습니다. 그래서 애당초 이기지 못할 바에야 정鄭나라를 구원할 필요가 없다고 주장했습니다. 우리가 이번에 진군과 싸우게 된 것은 다 사마司馬인 중군 원수 때문입니다. 그런데 지금 중군 원수는 술을 탐하여 일을 망치고 있습니다. 그러니 신으로선 아무런 계책이 없습니다. 차라리 날이 새기 전에 이곳을 떠나 회군하는 것이 굴욕이나마 면하는 길인가 합니다."

애꾸가 된 초공왕은 길게 한숨을 몰아쉬고서,

"우리가 지금 본국으로 돌아갈지라도 대취해서 쓰러져 있는 사마는 분명 진군에게 사로잡힐 것이 아닌가. 그렇게 되면 이건 우리 초나라로선 여간 수치가 아니다."

하고 곧 양유기養繇基를 불러들였다.

"그대에게 뒷일을 다 맡기니 사마를 잘 보호하고 천천히 돌아오너라."

이에 초공왕은 비밀히 퇴군하도록 영을 내렸다. 초군은 한밤중에 일제히 진채陣寨를 뽑고 돌아갈 준비를 서둘렀다. 정성공鄭成公은 군사를 거느리고 떠나가는 초군을 경계까지 전송했다.

양유기만 일지군一枝軍을 거느리고 그냥 남아 있었다. 밤은 점점 깊어가고 새벽도 머지않았다. 양유기는 생각했다.

'대취한 중군 원수가 언제 깨어날지 모른다. 그러니 이러고 무작정 있을 순 없다.'

양유기는 군사들에게 영을 내렸다. 군사들은 취한 공자 측을 끌어 일으켜 병거 위에 내다 싣고 떨어지지 않도록 가죽띠로 꽁꽁 묶었다. 그러고서 먼저 떠난 군사들의 뒤를 따라 출발했다. 양유기는 궁노수弓弩手 300명을 거느리고 맨 뒤에 늘어서서 후퇴했다.

새벽이 됐다. 진군晉軍은 영문을 열고 초나라 진채로 싸우러 갔다. 그러나 초군은 하나도 없고 빈 군막軍幕만 남아 있었다. 그제야 진군은 초군이 이미 달아났다는 걸 알았다. 난서欒書는 떠나간 초군을 즉시 뒤쫓으려 했다. 그러나 사섭士燮이 난서를 말려서 겨우 진정시켰다.

세작이 와서 보고한다.

"정군鄭軍은 각처에다 군사를 배치하고 더욱 굳게 지키고 있습니다."

난서는 다시 정군과 싸우기는 어렵다고 생각했다. 이에 진군도 일제히 개가를 부르면서 본국을 향해 떠났다. 노·위 두 나라 군사도 각기 본국으로 돌아갔다.

한편 공자 측은 병거에 비끄러매여 가면서도 어찌나 취했는지 좀체 깨어나질 않았다. 50리를 가서야 공자 측은 겨우 술에서 깨어났다. 그는 자기 몸이 병거에 결박되어 있는 걸 알고 큰소리로 부르짖었다.

"누가 나를 이렇듯 결박했느냐?"

좌우 군사가,

"원수께서 너무나 취하셨기 때문에 수레를 타고 가시다가 다치지나 않을까 염려하여 양유기 장군께서 이렇듯 결박했습니다."

하고 급히 가죽띠를 풀었다.

공자 측의 두 눈은 아직도 몽롱했다. 그가 눈을 끔벅거리면서 묻는다.

"지금 우리는 어디로 가는 길이냐?"

"본국으로 돌아가는 길입니다."

"어째서 이렇게 돌아가게 됐느냐?"

"지난밤에 왕께서 여러 번 사람을 보내어 원수를 부르셨으나, 원수는 너무 취해서 정신을 차리지 못했습니다. 왕께선 진군晉軍이 쳐들어와도 막아낼 사람이 없다고 하시면서 회군하셨습니다."

이 말을 듣고 공자 측이 통곡한다.

"그 어린 놈이 나를 죽였구나! 곡양을 불러오너라."

그러나 곡양은 어디로 달아났는지 찾을 수가 없었다.

한편 초공왕은 300리를 가는 동안에도 진군의 추격이 없자 비로소 안심했다. 초공왕은 공자 측이 자기 죄를 후회한 나머지 혹 자살이나 하지 않을까 염려했다. 이에 군사 한 사람을 불러 분부한다.

"너는 뒤에 오는 중군 원수에게 가서 내 말을 전하여라. 지난날 성득신成得臣이 진군晉軍에게 패했을 때는 싸움터에 선군先君이 계시지 않았다. 그래서 선군은 성득신에게 죽음을 명하셨던 것이다. 그러나 이번 싸움의 책임은 과인에게 있을 뿐 원수의 허물은 아니다. 그러니 너무 근심 말라고 하여라."

그 군사는 초공왕의 분부를 받고 떠났다.

이때 공자 영제는 초공왕이 공자 측을 죽일 의사가 없다는 걸 알고 몹시 당황했다. 그래서 따로 부하 한 사람을 불러 다음과 같이 분부했다.

"너는 속히 공자 측에게 가서 내 말을 전하여라. '지난날에 성득신成得臣은 진군晉軍에게 패하고서 죽음을 각오했다. 그대도 그 일을 잘 알 줄 안다. 지금 왕께서 비록 그대를 죽이지 않는다 할지라도 무슨 면목으로 다시 초군의 윗자리에 앉을 수 있겠는가!' 가서 이 말을 단단히 전하여라."

한편 공자 측은 초공왕의 전갈을 듣고서 감격해 울었다.

그러다 다시 공자 영제의 전갈을 듣고서 길이 탄식했다.

"영윤令尹이 대의大義로써 나를 책망하니 내 어찌 구구히 살기를 바라랴!"

마침내 공자 측은 목을 매고 자살했다. 나중에야 이 소식을 듣고 초공왕은 거듭거듭 슬퍼했다. 이때가 바로 주간왕周簡王 11년이었다.

염옹髥翁이 시로써 이 일을 읊은 것이 있다.

눈 한쪽을 잃은 왕은 싸움을 의논하려는데
누가 알았으랴, 영웅이 술 때문에 낭패할 줄을.

어린 놈은 주인을 위한다는 것이 도리어 해만 끼쳤으니
사람들아, 술이 1만 가지 근심을 없앤다고 말하지 마라.

眇目君王資老謀

英雄誰想困糟邱

豎兒愛我翻成害

謾說能消萬事愁

한편, 진여공은 초군楚軍을 이기고 돌아온 후로 천하에 자기를
당적할 자가 없다고 자부했다. 그래서 그는 더욱 교만하고 사치스
러워졌다.

사섭士爕은 진晉나라가 장차 어지러워질 것을 미리 짐작하고 지
나치게 근심하다가 병이 났다. 사섭은 의원의 치료도 거절하고,
태축太祝*을 시켜 천지신명에게 기도를 드렸다. 그의 발원發願은
어서 죽게 해달라는 것이었다. 과연 사섭은 발원대로 얼마 후에
죽었다. 이리하여 사섭의 아들 사개士匃가 아버지의 뒤를 이었다.

이때 진나라에는 서동胥童이란 자가 있었다. 그는 간특한 사람
이었다. 서동은 갖은 교묘한 수단을 써서 진여공의 총애를 독차지
했다. 그래서 진여공은 서동에게 경卿이라는 최고 벼슬을 주려고
했다. 그러나 경이란 벼슬은 정원제定員制이기 때문에 결원缺員
이 없는 한 함부로 줄 수 없었다.

서동이 아뢴다.

"지금 우리 나라는 삼극三郤이 병권을 잡고 있습니다. 극씨郤氏
일족의 세력은 엄청나서 벌써 매사를 맘대로 휘두르고 있습니다.
이러다간 그들이 앞으로 무슨 짓을 할지 모릅니다. 지금부터라도
그들의 세도를 꺾으십시오. 만일 극씨 일족만 몰아내면 벼슬 자리

는 얼마든지 남아돌아갈 것입니다. 그리고 상감께서 좋아하시는 사람을 그 자리에 앉히십시오. 그러면 그 누가 복종하지 않겠습니까?"

진여공이 대답한다.

"극씨 일족은 아직 이렇다 할 잘못을 저지른 적이 없는데 그들을 없애버린다면 다른 신하가 복종하지 않을까 두렵구나."

"전번 언릉鄢陵 땅에서 싸울 때 극지郤至는 정鄭나라 임금을 포위했건만, 그들은 병거를 서로 맞대고 뭔지 오랫동안 속삭였습니다. 그 결과가 어떻게 된 줄 아십니까? 마침내 극지는 포위를 풀고 정나라 임금에게 달아날 길을 열어줬습니다. 극지는 분명 초군과 무슨 내통이 있었다고들 합니다. 신의 말이 믿어지지 않으시거든 이번에 붙들려온 초나라 공자 웅발熊茷을 불러다가 물어보십시오."

진여공은 곧 서동을 시켜 공자 웅발을 불러오게 했다. 서동이 웅발에게 가서 묻는다.

"공자는 초나라로 돌아가고 싶은 생각이 없소?"

"몹시 돌아가고 싶소. 다만 능력이 없어서 한이구려."

"시키는 대로만 한다면 그대를 본국으로 돌려보내드리겠소."

"무슨 부탁인지요? 그저 시키는 대로 하겠소."

서동이 웅발의 귀에 입을 대고 속삭인다.

"진후晉侯가 그대에게 극지에 관해서 묻거든 그대는……"

그 다음 말은 잘 들리지 않았다. 그러나 웅발은 머리를 끄덕이면서,

"알겠소! 그러지요."

하고 허락했다.

마침내 서동은 웅발을 데리고 궁으로 들어갔다. 진여공이 좌우

사람들을 모두 밖으로 내보내고 웅발에게 묻는다.

"극지가 일찍이 초나라와 내통하고 있었다는 말이 있는데 사실이냐? 그대가 숨김없이 사실대로만 말하면 내 그대를 초나라로 돌려보내리라."

"신은 아무 죄도 없습니다. 죄가 없다는 것만 알아주시면 다 말하겠습니다."

"그대가 바른 대로 말해준다면야 내 어찌 그대를 책망할 리 있으리오."

웅발은 한시 바삐 고국으로 돌아가고 싶은 생각뿐이었다.

"극씨와 우리 나라 공자 영제는 평소에 친한 사이여서 전부터 서신 왕래가 잦았습니다. 극씨는 그 서신에서 늘 말하기를, '지금 우리 나라 임금은 대신을 믿지 않고 음탕하기만 하니 야단났소. 백성들도 지금 임금을 원망하고 있소. 그러니 지금 임금은 나의 주인이라고 할 수 없지요. 지금 우리 나라 인심은 선군 진양공晉襄公을 추모하고 있소. 진양공의 손자로서 주周란 분이 있는데, 지금 그분은 주周나라 경사京師에 계십니다. 다음날 귀국과 우리 나라가 서로 싸워 다행히 우리 진나라 군사가 지기만 한다면, 내 마땅히 공손주公孫周를 모셔다가 임금 자리에 올려모시고 장차 초나라를 섬길 작정이오' 하곤 했습니다. 그러나 이런 편지 내용은 저만 알고 있습니다. 아직 다른 사람은 이런 일이 있다는 걸 전혀 모르는데 군후께선 어찌 아셨습니까?"

웅발은 서동이 미리 일러준 그대로 말한 것이다.

원래 진양공의 서장자庶長子에 담談이란 이가 있었다. 그 당시 조돈趙盾이 선군의 적자인 진영공晉靈公을 임금으로 세우자, 서형庶兄뻘인 담은 남에게 혹 수상한 오해라도 받지 않을까 해서 아예 진나라를 떠나 주나라에 가서 살았다.

그후 담은 아들 하나를 뒀다. 그리고 주나라에서 낳은 아들이라해서 이름을 주周라고 했다. 그후 진영공이 피살당하자 이에 인심은 다시 진문공晉文公을 생각하게 되었고, 그래서 진문공의 아들이며 진양공의 동생뻘인 흑둔黑臀 진성공晉成公을 임금 자리에 모셨던 것이다. 이리하여 진성공의 아들 진경공晉景公이 대代를 이었고, 다시 그 아들 진여공이 대를 이어받았다.

그런데 지금 진여공은 워낙 황음무도荒淫無道하고 난잡한 생활을 많이 했기 때문에 자식이 없었다. 그래서 인심은 다시 진양공일파인 담의 아들 공손주에게로 쏠렸다.

그리하여 서동은 웅발에게 지금 주나라에 있는 공손주를 끌어들이게 하여 진여공을 격동시켰던 것이다.

웅발의 대답이 끝나기가 무섭게 곁에서 서동이 아뢴다.

"그러고 보니 지난날에도 수상한 점이 한두 가지가 아니었습니다. 전번 언릉 땅 싸움에서도 극주郤犨와 공자 영제가 서로 대진對陣하지 않았습니까. 그런데 그들은 활 한 대 쏘지 않았습니다. 이런 사실로 미루어보면 극지만이 아니라 극주도 초나라와 내통하고 있었던 모양입니다. 이러하니 극지가 정나라 임금을 놓아준 것은 의심할 여지조차 없습니다. 만일 상감께서 신의 말을 못 믿으시겠거든 극지를 주周 천자天子께 보내어 이번에 초군을 격파한 우리의 승리를 고하게 하십시오. 그리고 비밀히 사람을 보내어 극지의 거동을 염탐케 하십시오. 극지와 공손주가 과연 서로 짜고 전부터 반역을 도모했다면 반드시 그들은 서로 만나 또 무슨 의논을 할 것입니다."

진여공이 머리를 끄덕인다.

"그 계책이 좋다."

마침내 진여공은 극지를 불러 주왕周王에게 가서 이번 승리를 고하고 오도록 분부했다.

한편 서동이 심복 부하를 불러 분부한다.

"그대는 지금 곧 주나라에 가서 공손주를 만나보고 나의 말을 전하여라. '지금 진나라 정권은 극씨 일파가 그 반을 차지하고 있습니다. 이번에 극지가 초군을 격파한 승리를 천자께 고하려고 주나라에 갈 것입니다. 꼭 극지와 한번 만나보십시오. 다음날 공손께서 고국에 돌아오시기 위해서라도 미리 세도 있는 극지와 알아두시는 것이 좋을 것입니다.' 알겠느냐? 이 일에 착오가 나지 않도록 속히 주나라에 갔다 오너라."

그후 주나라에 있는 공손주는 서동의 밀사密使로부터 이 말을 듣고 그럴싸한 일이라고 고맙게 생각했다.

수일 후 극지는 주나라에 당도했다. 그는 천자에게 승리를 아뢰고 공사公事를 마쳤다.

어느 날 공손주는 공관公館으로 극지를 찾아가서 서로 인사를 나눴다. 자연 공손주는 여러모로 고국 소식을 묻게 됐다. 극지는 허심탄회하게 일일이 대답했다. 그들은 반나절 동안 서로 이야기하다가 작별했다.

이날 진여공의 염탐꾼은 공손주와 극지가 방 안에서 단둘이 오랫동안 이야기하는 걸 보고 그길로 진나라로 돌아갔다. 그 염탐꾼은 진여공에게 과연 극지와 공손주가 서로 만나 반나절 동안 밀담하더라고 보고했다.

이러고 보니 초나라 공자 웅발의 말은 사실이 되고 말았다. 진여공은 드디어 극씨 일파를 없애버리기로 결심했다. 그러나 그 결심을 입 밖에 내지는 않았다.

어느 날이었다. 이날 진여공은 부인과 함께 술을 마시다가 문득 사슴 고기가 먹고 싶어졌다. 그러나 마침 궁중에는 사슴 고기가 없었다.

"그럼 시장에 가서 사 와서라도 속히 안주를 못 만든단 말이냐!"

하고 진여공은 화를 냈다.

이에 시자侍者 맹장孟張이 사슴 고기를 사려고 시장으로 나갔다. 그러나 이날은 시장에도 사슴 고기가 없었다.

이때 마침 극지가 교외에 나가서 사슴 한 마리를 잡아 수레에 싣고 돌아오다가 맹장을 만났다. 맹장이 웃으면서 극지에게 말한다.

"장군님, 급히 쓸 곳이 있어서 이 사슴을 제가 가지고 갑니다."

맹장은 극지의 허락도 받기 전에 수레 뒤로 돌아가서 사슴을 끌어내려 등에 지고 궁으로 향했다.

극지는 허락도 받지 않고 무례하게 군 맹장의 소행에 몹시 노했다. 극지는 어깨에서 활을 내려 사슴을 메고 가는 맹장의 뒤를 쐈다. 맹장은 화살에 맞아 죽은 사슴과 함께 길바닥에 쓰러져 죽었다.

이날 진여공은 맹장이 죽었다는 보고를 듣고 노발대발했다.

"흠, 극지란 놈이 이젠 못하는 짓이 없구나!"

진여공은 드디어 서동, 이양오夷羊五 등 평소 사랑하는 신하들을 불러들여 상의했다. 곧 어떻게 극지를 죽여야 하느냐는 것이었다.

서동이 아뢴다.

"극지를 죽이면 극기郤錡와 극주郤犨가 반드시 반역할 것입니다. 그러니 그들을 한꺼번에 몽땅 죽여버리십시오."

이양오가 말한다.

"우리는 공사公私 할 것 없이 무사武士 800명만 모읍시다. 그리고 상감의 분부를 받잡고 밤에 무사들을 거느리고 가서 그들이 아무 준비도 없을 때에 별안간 칩시다. 그러면 그들을 한꺼번에 처치해버릴 수 있습니다."

장어교長魚矯가 조용히 머리를 흔든다.

"그건 안 될 말이오. 극씨 일파가 거느리고 있는 무사들은 우리의 무사들보다 몇 갑절이나 더 많소. 만일 그들과 싸워서 이기지 못할 때엔 상감의 입장만 곤란해지오. 더구나 지금 극지는 사구司寇 벼슬에 있으므로 모든 병권을 쥐고 있소. 또 극주도 사사士師 벼슬을 겸하고 있소. 그러지 말고 우리가 거짓으로 싸운 체하고 서로 소송訴訟을 걸어 그들 앞에 나아가 판결을 받읍시다. 그때에 기회를 보아 그들을 찔러죽입시다. 그리고 나머지 분들은 군사를 거느리고 와서 뒤치다꺼리를 해주시오."

진여공이 감탄한다.

"그거 참 묘한 생각이다. 내가 사랑하는 천하장사 청불퇴清沸魋로 하여금 그대들을 돕게 하리라."

며칠 후였다. 장어교는 삼극三郤인 극기·극지·극주가 강무당講武堂에 모여 회의 중이라는 정보를 받았다.

장어교는 청불퇴와 함께 분주히 얼굴에 닭피를 발랐다. 이렇게 그들은 누가 보아도 서로 피나게 싸운 것처럼 분장하고서 각기 날카로운 비수를 가슴에 품었다. 두 사람은 서로 붙들고 욕지거리를 하면서 강무당으로 갔다. 그러고는 앞을 다투어 소송을 걸었다.

"우리는 이 지경이 되도록 싸우며 왔소. 우리의 시비곡직是非曲直을 판결해주오!"

물론 극주는 그 두 사람의 계책을 알 리 없었다. 극주가 두 사람을 자기 앞으로 가까이 불러들여 싸운 이유를 묻는다.

"왜 서로 유혈이 낭자하도록 싸웠소?"

이때 청불퇴는 싸우게 된 경과를 설명하겠다는 듯이 몸을 일으키면서 순간 번개같이 비수를 뽑아 극주의 가슴을 찔렀다.

"으악!"

극주는 날카롭게 외마디 소리를 지르면서 나자빠졌다. 동시에 곁에 있던 극기가 급히 칼을 뽑아 청불퇴에게 달려들었다. 순간 이번엔 장어교가 번개같이 일어나 극기를 가로막았다. 극기와 장어교는 강무당 앞뜰로 내려서서 서로 치고 막으며 싸웠다.

그러는 사이에 파랗게 질린 극지는 잽싸게 몸을 돌이켜 강무당 문을 박차고 나갔다. 그는 수레에 성큼 올라타고서 바쁘게 달아났다.

한편 청불퇴는 쓰러진 극주를 다시 한 번 칼로 찔러 완전히 죽은 걸 확인하고야 장어교를 도와 극기를 쳤다. 극기가 비록 장군이지만 어찌 장사 청불퇴의 그 무서운 힘을 당해낼 수 있으리오. 장어교 또한 동작이 민첩한 젊은 사람이었다. 그러니 이제 두 사람을 상대로 싸우기엔 극기의 힘이 너무나 부족했다.

청불퇴의 칼이 번쩍 빛났다. 극기는 오른편 어깨에서 가슴 앞까지를 칼에 맞아 비명을 지르면서 꼬꾸라졌다.

그제야 장어교는 달아나는 극지의 뒷모습을 봤다.

"야단났소. 극지란 놈이 내빼는구려. 난 저놈을 뒤쫓아가겠소."

한편 극지는 수레를 몰고 허둥지둥 달아나는 참이었다. 달아나는 극지 앞으로 800명의 무사를 거느린 서동과 이양오가 달려왔다. 그들이 수레를 타고 내빼는 극지를 가로막고 일제히 외친다.

"우리는 상감의 분부를 받고 역적 극씨 일파를 잡으러 왔다. 네 이놈, 수레를 멈추고 게 섰거라!"

극지는 황급히 수레를 오던 길로 돌렸다. 그러나 장어교가 말을 달려 이미 눈앞까지 와 있었다.

장어교는 말에서 극지의 수레 위로 뛰어내렸다. 극지는 너무나 다급해서 손쓸 여가도 없었다. 장어교는 칼을 번쩍 들어 극지를 정면으로 내리쳤다. 그의 칼은 쓰러진 극지의 몸을 한 번 또 한 번 다시 한 번 내리쳤다. 장어교는 극지의 몸을 난도질한 후에야 그 머리를 끊었다.

이때 청불퇴는 극기와 극주의 목을 끊어 머리 두 개를 상툿고로 비끄러매어 들고 왔다.

그들은 피가 뚝뚝 떨어지는 머리 세 개를 들고 함께 조문朝門으로 들어갔다.

옛사람이 시로써 이 일을 탄식한 것이 있다.

무도한 임금에겐 어진 신하가 없나니
총애를 받는 것들이 나랏일을 맘대로 했도다.
하루아침에 임금은 모략하는 말을 곧이들었기 때문에
강무당 앞뜰에서 전쟁이 일어났도다.
無道昏君臣不良
紛紛嬖倖擅朝堂
一朝過聽讒人語
講武堂前起戰場

한편 상군上軍 부장 순언荀偃은 그의 대장 극기가 강무당에서 어떤 도적의 손에 피살되었다는 소식을 듣고 깜짝 놀랐다. 그는 그 도적들이 누구인지 알지 못했다. 그래서 곧 수레를 타고 궁중으로 향했다. 순언은 진여공에게 그 도적들을 잡도록 청할 작정이었다.

이때 원수 난서樂書도 이 놀라운 소식을 듣고 궁중으로 향했다. 이리하여 순언과 난서는 약속이나 한 것처럼 동시에 조문 앞에 이르렀다.

그런데 서동이 무사를 거느리고 그들 앞을 가로막았다.

난서와 순언이 큰소리로 꾸짖는다.

"우리는 어떤 놈들이 이 난을 꾸몄는가 알기 위해서 왔다. 쥐새끼 같은 무리들이 여기가 어딘 줄 알고 버릇없이 구느냐. 냉큼 비켜서지 못하겠느냐!"

서동이 대답 대신 무사들에게 분부한다.

"난서와 순언도 삼극 일파와 함께 역적 모의를 한 놈들이다. 저 두 놈을 결박하는 자에겐 큰 상을 주리라."

무사들은 분연히 덤벼들어 난서와 순언을 잡아 조당 앞으로 끌고 갔다.

그때 진여공은 장어교 등의 보고를 받고 난 다음인데, 갑자기 떠들썩한 소리가 들리기에 어전御殿으로 나갔다. 진여공은 무장한 무사들이 밖에서 우왕좌왕하는 걸 보고 깜짝 놀라 서동에게 묻는다.

"죄인을 이미 다 죽였다는데 웬 무사들이 저러고 있느냐?"

서동이 아뢴다.

"극씨 일파와 함께 역적 모의를 한 난서와 순언도 잡아 대령했습니다. 청컨대 상감께선 그들을 처치하십시오."

진여공이 대답한다.

"난서와 순언은 이 일과 관계없다."

장어교가 진여공 앞에 나아가 무릎을 꿇고 아뢴다.

"난서는 극씨 일파와 가장 친한 사이입니다. 또 순언으로 말하면 그는 극기의 직속 부하입니다. 이제 삼극이 다 죽음을 당했는데 어찌 두 사람만 살려둘 수 있습니까. 그들은 장차 반드시 극씨일파의 원수를 갚으려고 할 것입니다. 상감께서 두 사람을 죽이지 않으시면 앞으로 궁중이 편안할 수 없습니다."

진여공이 대답한다.

"하루아침에 삼경三卿을 죽이고 또 다른 씨족까지 죽인다는 것은 과인으로선 할 수 없다."

진여공은 두 사람에겐 죄가 없다는 것을 말하고 그들을 본직本職에 머물러 있게 했다.

난서와 순언은 상감에게 사은謝恩하고 집으로 돌아갔다.

이날 장어교는 길이 탄식했다.

"상감은 두 사람을 아끼다가 필시 해를 입을 것이다. 나는 일찌감치 안전한 곳을 찾아가야겠다."

장어교는 이날 서융西戎으로 달아났다.

진여공은 무사들에게 큰 상을 내렸다. 무사들은 극지 · 극기 · 극주 세 사람의 목을 조문朝門 밖에 내다걸었다.

사흘이 지난 후에야 진여공은 비로소 그들의 목을 거두어 매장할 것을 허락했다.

벼슬 자리에 있던 극씨 일족은 모두 삭탈관직을 당했다. 겨우 죽음을 면한 그들은 다 시골로 내려가서 농사를 짓고 살았다.

반면 서동은 상군上軍 원수가 되어 죽은 극기의 자리를 차지하고, 이양오는 신군新軍 원수가 되어 죽은 극주의 자리를 차지하고,

청불퇴는 신군 부장副將이 되어 죽은 극지의 자리를 차지했다.

이리하여 초나라 공자 웅발은 석방되어 본국으로 돌아갔다.

그후 서동 일당이 경의 반열에 서게 되었다. 난서와 순언은 그들과 함께 벼슬 사는 것을 수치로 생각했다. 그래서 그들은 병들었다 핑계하고 궁중 출입을 일체 하지 않았다.

그러나 서동은 부귀영화를 누리고 진여공의 총애를 받기에 신명이 나서 난서와 순언이 나타나지 않는 걸 개의하지 않았다.

어느 날이었다. 진여공은 서동을 데리고 역시 총애하는 신하인 장려씨匠麗氏의 집으로 놀러 갔다. 장려씨의 집은 태음산太陰山 남쪽에 있었다. 강성에서 20리 남짓 떨어진 곳이었다. 진여공은 노는 데 정신이 팔려 사흘이 지나도록 도성으로 돌아가지 않았다.

한편 성안의 순언은 난서의 집을 방문했다.

"지금 임금이 무도하다는 것은 그대도 잘 아시는 바라. 지금 우리들이 병을 핑계 대고 궁에 나가지 않으므로 우선 당장은 편안한 날을 보내지만 이것이 얼마나 오래 계속되겠소. 필시 서동은 머지않아 의심을 품고 우리를 상감에게 참소할 것이 뻔하오. 그럼 우리도 삼극의 신세를 면하지 못할 것이오. 그러니 앞날을 염려하지 않을 수 없소."

난서가 머리를 끄덕인다.

"사실 그러하오. 앞으로 어찌하면 좋겠소?"

순언이 조그만 소리로 말한다.

"대신의 직책에 있는 사람에겐 임금보다도 국가 사직社稷이 더 소중하오. 그대는 아직 군사를 거느리는 벼슬 자리에 있소. 우리가 이제 일을 일으켜 어진 임금을 새로 세운다면 그 누가 감히 우리에게 반대하겠소?"

"일을 일으키면 성공할까요?"

"진짜 용龍은 깊은 못 속에 있소. 보통 사람들은 그걸 모르지요. 그런데 지금 상감은 장려씨의 집에 가서 노는 데 정신이 팔려 사흘이 지났건만 돌아오지 않고 있소. 이때가 바로 진짜 용이 못 속에서 나올 때요. 그런데 무엇을 의심하오?"

난서가 길이 탄식한다.

"우리 집안은 대대로 진나라에 충성을 바쳐왔소. 그러니 이제 국가 사직이 위기를 당하여 부득이 계책을 쓰지 않을 수 없게 됐구려. 후세 사람은 나를 평할 때 분명 임금을 죽인 자라고 할 것이오. 이러나저러나 간에 이젠 어쩔 수 없소."

난서와 순언은 서로 상의하고 즉시 아장牙將 정활程滑을 불러 비밀히 지시를 내렸다.

이튿날 난서와 순언은,

"이제 병이 나았으니 상감을 뵈옵겠다."

하고 각기 자기 집을 나섰다.

이때는 아장 정활이 이미 군사 300명을 거느리고 태음산 좌우에 매복한 후였다.

이날 난서와 순언은 수레를 타고 진여공을 만나러 장려씨 집으로 갔다.

"상감께서 궁을 나가신 지 사흘이 지나도 돌아오시지 않아서 모든 백성들은 실망하고 있습니다. 그래서 신들이 상감을 모시러 왔습니다."

진여공은 체면상 궁으로 돌아가지 않을 수 없었다.

서동은 진여공이 탄 수레 앞에 서서 호위하고 난서와 순언은 수레 뒤를 따랐다.

진여공 일행이 태음산 아래에 이르렀을 때였다. 난데없이 포 소리가 일어나면서 복병들이 일제히 나타났다. 서동은 칼을 쓸 틈도 없었다. 아장 정활이 나는 듯이 말을 달려 와서 한칼에 서동을 쳐죽였다.

너무 당황한 진여공은 달아나려고 황급히 수레 위에서 뛰어내렸으나 돌부리에 걸려 그만 쓰러졌다. 복병들은 벌 떼처럼 달려들어 진여공을 잡아앉혔다. 난서와 순언은 즉시 진여공을 군중軍中에 감금하고 태음산 아래 주둔했다.

난서가 말한다.

"사씨士氏와 한씨韓氏가 장차 우리에게 딴소리를 할지 모르니, 사람을 보내 임금의 명이라 속이고 그들을 이곳으로 부릅시다."

"그거 좋은 생각이오."

하고 순언도 찬성했다. 이에 두 사자使者는 각기 수레를 달려 성안에 돌아가서 사개士匄와 한궐韓厥의 집으로 갔다.

사개가 사자의 말을 듣고 되묻는다.

"그래, 상감께선 무슨 일로 나와 한궐 장군을 부르더냐?"

"……"

사자가 대답을 못하고 우물쭈물한다.

사개는 곧,

'허, 이거 수상하구나!'

하고 의심이 났다.

그는 곧 심복 부하를 불러 분부를 내렸다.

"한궐 장군 댁에 가서 장군이 떠나셨는지, 그냥 계시는지 알아오너라."

얼마 후에 그 심복 부하가 돌아와서 고한다.

"한궐 장군께서는 병이 나셨다 핑계하고 떠나시지 않았다고 합니다."

사개가 머리를 끄덕이며 속으로 생각한다.

'지혜 있는 사람은 생각하는 것이 서로 같구나!'

한편 난서는 사개와 한궐이 오지 않아서 초조했다.

"그들과 함께 일을 처리해야 뒷말이 없겠는데 오지 않으니 어쩌면 좋겠소?"

순언이 대답한다.

"우리는 이미 호랑이를 탔소. 그런데 이제 호랑이 등에서 내릴 생각입니까?"

그제야 난서도 각오하고 머리를 끄덕였다.

그날 밤이었다.

순언과 난서는 정활을 불러 귀엣말로 무언가를 지시했다. 정활은 감금당한 진여공에게 가서 술을 권했다. 진여공은 술 한잔을 마시자 곧 피를 쏟고 죽었다. 곧 짐주酖酒에 독살당한 것이다.

군사들은 죽은 진여공을 염殮하고 빈殯했다.

그 이튿날이었다. 사개와 한궐은 임금이 죽었다는 소식을 들었다. 그들은 즉시 수레를 타고 성을 떠나 진여공 상사喪事에 갔다. 그러나 그들은 진여공이 갑자기 죽은 까닭을 묻지 않았다. 익성翼城 동문 밖에서 진여공의 장사는 끝났다.

성안으로 돌아온 난서는 모든 대부를 불러모은 후 새로 임금 모실 일을 상의했다.

순언이 말한다.

"전번에 삼극이 죽은 것은, 공손주公孫周를 임금으로 세우려 역모한다고 서동이 임금에게 모략했기 때문이었소. 물론 서동의 죄는 크지만 그 말만은 하나의 징조라고도 할 수 있소. 진영공은 도원桃園에서 죽었고, 이번 임금은 자녀 없이 죽었으니 진양공의 후손은 대가 끊어졌소. 이제 가장 가까운 혈통에서 임금을 모시려면 공손주가 계실 뿐이니 이 어찌 하늘의 뜻이 아니겠소."

모든 대부는 공손주를 임금으로 모시자는 데 기꺼이 찬성했다. 이에 난서는 공손주를 모셔오도록 순앵荀罃을 주나라 경사京師로 보냈다.

이때 공손주는 나이 불과 열네 살이었다. 그러나 그는 총명하고 지혜가 출중했다. 공손주는 자기를 모시러 온 순앵에게 고국 소식을 자세히 물었다. 그는 주나라에서 태어나 성장한 이래 오늘날까지 신세를 진 단양공單襄公에게 가서 하직하고, 그날로 순앵을 따라 진晉나라로 향했다.

공손주가 진나라 청원淸原 땅에 당도했을 때였다. 난서 · 순언 · 사개 · 한궐 등 일반—班 경과 대부들이 청원 땅까지 나와서 기다리다가 일제히 공손주를 영접했다.

공손주가 그들에게 말한다.

"나는 원래 타국에서 생장한 사람이며, 그렇다고 고국에 돌아오기를 원한 것도 아니다. 그러니 어찌 임금이 되기를 원했겠는가. 어쩌다 내가 오늘날 이렇게 돌아오긴 했으나, 임금이 귀중한 이유는 임금이 모든 명령을 내리기 때문이다. 그대들이 나를 임금이라는 명색으로만 섬기고 내 명령에 복종하지 않는다면 그건 차라리 임금을 두지 않는 것만 못하다. 그대들은 앞으로 나의 명령에 기꺼이 복종하겠는가? 이 자리에서 당장 결정하여라. 만일 그렇게 못하겠거든 그대들은 곧 다른 사람을 임금으로 세우고 섬기어라. 나는 공연히 임금이란 말만 들으면서 어리석은 사람으로 자처할 순 없다."

난서 등 모든 대신은 온몸에 소름이 쫙 끼쳤다. 나이는 비록 어리지만 공손주의 음성은 너무나 또랑또랑했다.

대신들이 재배再拜하고 대답한다.

"신들은 그저 어진 임금을 섬기고자 합니다. 어찌 임금의 명령에 복종하지 않겠습니까."

이날 난서가 모든 대신들에게 말한다.

"이번 임금은 지난번 임금과는 아주 다르오. 우리는 마땅히 조심하고 삼가며 이번 임금을 잘 모시도록 합시다."

이에 공손주는 영접 나온 신하들을 거느리고 새로 천도遷都한 신강성新絳城으로 들어갔다. 그는 즉시 태묘太廟에 고하고 진나라 임금 자리에 올랐다. 그가 바로 진도공晉悼公*이다.

임금 자리에 즉위한 이튿날 진도공은 이양오와 청불퇴를 잡아들였다.

"너희들은 전 임금을 바르지 못한 길로 인도했다. 그 죄를 알겠느냐? 알았다면 마땅히 각오가 있을 것이다."

마침내 진도공의 분부가 내리자 군사들은 이양오와 청불퇴를 조문 밖으로 끌어내어 참했다. 그리고 그들 일족을 모조리 진나라 국경 밖으로 추방했다.

진도공이 다시 정활을 잡아들여 추상같이 호령한다.

"너는 전 임금을 죽인 놈이라지! 임금을 죽인 놈이 어찌 살기를 바라리오."

진도공은 또 정활을 죽이고 그 시체를 시장에 내다걸게 했다.

정활이 죽는 걸 보고서 혼비백산한 사람은 난서였다. 그날 밤에 난서는 잠 한숨 못 잤다. 살아도 살아 있는 것 같지가 않았다. 그는 여우를 죽이고서 범을 만난 격이었다.

이튿날 난서는 '신은 늙어서 쓸모가 없습니다' 하는 핑계를 대고 벼슬을 내놓는 동시에 자기 대신 한궐을 추천했다. 그후 난서는 너무나 놀라고 근심하고 무서워한 나머지 마침내 병들어서 죽었다.

진도공은 한궐이 어진 사람이란 말을 듣고 중군 원수로 삼았다. 중군 원수가 된 한궐이 궁에 나아가서 진도공에게 사은謝恩하고 아뢴다.

"신들은 다 선대先代의 조상 덕분에 벼슬을 살고 있습니다. 우리 동료의 조상들 중에서 이 나라에 가장 공로가 컸던 분은 조씨 일가입니다. 그들의 조상 조쇠趙衰는 진문공晉文公을 보좌한 명신名臣이었고, 조돈趙盾은 진양공晉襄公을 도와 충성을 다한 분이었습니다. 불행하게도 진영공이 정사政事를 돌보지 않고 간신 도안가屠岸賈의 모략을 곧이듣고 조돈을 죽이려 했기 때문에 조돈은 달아나 겨우 생명을 유지했습니다. 그러다가 군란軍亂이 일어나 진영공이 도원에서 죽음을 당한 것은 천하가 다 아는 사실입니다. 그 다음에 임금이 된 진경공 역시 도안가를 총애했습니다. 도안가는 조돈이 진영공을 죽였다고 누명을 뒤집어씌우는 한편, 조씨 일문을 역적의 집안으로 몰아세워 마침내 일족을 몰살하고야 말았습니다. 그후 신하들과 백성들도 이 일을 원통히 생각하고 지금까지 불평이 많습니다. 그러나 하늘이 도우사 조씨의 일점혈육인 조무趙武가 지금 살아 있습니다. 상감께서 공로 있는 자에겐 상을 주시고 죄 있는 자에겐 벌을 내리사 이양오 등의 죄를 이미 다스렸으니, 조씨의 원통한 원정寃情도 살펴주십시오."

진도공이 묻는다.

"그 일은 과인도 세상을 떠나신 아버지로부터 들었다. 그럼 그 조씨의 일점혈육은 지금 어디에 있느냐?"

한궐이 전후사前後事를 소상히 아뢴다.

"그 당시 도안가는 조씨의 유복자를 죽이려고 갖은 짓을 다 했습니다. 그런데 그전에 조돈의 문객으로 공손저구公孫杵臼와 정영程嬰이란 사람이 있었습니다. 저구는 정영의 아들을 조씨의 유복자인 것처럼 내세우고 자진해서 함께 죽음을 당했습니다. 그 틈을 타서 조씨 일문의 일점혈육인 조무는 무사히 궁성을 벗어났습니다. 그때 정영은 갓난 조무를 안고 우산盂山으로 달아나서 숨었습니다. 그것이 지금으로부터 꼭 15년 전 일입니다."

진도공이 머리를 끄덕인다.

"경은 과인을 위해 즉시 그들을 찾아오라."

한궐이 조그만 소리로 아뢴다.

"아직도 도안가가 궁중에 출입하니 상감께선 당분간 비밀을 지켜주셔야겠습니다."

"알겠다, 염려 마라."

하고 진도공은 대답했다.

한궐은 궁문을 나와 친히 수레를 타고 조무와 정영을 데리러 우산으로 갔다. 그들이 서로 만나 눈물을 흘리며 반가워한 것은 장황스레 말할 필요도 없다.

한궐은 소년 조무와 함께 수레를 타고 정영은 수레를 몰고 진나라 도성으로 돌아왔다. 그러나 도성은 15년 전에 정영이 도망하던 때의 그 도성이 아니었다. 진경공晉景公이 도읍을 옮겼다는 것은 이미 앞에서 말한 바와 같다.

정영은 수레를 몰고 신강성新絳城으로 들어서자 사방 경계를 둘러봤다. 성은 옛 성이 아니었다. 모든 것이 낯설기만 했다. 정영은 소리 없이 울었다.

한궐은 곧 조무를 데리고 궁으로 들어갔다. 진도공은 조무를 궁중에 감춰뒀다. 그러고는 '병이 났다' 하고 자리에 누웠다.

이튿날 한궐은 문무백관을 거느리고 궁에 들어가서 진도공을 문병했다. 문무백관들 중에는 도안가도 끼여 있었다. 진도공이 병석에서 일어나 모든 신하에게 말한다.

"그대들은 과인이 왜 병이 났는지 아는가? 공로 있는 신하에게 박절히 대한 일이 있었기 때문이다. 그래서 과인은 요즘 불쾌한 생각을 풀지 못해 결국 자리에 눕게 됐다."

모든 대부가 머리를 조아리며 묻는다.

"공로 있는 신하를 박대했다니 웬 말씀이십니까?"

진도공이 엄숙한 어조로 대답한다.

"조쇠와 조돈은 다 이 나라 공신이었다. 어찌 그들의 대를 끊을 수 있겠는가?"

모든 신하가 일제히 아뢴다.

"그러나 조씨 일족이 멸망한 지도 이미 15년이 지났습니다. 상감께서 비록 그들의 공로를 추모追慕하시나 그 후손이 없는 걸 어찌하오리까?"

이때 진도공이 부른다.

"조무趙武여! 이리 나와 모든 대부에게 인사를 드려라."

옆문이 열리면서 조무가 나왔다. 그는 모든 대부에게 절했다.

대부들이 당황해서 묻는다.

"저 젊은이는 누굽니까?"

한궐이 대신 대답한다.

"바로 조씨 일문의 일점혈육인 조무입니다. 지난날 죽음을 당한 조무는 실은 정영의 자식이었소."

이때 도안가는 완전히 얼이 빠져버렸다. 그는 천치처럼 비틀거리며 일어나 뜰 아래로 내려가서 땅바닥에 엎드렸다. 그러고는 아무 말도 못했다.

진도공이 분부한다.

"이런 사건이 생긴 원인은 다 도안가 때문이다. 이런 간신을 살려두고 어찌 조씨 일문의 원혼을 위로할 수 있으리오. 저놈을 밖으로 잡아내어라!"

군사들이 우르르 달려들어 도안가를 잡아내서 그 목을 잘랐다.

진도공이 다시 분부한다.

"곧 도안가 일가를 몰살하여라!"

이날 한궐은 조무를 데리고 도안가의 집으로 가서 남녀노소 할 것 없이 다 도륙을 냈다. 그리고 조무는 진도공에게 도안가의 목을 청해 받아서 아버지 조삭趙朔의 무덤에 가서 제사를 지냈다. 진나라 백성은 누구나 이 일을 통쾌해했다.

잠연이 시로써 이 일을 읊은 것이 있다.

> 그 당시에 도안가는 조씨를 멸족시켰고
> 이제 조씨가 도안가 일족을 죽였도다.
> 전후 15년을 사이에 두고 겨루다가
> 원한을 원한으로, 원수를 원수로 갚았도다.
> 岸賈當時滅趙氏
> 今朝趙氏滅屠家
> 只爭十五年前後

怨怨仇仇報不差

진도공은 도안가를 죽이고, 조무를 조당朝堂으로 불러들여 사구司寇 벼슬을 줬다. 사구 벼슬은 지금까지 도안가가 누리던 자리였다. 그리고 전날 조씨 일문이 가졌던 전답田畓과 국록國祿을 모두 조무에게 돌려줬다. 진도공은 또 정영의 놀라운 의리를 듣고 곧 불러들여 군정軍正 벼슬을 줬다.

정영이 엎드려 진도공에게 아뢴다.

"신이 지금까지 죽지 않고 살아남은 것은 조씨의 일점혈육이 신원伸寃을 못했기 때문이었습니다. 이제 조무는 관직에 복위되었고 원수도 다 갚았습니다. 어찌 신 혼자만 부귀를 탐하고 공손저구를 저 세상에 홀로 있게 할 수 있겠습니까. 신은 장차 지하地下에 가서 공손저구나 만나볼까 합니다."

말을 마치자 정영은 벌떡 일어나 그 자리에서 칼로 자기 목을 찌르고 죽었다. 조무는 정영의 시체를 부둥켜안고 통곡했다. 진도공은 조무의 청을 받아들여 정영의 빈렴殯殮을 성대히 할 것을 허락했다.

조무는 운중산雲中山에 가서 공손저구의 무덤 곁에다 정영을 장사지냈다. 세상 사람들은 그 두 사람의 무덤을 이의총二義塚이라고 불렀다.

그후 조무는 3년 동안 상복喪服을 입었다. 곧 부모에 대한 예로써 정영의 혼백을 모신 것이다.

이 일을 증명하는 옛 시가 있다.

깊은 산속에 숨은 지 15년 만에

어머니 치마 속에서 울지 않던 아기가 마침내 집안 원수를 갚
았도다.
정영, 저구의 높은 의리를 세상에서 크게 칭송했으니
누가 먼저 죽고 나중에 죽은 것을 따져 무엇 하리오.
陰谷深藏十五年
袴中兒報祖宗寃
程嬰杵臼稱雙義
一死何須問後先

진도공은 조무에게 벼슬을 주고, 송宋나라에 망명 중인 조씨 문
중의 유일한 생존자 조승趙勝을 소환해서 다시 한단邯鄲 땅을 다
스리게 하였으며, 그외 모든 대신의 벼슬도 바로잡았다. 곧 어진
사람을 높이고, 능한 자에게 책임을 맡기고, 전자前者에 공로 있
던 사람을 역사에 기록하게 하고, 사소한 죄는 다 용서해줬다. 이
에 진나라 문무백관은 그 자격에 따라서 각기 벼슬을 받고 질서가
섰다. 그중에서 유명한 관원官員만 열거하기로 한다.
한궐은 중군中軍 원수가 되고, 사개는 그 부장副將이 되고, 순
앵은 상군上軍 원수가 되고, 순언은 그 부장이 되고, 난염欒黶(난
서의 아들)은 하군 원수가 되고, 사방士魴(사회의 아들)은 그 부장
이 되고, 조무는 신군 원수가 되고, 위상은 그 부장이 되고, 기해
祁奚는 중군위中軍尉가 되고, 양설직은 그 부장이 되고, 위강魏絳
•(위주의 둘째아들)은 중군 사마가 되고, 장노張老는 후엄候奄(척
후斥候의 일을 맡아보는 직책)이 되고, 한무기韓無忌(한궐의 아들)는
공족公族 대부를 관할하고, 사악탁士渥濁은 태부太傅가 되고, 가
신賈辛은 사공司空이 되고, 난규欒糾는 친군親軍 융어戎御가 되

고, 순빈荀賓은 차우 장군이 되고, 정정程鄭은 찬복贊僕(승마하는 일을 맡아보는 직책)이 되고, 탁알구鐸遏寇는 여위輿尉가 되고, 적언籍偃은 여사마輿司馬가 되었다.

이렇듯 진도공은 백관百官을 새로 임명하고 나라 정사를 크게 바로잡았다. 따라서 국가 비용을 줄이고, 세금을 감하고, 가난한 백성을 돕고, 부역을 덜고, 쇠잔한 것을 다시 일으키고, 막힌 것을 뚫고, 홀아비에겐 동정을 베풀고, 과부에겐 은혜를 베풀었다. 이에 진나라 백성은 다 같이 진도공을 칭송했다.

송宋·노魯 등 모든 나라는 이 소문을 듣고 다 사신을 진晉나라에 보내어 조례朝禮했다. 다만 정나라 정성공鄭成公은 전날 초공왕이 정나라를 도우려다가 진군에게 눈 한쪽을 잃은 데 대해서 감격한 나머지 어디까지나 초나라를 섬겼다. 그래서 정나라만이 진나라에 조례를 드리지 않았다.

한편, 초공왕은 진여공이 피살되었다는 소식을 듣고 몹시 기뻐했다. 그는 전번 싸움에 패한 앙갚음을 할 때가 왔다고 생각했다. 그러던 차에 초공왕은 다시 진나라에 새로운 임금이 들어서서 상벌賞罰을 분명히 하고, 어진 사람을 등용해서 나라를 다스리고, 조정에 기강이 서고, 안팎으로 인심을 얻고, 다시 패업霸業을 일으킨다는 소문을 들었다.

초공왕의 기쁨은 곧 근심으로 변했다. 초공왕의 소원은 어떻게든 중원中原에 혼란을 일으키는 것과, 진나라가 다시 천하 패권을 잡지 못하도록 방해하는 것이었다.

초공왕은 모든 신하를 모아 회의를 열었다. 그러나 영윤인 공자 영제는 진나라에 대한 뾰족한 계책이 없었다.

공자 임부壬夫가 아뢴다.

"중원에선 송나라가 가장 벼슬이 높고 나라도 큽니다. 그런데 그 송나라는 진나라와 오吳나라 중간에 있습니다. 우리가 진나라에 혼란을 일으키려면 먼저 송나라부터 시작해야 합니다. 지금 우리 나라엔 송나라 대부인 어석魚石 · 상위인向爲人 · 인주鱗朱 · 상대向帶 · 어부魚府 다섯 사람이 망명 와 있습니다. 그들은 자기 나라 우사右師 벼슬에 있는 화원華元과 의가 맞지 않아서 우리 나라로 도망온 것입니다. 망명 중인 그들에게 군사를 내주어 송나라를 치게 하면 어떻겠습니까? 그들이 자기 나라를 쳐서 이기면 송나라 정권을 잡게 되고, 그러면 그들은 우리 초나라에 충성을 다할 것입니다. 곧 적으로 하여금 적을 치게 하자는 것입니다. 만일 진나라가 송나라를 구원하지 않으면 진나라는 모든 나라 제후에게 위신을 잃고 맙니다. 진나라가 송나라를 도와주려면 그들은 어석 등과 싸워야 합니다. 우리는 앉아서 어느 쪽이 이기고 지는가를 구경만 하는 것도 한 계책이 아니겠습니까?"

드디어 초공왕은 공자 임부의 계책을 쓰기로 했다.

이에 공자 임부는 대장이 되고, 어석 등 다섯 망명객은 향도嚮導가 되어 대군을 거느리고 송나라를 쳤다.

군법은 엄하구나, 단 아래 목을 거니

주간왕周簡王 13년 여름 4월에 초공왕楚共王은 우윤右尹 벼슬에 있는 공자 임부壬夫의 계책대로 친히 대군을 거느리고 정성공鄭成公과 함께 송나라를 쳤다. 어석魚石 등 송나라 다섯 대부가 앞잡이가 된 것은 말할 것도 없다.

초군楚軍은 우선 팽성彭城을 함몰하고서 어석 등에게 병거 300승을 주어 그곳을 지키게 했다.

초공왕이 어석 등 다섯 대부에게 말한다.

"진晉나라는 전부터 오吳나라와 친밀한 관계를 맺고 있다. 그래서 진나라와 우리 초나라는 갈수록 사이가 좋지 못하다. 그런데 이곳 팽성은 바로 진나라와 오나라를 왕래하는 사람이면 누구나 지나가야 하는 가장 요긴한 통로다. 우리 군사는 어디까지나 그대들을 도울 것이다. 그대들은 어떻게 해서든 송나라를 쳐서 정권을 잡도록 하여라. 그럴 힘이 없거든 이곳을 잘 지켜 진나라와 오나라 사이의 모든 연락을 끊어라. 그대들을 믿고 이 일을 맡기니 과인의 부탁을 저버리지 마라."

초공왕은 이런 의미심장한 말을 남기고서 본국으로 돌아갔다.

어느덧 겨울이 됐다.

송나라 송성공宋成公은 대부 노좌老佐에게 군사를 주어 빼앗긴 팽성을 포위하게 했다.

이에 어석 등은 초군을 지휘하여 싸웠으나 노좌가 거느리고 온 송군宋軍에게 여지없이 대패했다. 초나라에선 송군宋軍이 팽성을 포위했다는 기별을 받고 이를 구원하려고 공자 영제가 떠났다.

송나라 장수 노좌는 공자 영제가 거느리고 온 초군을 얕잡아보았다. 그래서 자기 용기만 믿고 너무 깊이 초군 속으로 쳐들어가다가 그만 화살에 맞아 죽고 말았다. 드디어 공자 영제는 군사를 거느리고 송나라로 쳐들어갔다.

한편 송성공은 초군이 본격적으로 쳐들어온다는 보고를 받고 매우 두려워했다. 이에 송나라 우사右師 벼슬에 있는 화원華元이 구원을 청하러 진晉나라로 갔다.

진나라에 당도한 화원이 즉시 한궐에게 송나라의 위급을 고했다. 한궐은 이 급한 소식을 진도공晉悼公에게 아뢴다.

"옛날에 우리 진문공晉文公께서 패업을 성취하신 것도 송나라를 구원한 데서부터 시작됐습니다. 지금 우리가 천하의 패권을 잡느냐 망하느냐 하는 것도 송나라를 돕는 이번 일에 달려 있습니다. 우리 나라는 이때 싸우지 않으면 안 됩니다."

이에 진도공은 여러 나라에 사신을 보내어 모든 제후의 협력을 청했다. 그리고 진도공은 친히 대장 한궐, 순언荀偃, 난염欒黶 등을 거느리고 대곡臺谷 땅에 나아가서 주둔했다.

한편 공자 영제는 진나라 대군이 온다는 말을 듣자 송나라를 치다 말고 본국으로 돌아갔다.

그 이듬해 주간왕 14년에 진도공은 송宋·노魯·위衛·조曹· 거莒·주邾·등滕·설薛 등 여덟 나라 군사를 거느리고 가서 팽 성을 포위했다.

송나라 대부의 분부를 받고 사졸士卒 하나가 소거轎車 위에 올 라가서 팽성 안을 굽어보고 외친다.

"매국노 어석 등 다섯 역적은 듣거라. 하늘에 이치가 있다면 초 나라 앞잡이 노릇을 하는 너희들은 용서받지 못할 것이다. 이제 진후晉侯가 여덟 나라 20만 대군을 통솔하고 성을 짓밟으면 풀 한 포기 남지 않을 것이다. 성안의 우리 송나라 백성들아, 너희들은 무엇이 순리順理이며 역리逆理인지 잘 알 것이다. 속히 역적놈들 을 사로잡아 바치고 죄 없이 죽음을 당하지 않도록 하여라."

사졸은 이렇게 거듭거듭 외쳤다. 팽성 안 백성들은 사졸이 외치 는 소리를 듣기 전부터 초나라 앞잡이가 되어 돌아온 어석 등을 증오하고 있었다. 이에 백성들은 성문을 열어제치고 진晉나라 연 합군을 영접했다.

원래 어석 등은 자기들이 거느리고 있는 초군에게 별로 은혜를 베풀지 못했다. 그래서 진도공이 성안으로 들어가자 초군은 제각 기 흩어져 달아났다.

한궐은 어석을 사로잡고, 난염과 순언은 어부를 사로잡고, 송 나라 장수 상술向戌은 상위인向爲人과 상대向帶를 사로잡고, 노魯 나라 장수 중손멸仲孫蔑은 인주鱗朱를 사로잡아 각기 진도공에게 바쳤다. 진도공은 곧 그 다섯 대부를 참했다. 그리고 다섯 대부의 유족遺族을 모두 하동河東 호구壺邱 땅으로 추방했다.

진도공은 다시 군사를 거느리고 늘 초나라에 협력하는 정鄭나라를 치러 갔다.

한편 초나라는 정나라를 구원하기 위해서 공자 임부를 시켜 송나라를 공격했다. 이에 정나라를 치던 진도공은 송나라를 돕기 위해 다시 송나라로 갔다. 초군은 정성鄭城의 포위가 풀렸다는 보고를 듣고 즉시 본국으로 돌아갔다. 이에 진도공도 진나라로 돌아가고 모든 나라 제후도 각기 자기 나라로 돌아갔다.

이해에 주간왕이 세상을 떠나고 태자 설심泄心이 왕위에 올랐다. 그가 바로 주영왕周靈王이다. 그런데 주영왕은 세상에 태어나면서부터 입술 위에 수염이 나 있었다. 그래서 주나라 사람들은 그를 자왕髭王이라고도 했다.

그러니까 주영왕 원년元年 여름이었다.

정나라 정성공鄭成公은 병세가 위독했다.

정성공은 상경 벼슬에 있는 공자 비騑에게,

"초나라 왕은 우리 정나라를 도우려다가 눈 한 짝을 잃었다. 과인은 그 고마움을 잊은 일이 없다. 과인이 죽은 후에도 너희들은 초나라를 정성껏 섬겨라."
유언하고 죽었다.

공자 비 등 문무백관은 세자 곤완髡頑을 받들어 임금 자리에 앉혔다. 그가 바로 정희공鄭僖公이다.

한편, 진나라 진도공은 아직도 정나라가 복종하지 않아서 마침내 모든 나라 제후를 척戚 땅으로 초청하고 이 일을 상의했다.

노나라 대부 중손멸이 계책을 아뢴다.

"정나라 땅 중에 가장 험한 곳은 호뢰虎牢입니다. 호뢰 땅으로 말할 것 같으면 정나라와 초나라를 왕래하는 데 가장 요긴한 통로입니다. 군후께선 그곳에다 성을 쌓고 관關을 설치하고 많은 군사를 주둔시키십시오. 그러면 정나라가 복종하지 않을 수 없을 것입니다."

지난날 초나라에서 진나라로 귀화한 무신巫臣이 또한 계책을 아뢴다.

"오나라와 초나라는 강 하나를 사이에 두고 있습니다. 전번에 신은 오나라로 하여금 초나라를 치게 했습니다. 그후 오나라는 아시다시피 여러 번이나 초나라 속토屬土를 쳤습니다. 그래서 초나라는 오나라 때문에 늘 골치를 앓고 있습니다. 그러니 기왕이면 우리나라 장수 한 사람을 오나라에 보내어 초나라 치는 일을 직접 지도하게 하십시오. 그러면 초나라는 동쪽 변경을 수시로 쳐대는 오군吳軍 때문에 더욱 고통을 느낄 것입니다. 따라서 초나라는 북쪽을 돌아보려야 돌아볼 여가도 없을 것입니다. 그래야만 초나라가 우리 진나라와 겨룰 만한 여유마저 사라지게 됩니다."

진도공은 머리를 끄덕이고 중손멸과 무신의 계책을 다 쓰기로 했다. 제나라 세자 광光과 상경 최저崔杼도 그 자리에 있었다.

이에 진도공은 아홉 나라 군사를 거느리고 정나라 호뢰 땅에 가서 크게 성을 쌓고 돈대墩臺를 쌓았다. 그리고 큰 나라에는 군사 1,000명씩을 보내게 하고, 조그만 나라에는 군사 300 내지 500명씩을 보내게 하여 공동으로 호뢰성虎牢城을 지켰다.

마침내 정희공은 진나라의 크나큰 세력 앞에 견디다 못해 무릎을 꿇고 화평을 청했다. 진도공은 정나라 서약을 받고서 진나라로 돌아갔다.

이때 진나라 중군위中軍尉 기해祁奚는 나이가 일흔이 넘었다. 기해는 늙었음을 고하고 벼슬길에서 물러날 뜻을 아뢰었다.

진도공이 묻는다.

"그럼 지금까지 경이 맡아보던 자리를 누구에게 맡길꼬?"

기해가 대답한다.

"해호解狐(해양解揚의 아들)가 가장 적임자입니다."

진도공에겐 너무나 의외였다.

"해호는 그대의 원수가 아니냐? 어째서 경은 자기 원수를 과인에게 천거하느냐?"

기해가 대답한다.

"상감께선 신에게 적임자를 물으셨을 뿐이지 신의 원수를 묻진 않으셨습니다."

진도공은 곧 해호에게 중군위의 벼슬을 주었다. 그러나 해호는 벼슬에 취임하기도 전에 병으로 죽었다.

진도공이 다시 기해에게 묻는다.

"해호는 죽었으니 또 다른 사람은 없는가?"

기해가 아뢴다.

"이제 중군위를 맡을 만한 사람은 기오祁午밖에 없습니다."

진도공에겐 그 대답 또한 의외였다.

"기오는 바로 그대의 아들이 아닌가?"

기해가 대답한다.

"상감께선 신에게 적임자를 물으셨을 뿐이지 신의 자식에 대해선 묻지 않으셨습니다."

진도공이 또 묻는다.

"이제 중군위 부장 양설직羊舌職도 죽고 없으니, 경은 이번에 그 적임자까지 천거하여라."

기해가 천거한다.

"죽은 양설직에게 적赤과 힐肹이란 두 아들이 있습니다. 그 두 아들은 다 현명해서 상감께 필요한 인물들입니다."

진도공은 기해의 말대로 기오를 중군위로 삼고, 양설적羊舌赤을 부장으로 삼았다. 모든 대부는 진도공이 사람을 쓰는 데 인물 중심으로 등용하는 걸 보고 기뻐했다.

한편 진나라 무신巫臣의 아들 무호용巫狐庸은 진도공의 분부를 받고 오나라에 와 있었다.

무호용은 오왕吳王인 수몽壽夢에게 초나라를 치도록 뒤에서 조종했다. 이에 오나라 세자 제번諸樊이 장수가 되어 군사를 거느리고 강 어귀에 가서 주둔했다. 벌써 초나라 세작이 돌아가서 이 사실을 초공왕에게 보고했다.

초나라 영윤인 공자 영제가 아뢴다.

"오군吳軍이 아직 우리 나라에 쳐들어오지는 않았지만, 그들이 일단 국경을 넘어오기만 하면 이후에도 자꾸 쳐들어올 것입니다. 그러니 우리가 먼저 오나라를 치기로 하십시오."

초공왕은 머리를 끄덕이었다.

이에 공자 영제는 수군水軍을 사열하고 정병精兵 2만 명을 거느리고 큰 강물을 따라내려가서 오나라 구자鳩玆 땅을 격파했다. 초군은 강을 따라 더 나아가려고 했다. 그때 초나라 장수 등요鄧廖가 공자 영제에게 말한다.

"이 장강長江은 물이 흐르지 않고 괴어 있는 편이오. 그래서 나아가기는 쉽지만 물러서기는 어렵소. 원컨대 소장小將이 전선戰船을 거느리고 앞서가서 유리하면 진격하고, 불리하면 큰 낭패가 없도록 미리 연락하겠소. 원수는 수군水軍을 거느리고 학산郝山 언덕에 주둔하고 형편을 보아 만전지책을 세우십시오."

공자 영제는 거듭 머리를 끄덕였다. 이에 대소大小 100척의 전선이 다 같이 포 소리를 울리며 뱃머리를 동쪽으로 돌려 나아갔다.

한편, 오나라 세자 제번은 구자 땅이 초군에게 함몰당했다는 보고를 받았다. 제번이 말한다.

"우리는 구자 땅을 잃었다. 초군은 이긴 김에 필시 우리가 있는 동쪽으로 쳐들어올 것이다. 이젠 우리도 적을 맞이할 준비를 해야 한다."

제번은 장수들에게 명령을 내렸다. 이에 공자 이매夷昧는 전선 수십 척을 거느리고 동서東西 양산梁山의 초군을 유인하러 떠나고, 공자 여제餘祭는 채석항采石港에 매복했다.

한편 초나라 장수 등요는 학산 언덕을 떠나 양산 쪽으로 가다가 적선이 있다는 보고를 받고도 용감히 나아갔다. 오나라 장수 공자 이매는 초나라 수군을 맞이하여 몇 번 싸우다가 거짓 패한 체하고 동쪽으로 달아났다.

등요가 오나라 수군을 뒤쫓아 채석강 근처에 이르렀을 때, 오나라 세자 제번의 대군과 만나 접전이 벌어졌다. 한동안 싸우는데 채석항에서 포성砲聲이 진동했다. 지금까지 매복하고 있던 오나라 장수 공자 여제가 전선을 거느리고 나타나 초나라 수군의 뒤를 엄습했다.

초나라 전선은 앞뒤에서 빗발치듯 날아오는 화살에 둘러싸여버렸다. 초나라 장수 등요는 얼굴에 화살을 세 대나 맞았다. 그는 얼굴에 박힌 세 대의 화살을 뽑아버리고 용감히 싸웠다.

그러나 공자 이매가 거느린 오나라 전함 일대一隊가 점점 접근해왔다. 함상艦上의 수군은 다 가리고 뽑은 용사들이었다. 그 용사들은 큰 갈고리와 긴 창으로 초나라 전선을 어지러이 치고 잡아

당기고 짓찧고 떠다밀었다. 이에 초나라 전선은 많이 뒤집히고 수군은 수없이 강물에 빠졌다.

초나라 장수 등요는 전력을 기울여 싸웠건만 끝내 오군에게 사로잡혔다. 그러나 등요는 끝까지 굴복하지 않고 죽음을 당했다. 이 싸움에서 무사히 달아난 초군은 겨우 300여 명에 불과했다.

초나라 원수 공자 영제는 싸움에 진 책임을 져야 하느니 만큼 잔뜩 겁을 먹었다. 그는 되도록 사실을 속여서 초공왕에게 보고할 작정이었다.

그러나 누가 알았으랴. 오나라 세자 제번은 승세를 이용해서 마침내 초나라로 쳐들어갔다. 공자 영제는 오군을 맞이해서 싸웠으나 여지없이 대패했다. 이리하여 오군은 잃었던 구자 땅을 다시 찾았다. 그리고 공자 영제는 패잔병을 거느리고 돌아가다가 초나라 도읍 영도에 이르기도 전에 울화병이 나서 죽었다.

사신史臣이 시로써 이 일을 읊은 것이 있다.

> 진晉나라가 오吳나라 군사에게 싸우는 법을 가르쳐줬기 때문에
> 그런 후로 초나라 동쪽에 싸움이 그치질 않았도다.
> 초군이 사로잡히고 공자 영제가 죽은 원인은
> 지난날에 무신巫臣의 가족을 죽였기 때문이었다.
> 乘車射御敎吳人
> 從此東方起戰塵
> 組甲成擒名將死
> 當年錯着族巫臣

그 뒤 초공왕은 공자 임부를 영윤슈尹으로 삼았다. 그런데 임부

266

는 원래 욕심이 대단한 사람이었다. 그는 초나라 여러 속국들에 끊임없이 뇌물을 요구했다.

한편, 진陳나라 진성공陳成公은 초나라 영윤 임부의 한없는 욕심에 배겨날 도리가 없었다. 진성공은 신하 원교轅僑를 진晉나라로 보내어 진나라 속국이 되기를 자원했다.

이에 진도공은 모든 나라 제후를 불러 계택鷄澤이란 곳에서 대회大會를 열었다. 그리고 전에 대회를 한 번 연 일이 있던 척戚 땅에서 모든 나라 제후와 함께 다시 대회를 열었다. 이땐 오나라 임금 수몽壽夢도 그 회에 참석했다. 이리하여 진晉나라를 중심으로 중원은 위세를 크게 떨쳤다.

한편 초공왕은 진陳나라를 잃고 분기충천했다. 초공왕은 그 원인이 공자 임부의 욕심 때문이었다는 것을 알고 즉시 영윤인 공자 임부를 칼로 쳐죽였다. 그리고 그의 동생 공자 정貞을 영윤으로 삼았다.

마침내 영윤 공자 정은 크게 군사를 사열하고 병거 500승을 거느리고 가서 진晉나라에 들러붙은 진陳나라를 쳤다.

이때 진陳나라 진성공陳成公은 이미 죽은 후였다. 그 뒤 세자 약弱이 임금이 됐으니 그가 바로 진애공陳哀公이다. 진애공은 초군의 공격에 꼼짝을 못하고 다시 초나라에 충성을 맹세했다.

진도공은 진陳나라가 다시 초나라를 섬긴다는 보고를 받고 노발대발했다. 진도공은 즉시 군사를 일으켜 초나라로부터 진나라를 도로 뺏을 작정이었다.

이때 무종국無終國에서 임금 가보嘉父의 분부로 대부 맹낙孟樂이 진晉나라에 왔다. 맹낙이 호피 100장을 진도공에게 바치고 아뢴다.

"옛날에 제환공齊桓公이 정복한 이래로 산융山戎 여러 나라는 조용했습니다. 그런데 요즘 산융은 연燕·제齊 두 나라가 미약해진 틈을 타서, 또 중원에 강력한 주인이 없다는 걸 알고서 다시 침략을 자행하기 시작했습니다. 우리 상감은 진晉나라 군후께서 영특하시고, 제환공의 패업을 계승하셨다는 것을 모든 산융에 타일러주었습니다. 이에 모든 산융은 우리 상감에게 진晉나라를 중심으로 한 동맹을 청해왔습니다. 그래서 신은 우리 상감의 분부를 받고 군후를 뵈오러 왔습니다. 군후께선 산융의 청을 받아들이시든지, 아니면 군사를 일으켜 그들을 정벌하시든지 결정해주십시오."

진도공은 장수들을 모아 회의를 열었다. 모든 장수가 아뢴다.

"오랑캐 산융은 도무지 신의가 없는 놈들입니다. 그러니 이 참에 그들을 정벌하십시오. 옛날에 제나라 제환공도 먼저 오랑캐 산융을 쳐서 꼼짝못하게 누르고 난 연후에 남쪽 초나라를 쳐서 천하 패권을 잡았습니다. 오랑캐 산융은 원래가 늑대와 시랑豺狼이 같은 성격들입니다. 군력軍力으로 내리누르지 않으면 제압할 수 없습니다."

사마司馬 위강魏絳이 반대한다.

"그거 안 될 말입니다. 이제 우리 나라는 겨우 모든 나라 제후를 모아 대회를 연 지도 얼마 안 됩니다. 아직 패업을 완전히 성취하지도 못한 우리가 이 참에 군사를 일으켜 산융을 친다면, 틀림없이 초나라가 이 기회를 틈타 우리 나라로 쳐들어올 것입니다. 그러면 사태는 복잡해집니다. 모든 제후가 우리 진나라를 배반하고 초나라에 붙으면 어떻게 하시렵니까? 오랑캐 산융은 짐승 같은 것들이며, 모든 나라 제후는 우리의 형제들입니다. 어찌 짐승을 얻기 위해서 형제를 잃을 수 있습니까. 그러기에 산융을 친다는 것은 좋은 계책이라 할 수 없습니다."

진도공이 묻는다.

"그럼 산융의 청대로 그들과 화평할 것인가?"

위강이 대답한다.

"산융과 화평하면 다섯 가지 이익이 있습니다. 우리 진나라와 산융은 바로 이웃간입니다. 그들은 땅이 많아서 토지는 천하고 재화財貨는 극히 귀한 실정입니다. 우리는 싼값으로 그들의 땅을 사서 토지를 넓힐 수 있으니, 이것이 그 첫째 이익입니다. 산융이 침략을 안 하게 되면 변방 백성들은 안심하고 농사를 지을 수 있으니, 이것이 그 둘째 이익입니다. 우리가 덕으로써 그들을 회유하고 군사를 쓰지 않아도 되니, 이것이 그 셋째 이익입니다. 오랑캐 산융이 우리 진나라를 섬기면 우리는 사방에 위엄을 떨칠 수 있고 동시에 모든 나라 제후는 우리를 두려워할 것이니, 이것이 그 넷째 이익입니다. 우리는 북쪽을 염려할 것 없이 오로지 남쪽 초나라만 도모할 수 있으니, 이것이 그 다섯째 이익입니다. 상감께선 이 다섯 가지 이익을 버리지 마십시오."

진도공은 무릎을 치며 곧 위강에게 산융과 화평하도록 전권을 맡겼다.

이에 위강은 맹낙과 함께 무종국으로 갔다. 그리고 우선 무종국 임금 가보와 함께 상의했다. 무종국 임금 가보는 곧 산융의 모든 나라 추장酋長들을 소집했다. 산융의 여러 나라들은 빠짐없이 무종국으로 와서 진나라 대표 위강과 함께 입술에 피를 바르고 맹세했다.

그 맹문盟文은 다음과 같았다.

진후晉侯는 중국의 방백方伯으로서 앞으로 북쪽 산융을 치지 않기로 확약한다. 산융도 결코 중원을 침범하거나 반란을 일으키는 일 없이 서로 각기 자기 나라를 평화스럽게 보존할 것을 확약한다. 만일 이 맹세를 저버리는 자가 있으면 천지신명이여, 그를 벌하소서.

서로 맹세가 끝나자 모든 산융은 저마다 기뻐했다. 그들은 가지가지 토산물을 위강에게 바쳤다. 그러나 위강은 하나도 받질 않았다.

모든 산융이 서로 돌아보며,

"상국上國 사신使臣은 청렴결백하기가 이와 같구나!"

찬탄하고 위강을 더욱 공경했다.

위강은 무종국을 떠나 본국으로 돌아가서 진도공에게 맹약한 경과를 보고했다. 진도공은 매우 만족해했다.

이때 초나라 영윤令尹 공자 정貞은 이미 진陳나라의 항복을 받고, 다시 군사를 옮겨 진晉나라를 섬기는 정鄭나라를 치러 갔다. 그러나 그는 진晉나라 연합군이 호뢰虎牢 땅을 지키고 있기 때문에 그곳을 지나지 못하고 허許나라를 경유해서 갔다.

한편, 정나라 정희공鄭僖公은 초군이 온다는 보고를 받고 크게 두려워했다. 그는 곧 육경六卿과 함께 그 일을 상의했다. 그 육경들 중에 세 사람은 공자 비騑, 공자 발發, 공자 가嘉였다. 그들은 정목공의 아들들로서 정희공에겐 숙조叔祖뻘이었다.

그리고 육경들 중에서 나머지 세 사람인 공손첩公孫輒은 공자 거질去疾의 아들이고, 공손채公孫蠆는 공자 언偃의 아들이며, 공손지公孫之는 공자 희喜의 아들로, 그들은 다 정목공鄭穆公의 손자뻘이었다. 특히 그들 세 사람은 모두 죽은 아버지의 벼슬을 이어받아 경이 된 사람들이었다. 곧 그들은 정희공에겐 아저씨뻘이었다.

그들 육경이 원래 정나라 정권을 잡고 있었다. 그러나 정희공은 그들 여섯 사람을 별로 대우하지 않았다. 이리하여 정나라는 임금과 신하가 서로 뜻이 맞질 않았다. 그들 중에서도 특히 공자 비는 정희공과 사이가 좋지 않았다.

이날 회의에서 정희공은 진晉나라에 구원을 청하자고 말했다. 그런데 공자 비는 회의 초부터 반대였다.

"속담에 불이 나면 먼 곳에 있는 물로 끄지 못한다는 말이 있습니다. 차라리 초나라를 섬깁시다."

정희공이 탄식한다.

"초나라를 섬기면 또 진나라 군사가 와서 우리를 칠 것인데 어찌 당적하리오."

공자 비가 대답한다.

"진·초 두 나라 중에서 어느 나라가 우리를 더 사랑하겠습니까. 결국은 둘 다 마찬가지입니다. 우리는 누구를 섬기고 누구를 버릴 필요가 없습니다. 어느 쪽이고 간에 강한 나라만 섬기면 그만입니다. 지금부터 경계境界에 희생과 옥과 비단을 미리 준비해두고 초군이 오면 초나라와 동맹을 맺고, 진군이 오면 진나라와 동맹을 맺으십시오. 두 강대국이 서로 싸우다 보면 결국 어느 쪽이든 하나가 질 것입니다. 그때를 기다려 우리는 또 승리한 나라를 섬기면 됩니다."

정희공이 그 계책을 따르려 하지 않는다.

"그대 말처럼 한다면 우리 정나라는 해마다 동맹을 맺느라고 편안할 날이 없겠구나. 안 될 말이다. 곧 진나라에 사람을 보내어 구원군을 청해오너라."

모든 대부는 임금보다 공자 비가 더 무서웠다. 그래서 진나라에 가겠다고 나서는 자가 없었다. 이에 정희공은 분이 끓어올라 친히 진나라를 향해 떠나갔다.

그날 해가 저물자 정희공은 도중 역사驛舍에서 숙박했다. 한밤중에 공자 비의 문객들이 역사에 들어가서 칼로 정희공을 찔러죽였다.

마침내 공자 비는 임금이 급살병이 나서 죽었다고 선포하고 자기 동생 공자 가嘉를 군위에 올려세웠다. 그가 바로 정간공鄭簡公이다.

이리하여 정나라는 곧 초군에게 사자를 보냈다.

"우리 나라가 진나라를 섬긴 것은 다 선군先君의 뜻이었습니다. 이제 선군은 죽었습니다. 원컨대 앞으로 귀국에 충성을 다하겠습니다."

초나라 공자 정貞은 정나라의 맹세를 받고서 군사를 거느리고 본국으로 돌아갔다.

한편, 진나라 진도공은 정나라가 다시 초나라를 섬긴다는 보고를 받고 모든 대부에게 묻는다.

"이제 진陳·정鄭 두 나라가 다 우리를 배반했다. 어느 쪽을 먼저 쳐야 할꼬?"

순앵이 대답한다.

"진陳은 조그만 나라이기 때문에 대국적 견지에서 볼 때 별 영향이 없습니다. 그러나 정나라는 중원의 중요한 지대입니다. 자고로 패업을 성취하려 할진대 먼저 정나라부터 굴복시켰습니다. 진陳나라 같은 것은 열 개를 잃을지라도 정나라만은 잡아둬야 합니다."

한궐韓厥이 말한다.

"순앵의 말이 옳습니다. 앞으로 정나라를 굴복시킬 사람은 바로 순앵인가 합니다. 신은 이제 늙었습니다. 원컨대 순앵에게 중군中軍의 부월斧鉞을 넘겨주겠습니다."

진도공은 허락하지 않았다. 그러나 한궐은 늙어서 이젠 중군 원수의 직책을 감당할 수 없다고 굳이 사양했다.

마침내 순앵이 중군 원수가 됐다. 순앵은 대군을 거느리고 정나라를 치러 갔다. 진군晉軍이 호뢰 땅에 당도했을 때 정나라는 즉시 동맹을 청해왔다. 이에 순앵은 정나라의 맹세를 받고 본국으로 돌아갔다.

한편 초공왕은 이 소식을 듣고 친히 군사를 거느리고 정나라를 치러 갔다. 정나라는 또 즉시 초나라와 동맹을 맺었다. 초공왕은 정나라 항복을 받고 본국으로 돌아갔다.

이때 진도공은 이 소문을 듣고 노발대발했다.

"정나라 임금은 믿을 수 없는 놈이다. 군사가 가면 항복하고 군사가 물러서면 배반하니 장차 정나라를 어찌해야 할꼬?"

순앵이 계책을 아뢴다.

"우리가 정나라를 수습하지 못하는 원인은 초나라가 강하기 때문입니다. 그러니 초나라 힘부터 꺾어야 합니다. 곧 우리는 편안히 있으면서도 초나라를 피곤하게 하는 방법을 써야 합니다."

진도공이 묻는다.

"참으로 그런 좋은 방법이 있느냐?"

순앵이 대답한다.

"자고로 군사를 너무 자주 출동시키면 피곤해집니다. 또한 모든 나라 제후를 너무 자주 부리면 원망을 삽니다. 국내가 피곤하고 국외로부터 원망을 듣게 되면 뜻을 이룰 수 없습니다. 그러니 우리 군대와 모든 나라 제후를 되도록 부리지 말아야 합니다. 상감께선 앞으로 사군四軍을 삼군三軍으로 나눠 일군一軍마다 각국 군사를 배치시키고, 다만 일군씩 교대로 출동시키되 나머지 이군二軍은 쉬게 하십시오. 그래서 초군이 오면 우리는 물러서고, 초군이 물러가면 우리는 전진하는 것입니다. 우리는 늘 일군만으로 초나라 모든 병력을 견제해야 합니다. 상대가 싸움을 걸면 응하지 말고, 상대가 쉬거든 싸움을 걸어 초군을 피곤하게 하자는 것입니다. 그러면 우리 군사는 교대로 나가기 때문에 많은 사상자도 나지 않을 것입니다. 그 대신 초군은 먼 길을 여러 번 가고 오는 동안에 지쳐버리고 말 것입니다."

진도공이 머리를 끄덕이며 찬동한다.

"그거 참 좋은 계책이다."

순앵은 사군을 삼군으로 재편성하고 교대로 출동하도록 순번을 정했다.

이리하여 제일군第一軍은 상군 원수 순언荀偃이 거느리고 부장 한기韓起가 이를 보좌하며, 노魯·조曹·주邾 세 나라 군사를 배치시키고 중군 부장 사개를 후원 부대장으로 삼았다.

제이군第二軍은 하군 원수 난염欒黶이 거느리고 부장 사방士魴이 보좌하며, 제齊·등滕·설薛 세 나라 군사를 배치시키고 중군 상대부上大夫인 위힐魏頡을 후원 부대장으로 삼았다.

제삼군第三軍은 신군 원수 조무趙武가 거느리고 부장 위상魏相

이 보좌하며, 송宋·위衛·예郳 세 나라 군사를 배치시키고 중군 대부 순회荀會를 후원 부대장으로 삼았다.

순앵이 명령을 전한다.

"제1차는 상군이 출정하고, 제2차는 하군이 출정하고, 제3차는 신군이 출정하고, 중군은 각기 그 소속을 따라 접응接應하되 윤번제輪番制로 교대하여라. 다만 적의 맹세를 받는 것이 목적일 뿐 결코 적군과 싸워서는 안 된다."

공자 양간楊干은 바로 진도공의 친동생으로서 이때 나이가 열아홉 살이었다. 그는 근자에 중군의 융어戎御가 됐다. 공자 양간은 혈기왕성한 한창나이라 아직 전쟁 경험이 없었다.

그는 정나라를 친다는 말을 듣자 신명이 나서 주먹을 불끈 쥐었다. 그는 누구보다 먼저 나가서 정군을 단번에 쳐서 무찌르고 싶었다. 그런데 순앵은 공자 양간에게 출전을 명하지 않았다. 공자 양간은 혈기를 참을 수 없어 마침내 선봉이 되어 정군을 치겠다고 자원했다.

순앵이 대답한다.

"나는 군사를 다시 편성하고 새로운 계책을 세웠소. 우리의 목적은 속히 나아가고 속히 물러서는 데 있을 뿐, 싸워서 공을 세우는 데 있지 않소. 이제 부서와 순서를 다 정했으니 소장군小將軍이 비록 용맹하나 지금은 나설 차례가 아니오."

그래도 공자 양간은 출전시켜달라고 졸랐다. 순앵이 마지못해 대답한다.

"기왕 소장군이 굳이 싸우러 가겠다면 신군에 소속하도록 해드리겠소."

"신군은 세번째에 나가는 군대가 아니오? 그때까지 어떻게 기다린단 말이오? 나를 제일군에 넣어주오."

그러나 순앵은 딱 잘라 거절했다.

거절당한 공자 양간은 자기가 임금의 친동생인 것만 믿고서, 곧 자기 부하들을 거느리고 제일군의 중군 부장 사개 뒤에 가서 섰다.

이윽고 사마 위강魏絳이 장령將令을 받고 제일군의 정렬 상태를 둘러보다가, 공자 양간이 부하를 거느리고 병거를 탄 채 뒤에 열지어 서 있는 걸 발견했다.

위강이 즉시 북을 치고 모든 군사에게 말한다.

"공자 양간은 이유 없이 장령을 어기고 군사 행렬의 순서를 어지럽혔다. 군법으로 논하면 당장 목을 끊어야 한다. 그러나 상감의 친동생이니 그럴 순 없고 그렇다고 그냥 버려둘 수도 없다. 공자 양간의 죄를 대신해서 다른 사람이 죽어야 한다. 자고로 군법엔 용서가 없다."

위강은 군교軍校에게 명하여 공자 양간이 타고 있는 병거의 어자御者를 모든 군사 앞으로 끌어내어 한칼에 쳐죽였다. 그리고 단壇 아래에 그 어자의 목을 걸었다. 삽시에 모든 군사는 조용해지고 분위기는 찬물을 끼얹은 듯 숙연해졌다.

공자 양간은 평소부터 자기가 상감의 동생이라고 해서 귀인貴人인 체하고 방자스레 굴었다. 그래서 군법이 과연 어떤 것인지를 몰랐다. 그는 자기 대신 어자가 죽는 걸 보자 정신이 아찔했다. 그는 공포를 느끼면서 부끄럽기도 하고 괴로웠다.

공자 양간은 즉시 병거를 달려 군영軍營을 나갔다. 그는 그길로 형님인 진도공에게 가서 통곡했다. 그러고는 위강이 참으로 방자하게도 어자를 죽였다는 걸 고하고, 이제 자기는 무안해서 모든 장수를 대할 낯이 없다고 호소했다.

진도공은 동생을 사랑하는 마음에서 자세한 걸 물어보지도 않고 노기부터 띠었다.

"위강이 과인의 동생을 모욕했다는 것은 바로 과인을 모욕한 거나 같다. 그놈이 어찌 그렇듯 방자할 수 있을까. 내 단칼에 위강을 죽이리라!"

진도공은 즉시 중군위中軍尉 부장 양설적羊舌赤을 불러들여 위강을 잡아오라고 분부했다.

양설적이 진도공에게 아뢴다.

"위강은 지조 있는 사람입니다. 그는 어려운 일이 있어도 위험한 걸 피하지 않으며, 죄가 있을지라도 형벌을 두려워할 사람이 아닙니다. 그는 군사에 대한 일이 끝나면 제 발로 걸어들어와서 사죄할 것입니다. 그러므로 신이 구태여 가서 위강을 잡아올 필요까진 없습니다."

이때 과연 위강은 궁으로 들어오는 중이었다. 위강은 오른손에 칼을 잡고 왼손에 상소장上疏狀을 쥐고 있었다. 그는 진도공 앞에 가서 처벌을 구할 생각이었다. 그가 오문午門에 이르렀을 때였다. 그는 한 대부로부터 그렇지 않아도 상감이 지금 분기충천하여 그를 잡아오라고 분부했다는 말을 들었다.

위강이 종자從者에게 상소장을 주며 말한다.

"그렇다면 내 상감 앞까지 갈 것 없다. 너는 이 글을 상감께 갖다바쳐라."

위강은 즉시 칼을 뽑아 자기 목을 찌르려 했다.

이때 관원官員 둘이 황급히 달려와 위강의 손에서 칼을 뺏었다. 그 두 관원은 하군 부장 사방士魴과 대부 장노張老였다. 그들이 위강의 손에서 뺏은 칼을 던져버리며 말한다.

"우리는 사마司馬가 궁으로 들어갔다는 말을 듣고 필시 공자 양간에 관한 일이 아닌가 하고 뒤쫓아오는 길이오. 우리는 상감께 가서 이 사실을 똑바로 품하겠소. 그런데 사마는 어찌하여 이렇듯 자기 생명을 가벼이 취급하오?"

위강이 대답한다.

"이미 상감께선 양설적을 불러 나를 잡아오라고 하셨다 하오. 내 어찌 군법을 굽히면서까지 구차스레 살기를 원하리오."

사방과 장노가 말한다.

"이번 일은 국가의 공사公事입니다. 사마는 군법을 지킨 것이지 개인 감정에서 일을 처리한 것은 아니오. 그러하거늘 어찌하여 스스로 목숨을 버리려 하오? 이 상소장은 종자가 바쳐야 할 그런 글이 아니오. 우리가 직접 상감께 가서 이 글을 바치고 품하겠소."

이에 사방과 장노가 먼저 들어가서 진도공을 뵈옵고 위강의 글을 바쳤다.

진도공이 위강의 글을 펴본즉, 그 내용은 다음과 같았다.

상감께선 신의 불초不肖함을 버리지 않으시고 신에게 중군사마의 직책을 맡기셨습니다. 신이 듣건대 삼군三軍의 모든 목숨은 원수元帥에게 매여 있으며, 그러므로 원수의 권리는 명령을 내리는 데 있다고 하옵니다. 원수가 명령을 해도 군사가 따르지 않고 원수가 계책을 정해도 군사가 계책대로 움직이지 않으면, 원수는 공훈을 세울 수 없고 군사는 싸움에 패하고 맙니다. 신은 이번에 명령에 복종하지 않은 자를 죽여 사마의 직책을 다했습니다. 신은 이 일이 상감의 동생에 관한 것인 만큼 상감의 분노를 샀다는 것도 잘 알고 있습니다. 신의 죄는 죽음에서 벗어날 수 없습니다. 이제 청컨대 상감 곁에서 스스로 목숨을 끊고 육친肉親을 사랑하시는 상감의 뜻을 밝히겠습니다.

진도공이 상소장을 읽고 나서 황급히 묻는다.
"위강은 지금 어디 있느냐?"
사방과 장노가 아뢴다.
"위강이 자기 죄를 알고 자살하려기에 신들이 힘써 말렸습니다. 지금 그는 궁문宮門에서 대죄待罪하고 있습니다."
진도공은 자리에서 벌떡 일어나 맨발로 뛰어나갔다.
진도공이 위강을 붙들어 일으키며 말한다.
"조금 전에 과인이 말한 것은 형제간의 정情이며, 그대가 한 일은 군부軍部의 일이라. 과인이 능히 동생을 가르치지 못해서 군법을 범했은즉 모든 허물은 과인에게 있다. 경에게 무슨 잘못이 있으리오. 경은 속히 맡은 바 직책에 전심전력하라."
양설적이 곁에서 큰소리로 외친다.
"상감께서 이미 죄를 용서하셨으니 위강은 속히 물러가오."
위강은 진도공에게 머리를 조아려 사은하고 물러나갔다. 양설적, 사방, 장노 세 신하가 일시에 머리를 조아리며,
"이렇듯 법을 잘 지키는 신하가 있으니 상감께서 장차 패업을 성취하시는 데 무슨 근심이 있겠습니까."
칭송하고 진도공 앞을 물러나갔다.
진도공은 다시 궁실宮室로 들어가서 친동생 공자 양간을 심히 꾸짖었다.

"네가 예禮와 법法을 모르기 때문에 과인은 하마터면 사랑하는 장수 한 사람을 죽일 뻔했다. 너는 공족公族 대부 한무기韓無忌에게 가서 석 달 동안만 예와 법을 배우고 오너라. 그러기 전엔 나와 만날 생각을 말아라."

공자 양간은 아무 소리 못하고 궁을 나갔다.

염옹이 시로써 이 일을 읊은 것이 있다.

군법엔 귀천이 없거늘 어찌 방자스레 굴었는가
중군 사마의 호령이 가을 서리 같았도다.
진도공은 천하에 뜻을 두고 힘썼으므로
충신이 목숨을 아까워하지 않았도다.
軍法無親敢亂行
中軍司馬面如霜
悼公伯志方磨勵
肯使忠臣劍下亡

순앵이 군사를 재편성하고 바야흐로 정나라를 치기 위해 떠나려던 때였다.

이때 시신侍臣이 진도공 앞에 와서 아뢴다.

"송나라에서 국서國書가 왔습니다."

그 국서의 내용은 초·정 두 나라 군대가 자주 송나라 경계를 침범해서 걱정이라는 것과, 더구나 요즘은 핍양국偪陽國이 초·정 두 나라 군사에게 송나라를 칠 수 있도록 동쪽 길을 제공하고 있어 위기에 놓여 있다는 것이었다.

이에 진도공은 정나라를 치러 떠나려던 군사를 일단 중지시키고 모든 신하를 불러들여 상의했다.

상군 원수 순언이 아린다.

"초나라가 진陳·정 두 나라와 서로 짜고서 다시 송나라를 침략하는 것은 결국 그 목적이 우리 진晉나라와 천하 패권을 다투려는 것입니다. 또 핍양국이 초군에게 송나라를 치도록 길을 제공한다는 것은 그냥 둘 문제가 아닙니다. 우리 군사가 가기만 하면 그까짓 핍양국쯤이야 북소리 한 번으로도 항복을 받을 수 있습니다. 그런 후에 우리는 핍양국을 송나라 대부 상술에게 주어 아예 송나라 속국으로 만들어버리게 하고, 초나라가 다시 범접하지 못하도록 동쪽 길을 끊어버리는 것이 상책입니다. 그러면 지난날 우리가 팽성彭城을 쳤을 때 송나라 상술이 우리를 도와준 그 공로에도 보답하는 것이 됩니다."

순앵이 걱정한다.

"핍양국은 비록 나라는 작지만 그 성은 매우 견고하오. 만일 쳐서 항복을 받지 못한다면 우리 나라는 반드시 모든 나라 제후의 웃음거리가 되고 마오."

중군 부장 사개가 말한다.

"지난날 우리가 정나라를 쳤을 때, 초나라는 송나라를 쳐서 우리 진군晉軍으로부터 정나라를 구해줬소. 그후 정나라 호뢰虎牢 땅 싸움 때에도 초나라는 송나라를 쳐서 우리 진군으로부터 정나라를 구해줬소. 이제 우리가 정나라의 항복을 받으려면 무엇보다 먼저 송나라가 초군의 침범을 받지 않도록 주선해줘야 합니다. 그러기에 나는 순언의 주장이 옳다고 생각하오."

순앵이 묻는다.

"그럼 두 분은 핍양국을 쳐서 틀림없이 멸망시킬 자신이 있소?"

순언과 사개가 대답한다.

"모든 책임은 우리가 지겠소. 핍양성을 쳐서 성공하지 못할 경우엔 우리가 군법을 달게 받겠소."

진도공이 곁에서 격려한다.

"순언이 주장하고 사개가 돕는 바에야 어찌 성공하지 못할 리 있으리오."

정나라를 치러 갈 예정이던 진晉나라 제일군은 마침내 방향을 바꾸어 핍양국을 치러 갔다. 그리고 노魯·조曹·주邾 세 나라 군사가 도우려고 그 뒤를 따랐다. 드디어 진군은 핍양성을 포위했다.

한편, 핍양성의 대부 운반妘斑이 임금에게 계책을 아뢴다.

"지금 진군晉軍이 우리 나라를 포위했습니다. 그런데 그들을 돕기 위해서 온 노군魯軍은 우리 북문 밖에다 영채를 치고 있습니다. 우리는 일부러 북문을 열고 나가서 노군에게 싸움을 걸겠습니다. 그리고 후퇴하면서 노군을 성안으로 유인하겠습니다. 노군을 반쯤 성안으로 끌어들였을 때 일순 현문懸門(좌우로 여는 성문이 아니고 상하로 올리고 내리는 성문)을 내려버리면 노군은 완전히 성내城內, 성외城外로 양단兩斷되고 맙니다. 이렇게 해서 우선 노군이 패하면 조군曹軍과 주군邾軍은 겁을 먹을 것이며, 진군晉軍도 기운을 잃을 것입니다."

핍양의 임금은 대부 운반의 계책을 따르기로 결심했다.

한편 노나라 장수 중손멸仲孫蔑은 숙량흘叔梁紇(공자孔子의 아버지), 진근보秦堇父, 적사미狄虒彌 등을 거느리고 핍양성 북문을 공격했다. 그들은 현문이 열려 있는 걸 보고서 좋은 기회라고 생각했다.

진근보와 적사미는 스스로 용기만 믿고서 앞을 다투어 성안으로 들어갔다. 바로 그 뒤를 이어 숙량흘이 성안으로 들어가려던 참이었다.

문득 큰소리가 나면서 숙량흘의 머리 위로 현문이 떨어져내려왔다. 순간 숙량흘은 창을 버리고 두 손을 번쩍 들어 떨어져오는 현문을 떠받았다. 이에 성밖 노군은 일제히 금을 울려 후퇴하라는 신호를 보냈다. 이미 성안으로 들어갔던 진근보와 적사미와 군사들은 숙량흘이 두 손으로 떠받치고 있는 현문 밑을 급히 빠져나가 성밖으로 나왔다.

동시에 성안에서 북과 뿔나팔 소리가 일제히 일어났다. 운반은 군사를 거느리고, 도로 성밖으로 내빼는 노군 뒤를 추격하다가 깜짝 놀라 병거를 멈췄다.

바라보니, 노나라 장수 하나가 성문에 버티고 서서 두 손으로 현문을 떠받들고 있지 않은가. 운반은 이 의외의 놀라운 광경에 자기 눈을 의심했다.

성루에서 내려진 그 현문의 무게는 1,000근 정도가 아니었다. 만일 노군 뒤를 쫓아 성밖으로 나가다가 그 장수가 현문을 놓기만 하면 도리어 큰 피해를 당할 것이 분명했다. 운반은 잠시 정신을 잃은 듯 병거를 멈추고 그 무서운 장수만 바라봤다.

숙량흘은 진晉·노魯 연합군이 다 자기 옆으로 빠져나가자 큰소리로 외친다.

"노나라 유명한 상장上將 숙량흘이 여기 있다. 누구고 성밖으로 따라나가고 싶은 자가 있거든 이리로 오너라. 내가 이 현문을 놓기 전에 어서 속히 나가보아라!"

핍양군은 아무도 선뜻 앞으로 나가질 못했다.

이때 운반이 활을 들어 숙량흘을 쐈다. 순간 숙량흘은 손을 놓으면서 가벼이 성밖으로 선뜻 물러섰다. 동시에 벼락치는 소리가 나면서 무거운 현문이 떨어져내렸다. 운반이 쏜 화살은 떨어진 현문에 꽂혀 바르르 떨었다.

숙량흘이 본영으로 돌아가서 진근보와 적사미에게 자랑한다.

"두 장군은 나의 두 팔 때문에 살아났소."

진근보가 대답한다.

"만일 후퇴하라는 금만 울리지 않았어도 우리는 성안을 무찔러 지금쯤은 핍양성을 함몰했을지 모르오."

적사미도 말한다.

"다 흰소리 마오. 두고 보시오. 내일 나 혼자 핍양성을 쳐서 우리 노나라 힘을 천하에 과시하겠소."

이튿날이었다.

노나라 상장 중손멸은 군사를 정돈하고 다시 핍양성을 향해 싸움을 걸었다.

적사미가 좌우를 돌아보며 뽐낸다.

"아무도 나를 돕지 마라. 나 혼자서 적과 싸우리라."

적사미는 큰 병거 바퀴에다 쇠로 만든 갑옷을 단단히 비끄러매어 그걸 방패로 삼아 가벼이 왼손에 잡고, 오른손에 긴 창을 들고서 나는 듯이 춤을 췄다.

핍양성 위에서 한 장수가 적사미를 굽어보고 베〔布〕 한 통을 풀어 한끝만 성 밑으로 내려보내면서 외친다.

"내 너희들을 이 성 위로 끌어올려주마. 누가 이 베를 붙들고 감히 성 위로 올라오겠느냐? 만일 올라오는 자가 있다면 그 용기를 인정해주마……"

이 말이 끝나기도 전이었다. 노나라 군대에서 한 장수가 썩 나서며 대답한다.

"오냐, 내가 올라가마!"

그 장수는 바로 진근보였다. 진근보는 성 밑으로 가서 성 위에서 드리워준 베를 양손에 틀어잡고 외마디 소릴 지르면서 몸을 솟구쳤다. 순간 진근보의 몸은 나는 듯이 솟아 성 위의 낮은 담 가까이 올라갔다.

그때 성 위의 핍양군이 황급히 칼로 베를 싹둑 잘랐다. 진근보의 몸은 반공半空에서 땅바닥으로 떨어져내렸다. 핍양성의 높이는 실로 까마득했다. 만일 보통 사람이라면 떨어지자마자 즉사했을 것이다. 그러나 진근보는 떨어지자 오뚝이처럼 발딱 일어섰다.

성 위에서 또다시 외친다.

"베를 또 드리워주마. 네 감히 다시 이 성 위로 올라오겠느냐?"

"내 어찌 그만둘 리 있겠느냐!"

진근보는 다시 두 손으로 베를 틀어잡고 성 위로 솟아올랐다. 동시에 핍양군은 또 칼로 베를 잘랐다. 진근보는 다시 성 밑으로 떨어졌다.

성 위에서 또 베를 드리워주며 외친다.

"네 그래도 또 올라오겠느냐!"

진근보가 부스스 일어나며 대답한다.

"오냐, 또 올라가마!"

진근보는 조금도 두려워하는 기색이 없었다. 그는 베를 두 손으로 틀어잡는 순간 벽력같은 소리를 질렀다. 순간 진근보의 몸은 포탄처럼 성 위로 솟았다. 성 위의 핍양군은 즉시 칼로 베를 잘랐다. 순간 진근보는 번개같이 손을 뻗어 베를 자른 군사를 잡아챘다. 베를 자른 군사는 허공에 원을 그리며 성 밑으로 떨어졌다. 그 군사는 일어나지도 못하고 그대로 죽었다. 진근보도 끊어진 베와 함께 성 밑으로 떨어졌다.

진근보가 일어나 성 위를 쳐다보며 외친다.

"또 베를 드리워줄 테냐?"

성 위의 핍양군이 공손히 대답한다.

"우리는 장군의 신용神勇하심을 알았습니다. 감히 다시는 베를 드리우지 않겠습니다."

그제야 진근보는 끊어진 베의 세 끝을 들어 모든 군사에게 흔들어 보였다. 진晉·조曹·주邾·노魯·핍양逼陽 군사들은 적군 우군 할 것 없이 일제히 진근보에게 우레 같은 박수 갈채를 보냈다.

중손멸이 찬탄한다.

"시詩에 힘이 범 같다〔有力如虎〕는 말이 있다. 숙량홀·진근보·적사미 세 장수만 있으면 두려울 것이 없구나!"

핍양의 대부 운반은 노나라 장수들이 낱낱이 용맹한 걸 보고서 단판 승부를 걸지 않기로 했다.

"군사와 백성은 다 같이 성을 굳게 지키고 되도록 진나라 연합군과 싸움을 피하여라."

진나라 연합군은 그해 여름 4월 병인일丙寅日에 핍양성을 포위한 이래 5월 경인일庚寅日에 이르기까지 무릇 24일 동안 아무 성과도 올리지 못했다.

진나라 연합군은 싸움에 응하지 않는 핍양성을 공격하기에 지쳤다. 성문을 꼭 닫아걸고 지키기만 하는 핍양군은 아직도 여유가 만만했다.

그때 문득 큰비가 쏟아지기 시작했다.

비는 여름 장마로 변했다. 평지에도 물이 3척尺이나 불었다. 사방이 홍수로 변하자 진나라 연합군은 차차 공포와 불안에 휩싸였다.

순언과 사개는 혹 군사들 사이에 변變이라도 일어나지 않을까 하고 염려했다. 그들은 중군中軍 영채에 가서 순앵에게 회군하기를 청했다.

노래가 왕을 쫓아내다

　진晉나라와 노魯·조曹·주邾 연합군은 핍양성을 포위하고 24
일 동안을 공격했다. 그러나 아무런 성과도 올리지 못했다. 그러
던 차에 큰비가 와서 평지에도 물이 3척이나 괴었다.

　순언荀偃과 사개士匄는 군사들의 마음이 변하지나 않을까 두려
워 순앵荀罃에게 가서 청했다.

　"핍양逼陽은 조그만 나라이기 때문에 쉽사리 항복받게 될 줄 알
았는데, 포위한 지 한 달이 가깝건만 아직도 함몰하지 못하고 있
습니다. 게다가 큰비는 자꾸 내리고 또 지금은 여름철이라 포수泡
水는 서쪽에 있고, 설수薛水는 동쪽에 있고, 곽수漷水는 동북쪽에
있어, 이 세 강이 다 사수泗水와 통합니다. 만일 비가 멈추지 않고
이대로 계속 내리면 세 강물은 넘치고 맙니다. 그러면 우리는 회
군하기 어렵습니다. 그러니 잠시 본국으로 돌아갔다가 다시 와서
핍양성을 치기로 합시다."

　이 말을 듣자 순앵은 몹시 노하여 몸을 기대고 있던 책상을 들

어 두 장수에게 던지면서 소리를 질렀다.

"내 전날 뭐라고 했던가! 비록 핍양성이 작은 나라지만 함몰하기 어렵다고 하지 않았더냐! 그런데 그대들은 만사를 맡겨만 주면 반드시 핍양에 가서 항복을 받아오겠다고 상감 앞에서 장담했다. 그래, 늙은 나를 이곳까지 끌고 와서는 근 한 달이 지났건만 한치의 공도 세우지 못한 주제에, 이제 와선 비가 오니 돌아가자는 말이 어디서 나오는가. 나는 그대들 때문에 이곳에 왔다. 그러나 그대들이 가잔다고 따라서 돌아갈 순 없다. 이제 그대들에게 7일 간의 기한을 주겠다. 그 기한 내에 핍양성을 함몰해야지 그렇지 못할 때엔 군령에 의해서 그대들의 목을 참하리라. 속히 나가거라, 보기 싫다!"

순언과 사개는 얼굴이 흙빛으로 변했다. 그들은 연방 분부대로 거행하겠다면서 황급히 물러나갔다. 그들은 돌아가는 즉시 본부 장수들을 불러놓고 지시했다.

"원수께서 엄한 명령을 내리셨다. 7일 안에 핍양성을 함몰하지 못할 때엔 우리 목이 다 달아난다. 나도 너희들에게 기한을 준다. 엿새 안에 이 성을 격파하지 못할 때엔 너희들 목부터 먼저 참하고 우리는 자살함으로써 군법을 지킬 각오다."

모든 장수는 서로 얼굴을 쳐다보며 말이 없었다. 순언이 계속 말한다.

"자고로 군중軍中엔 장난삼아 말하는 법이 없다. 우리 두 사람이 누구보다 앞장서서 친히 적의 화살과 돌을 무릅쓰고 싸우겠다. 우리는 지금부터 주야를 가리지 않고 성을 공격하기로 한다. 앞으로 나아갈 뿐 물러서서는 안 된다."

진군晉軍은 노·조·주 세 나라 군사에게 협력을 청하고 일제히 핍양성을 공격했다.

이땐 비도 그치고 물도 좀 빠졌다. 순언과 사개는 소거輭車를 타고 병졸들보다 앞서 핍양성으로 접근해갔다.

성 위에서 화살과 돌이 빗발치듯 쏟아졌다. 그러나 모든 군사는 피하지 않고 나아가서 공격했다. 이리하여 경인일庚寅日부터 시작된 공격은 갑오일甲午日까지 계속됐다. 참으로 치열한 싸움이었다.

갑오일이 되던 날, 드디어 핍양성 안엔 화살과 돌이 하나도 남지 않았다. 순언은 높은 소거를 성 가까이 바짝 들이대고서 성 위로 건너뛰었다. 사개가 그 뒤를 따라 성 위로 건너뛰었다. 각국 장수와 군사들이 승세를 놓치지 않고 개미 떼처럼 성 위로 올라갔다.

성 위에서 벌어진 피비린내 나는 싸움은 점점 성안으로 확대됐다. 핍양국 대부 운반妘斑은 마침내 시가전市街戰에서 전사했다.

곧 진晉나라 연합군에 의해서 그간 굳게 닫혔던 핍양성 문이 열리고 순앵이 입성했다.

마침내 핍양국 임금은 여러 신하를 거느리고 나와 순앵이 타고 있는 말 앞에서 항복했다. 순앵은 곧 임금 일족을 군중軍中에 연금軟禁했다.

진나라 연합군은 공격한 지 겨우 닷새 만에 핍양성을 함몰한 셈이다. 만일 순앵이 몹시 노하지 않았던들 어찌 이런 공을 세울 수 있었으리오.

염옹이 시로써 이 일을 읊은 것이 있다.

장수가 칼을 짚고 한번 단에 오르면 다 복종해야 하거늘
수하 장수가 어찌 그 권한을 침범할 수 있으리오.

장수가 한번 책상을 던지는 바람에 삼군이 정신을 차려
철석 같은 높은 성을 두려워하지 않았도다.
仗鉞登壇無地天
偏裨何事敢侵權
一人投几三軍懼
不怕隆城鐵石堅

　한편, 진도공은 혹 군사들이 핍양국을 함몰하지 못할까 염려하
여 정병 2,000명을 거느리고 싸움을 도우려고 위衛나라 도읍 초구
楚邱까지 갔다. 그제야 진도공은 순앵이 이미 큰 공을 세웠다는
소식을 듣고 곧 사자使者를 송나라로 보내어 애초에 예정한 대로
상술向戌에게 핍양 땅을 줬다.

　송평공宋平公과 상술은 친히 위나라 도읍 초구에 가서 진도공
을 뵈었다. 그리고 상술은 진도공에게 자기는 핍양 땅을 다스릴
만한 자격이 없다고 사양했다. 그래서 진도공은 핍양 땅을 송평공
에게 줬다.

　송·위 두 나라 군후는 각기 잔치를 베풀고 진도공을 극진히 대
접했다. 이 잔치 자리에서 순앵은 노나라 장수 숙량흘·진근보·
적사미의 뛰어난 용맹을 보고했다. 진도공은 그들 세 장수에게 각
각 좋은 병거와 의복을 하사했다. 진도공은 그간 초나라를 도운
핍양의 임금을 서민庶民으로 폐廢하고, 그 공족 중에 어진 자를
골라 조상 제사를 지내게 하고 곽성霍城에 가서 살게 했다.

　그해 가을에 진晉나라 장수 순회荀會가 죽었다. 진도공은 군법
에 엄격한 위강魏絳에게 순회의 후임으로 신군新軍 부장 자리를
주었다. 그리고 위강의 후임으로 장노張老에게 사마司馬를 시켰다.

그해 겨울이었다. 드디어 진나라 제이군第二軍은 정나라로 쳐들어갔다. 진군晉軍은 일단 정나라 우수牛首 땅에 둔치고 또 호뢰 땅에 군사를 파견했다.

그런데 정나라에선 일대 사건이 벌어졌다. 위지尉止가 변란을 일으켜 서궁西宮에 모인 공자 비, 공자 발, 공손첩을 한꺼번에 쳐죽인 것이다.

공손하公孫夏, 공손교公孫僑는 즉시 군사를 거느리고 위지를 쳤다. 이에 위지는 북궁北宮으로 쫓겨 달아났다.

공손채公孫蠆도 급보를 받고 군사를 거느리고 와서 역적 치는 걸 도와 마침내 위지 일당을 모조리 잡아죽였다. 그후 공자 가嘉가 상경이 됐다.

한편, 진나라 장수 난염欒黶이 순앵에게 청한다.

"지금 정나라는 내란이 있어 능히 우리와 싸우지 못할 것이오. 우리로선 참 좋은 기회요. 서둘러 공격하면 곧 정나라를 무찌를 수 있소."

순앵이 대답한다.

"남이 불행할 때에 쳐들어간다는 것은 의로운 일이 아니오."

순앵은 도리어 정나라에 대한 공격을 늦췄다. 이에 정나라 공자 가는 진군晉軍에게 사람을 보내어 화평을 청했다. 드디어 순앵은 정나라의 맹세를 받았다.

초나라에서 공자 정貞이 정나라를 구원하러 왔다. 이때는 진군이 이미 본국으로 돌아간 뒤였다. 이에 정나라는 다시 초나라와 동맹을 맺었다.

세상에선 진도공이 세 번이나 군사를 출동시켜 세 번 만에 초나라를 정복했다는 말이 있다. 이번 군사 출동은 그 세 번 중의 첫번째였다. 이때가 바로 주영왕周靈王 9년이었다.

이듬해 여름에 진나라 진도공은 다시 제삼군第三軍을 출동시켜 배신한 정나라를 쳤다. 이에 송나라 상술向戌은 진군을 도우려고 정나라 동문東門에 왔고, 위나라 상경 손임보孫林父는 군사를 거느리고 예郳나라 군사와 함께 진군을 도우려고 북비北鄙 땅에 와서 둔쳤고, 진나라 신군 원수 조무趙武 등은 서교西郊 밖에 영채를 세웠고, 순앵은 친히 대군을 거느리고 북림北林 땅에서 서쪽으로 내려와 정나라 남문南門 밖에 이르렀다. 이리하여 각로各路로 온 군사들이 일제히 정나라를 공격했다.

이에 정나라 정간공鄭簡公과 모든 신하는 잔뜩 겁을 먹었다. 그들은 즉시 진군에게 또 화평을 청했다. 순앵은 정나라 항장을 받고, 일단 군사를 거느리고 송나라 박성亳城 땅으로 물러갔다.

이에 정간공은 친히 송나라 박성까지 가서 진나라 연합군을 성대히 대접하고 순앵과 함께 희생의 피를 입술에 바르고 맹세했다.

이리하여 진·송 등 모든 나라 군사는 각기 해산했다. 이것이 진도공이 군사를 세 번 출동시킨 중에서 그 두번째였다.

한편, 초나라 초공왕은 정나라가 또 진나라를 섬긴다는 소식을 듣고 울화가 치밀었다. 초공왕은 공자 정을 진秦나라로 보내어 함께 정나라를 치자고 청했다. 진나라는 초나라의 청을 쾌락했다.

여기엔 그만한 이유가 있었다. 진경공秦景公의 여동생은 바로 초공왕의 부인이었다. 진秦·초 두 나라는 서로 혼인한 이후로 전에 없이 친한 사이가 되었다.

마침내 진秦나라는 대장 영첨嬴詹에게 병거 300승을 주어 초군을 돕게 했다.

한편 초공왕은 친히 대군을 거느리고 진군秦軍과 합치기로 약

속한 형양滎陽 땅으로 떠나면서,

"내 이번에 정나라를 쳐서 멸망시키지 못하면 맹세코 돌아오지 않으리라."

하고 결심을 밝혔다.

이때 정간공은 송나라 박성 땅에서 진군晉軍 앞에 나아가 충성을 맹세하고 본국으로 돌아간 뒤였다. 본국으로 돌아온 정간공은 이번엔 초군이 불원간에 쳐들어올 것이라는 보고를 받았다.

정간공은 길이 한숨을 몰아쉬고 모든 대부를 불러들여 앞날을 상의했다.

모든 대부가 아뢴다.

"지금 형편으론 진晉나라가 초나라보다 강합니다. 그런데 진군이 우리 나라로 쳐들어올 때엔 그 행동이 매우 느리고 돌아갈 때는 매우 빠릅니다. 그래서 진晉·초 두 나라는 아직 서로 승부를 내지 못한 채 우리 정나라만 사이에 두고 끊임없이 다투는 중입니다. 그러나 만일 진군이 우리 정나라를 뺏기지 않으려고 초군과 단판 싸움을 벌인다면 어느 쪽이 더 강할까요? 진군을 당적하지 못할 때엔 초군은 반드시 피할 것입니다. 그때를 기다려 우리 나라는 전적으로 진晉나라를 섬기는 것이 좋겠습니다."

공손사지公孫舍之가 계책을 말한다.

"진나라로 하여금 우리 정나라를 뺏기지 않도록 초군과 싸우게 하려면, 우리는 우선 진나라를 격분시켜야 합니다. 또 진나라를 격분시키는 방법으론 우리가 송나라를 치는 것이 가장 효과적입니다. 왜냐하면 진나라와 송나라는 매우 친한 사이이기 때문입니다. 우리가 송나라를 치기만 하면 진나라는 즉시 우리 나라를 치러 달려올 것입니다. 지금 신의 생각으론 진군이 온다고 초군이 물러서진 않을 것으로 봅니다. 그렇게 되면 우리는 초군에게 변명할 길도 생기며, 진晉·초 두 나라가 서로 싸우는 걸 앉아서 구경할 수 있습니다."

모든 대부가 일제히 말한다.

"그 계책이 참 묘하오."

이러고 한참 상의를 하는데, 세작이 돌아와서 아뢴다.

"초나라는 진군秦軍과 서로 짜고서 우리 나라를 치러 오는 중입니다."

공손사지가 만면에 웃음을 띠며 말한다.

"이제 하늘이 우리 정나라로 하여금 진晉나라를 섬기게 하나보오."

그러나 모든 대부는 그 뜻을 몰라 이유를 물었다. 공손사지가 그 이유는 대답하지 않고 다시 계책을 아뢴다.

"초·진秦 두 나라 군대가 몰려와서 우리 나라를 치면 우리는 큰 곤경을 겪어야 합니다. 차라리 초군이 우리 나라에 들어서기 전에 우리 쪽에서 먼저 나아가서 초군을 영접하고, 초군과 함께 송나라를 쳐야 합니다. 그러면 우리는 당장 두 가지 이익을 얻습니다. 그 첫째는 초군의 공격을 면하게 되고, 둘째는 진晉나라를 격노시켜 진군을 우리 나라로 더욱 빨리 오게 할 수 있습니다. 어찌 일거양득이 아니겠습니까."

정간공은 연방 머리를 끄덕이었다.

이에 공손사지는 혼자서 병거를 타고 밤낮없이 남쪽으로 달려갔다. 공손사지가 영수潁水를 건너 약 30리쯤 갔을 때 앞에서 오는 초군을 만났다.

공손사지는 곧 수레에서 내려 초공왕이 타고 있는 말 앞에 나아가 절하고 꿇어엎드렸다.

초공왕이 분을 삭이지 못하고 꾸짖는다.

"너희 정나라같이 신의 없는 나라는 처음 봤다. 이번이 도대체 몇 번째 배신이냐! 과인이 너희 나라 죄를 밝히러 가는 중인데, 네 어째서 예까지 왔느냐?"

공손사지가 공손히 아뢴다.

"우리 나라 주공께선 늘 대왕의 덕을 사모하시고 대왕의 위엄을 두려워하사 평생 대왕을 섬길 생각이신데, 어찌 초나라를 배반할 리 있겠습니까. 그러나 진晉나라가 워낙 포학무도해서 툭하면 송군宋軍과 함께 우리 나라로 쳐들어오니 어찌합니까. 우리 주공께선 그저 국가 사직을 유지하기 위해서 죽지 못해 그들에게 화평을 청한 것뿐입니다. 하지만 언제나 대왕에 대한 충성만은 변하지 않고 있습니다. 그래서 이번에 우리 주공께선 이 충성을 알리기 위해 특별히 신으로 하여금 대왕을 영접하게 하셨습니다. 그러니 늘 진나라와 함께 우리 나라를 침범하는 송나라를 대왕께서 이번에 무찔러주십시오. 그러면 우리 나라 군사는 대왕의 말고삐를 잡고 충성을 다하는 동시에 앞으론 결코 본의 아닌 배신을 하지 않겠습니다."

이 말을 듣자 초공왕은 즉시 분노가 씻은 듯 사라졌다.

"내가 송나라를 친 후에 너희 나라 임금이 복종하겠다 하니 다시 무엇을 말할 것 있으리오."

공손사지가 또 아뢴다.

"제가 이곳으로 떠나오던 날 우리 주공께선 장차 동비東鄙에서 대왕을 영접해모시고 송나라를 치겠다면서 모든 준비를 서두르고 계셨습니다."

초공왕이 대답한다.

"그러나 과인은 진군秦軍과 형양성滎陽城 아래서 서로 만나기로 약속하고 오는 길이다. 그러니 진군秦軍과 만나 함께 송나라를 치리라."

공손사지가 다시 아뢴다.

"진秦나라 도읍 옹주雍州는 우리 나라에서 너무나 먼 거리에 있습니다. 진군秦軍은 진晉나라 땅을 지나고 주周나라를 경유해야만 비로소 우리 나라에 올 수 있습니다. 그러니 대왕께서 한 사람을 즉시 보내시면 가히 도중에 진군秦軍을 돌려보낼 수 있습니다. 일월 같은 대왕의 위엄과 용맹무쌍한 초군의 힘으로써 천하에 두려울 것이 없거늘, 하필이면 그까짓 서쪽 오랑캐 진秦나라의 힘을 빌려야 할 것이 무엇입니까."

초공왕은 공손사지의 말을 듣고 기뻐했다. 초공왕은 곧 사람을 보내어 정나라로 오는 진군秦軍을 도중에서 돌려보냈다.

그리고 초공왕은 공손사지와 함께 동쪽으로 진군하여 유신有莘이라는 벌판에 이르렀다. 정간공이 군사를 거느리고 이미 영접 나와 있었다.

그곳에서 초군과 정군은 합세하여 함께 송나라로 쳐들어갔다. 그들은 송나라 백성들의 집과 많은 물품을 맘껏 노략질해 돌아갔다.

한편 송평공은 즉시 상술을 진晉나라로 보내어 초·정 두 나라 군사가 쳐들어왔다는 것을 고했다. 과연 진도공은 송나라로부터 이 보고를 받자 대로했다.

"즉시 군사를 일으켜라! 이번엔 제일군이 출동할 차례다."

순앵이 아뢴다.

"초나라가 이번에 진秦나라에 원조를 청했다는 것은 유의할 만한 일입니다. 곧 초군은 계속해서 정나라를 치러 다니기에 이젠 지칠 대로 지쳤다는 증거입니다. 우리가 이런 계제에 초군을 한 번 호되게 치면 그들은 다시는 나타나지 않을 것입니다. 이번에 아주 정나라를 잡아야 합니다. 그러기 위해선 우리 나라의 강성한 세력을 그들에게 보여줘야 합니다."

진도공이 대답한다.

"좋은 생각이오."

이에 진晉나라는 송宋·노魯·위衛·제齊·조曹·거莒·주邾·등滕·설薛·기杞·소주小邾 등 여러 나라에 격문을 보냈다.

드디어 그들 열한 나라 군사는 각기 자기 나라를 떠나 일제히 정나라로 쳐들어갔다. 그들은 정나라 동문에 이르기까지 도중에서 많은 노략질을 했다. 이것이 진도공이 세 번 군사를 출동시켰다는 그 세번째였다.

한편, 정간공이 공손사지에게 말한다.

"그대가 진晉나라를 격분시켜 속히 오게 한다더니 과연 그들은 우리 나라에 왔다. 장차 어찌할꼬?"

공손사지가 대답한다.

"신은 진군晉軍에게 사람을 보내어 화평을 청하는 한편, 초나라로 사람을 보내어 구원을 청하겠습니다. 만일 초군이 오면 반드시 진군과 큰 싸움이 벌어집니다. 우리는 싸움이 끝나기를 기다렸다가 이긴 편을 섬기면 그만입니다. 또 초군이 오지 않으면 우리는 진晉나라와 동맹을 맺어 그들에게 많은 뇌물을 바치고 보호를 받으면 됩니다. 그렇게만 되면 감히 진나라에 대적하지 못하는 초나라를 두려워할 것이 없습니다."

이에 정간공은 대부 백변伯騈을 진군에 보내어 화평을 청하게 하는 동시에 공손양소公孫良霄를 초나라로 보냈다.

공손양소가 초나라에 가서 초공왕에게 고한다.

"진군이 또 우리 나라로 쳐들어왔습니다. 진군을 따라온 군사가 모두 열한 나라나 됩니다. 그들의 형세는 이만저만 큰 것이 아닙니다. 참으로 우리 정나라 운명은 바람 앞의 등불 같아서 언제 망할지 조석朝夕을 헤아릴 수 없습니다. 대왕께선 속히 군사를 일으키사 진나라가 거느리고 온 열한 나라 군사를 무찔러주십시오. 그렇지 않으면 우리 나라는 종묘사직을 보전할 수 없습니다. 만일 군왕께서 위기에 처한 우리 나라를 구해주지 않으신다면 우리 정나라는 부득불 진나라에 화평을 청하는 수밖에 없습니다. 혹 그렇게 될지라도 대왕께선 우리 정나라를 불쌍히 생각하시고 널리 이해해주십시오."

초공왕은 그 즉시 공자 정貞을 불렀다.

"장차 이 일을 어찌할꼬?"

공자 정이 대답한다.

"우리 군사는 송나라를 치고 돌아온 지 얼마 안 되어서 아직 숨도 돌리지 못하고 있는 형편입니다. 그런데 또 어떻게 곧 군사를 출동시킬 수 있습니까. 별도리 없습니다. 잠시 정나라를 진나라에 넘겨주십시오. 후일 다시 찾아오면 되지 않습니까."

사실 지쳐버린 초군으로선 진나라와 그 열한 나라 군사를 상대로 싸울 수 없었다. 초공왕은 치미는 울화를 참을 수 없었다. 그래서 홧김에 정나라 사자使者 공손양소를 군부軍府에 잡아가두었다.

염옹이 시로써 이 일을 읊은 것이 있다.

초·진은 대대로 원수간인데

진나라 군사가 교대로 오자 초나라는 군사를 일으키지 못했
도다.
심부름 간 사람을 무슨 죄가 있다고 잡아가뒀느냐
진나라가 군사를 삼군으로 나눈 것은 참 용한 계책이었도다.
楚晉爭鋒結世仇
晉兵迭至楚兵休
行人何罪遭拘執
始信分軍是善謀

이때 진군晉軍은 소어蕭魚 땅에 군영을 두고 있었다. 정나라 사
자 백변伯騈은 소어 땅으로 갔다. 진도공이 백변을 불러들여 소리
높이 꾸짖는다.

"너희 나라는 과인에게 충성을 맹세하고 연후에 우리를 배반한
것이 한두 번이 아니었다. 이번만은 전과 같지 않을 것이니 그리
알아라!"

백변이 머리를 조아리며 대답한다.

"이미 우리 주공께선 초나라로 사람을 보내어 지금까지의 관계
를 일체 끊었습니다. 앞으로 어찌 감히 두 마음을 품을 리 있겠습
니까."

"과인은 성심껏 너희 나라를 대접해왔다. 지금도 그러하다. 앞
으로 다시 배신한다면 너희 나라는 비단 나에게만 죄를 짓는 것이
아니라 천하 모든 제후들에게도 신의를 잃을 것이다. 내 너를 돌
려보내줄 테니 너는 곧 돌아가서 너의 임금과 신중히 상의하고 다
시 와서 좌우간 명확한 대답을 하여라."

백변이 거듭 머리를 조아리며 계속 아뢴다.

"우리 상감께선 친히 목욕하시고 나서 신을 군후께 보낼 때, 정나라를 군후께 맡기겠다고 누누이 말씀하셨습니다. 그러니 군후는 의심 마소서."

진도공이 말한다.

"진정 너희 나라 뜻이 그러하다면 서로 동맹을 맺으리라."

이에 진나라 신군 원수 조무趙武는 백변의 안내를 받고 정성鄭城으로 가서 정간공과 함께 입술에 피를 바르고 맹세를 받았다. 맹세를 마친 정간공은 공손사지를 조무가 돌아가는 데 함께 딸려 보냈다.

공손사지가 다시 소어 땅에 가서 진도공을 뵈옵고 아뢴다.

"우리 상감께선 금년 겨울 12월에 친히 군후를 찾아뵙고 맹세를 드리겠다고 하셨습니다."

진도공은 머리를 끄덕이고 쾌히 허락했다.

그해 겨울 12월에 정간공은 친히 진군晉軍에게 갔다. 진도공은 열한 나라 모든 군후를 초청하고 함께 앉아 있었다. 정간공은 진도공 앞에 나아가서 맹세를 드리러 왔다고 청했다. 진도공이 부드러운 목소리로 대답한다.

"전번에 우리 두 나라가 맹세를 했는데 또다시 맹세할 것 없소. 군후가 신의만 잘 지켜준다면 천지신명이 다 이를 증명할 것이오."

그리고 나서 진도공은 모든 군사에게 분부했다.

"모든 군사는 그간 노략질한 물품과 잡아온 사람을 다 정나라로 돌려보내라. 앞으로 정나라 물품이나 백성을 추호라도 범하는 자가 있으면 군법으로써 다스리리라. 그리고 호뢰 땅에 주둔하고 있는 군사들도 다 철수시켜라."

열한 나라 제후가 간한다.

"정나라를 어찌 믿을 수 있습니까. 정나라가 또 배신하면 그때 다시 영채를 시설하기는 어렵습니다. 그러니 호뢰 땅 상주군常駐 軍만은 그냥 두시지요."

진도공이 대답한다.

"그간 모든 나라 군후께선 정나라 때문에 많은 수고를 하셨소. 그렇다고 군사들을 한없이 주둔시키고 더 이상 고생시킬 순 없소. 과인은 과거지사는 다 잊고 이제부터 새로이 정나라와 국교를 맺은 걸로 생각하고 싶소. 앞으로 과인이 정나라를 위해서 의리를 지킬 것인즉 정나라가 어찌 과인을 배신할 리 있으리오."

진도공이 다시 정간공에게 말한다.

"군후가 지금까지 과인과 싸우느라고 그간 많은 고충이 있었을 줄로 아오. 이러나저러나 간에 이제 우리는 서로 쉬어야 하오. 그러니 앞으론 진나라를 섬기든 초나라를 섬기든 맘대로 하오. 과인은 군후에게 강요진 않을 작정이오."

정간공이 감격해서 눈물을 흘리며 대답한다.

"군후께서 성심으로 우리 나라를 대하시는데, 하물며 사람인 바에야 어찌 그 은혜를 잊겠습니까. 다시 딴 뜻을 품는다면 우선 천지신명께서 과인을 용서하지 않으시리이다."

그날로 정간공은 정성鄭成으로 돌아갔다. 이튿날 공손사지는 다시 정간공의 분부를 받고 많은 뇌물을 가지고 가서 진도공에게 바쳤다.

그 뇌물을 대충 소개하자면 악사樂師 3명, 여자 악공樂工 16명, 악종樂鍾 32개, 여자 침공針工 30명, 돈거軘車와 광거廣車와 병거 100승이었다.

진도공이 정나라 뇌물을 받고 그중에서 여자 악공 8명과 악종

12개를 위강魏絳에게 하사하면서 말한다.

"그대는 오랑캐 융적戎狄을 잘 무마하고 모든 나라 제후와 친선하는 데 공로가 컸다. 모든 나라로 하여금 우리 진나라와 기쁨을 함께하게 했은즉 그 공로에 대해서 이 악기를 주노라."

진도공이 또 그 뇌물 가운데서 병거 3분의 1을 순앵에게 주며 말한다.

"그대는 군사를 삼군으로 나누어 초나라 기운을 꺾고 이제 정나라를 얻게 했으니 이는 다 그대의 공이라."

위강, 순앵 두 장수가 머리를 조아리며 사양한다.

"이는 다 상감의 덕이시며, 모든 나라 제후께서 수고하신 보람입니다. 신들에게 무슨 공로가 있겠습니까."

진도공이 대답한다.

"그대 두 사람이 아니었다면 과인에게 어찌 오늘날이 있으리오. 그대들은 굳이 사양하지 마라."

위강과 순앵은 더 사양하지 않고 받았다. 이에 열한 나라 군후는 군사를 거느리고 각기 본국으로 돌아갔다.

그후 진도공은 다시 사람을 각기 열한 나라에 보내어 그간 수고해준 데 대해서 감사했다. 이에 모든 나라 제후도 다 반겼다. 그후부터 정나라는 진나라를 성심껏 섬기고 다시는 딴 뜻을 품지 않았다.

사신史臣이 시로써 이 일을 읊은 것이 있다.

정나라는 늘 형편 따라 원숭이처럼 이리도 붙고 저리도 붙었기 때문에
진나라는 꾸준히 가지가지 계책을 썼도다.
24년 만에 진나라는 징나라를 복종시켰으니

비로소 충과 신이 무기보다 강하다는 걸 알지로다.

鄭人反覆似猱狙

晉伯偏將詐力鋤

二十四年歸宇下

方知忠信勝兵戈

한편, 진秦나라 진경공秦景公은 정나라를 구출해주려고 역櫟 땅에서 진군晉軍을 치다가 정나라가 이미 진晉나라에 항복했다는 소식을 듣고는 돌아갔다.

그 이듬해 주영왕 11년이었다.

그해에 오나라 임금 오자吳子 수몽은 병세가 위독했다. 그가 제번·여제·이매·계찰季札 등 아들 넷을 병상 앞에 불러놓고 말한다.

"너희 사형제 중에서 계찰이 가장 인자하다. 계찰이 군위에 오르면 이 나라는 번영할 것이다. 그래서 내가 계찰에게 여러 번 세자가 되기를 권했으나 계찰은 그럴 때마다 사양했다. 내가 죽은 뒤에 제번이 임금이 되되 임금 자리를 내놓을 경우엔 반드시 여제에게 군위를 전하고, 여제는 이매에게 군위를 전하고, 이매는 계찰에게 군위를 전하여라. 곧 임금 자리를 차례로 동생에게 전할지언정 자손에겐 전하지 말아라. 이리하여 마침내 계찰이 임금이 되면 이 나라 사직에 큰 행운이 있을 것이다. 지금 내가 한 말을 어기는 자는 불효한 자다. 결코 하늘도 그자를 돕지 않으리라."

수몽은 말을 마치자 세상을 떠났다.

제번은 임금 자리를 계찰에게 사양했다.

"아버지의 뜻이 그러하셨으니 동생은 군위에 오르라."

계찰이 대답한다.

"저는 아버지께서 살아 계실 때 세자가 되라는 것도 사양했습니다. 그러하거늘 아버지께서 세상을 떠나신 이제 와서 어찌 임금 노릇을 하겠습니까. 형님께서 또 그런 말씀을 하시면 저는 다른 나라로 달아나겠습니다."

이에 제번은 다음번 군위를 동생에게 넘기겠다고 선포하고 할 수 없이 임금이 됐다.

진도공은 사신을 보내어 오나라 수몽의 죽음을 조문하고 새로 등극한 제번을 축하했다. 이 이야기는 여기서 잠시 멈추기로 한다.

그 이듬해 주영왕 12년이었다. 진晉나라에선 장수 순앵·사방·위상이 노병老病으로 연달아 세상을 떠났다.

진도공은 금산錦山에서 다시 군사를 사열하고 사개에게 중군을 맡기려고 했다. 사개가 사양한다.

"순언荀偃은 신보다 나이도 많고 경험도 많습니다. 순앵의 후임으론 순언이 적격입니다. 신은 그의 밑에서 부장이 되어 돕겠습니다."

진도공은 한기韓起에게 상군上軍 장수가 되기를 명했다. 한기가 대답한다.

"신은 어느 모로 보나 조무趙武만 못합니다. 순언이 중군 원수가 되었은즉 상군의 책임은 조무에게 맡기십시오. 신은 그 밑에서 부장으로 있겠습니다."

죽은 사람 때문에 부서가 대폭 변경되자 또 신군新軍 장수 자리가 남았다.

진도공이 말한다.

"차라리 비워둘지언정 자리를 위해서 사람을 함부로 쓸 필요는 없다."

마침내 진도공은 신군을 없애고 그 소속을 다 하군下軍으로 편입시켰다. 모든 대부가 서로 말한다.

"상감께서 군사에 대해서 이렇듯 신중을 기하시니 우리가 서로 태만하지 못할지라."

이에 진나라는 제대로 다스려지고 진문공晉文公, 진양공晉襄公의 업적을 부흥시켰다. 진나라는 신군을 폐하고 삼군을 두어 천자에 대한 제후로서의 예의를 지켰다.

이해 가을 9월에 초공왕은 죽고 그 아들 태자 소昭가 왕위에 올랐다. 그가 바로 초강왕楚康王이다.

한편, 오吳나라 왕 제번은 대장인 공자 당黨을 시켜 또 초나라를 쳤다. 초나라 장수 양유기養繇基는 오군吳軍을 맞이해서 싸우다가 활로 공자 당을 쏴죽였다.

이에 오왕吳王 제번은 사람을 보내어 진도공에게 원조를 청했다. 진도공은 모든 나라 제후를 정나라 상向 땅으로 소집하고 그곳에서 앞일을 의논했다. 진나라 대부 양설힐羊舌肹이 아뢴다.

"오나라가 초나라를 치는 것은 하룻강아지 범 무서운 줄 모른다는 격입니다. 그러니 그들을 동정할 필요는 없습니다. 지금 우리가 유의해야 할 일은 자고로 우리 진晉나라와 진秦나라는 여러 번 혼인한 사이이며, 서로 인접한 나라라는 것입니다. 그런데 진秦나라는 근래 초나라에 붙어 역櫟 땅까지 와서 우리 군사를 치다가 돌아갔습니다. 우리는 지금 진秦나라에 앙갚음을 할 때입니다. 우리가 진秦나라를 쳐서 성공만 하면 초나라 형세도 자연 고단해집니다."

진도공은 거듭 머리를 끄덕였다. 이에 순언은 삼군을 거느리고 노魯 · 송宋 · 제齊 · 위衛 · 조曹 · 거莒 · 진陳 · 주邾 · 등滕 · 설薛 · 기杞 · 소주小邾 등 열두 나라 대부와 함께 진秦나라를 쳤다.

진도공은 국경에서 일단 머물고, 진晉나라 연합군은 진秦나라 땅 역림棫林까지 들어가서 영채를 세웠다. 진晉나라 세작이 돌아와서 보고한다.

"여기서 멀지 않은 곳에 진군秦軍도 집결해 있습니다."

순언이 모든 군사에게 분부한다.

"모든 군사는 새벽닭이 울거든 곧 병거를 타고 출전할 태세를 갖추어라. 다만 내가 가는 방향으로 따라오면 된다."

하군 원수 난염欒黶은 평소부터 순언을 좋아하지 않았다. 그래서 그는 순언의 명령을 듣자 분노했다.

"싸움이란 모든 장수가 모여서 서로 의논한 뒤에 계책을 정하는 법이다. 그런데 순언은 매사를 자기 맘대로 하려고 든다. 이건 지나친 독단이며 우리를 무시하는 태도다. 이래서야 그가 어찌 삼군을 지휘할 수 있으리오. 그가 중군 원수랍시고 자기 가는 곳으로 따라오라면 나도 하군 원수니 나의 군사는 내가 가는 곳으로 따라와야 할 것 아니냐! 나는 장차 말머리를 동쪽으로 돌릴 작정이다."

하군 원수 난염은 드디어 말머리를 동쪽으로 돌렸다. 그는 자기 군사를 거느리고 본국으로 출발했다.

위강魏絳이 말한다.

"나는 난염의 직속 부장이다. 그러니 나의 소속인 장수를 따르지 않을 수 없다."

이리하여 위강도 회군했다. 다른 장수가 순언에게 가서 난염과 위강이 본국으로 돌아간 것을 보고했다. 순언은 우울했다.

"내 명령을 듣지 않는 자 있으니 어찌 성공을 바라리오."

그는 탄식하고 모든 나라 군사에게 각각 본국으로 돌아갈 것을 명령했다. 그리고 순언 자신도 군사를 거느리고 진나라로 돌아갔다.

이때 난침欒鍼은 하군下軍 융우戎右로 있었다. 난침이 범개范匄(사개士匄를 말함. 사씨士氏는 범范 땅을 받은 이후로 범씨范氏로 성을 고침)의 아들 범앙范鞅에게 말한다.

"이번 출동은 우리가 진秦나라에 보복하려는 것이었소. 만일 아무 성과도 없이 모든 군사와 함께 이대로 돌아간다면 이건 우리의 수치요. 우리 형제(난염과 난침은 형제간)가 함께 싸우러 왔다가 한 번 싸우지도 못하고서 다 돌아갈 순 없는 일이오. 그대는 나와 함께 진군秦軍과 싸우지 않으시려오?"

범앙이 대답한다.

"그대가 나라의 수치를 갚겠다는 생각이 이렇듯 철저하니 내 어찌 따르지 않으리오."

이에 난침과 범앙은 각기 자기 군사를 거느리고 진군秦軍이 있는 쪽으로 쳐들어갔다. 진군秦軍은 즉시 쳐들어오는 진군晉軍을 맞이해서 싸웠다.

난침은 용맹을 떨치며 쳐들어가고 범앙도 전력을 기울여 도왔다. 진晉나라 두 장수는 잘 싸워 진秦나라 소장小將 10여 명을 죽였다.

마침내 진군秦軍은 달아나려다가 진군晉軍 뒤에 후속 부대가 없는 걸 알고서 다시 북을 울려 난침과 범앙을 포위하기 시작했다. 범앙이 황급히 말한다.

"진군秦軍의 형세는 점점 커지고 뒤엔 우리를 도와줄 군대가 다

308

돌아가고 없소. 이제 우리 두 사람으론 적을 당적할 수 없소."

그러나 난침은 들은 체도 않고 다시 용맹을 분발하여 적군 몇 사람을 칼로 쳐죽였다. 진군秦軍 역시 호락호락하진 않았다. 마침내 난침은 진군秦軍이 쏜 화살을 일곱 대나 맞고 쓰러져 죽었다.

범앙은 사세가 다급해지자 갑옷을 벗어던지고 혼자 병거를 달려 진晉나라로 돌아갔다.

난염이 혼자 돌아온 범앙을 보고 묻는다.

"내 동생은 지금 어디 있기에 장군만 혼자 돌아왔소?"

범앙이 대답한다.

"난침은 진군秦軍 속에서 전사했소."

이 말을 듣고 분통이 터진 난염은 곧 창을 들어 범앙을 찌르려 했다. 범앙은 감히 싸울 수 없어 중군으로 달아났다. 난염에게 쫓겨 범앙은 그 아버지 범개가 있는 곳으로 들어갔다.

범개가 아들 뒤를 쫓아들어오는 난염을 보고 묻는다.

"서랑婿郎은 무슨 일로 분개하였느냐?"

원래 난염의 아내 난기欒祁는 바로 범개의 딸이었다. 그래서 서랑이라고 부른 것이다.

난염이 분노를 참지 못해서 큰소리로 대답한다.

"그대의 아들이 내 동생을 데리고 가서 진군秦軍과 싸우다가 내 동생은 죽고 그대 아들만 돌아왔소. 이건 그대 아들이 내 동생을 죽인 것이나 다름없소. 그대가 범앙을 다른 곳으로 추방한다면 모르지만 그렇지 않을 경우엔 내 반드시 범앙을 죽여 내 동생의 원수를 갚겠소."

범개가 대답한다.

"이 일은 늙은이가 알 바 아니지만, 내 범앙을 추방하겠노라."

이때 범앙은 숨어서 그들이 말하는 걸 엿듣다가 뒷문으로 빠져나가 즉시 진秦나라로 달아났다. 진秦나라 진경공은 도망온 범앙을 영접하고 그에게 객경客卿 벼슬을 줬다.

어느 날 진경공이 묻는다.

"진晉나라 임금은 어떠한가?"

범앙이 대답한다.

"참으로 어진 임금으로 사람을 잘 알아서 씁니다."

"그럼 진晉나라 모든 대부 중에서 누가 가장 현명한고?"

"조무는 문학과 덕망을 겸비했으며, 위강은 용맹하면서도 법을 잘 지키며, 양설힐은 역사에 밝으며, 장노는 신의와 지혜가 있으며, 기오는 역경에서도 사람들을 잘 진정시키며, 신의 부친 범개는 능히 대세를 잘 짐작합니다. 이 이외의 모든 공경公卿 대부도 다 법에 밝습니다. 신은 감히 더 이상 경솔히 말할 수 없습니다."

"그러면 진晉나라 모든 대부 중에서 누가 먼저 세력을 잃을꼬?"

범앙이 대답한다.

"난씨欒氏가 먼저 몰락할 것입니다."

진경공이 또 묻는다.

"그건 난씨 일족이 교만하기 때문일까?"

"난염은 비록 교만하지만 자기 당대는 괜찮을 것입니다. 그러나 그 아들 난영欒盈의 대까지 세력을 누리진 못할 줄 압니다."

"어째서 그럴까?"

"죽은 난서欒書(난염의 아버지)는 살아 있을 때 백성을 사랑하고 선비를 존경했기 때문에 많은 인심을 얻었습니다. 난서는 선군 진여공晉厲公을 죽인 사람이지만 진晉나라에선 그를 비난하는 사람이 없습니다. 그 이유는 난서가 워낙 덕망이 컸던 때문입니다. 옛 말에 소공김公을 사모하는 자는 감당甘棠나무까지 사랑한다(옛날 주나라 소공이 지방을 순행巡行하다가 감당나무 아래서 유숙한 일이 있었다. 후인後人이 소공을 사모한 나머지 그 감당나무를 특별히 애호하였다. 곧 이 말은 관리官吏를 사모한다는 뜻으로 쓰는 말)고 하지 않습니까. 그러니 그 아들 난염의 대까지는 권세를 누릴 수 있습니다. 만일 난염이 죽으면 그 아들 난영은 사람에게 감화를 주지 못할 것이며, 그의 할아버지 난서의 옛 덕은 모든 사람의 기억에서 희미해질 것인즉, 평소부터 난염에게 불평을 품었던 자들이 들고일어날 것입니다."

진경공이 차탄한다.

"참으로 그대는 흥망성쇠를 소상히 아는도다."

그 뒤로 진경공은 범앙으로 하여금 진晉나라에 있는 그의 아버지 범개와 연락을 취하게 하고, 한편으로 서장庶長인 무빙武聘을 진나라에 보내어 지난날의 양국 우호를 다시 회복했다. 그리고 진경공은 다시 진도공에게 사람을 보내어 범앙의 귀국을 허락할 것과 지난날의 벼슬 자리에 복직시킬 것을 권했다.

이에 진도공은 진秦나라와 다시 우호를 맺고 범앙을 본국으로 소환했다. 범앙은 진晉나라로 돌아가서 난영과 함께 공족公族 대부가 됐다. 진도공은 난염을 불러 범앙에 대한 원한을 풀도록 타일렀다.

이리하여 진晉나라와 진秦나라는 서로 친선하고 춘추 시대가 끝나기까지 서로 싸우지 않았다.

옛사람의 시로써 이 일을 증명할 수 있다.

서쪽 진秦나라와 동쪽 진晉나라는 대대로 혼인한 사이이건만 하루아침에 원수가 되어 싸운 것이 또한 인연이었다.
이미 서로 예물을 교환하고 군사를 해산했으니
세상에 좋은 일은 화친인가 하노라.
西隣東道世爲姻
一旦尋仇鬪日新
玉帛旣通兵革偃
從來好事是和親

이해에 난염은 병으로 죽고 그 아들 난영이 하군 부장으로 승진
했다.

한편 위나라 위헌공衛獻公의 이름은 간衎이다. 그는 주간왕周簡
王 10년에 그 아버지 위정공衛定公의 뒤를 이어 즉위했다. 위헌공은
그 아버지가 죽어서 상주喪主가 됐으나 추호도 슬퍼하지 않았다.
그래서 생모 정강定姜은 아들 위헌공이 능히 임금 자리를 지키
지 못할까 염려하고 누누이 훈계했다. 그러나 아들 위헌공은 어머
니의 훈계를 듣지 않았다.
그는 임금이 된 뒤로 날이 갈수록 방종해졌다. 그가 좋아하고
친한 인물이란 그저 모략을 일삼고 아첨하는 데 능란한 자들뿐이
었다. 또 그의 취미는 음악과 수렵狩獵 두 가지뿐이었다.
그러니까 위정공이 살아 있었을 때 일이다. 위정공의 동복同腹
동생인 공자 흑배黑背는 임금의 총애를 믿고 나랏일을 자기 맘대
로 휘둘렀다. 그 공자 흑배의 아들에 공손표公孫剽란 사람이 있었
다. 공손표는 아버지가 죽자 그 뒤를 이어 대부 벼슬에 올랐다.
원래 공손표는 권모權謀와 지략智略이 대단했다. 이때 상경 손

임보와 아경亞卿 영식寧殖은 방종하는 위헌공을 보고서 다 공손표의 일당이 됐다. 또 손임보는 비밀히 진晉나라와 내통하면서 외국의 원조를 얻고자 했다.

이에 손임보는 국고에 있는 귀금속 그릇과 여러 가지 보배를 다 척읍戚邑 땅으로 빼돌렸다. 그리고 처자妻子를 그곳에 가서 살게 했다.

위헌공은 손임보가 장차 반역할 뜻이 있다는 것을 눈치챘다. 그러나 아직은 아무런 증거가 없었다. 또 위헌공은 손임보의 세력이 무서워서 참았다.

어느 날 위헌공은 손임보와 영식에게 며칠 뒤에 점심 식사를 같이하자고 약속했다.

그 약속한 날이 왔다. 손임보와 영식은 조복朝服을 입고 궁문에 가서 상감이 부르기만 기다렸다. 그런데 점심때가 지나도 아무런 소식이 없었다. 내궁에서 시신侍臣 한 사람도 나타나질 않았다. 두 사람은 참 이상하다고 생각했다. 그러나 상감이 약속한 일이니 곧 부르겠지 하고 기다렸다.

어느덧 해가 서쪽으로 기울고 저녁때가 됐다. 종일 굶은 그들은 매우 시장했다. 그래서 그들은 굳게 닫힌 내궁문內宮門을 두드리고 상감을 뵙겠다고 청했다. 내시가 나와서 대답한다.

"지금 상감께선 후원後苑에서 활을 쏘시는 중이오. 두 대부께서 상감을 뵈올 일이 있거든 직접 후원으로 가보십시오."

이 말을 듣자 손임보와 영식은 울화가 치밀었으나 내색하지 않았다. 그들은 시장한 걸 참고 후원으로 갔다.

후원에서 위헌공은 사사射師 공손정公孫丁과 함께 활 쏘기 내기를 하고 있었다. 위헌공은 손임보와 영식이 가까이 왔건만 피관皮

冠도 벗지 않았다. 그가 활을 팔에 건 채로 굽어보고 묻는다.

"무슨 일로 왔느냐?"

손임보와 영식이 일제히 대답한다.

"주공께서 저희와 점심 식사를 함께하자고 약속하신 날이기에 신들은 지금까지 내궁 밖에서 기다리다 못해 들어왔습니다. 지금 매우 시장하지만 혹 분부를 거행하지 않았다는 꾸중을 받지나 않을까 걱정하고 여기까지 왔습니다."

"그런가? 과인은 활 쏘는 데 정신이 팔려서 그대들을 잊었다. 그대들은 물러가라. 다음날 다시 약속하리라."

이때 마침 기러기 한 마리가 울면서 공중을 날아갔다. 위헌공이 공손정에게 말한다.

"나와 함께 저 기러기나 쏘자. 누가 맞히는가 시험하리라."

손임보와 영식은 심한 모욕을 느끼면서 물러갔다. 궁을 나오자 손임보가 묻는다.

"상감이 노는 데만 미쳐서 잡것들만 가까이하고 대신의 뜻은 전혀 무시하는구려. 우리에게 장차 어떤 불행이 닥쳐올지 모르겠소. 이 일을 어찌하면 좋겠소?"

영식이 대답한다.

"임금이 무도無道하면 불행은 임금 스스로가 당하는 것이오. 그가 어찌 남을 불행하게 하리오."

손임보가 갑자기 목소리를 낮추어 속삭인다.

"나는 공자 표를 받들어 임금으로 삼고 싶소. 그대의 뜻은 어떠하시오?"

영식이 반색을 하며 대답한다.

"거 참 좋은 말씀이오. 우리 두 사람이 기회를 보아 이 일을 성

사시킵시다."

그들은 도중에서 헤어져 각기 자기 집으로 돌아갔다. 손임보는 집으로 돌아와서 곧 저녁 식사를 마치고 그날 밤으로 척읍戚邑으로 갔다.

척읍에 당도한 손임보는 자기 심복 부하인 유공차庚公差와 윤공타尹公佗 등을 비밀히 불러들여 가병家兵을 정돈하도록 지시했다.

손임보는 장차 모반할 작정이었다. 손임보가 장자인 손괴孫蒯에게 분부한다.

"너는 도성에 가서 상감이 요즘 무엇을 생각하고 있나 잘 살펴보고 오너라."

손괴는 위성衛城에 가서 위헌공에게 문안을 드렸다.

"신의 아비 임보는 요즘 우연히 감기가 들어 지금 척읍 땅에서 조섭하고 있습니다. 주공은 너그러이 용서하소서."

위헌공이 웃으면서,

"그래, 그대 아비는 아마 요전에 너무 시장해서 병이 났을 것이다. 이제 과인은 그대를 시장하게 하지는 않으리라."

하고 내시를 불러 술상을 차려오게 했다. 그리고 악공樂公까지 불러들여 시詩를 노래하게 하고 손괴에게 술을 권했다.

태사太師가 위헌공에게 묻는다.

"어떤 시를 노래하오리까?"

위헌공이 대답한다.

"교언巧言(주유왕周幽王 시대에 한 대부大夫가 난세亂世인 것을 탄식하고 간신奸臣의 모략을 입지나 않을까 불안해서 지은 시詩)의 마지막 장을 노래하여라. 그것이 지금 시사時事에 가장 적합할 줄 안다."

태사가 놀란다.

"교언은 불길한 시입니다. 이런 자리엔 어울리지 않습니다."

곁에서 사조師曹가 큰소리로 꾸짖는다.

"상감께서 노래를 부르라면 불렀지 무슨 잔소리요!"

원래 사조는 거문고의 명수였다. 사조는 지난날에 위헌공의 분부로 위헌공의 애첩에게 거문고를 가르친 일이 있었다. 그 애첩은 도무지 거문고에 소질이 없었다. 사조는 화가 나서 위헌공의 애첩을 매질했다. 애첩은 매 10대를 맞고 그길로 위헌공에게 가서 울며 호소했다. 이에 위헌공은 당장 사조를 잡아들여 그 애첩이 보는 앞에서 곤장 300대를 쳤다.

사조는 지난날에 맞은 그 원한을 품고 교언의 시가 상서롭지 못하다는 걸 잘 알면서도 일부러 태사에게 부르도록 호령했던 것이다. 사조는 손괴가 이 교언이란 노래를 듣기만 하면 반드시 위헌공을 원망할 줄 잘 알고 있었다.

태사가 교언의 장章을 노래한다.

저 모략을 일삼는 자는
저 강물 가에 있도다.
그자는 힘도 용기도 없으나
그자 때문에 난이 일어나는도다.
마치 옴쟁이처럼 더러운 놈이니
네깐 놈이 하면 뭣을 하리오.
아무리 중상모략을 하는 덴 천재적 소질이 있다지만
너를 돕는 자는 몇 사람 안 되리라.
彼何人斯
居河之麋

無拳無勇
職爲亂階
旣微且
爾勇伊何
爲猶將多
爾居徒幾何

왜 하필이면 이런 노래를 부르게 했을까.

위헌공은 손임보가 지방에서 반역할 뜻이 있다는 걸 자기가 다 알고 있다는 의미에서 상대의 가슴을 서늘하게 해주려고 굳이 교언의 노래를 부르게 한 것이었다.

과연 손괴는 이 노래를 듣자 바늘방석에 앉은 것처럼 불안해했다. 손괴가 절하고 물러가려는데 위헌공이 말한다.

"지금 태사가 부른 노래는 그대와 그대 아비를 위해서 부른 것이다. 너의 아비가 지금 지방에 있지만, 뭣을 하고 있는지 과인은 다 알고 있다. 장차 살고 싶거든 매사에 근신謹愼하고 속히 병을 고치라고 전하여라."

손괴가 연방 머리를 조아리며 대답한다.

"신의 아비가 감히 딴 뜻이야 있겠습니까."

궁에서 물러나온 손괴는 그길로 척읍으로 돌아가서 아버지 손임보에게 위헌공의 말을 전했다.

손임보가 한참 만에 말한다.

"주공이 나를 굉장히 미워하는 모양이구나. 내 어찌 가만히 앉아서 죽음을 기다리리오. 대부 거원蘧瑗은 지금 우리 위나라에서 가장 덕망이 높은 사람이다. 만일 그와 함께 거사擧事하면 일이

노래가 왕을 쫓아내다 • 317

순조롭게 이루어지리라."

손임보는 비밀히 위성으로 돌아가서 거원의 집을 찾아갔다.

"지금 상감이 포학무도하다는 건 그대도 잘 아시는 바라. 장차
이 나라가 망할 판인데 그냥 가만히 보고만 있어 되겠소?"

거원이 대답한다.

"대저 신하가 임금을 섬기는 법은 이러하오. 가히 간해야 할 일
이면 어디까지나 간해야 하며, 가히 간할 수 없을 경우엔 다른 나
라로 떠나는 것뿐이오. 이외 것은 나의 알 바 아니라."

손임보는 거원을 움직일 수 없다는 걸 알았다. 그래서 다시 척
읍으로 갔다.

거원은 손임보의 말투에서 시국이 심상치 않다는 걸 알고 그날
로 위나라를 떠나 노魯나라로 갔다. 척읍으로 돌아온 손임보는 즉
시 위헌공을 치려고 심복 부하들과 가병家兵을 소집했다.

한편 위헌공은 손임보가 쳐들어오려고 척읍에서 만반의 준비를
서두른다는 소문을 듣고 겁이 났다. 그래서 사자를 척읍으로 보내
어 손임보에게 화해하자고 청했다. 그러나 사자使者는 한번 간 뒤
로 돌아오질 않았다. 손임보는 칼로 그 사자를 쳐죽였던 것이다.

이에 위헌공은 손임보와 싸우기 위해서 병거를 일으키고 사람
을 시켜 장수 북궁괄北宮括을 불러오게 했다. 그러나 북궁괄은 임
금이 부르는데도 병이라 핑계하고 가지 않았다.

이때 공손정이 위헌공에 권한다.

"사태가 급하니 속히 달아나야 합니다. 그런데 무엇을 우물쭈
물하십니까?"

위헌공은 궁중 군사 200여 명을 거느리고, 공손정은 활통을 메
고 활을 잡고 동문을 열고서 일제히 제나라 쪽으로 달아났다.

한편 손임보의 아들 손괴와 손가孫嘉 형제는 군사를 거느리고 위헌공을 추격했다. 이리하여 아택阿澤 일대에서 한판 큰 싸움이 벌어졌다. 위헌공의 군사 200여 명은 손괴 형제의 군사에게 몰려 흩어져 달아났다. 겨우 남은 자라곤 10여 명에 불과했다.

위헌공은 공손정만 의지했다. 공손정은 활 잘 쏘기로 이름난 사람이었다. 쏘는 화살마다 빗나가는 것이 없었다. 그래서 손괴 형제의 군사가 접근만 하면 공손정의 화살에 맞아 죽었다.

공손정은 위헌공을 보호하고 일변 싸우면서 일변 달아났다. 손괴 형제는 감히 더 추격하지 못하고 돌아갔다.

손괴 형제가 한 30리쯤 돌아갔을 때였다. 저편에서 유공차와 윤공타 두 장수가 군사를 거느리고 달려왔다. 두 장수가 손괴 형제에게 말한다.

"우리는 손정승孫政丞의 명령을 받들어 위후衛侯의 소식을 알려고 왔소."

손괴 형제가 대답한다.

"위후의 군사 중에 활 잘 쏘는 장수가 있어서 더 추격하지를 못했소. 장군들이 가서 좀 싸워보시오."

유공차가 말하다.

"그분이 바로 우리의 스승 공손정이 아닐까?"

원래 윤공타는 활 쏘는 법을 유공차에게서 배웠고, 유공차는 공손정에게서 활 쏘는 법을 배웠던 것이다. 그러므로 이 세 사람은 서로가 사제지간이었다. 그래서 세 사람은 서로 상대의 활 쏘는 장점을 잘 알고 있었다.

윤공타가 대답한다.

"좌우간 위후가 멀리 달아나기 전에 그 뒤를 추격합시다."

두 장수가 한 시오리쯤 달려갔을 때였다. 그들은 달아나는 위헌공 일행을 바라보게 됐다.

이때 위헌공의 어인御人이 부상을 입어서 공손정이 대신 병거를 몰고 있었다. 뒤에서 들려오는 말굽 소리에 공손정이 돌아본즉 지난날의 자기 제자인 유공차가 쫓아오고 있었다.

공손정이 위헌공에게 말한다.

"지금 우리를 뒤쫓아오는 자는 바로 신의 옛 제자입니다. 자고로 제자가 스승을 해치는 법은 없습니다. 그러니 상감께서는 안심하십시오."

이에 공손정은 병거를 멈추고 그들을 기다렸다. 유공차가 윤공타에게 속삭인다.

"틀림없는 우리 스승이시다."

그들은 일제히 병거에서 내려 공손정에게 절했다. 공손정은 병거 위에서 다만 손을 들어 답례하고 다시 손을 저으며 돌아가라는 뜻을 표했다.

유공차는 다시 병거에 올라,

"오늘날은 서로가 각기 그 주인을 위해서 싸울 뿐이라. 그러나 내 만일 활을 쏘면 이는 스승을 배반하는 것이며, 만일 쏘지 않으면 이는 주인을 배반하는 것이 된다. 내 이제 이럴 수도 저럴 수도 없구나!"

하고 곧 전통箭筒에서 화살을 뽑아 수레바퀴에 쳐서 활촉만을 부러뜨려버리고 큰소리로,

"우리 스승이여, 놀라지 마시라."

하고 연거푸 화살 네 대를 쐈다.

그 첫번째 화살은 위헌공이 탄 병거 뒤에 들어맞았고, 다음 화

살은 병거 밑에 들어맞았고, 다음 두 대는 병거 좌우에 들어맞았다. 그러나 활촉 없는 화살이라 위헌공의 병거는 어느 한 곳도 상하지 않았다.

공손정은 옛 제자인 유공차의 심정을 짐작했다. 유공차는 화살 네 대를 다 쏘고 나서,

"스승은 부디 몸조심하소서."

하고 군사를 돌려 돌아갔다. 공손정도 위헌공이 탄 병거를 몰고 떠나갔다.

처음에 윤공타는 위헌공을 잡아서 돌아갈 작정이었다. 그런데 자기의 스승 유공차가 위헌공을 놓아줬기 때문에 감히 말은 못했으나 돌아가면서 곰곰이 생각하니 분했다. 윤공타가 유공차에게 불평한다.

"그대는 공손정과 사제의 의가 있기 때문에 인정을 썼지만 나에겐 공손정이 스승의 스승뻘이라. 그러니 나에겐 주인 명령이 더욱 소중하오. 이제 아무 공로도 없이 돌아가서 뭐라고 주인에게 보고하리오."

유공차가 대답한다.

"그대는 잘 모르겠지만 우리 스승 공손정의 활솜씨는 고금에 보기 드문 솜씨다. 초나라 양유기보다 나으면 낫지 조금도 못하지 않다. 결코 우리의 적수가 아니다. 우리가 생명을 유지하려면 그냥 돌아가는 수밖에 없다."

그러나 윤공타는 유공차의 말을 믿지 않고 단독으로 병거를 돌려 다시 위헌공을 뒤쫓아갔다. 윤공타가 20여 리를 달려갔을 때 위헌공의 병거가 보였다. 공손정이 뒤쫓아오는 윤공타를 돌아보며 묻는다.

"어째서 또 왔느냐?"

윤공타가 대답한다.

"그대는 유공차의 스승이지만, 나는 유공차의 제자라. 나는 한 번도 직접 그대의 가르침을 받은 일이 없으니 어찌 그대를 놓아줄 수 있으리오."

공손정이 대답한다.

"네가 지난날 유공차에게 활 쏘는 법을 배웠으면 그 유공차가 누구에게 활 쏘는 법을 배웠는지 그것쯤은 알 것 아니냐. 너는 어찌 근본을 모르는가? 잔소리 말고 속히 돌아가거라. 이 이상 서로 의를 상할 것 없다!"

그러나 윤공타는 듣지 않고 활을 들어 공손정을 쐈다. 공손정은 조금도 당황하지 않고 병거를 몰던 말고삐를 위헌공에게 넘겨주고 손을 들어 날아오는 화살을 가볍게 잡았다. 그리고 그 화살로 윤공타를 쐈다. 윤공타는 황급히 몸을 피했다. 그러나 화살은 이미 윤공타의 왼팔에 꽂힌 뒤였다. 윤공타는 아픔을 참지 못하고 활을 버리고 달아났다. 공손정은 화살 한 대를 뽑아 달아나는 윤공타를 쐈다. 윤공타는 등허리에 화살을 맞고 죽어자빠졌다. 윤공타를 따라온 군사들은 어찌 할 바를 몰라 병거를 버리고 각기 달아났다.

위헌공이 말한다.

"만일 그대가 없었다면 과인은 이곳에서 생명을 잃었으리라!"

공손정이 병거를 달려 다시 한 10여 리쯤 갔을 때였다. 또 뒤에서 달려오는 병거 소리가 진동했다.

위헌공이 길이 탄식한다.

"뒤쫓아오는 군사가 또 있으니 이젠 어찌할꼬!"

그가 매우 당황해하는데 뒤쫓아오는 병거가 점점 가까워졌다. 자세히 보니 다른 사람이 아니라 바로 위헌공의 동복 동생인 공자 전鱄이었다.

공자 전은 위험을 무릅쓰고 위헌공을 뒤따라온 것이었다. 그제야 위헌공은 안심했다. 이에 공손정과 공자 전은 위헌공을 모시고 제나라로 달아났다. 제나라에선 제영공齊靈公이 도망온 위헌공 일행을 내성萊城 땅 공관公館으로 영접했다.

송나라 선비가 시로써 위헌공이 대신을 존중하지 않다가 망명하게 된 일을 읊은 것이 있다.

임금이란 하늘과 땅과 같거늘
신하가 어째서 감히 임금을 추방했던가.
우선 임금이 먼저 체통을 지키지 못했으니
위로 대들보가 바르지 못하면 밑의 대들보도 따라서 굽어지게 마련이로다.
尊如天地赫如神
何事臣人敢逐君
自是君綱先缺陷
上梁不正下梁號

〔7권에서 계속〕

주周 왕실과 주요 제후국 계보도

* ─ 부자 관계, ㄴ 형제 관계.
* 네모 안 숫자(①, ②…)는 주나라 건국 이후와 각 제후국 분봉 이후의 왕위, 군위 대代 수.

동주東周 왕실 계보 : 희성姬姓

··· ── ⑱양왕襄王 정鄭(B.C.652~619) ──

⑲경왕頃王 임신壬臣(B.C.618~613) ── ⑳광왕匡王 반班(B.C.612~607)

⑳정왕定王 유瑜(B.C.606~586) ──

⑳간왕簡王 이이夷(B.C.585~572) ── ㉓영왕靈王 설심泄心(B.C.571~545) ── ···

노魯나라 계보 : 희성姬姓

··· ⑲문공文公 흥興(B.C.626~609) ── 세자 악惡

공자 시視

⑳선공宣公 퇴倭(일명 왜倭 : B.C.608~591) ──

공자 숙힐叔肹(B.C.?~592)

⑳성공成公 흑굉黑肱(B.C.590~573) ── ㉒양공襄公 오午(B.C.572~542) ── ···

제齊나라 계보 : 강성姜姓

··· ── ⑮ 환공桓公 소백小白(B.C.685~643) ──

⎿── 무휴無虧(일명 무궤無詭, 자字는 무맹武孟) : 장위희長衛姬 소생

── ⑲ 혜공惠公 원元(B.C.608~599) : 소위희少衛姬 소생 ──

── ⑯ 효공孝公 소소昭(B.C.642~633) : 정희鄭姬 소생

── ⑰ 소공昭公 반潘(B.C.632~613) : 갈영葛嬴 소생 ── 세자 사舍

── ⑱ 의공懿公 상인商人(B.C.612~609) : 밀희密姬 소생

── 공자 옹雍 : 송화자宋華子 소생

── ⑳ 경공頃公 무야無野(B.C.598~582) ──

── 공자 난欒 ── 자기子旗

── 공자 고高 ── 자미子尾 ── 자량子良

── ㉑ 영공靈公 환環(B.C.581~554) ── ···

진晉나라 계보 : 희성姬姓

··· ── ㉒ 문공文公 중이重耳(B.C.636~628) ──

── ㉓ 양공襄公 환驩(B.C.627~621) ── ㉔ 영공靈公 이고夷皐(척睗 : B.C.620~607)

⎿── 환숙桓叔 첩捷 ── 경백景伯 담談 ──

── ㉘ 도공悼公 주周(B.C.573~558) ── ㉙ 평공平公 표彪(B.C.557~532) ── ···

── 공자 옹雍 : 두기杜祁 소생

── 공자 낙樂 : 회영懷嬴 소생

── 공자 백숙伯儵

── ㉕ 성공成公 흑둔黑臀(B.C.606~600) ── ㉖ 경공景公 누獳(일명 거據 : B.C.599~581) ──

── ㉗ 여공厲公 주포州蒲(일명 수만壽曼 : B.C.580~574) ──

초楚나라 계보 : 웅성熊姓

··· ┬ ㉑ 목왕穆王 상신商臣(B.C.625~614) ── ㉒ 장왕莊王 여려(혹 여侶 : B.C.613~591) ┐
    └ 공자 직職

└ ㉓ 공왕共王 심審(B.C.590~560) ── ···

진秦나라 계보 : 영성嬴姓

··· ── ⑮ 강공康公 앵罃(B.C.620~609) ── ⑯ 공공共公 도稻(일명 화和 : B.C.608~604) ┐

└ ⑰ 환공桓公 영榮(B.C.603~577) ── ⑱ 경공景公(B.C.576~537) ── ···

정鄭나라 계보 : 희성姬姓

··· ── ⑥ 목공穆公 란蘭(B.C.627~606) ┬ ⑦ 영공靈公 이夷(B.C.605)
                                    ├ ⑧ 양공襄公 견堅(B.C.604~587) ──
                                    ├ 공자 거질去疾(자량子良) ── 공손 첩輒°(자이子耳) ┐
                                    │   └ 양소良霄(백유伯有)
                                    ├ 공자 언偃 ── 공손 채蠆°(자교子蟜) ┬ 자명子明
                                    │   └ 공손 유길游吉
                                    │   (자대숙子大叔)
                                    ├ 공자 희喜(자한子罕) ── 공손 사지舍之°(자전子展) ┐
                                    │   └ 공손 한호罕虎(자피子皮)
                                    ├ 공자 비騑°(자사子駟) ── 공손 하夏(자서子西)
                                    ├ 공자 발發°(자국子國) ── 공손 교僑(자산子産)
                                    └ 공자 가嘉°(자공子孔)

┌ ⑨ 도공悼公 비費(혹 費, 沸 : B.C.586~585)

└ ⑩ 성공成公 곤륜睔(B.C.584~571) ── ⑪ 희공僖公 곤완睔頑(일명 운惲 : B.C.570~566) ┐

└ ⑫ 간공簡公 가嘉(B.C.565~530) ── ···

- °표시한 이들이 정鄭의 6경卿 = 6목穆(정목공의 후예인 6대 세경가世卿家)

327

송宋나라 계보 : 자성子姓

```
··· ── ⑳성공成公 왕신王臣(B.C.636~620) ──┬── ㉑소공昭公 저구杵臼(B.C.619~611)
                                        └── ㉒문공文公 포포鮑(B.C.610~589) ──┐
┌──────────────────────────────────────────────────────────────────────────┘
└── ㉓공공共公 고固(일명 하瑕 : B.C.588~576)── ㉔평공平公 성成(B.C.575~532) ── ···
```

진陳나라 계보 : 규성嬀姓

```
··· ── ⑱공공共公 삭朔(B.C.631~614) ── ⑲영공靈公 평국平國(B.C.613~599) ──┐
┌───────────────────────────────────────────────────────────────────────┘
└── ⑳성공成公 오午(B.C.598~569) ── ㉑애공哀公 익溺(B.C.568~530) ── ···
```

위衛나라 계보 : 희성姬姓

```
··· ──┬── ⑰문공文公 훼훼燬(B.C.659~635) ──┬── ⑲성공成公 정정鄭(B.C.634~600) ──┐
       └── ⑱대공戴公 신申(B.C.660)         └── 숙무叔武                        │
┌─────────────────────────────────────────────────────────────────────────────┘
└── ⑳목공穆公 속速(B.C.599~589) ──┬── ㉑정공定公 장臧(B.C.588~577) ──
                                   └── ㉒상공殤公[2] 표표剽(일명 추추秋 · 적적狄 · 염염焱 : B.C.558~547)
┌── ㉒헌공獻公[1] 간간衎(B.C.576~544) ── ···
```

- 12 시기에 위나라는 1국 2군주 체제였음. 위헌공은 BC.559년에 대신 손임보와 영식에 의해 제나라로 추방되어 547년까지 국외에서 체류하였음. 그 사이 위나라에서는 상공이 옹립되었으므로 이 기간 중 국내 · 국외에 2인人의 군주가 있게 되었음. 위나라는 이전에 혜공(BC.699~669), 금모(BC.695~688) 시기에도 유사한 상황이 전개되었음.

채蔡나라 계보 : 희성姬姓

```
··· ── ⑭장공莊公 갑오甲午(B.C.645~612) ── ⑮문공文公 신申(B.C.611~592) ──┐
┌───────────────────────────────────────────────────────────────────────┘
└── ⑯경공景公 고固(B.C.591~543) ── ···
```

진晉나라의 유력 세경가世卿家 계보

* 진문공晉文公(B.C.636~628)의 주유천하를 보필했던 고굉지신股肱之臣과 그 자손들은 문공 시기는 물론 다음 대인 진양공晉襄公(B.C.627~221), 진영공晉靈公(B.C.620~607) 시기와 그후에도 계속 중앙 조정의 실권을 장악하면서 성장을 거듭하여 점차 진晉나라 공실을 무력화시킬 정도의 유력 할거 세력으로 확대된다. 초기에는 호씨狐氏·극씨郤氏·선씨先氏·난씨欒氏·기씨祁氏·순씨荀氏·사씨士氏 등이 득세했으나 상호 정쟁政爭과 공벌攻伐 및 빈번한 흥망성쇠의 결과 춘추 시대 후기에는 범씨范氏(본래 사씨였으나 범范 땅을 분봉分封받은 후 범范씨로 고침), 중행씨中行氏(본래 순씨였으나 중행中行 땅을 분봉받은 후 중행씨라 함), 지씨知氏(순씨에서 분파됨), 한씨韓氏, 위씨魏氏, 조씨趙氏의 6대 세경가世卿家가 각축하게 되었으며 그중에서도 한·위·조 3가家가 다른 3가를 물리친 후 마침내 B.C.453년에 진나라를 삼분해 한·위·조 3국을 세우게 된다. 이것은 경대부卿大夫가 상급자인 제후를 물리치고 스스로 제후위를 차지한 사건으로, 봉건 제도의 붕괴와 하극상下剋上 정변의 본격화를 알리는 신호탄인 동시에 그만큼의 역사적 의의를 지녀 춘추 시대(B.C.770~453)와 전국 시대(B.C.453~221)를 나누는 분기점이 되고 있다.

* 호씨狐氏·극씨郤氏·선씨先氏·난씨欒氏·기씨祁氏·순씨荀氏(→중행씨中行氏), 사씨士氏, 조씨趙氏 등을 우선 정리했음.

* 본문 속에서 형, 동생이라고 서로 칭하는 사이라도 친형제가 아닌 경우가 적지 않음. 곧 같은 가문의 종형宗兄, 종제宗弟를 널리 지칭하는 경우가 자주 있음.

* ─ 부자 관계, = 혼인관계, ㄴ 형제 관계.

1 호돌과 호요는 형제라는 설도 있음.
2 호사고 형제와 호씨 본가와의 관계는 불분명함.

극씨郤氏

```
극숙로郤叔老 ┬─ 극예郤芮 ── 보양步揚 ──┬─ 극주郤犫
            │              (보씨 분파)    │
            │                             └─ 포성작거蒲城鵲居 ──┬─ 극지郤至
            │                                (포성씨 분파)      │
            │                                                   └─ 극의郤毅
            │
            └─ 극의郤義 ── 극성자郤成子 ── 극헌자郤獻子 ── 극기郤錡
```

• 이 밖에 계통이 불분명한 극칭郤稱 · 극곡郤縠 · 극걸郤乞 · 극진郤溱 등이 있음.

선씨先氏

선단목先丹木 ── 선진先軫 ── 선차거先且居 ── 선극先克 ── 선곡先縠

• 이 밖에 계통이 불분명한 선우先友 · 선멸先蔑 · 선복先僕 · 선모先茅 · 선도先都 · 선신先辛 등이 있음.

난씨欒氏

```
6 진정후晉靖侯(B.C.858~841) ── ? ── 난숙欒叔 ── 난빈欒賓 ── 난성欒成(난공자欒共子) ┐
┌──────────────────────────────────────────────────────────────────────────────┘
└─ 난지欒枝(난정자欒貞子) ── 난돈欒盾 ┐
┌────────────────────────────────────┘
└─ 난서欒書(난무자欒武子) ──┬─ 난염欒黶(난환자欒桓子) ── 난영欒盈(난회자欒懷子)
                            │
                            └─ 난침欒鍼
```

• 난영 대에 몰락.
• 이 밖에 계통이 불분명한 난경려欒京廬 · 난불기欒弗忌 · 난방欒魴 · 난규欒糾 · 난낙欒樂 등이 있음.
• 난공자 · 난정자 · 난무자 등은 한 가문의 1세대 종주宗主(가문의 지배자, 최고 어른)에 대해 후손들이 그 공적을 추존追尊하여 지어 올린 일종의 시호임(그런즉 성씨姓氏 뒤에 무자武子 · 문자文子 · 헌자獻子 · 선자宣子 등의 호칭을 별도로 지니는 이들은 대체로 각 가문의 세대별 종주宗主들임).

기씨祁氏

기해祁奚 ── 기오祁午 ── 기영祁盈

• 기타 계통이 불분명한 기거祁擧 · 기만祁瞞 · 기승祁勝 등이 있음.

순씨荀氏 ══ 중행씨中行氏

순서오荀逝敖 ─── 순림보荀林父(중행환자中行桓子) ─── 순경荀庚(중행선자中行宣子)─┐

　　　　　　├─ 지장자知莊子 : 이로부터 지씨知氏가 분파됨.

　　　　　　└─ 순환荀驩 : 이로부터 정씨程氏가 분파됨.

┌─ 순언荀偃(중행헌자中行獻子) ─── 순오荀吳(중행목자中行穆子) ─── 순인荀寅(중행문자中行文子)─┐

- 이 밖에 계통이 불분명한 중행희中行喜 · 순추荀騅 · 순가荀家 · 순회荀會 · 순빈荀賓 · 순식荀息 등이 있음.
- 중행환자 · 중행선자 · 중행헌자 · 중행문자 등은 가문의 각 세대 종주宗主에게 사후 추존追尊된 시호.

사씨士氏 ══ 범씨范氏

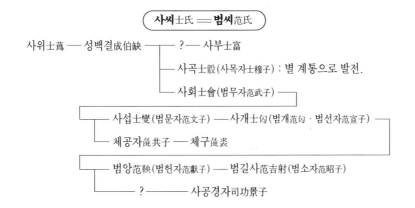

사위士蔿 ─── 성백결成伯缺 ─┬─ ?── 사부士富

　　　　　　　　　├─ 사곡士穀(사목자士穆子) : 별 계통으로 발전.

　　　　　　　　　└─ 사회士會(범무자范武子) ─┐

┌─ 사섭士燮(범문자范文子) ─── 사개士匄(범개范匄 · 범선자范宣子)─┐

├─ 체공자厏共子 ─── 체구厏裘

┌─ 범앙范鞅(범헌자范獻子) ─── 범길사范吉射(범소자范昭子)

└─ ? ─────── 사공경자司功景子

사곡士穀 계통

사곡士穀(사목자士穆子) ─── 사악탁士握濁(사정자士貞子) ─── 사약士弱(사장자士莊子)─┐

┌─ 사개士匄(사문백士文伯) ─── 사미모士彌牟(사경백士景伯)

- 이 밖에 계통이 불분명한 범무휼范無恤 · 범고이范皐夷 · 사부士鮒 · 사멸士蔑 · 사줄士䜅 등이 있음.
- 사씨는 사회士會 대에 범范 땅을 하사받은 후 일부는 범씨로 개성하여 범씨 가문으로 발전하고 나머지는 그대로 사씨 가문을 유지함. 범무자 · 범문자 · 범선자 · 사목자 · 사정자 · 사장자 등은 모두 후대에 가문의 각 세대 종주들에게 추존된 시호.

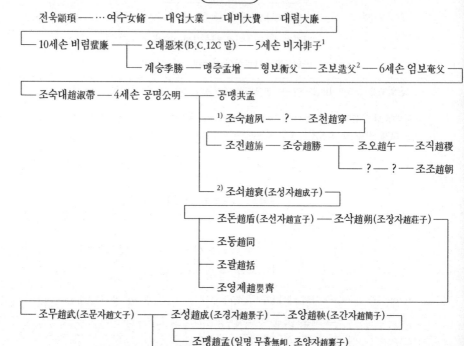

조씨趙氏

전욱顓頊 ── … 여수女脩 ── 대업大業 ── 대비大費 ── 대렴大廉 ┐

┌ 10세손 비렴蜚廉 ──┬── 오래惡來(B.C.12C 말) ── 5세손 비자非子[1]
│   └── 계승季勝 ── 맹증孟增 ── 형보衡父 ── 조보造父[2] ── 6세손 엄보奄父 ┐

┌ 조숙대趙淑帶 ── 4세손 공명公明 ──┬── 공맹共孟
│   │   [1)] 조숙趙夙 ── ? ── 조천趙穿
│   ├── ┌── 조전趙旃 ── 조승趙勝 ──┬── 조오趙午 ── 조직趙稷
│   │   │   └── ? ── ? ── 조조趙朝
│   │   [2)] 조쇠趙衰(조성자趙成子) ┐
│   └── ┌── 조돈趙盾(조선자趙宣子) ── 조삭趙朔(조장자趙莊子) ┐
│   ├── 조동趙同
│   ├── 조괄趙括
│   └── 조영제趙嬰齊

┌ 조무趙武(조문자趙文子) ──┬── 조성趙成(조경자趙景子) ── 조앙趙鞅(조간자趙簡子) ┐
│   ├── 조맹趙孟(일명 무휼無卹, 조양자趙襄子)
│   └── 조획趙獲

1 진秦나라 영씨嬴氏 공실의 개조가 됨.
2 서주西周 전반까지는 진秦의 영씨와 진晉의 조씨는 동일 선조의 후예들이었음. 주효왕(B.C.909~895) 이후 갈
  라져 비자非子 계통은 진秦나라 제후로, 조보造父 계통은 진晉나라 대부大夫 조씨로 각각 발전. 곧 조보가 주목
  왕周穆王에게서 조趙 땅을 하사받고 성을 조씨趙氏로 삼아 정착한 후 그 7세손 조숙대趙叔帶가 진晉의 희성姬姓
  제후를 섬기는 대부大夫가 되어 세력이 날로 확산됨. 후대에 조씨는 한씨, 위씨와 함께 진晉나라 공실을 삼분하
  여 제후로 독립함.
1)은 한단조씨邯鄲趙氏(한단을 근거지로 삼은 일파).
2)는 진양조씨晉陽趙氏(진나라 수도 강읍絳邑을 근거지로 삼은 일파로 조씨의 정통이자 종주宗主). 기타 계통이
  불분명한 조라趙羅가 있음.

관직

* °표시를 한 것은 그 나라에만 있는 독특한 관직을 의미하고, 표시가 없는 것은 공통 관직을 의미함.

초楚

연윤連尹° 연읍連邑을 다스리는 관리. 또는 연윤連尹은 '연윤鉛尹'의 가차假借로 초나라의 특산물인 연석鉛錫의 채굴과 가공을 담당하던 공관工官 계통의 직책이라는 주장도 있음.

군정軍正 군대의 기강紀綱과 군율軍律 숙정, 각 계급 군사軍士의 임면任免과 승강昇降, 상벌 및 군사 문서 등을 담당하던 직책.

공정工正 국가의 각종 공사工事 · 공업工業을 감독하는 고위 직책.

송宋

관리關吏 각국의 관문關門 개폐, 보호, 통행증 검사, 통행자 수색 등을 담당하던 직책.

알자謁者 궁정에서 심부름과 잡일을 담당하는 하급 관리.

진晉

옹인饔人 궁정 요리와 그 진상 업무 등을 담당하던 직책.

태축太祝 국가 제례시의 축문祝文 작성과 낭독 · 보관 · 점복占卜 등을 관장하던 직책.

기물器物

박국博局　장기와 유사한 고대의 놀이. 또는 박국博局을 두는 판(호북성湖北省 수주시隨州市 출토. 길이 34.6cm, 너비 20.5cm, 높이 12.8cm, 등은 말이 가는 길을 표시함).

패옥佩玉　조복朝服의 허리띠에 차는 장식용 옥玉. 천자는 백옥白玉, 제후는 현옥玄玉(검은빛 옥), 대부는 창옥蒼玉(푸른빛 옥) 등 등급별 규정이 있었음(호북성湖北省 강릉현江陵縣 출토의 용 모양 패옥).

융거戎車　전투의 선봉에 서는 작고 날렵한 수레. 보통 무장한 갑사甲士 3인이 승차하고 과戈·극戟·수殳(쇠몽둥이) 등의 공격용, 호신용 무기와 백패白旆(끝이 갈라진 흰색의 깃발)를 장착하였음(『삼재도회三才圖會』수록).

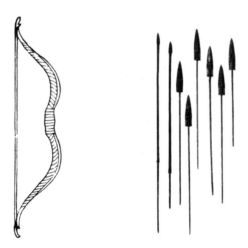

활〔弓〕과 화살〔簇〕　①활(『삼재도회三才圖會』수록)　②각종 화살(호북성湖北省 강릉현江陵縣 출토).

335

춘추 전국 시대의 수륙 전투水陸戰鬪 **장면**　하남성河南省 급현汲縣 출토 동감銅鑑 위에 그려진 수륙공전도水陸攻戰圖.

고대 귀족과 시종의 모습　호남성湖南省 장사시長沙市 출토 백화帛畵에 그려진 그림.

문리門吏(궁문宮門을 지키는 군졸軍卒)의 모습　하남성河南省 낙양洛陽 출토 벽돌에 새겨진 그림.

주요 역사

결초보은結草報恩　　풀을 묶어 은혜를 갚는다는 의미. 진문공晉文公(B.C.636~628 재위)의 주유천하를 보필한 충신 위주魏犫에게는 조희祖姬라는 애첩이 있었는데, 평소에 틈틈이 장남 위과魏顆에게 자신이 죽으면 첩을 좋은 혼처로 개가시키라고 당부했음. 그러나 임종시 정신이 혼미해지자 정반대로 그녀를 순장殉葬하라고 명했는데, 위과는 부친이 생전에 정신이 맑았을 때 하던 말씀을 중시해 서모를 개가시켰음. 후에 위과가 진秦나라와의 전투(B.C.593)에 출전하여 진秦의 용장 두회杜回에게 밀려 고전하고 있을 때 서모 부친의 혼령이 나타나 두회의 발을 풀로 묶어 움직이지 못하게 해 그를 손쉽게 사로잡고 대승을 거두게 도와주었음. 곧 위과가 베푼 음덕陰德에 감읍한 친정 아버지가 혼령으로 나타나 '결초보은結草報恩'한 것임. 위과의 후손들은 이후 계속 부귀하게 되어 결국 전국 시대에 위魏나라의 군주가 됨.

언릉鄢陵 **전투**　　B.C.575년에 초楚, 정鄭 연합군과 진晉나라 사이에서 벌어진 대전투이자 춘추春秋 5대전大戰 중의 하나. 장왕莊王(B.C.613~591 재위) 사후 초나라의 패권이 다소 둔화되는 틈을 타 진晉나라가 서서히 부흥하는 과정에서 진晉, 초楚 양 강대국의 갈등이 점차 고조된 결과, 마침내 양국 군대가 정鄭·송宋·위衛·진陳 등 중원中原의 주요 중소 국가들에 대한 지배력을 놓고 언릉에서 격돌한 전투. 이 전투에서 초나라가 준비 부족과 적군을 과소평가한 것으로 인해 패배함으로써 진나라의 국제적 위상이 다시 높아졌음.

필邲**의 전투**　　B.C.597년(초장왕楚莊王 17년)에 필邲 땅에서 벌어진 진晉과 초楚의 대전투이자 춘추 5대전 중 하나. 이 전쟁에서 초나라가 진晉나라를 대파함으로써 진문공晉文公(B.C.636~628 재위) 사후 양공襄公(B.C.627~621 재위), 영공靈公(B.C.620~607 재위), 성공成公(B.C.606~600 재위)의 3대 치세 동안 명목상이나마 겨우 패권을 유지하던 진나라의 국제적 위상은 추락하고, 초나라가 제와 진을 이어 춘추 시대의 세번째 패업霸業을 달성하게 되었음.

정鄭나라의 외교 책략　본래 정나라는 중원의 중소 국가들 중에서도 상당한 위상과 영향력, 전략적 가치 등을 지닌 나라였다. 우선 주 왕실과 동성인 희성姬姓 국가였기 때문에 의례적, 명분론적 측면에서 중시되었고(봉건 제도하에서 진晉 · 노魯 · 위衛 · 채蔡 · 조曹 · 정鄭 등 동성同姓 제후국들은 제齊 · 진秦 · 초楚 · 진陳 등 이성異姓 제후국들에 비해 의례적인 존경을 받았고 왕실을 수호하고 공경해야 할 책임과 의무도 무거웠다. 그런즉 제후국 간의 분쟁이나 내란이 발생했을 때 동성 국가들의 동향이나 의견은 상대적으로 중시되는 편이었다), 서방의 진秦, 북방의 진晉, 동방의 제齊, 남방의 초楚 등 사방 강대국들로 둘러싸여 천하 패권 장악의 관건이 되는 중원 한복판에 위치한 특수한 지정학적 요건으로 인해 열국 항쟁의 표적이 될 수밖에 없었다. 더욱이 맹제孟諸라는 대삼림(춘추 전국 시대의 10대 산림수택山林藪澤의 하나. 대단한 경제 가치를 지녔던 것 같음)이 외곽에 소재하여 상공업과 무기 생산의 둘도 없는 자원이 되었다는 사실도 강대국들의 구미를 당기는 조건이었을 것이다. 이처럼 군사 전략 · 교통 · 경제 등 모든 측면에서 천하의 요지 겸 길목에 위치한 숙명으로 인해 정나라는 6권에서 집중적으로 묘사된 것처럼 무상하게 번복, 재번복되는 외교 책략을 거듭하지 않을 수 없었다. 본 소설에서는 유교의 명분론적 시각에 입각해 정나라의 거듭되는 회맹會盟, 반맹反盟 및 초楚, 진晉 양 강대국 사이에 끼여 계속 우왕좌왕하는 모습을 은연중에 간교하고 신의 없는 것처럼 묘사했지만, 오늘날의 관점에서 본다면 정나라가 겪은 이 같은 외교적 수난은 강린强隣 틈에 끼여 항상 전쟁이나 주권 상실의 위협에 시달려야만 하는 약소국들의 숙명과 고된 상황을 여실히 대변한다고 할 수 있다. 곧 정나라의 무상한 외교 책략은 생존을 위한 필사적인 방편이었을 뿐이지 결코 신의가 없다거나 도덕적 원칙이 부재하다거나 하는 차원의 문제는 아니었던 것이다. 진晉 · 초楚 · 진秦 3대 강국의 한복판에 놓인 정과는 달리 송宋나라는 정나라의 동쪽에 위치해 3국의 압력을 상대적으로 덜 받았고 그래서 비교적 일관되게 친진親晉 노선을 고수할 수 있었는데, 이런 점을 보더라도 정나라의 피곤한 처지를 짐작할 수 있다. 그래서 초楚는 진晉이 정鄭을 공격할 때는 대개 진의 충실한 부용附庸인 송宋을 보복 공격함으로써 정나라를 위기에서 구원하는 수법을 계속 반복하곤 했다.

등장 인물

공자 영제嬰齊

일명 자중子重. 초장왕楚莊王의 동생이자 공왕共王의 숙부. 장왕 사후 공왕이 열살의 어린 나이로 즉위하자 영윤令尹직(B.C.590~570 재직)을 장악해 국정을 이끌면서 강한 지도력을 발휘했음. 이로 인해 공왕 초기에는 그의 권세가 한때 왕권을 능가할 정도에 이르기도 했음. 일례로 B.C.579년에 송나라 대부大夫 화원華元의 주도로 초나라와 진晉나라가 필邲 전투(B.C. 597) 이래의 불편한 관계를 풀고 상호 화평 조약을 맺었을 때도 공왕보다는 영윤 영제가 실무를 주도했음. 이 때문에 공자 측側, 굴무屈巫 등 반대파들과의 알력과 갈등도 적지 않았는데 위기 때마다 탁월한 정치력으로 이를 잘 극복했음. B.C.570년에 오吳나라가 침공해 오자 몸소 출전해 구자鳩玆 땅을 획득하고 승승장구하다가 오나라의 복병에 패해 명장 등요鄧廖와 가읍駕邑을 상실했음. 백성들이 이를 두고 자신을 비난하자 얼마 안 되어 울화병으로 사망했음.

굴무屈巫

초나라의 대부大夫. 초장왕楚莊王, 초공왕楚共王 시기에 당대의 실권자였던 공자 영제嬰齊, 공자 측側과 대립하면서 상당한 정치적 파란을 일으켰던 인물. B.C.598년(장왕 16년)에 진陳나라를 멸국치현滅國置縣하고 이듬해인 B.C.597년에 신申, 여呂의 2현縣을 설치하는 과정에서 군사적으로 많은 활약을 했으나 이 와중에 공자 영제의 미움을 사게 됨. 하징서夏徵舒의 진영공陳靈公(B.C.613~599 재위) 시해를 구실 삼아 진陳나라를 멸국치현했을 당시 진영공 시해 사건의 원흉이었던 절세의 미녀 겸 음녀淫女 하희夏姬에 대해 흑심을 품고 공자 측이 하희를 아내로 삼으려는 것을 극력 반대함으로써 초장왕이 그녀를 연로한 연윤連尹 양노襄老에게 시집가도록 만들어 공자 측의 원망을 샀음. 그해에 벌어진 진晉나라와의 필邲 전투에서 양노가 사망하자 하희를 고향인 정鄭나라로 돌려보낸 후 8년 동안 기회를 노리다가 B.C.589년에 제나라로 사신 가는 틈을 타 정나라에 들러 하희와 혼인한 후 진晉나라로 도망쳤음. 진나라는 그에게 형邢읍을 주고 대부로 삼았으나, 대노한 초공왕楚共王과 영윤 영제嬰齊는 굴무의 일족을 모두 처형하고 재산을 몰수했음. 이를 원망한 굴무는 초나라에 복수하기 위해 장강長江 하류의 신흥 국가인 오吳나라를 적극 지원하여 전거戰車·진법陣法·전술戰術 등을 전수해주면서 오나라의 반초反楚 관념을 부추겼음. 그 결과 오나라는 B.C.584년에 초나라를 최초로 공격한 이후 계속해서 초나라의 국방과 패권을 위협하게 됨.

도안가屠岸賈

진晉나라 경공景公(B.C.599~581 재위) 시기의 간신. 진혜공晉惠公(B.C.650~637 재위) 시기의 간신이자 공자 중이重耳(훗날의 진문공晉文公)를 암살하려다 실패한 장본인인 도안이屠岸夷의 손자로 암군暗君인 진경공晉景公에게 부화뇌동해 온갖 아첨과 술수, 참소 등을 일삼으면서 진나라 조정을 혼란과 퇴폐로 이끌었음. B.C.584년에 개인적인 원한이 있었던 조삭趙朔을 비롯해 조씨趙氏 일문 전체를 몰살하는 일대 참극을 벌였으나 조삭의 충복인 정영程嬰이 자신의 아들을 대신 죽이는 비상 수단을 쓰면서까지 조삭의 유복자 조무趙武를 구사일생으로 구출해 깊은 산속으로 숨는 바람에, 큰 후환을 남겼으면서도 그 사실을 몰랐음. 그후 여공厲公(B.C.580~574 재위) 시기에도 난씨欒氏, 극씨郤氏와 함께 한동안 권세를 누렸으나 여공이 난서欒書와 순언荀偃에게 시해되고 영명한 군주인 도공悼公(B.C.573~558 재위)이 즉위해 간신배들을 일대 숙청하고 내정을 바로잡는 과정에서 가장 먼저 본보기로 처형되었음.

양유기養由基

초나라의 장군이자 춘추 시대 제일의 신궁神弓. 궁술弓術이 입신의 경지에 이르렀기 때문에 그와 관련된 많은 전설적인 일화를 남겼음. 워낙 백발백중이었기 때문에 '양유기는 화살 하나면 족하다' 는 말까지 생겨났다고 함. B.C.575년의 언릉 전투에서 공왕共王이 적군인 진나라에게 밀리고 한쪽 눈까지 잃는 큰 부상을 당하자 화살 한 대만을 가지고 적진으로 가서 공왕에게 상해를 입힌 여기呂錡를 순식간에 쏴 죽여 공왕의 복수를 하고 큰 상을 받았음. 이후에도 초나라를 위해 수 많은 전투에 출전해 신궁의 솜씨를 과시하면서 많은 전공을 세우다가 오나라와의 전투에서 장렬히 전사했음.

위강魏絳

진晉나라 도공悼公 시기의 맹장猛將. 시호는 위장자魏莊子. 위주魏犨(위무자魏武子)의 차남이고 위과魏顆(위도자魏悼子, 결초보은結草報恩의 주인공)의 아우. 진문공晉文公의 주유천하를 보필한 부친의 공을 이어 형과 함께 진나라 공실을 위해 견마지로犬馬之勞를 다했음. 특히 군령軍令과 군기軍紀를 한치의 빈틈도 없이 엄정하고 공명정대하게 관리하여 이름을 드날렸음. 진도공을 보좌하여 초楚ㆍ정鄭ㆍ송宋ㆍ위衛 등과의 관계를 개선하고 안정시키는 데 주력했으며 진도공에게 각종 지혜로운 충고를 아끼지 않았음. 진도공이 선대의 패업을 계승하여 B.C. 570~562년의 8년 동안 9차례에 걸쳐 주도한 회맹에서도 절대적인 공헌을 했음. 후에 진도공은 그의 노고를 치하하기 위해 정나라가 바친 기물들 중 절반을 하사하려고 했으나 고사固辭하여 받지 않았음.

진도공晉悼公(B.C.573~558 재위)

진晉나라의 28대 군주로 본명은 주周. 진양공晉襄公(진의 23대 군주, B.C.627~621 재위)의 증손자이자 진여공晉厲公의 7촌 조카로 부친 경백景伯 담談과 함께 낙양洛陽에서 지내오다 황음무도한 폭군 진여공晉厲公이 난서, 순언 등의 음모에 의해 시해되자 진나라의 다수 경대부들의 요청에 의해 본국으로 돌아와 열네 살의 어린 나이로 즉위했음. 어린 나이에도 불구하고 놀라울 정도의 영명함과 담대한 카리스마를 발휘해 자신을 제후로 추대한 여러 경대부들로부터 충성의 서약을 받아낸 후, 간신 이양오ㆍ청불퇴淸沸魋ㆍ정활程滑 등을 처형하고 백관百官을 공명정대하게 임명하며, 관기官紀를 숙정肅整하는 동시에, 부세 경감, 빈민 구휼救恤, 부채 탕감, 재난 구제, 음락淫樂 금지, 형벌 경감, 농시農時 준수, 법률 정비 등 대대적인 내정 개혁을 추진함으로써 진나라의 내치內治를 오랜만에 공명公明하게 만들었음. 이 같은 내치의 안정을 바탕으로 부국강병富國强兵을 재달성해 진나라의 위명威名을 새롭게 드날리면서 주변 국가들의 분쟁과 갈등을 조정해 중원의 질서를 다시 안정시키고 화평하게 했음. 그리하여 B.C.570~562년의 8년 동안 중원 국가들을 9차례(B.C.570 · 568 · 566 · 565 · 564년에 한 차례, 563년과 562년에 두 차례씩)나 회맹에 소집함으로써 진문공晉文公 시기와 같은 패업의 영광을 부활시켰음. 춘추오패春秋五覇로 꼽히지는 않으나 제후국들의 항쟁과 지리멸렬한 전투가 갈수록 빈번해지던 춘추 중후기에 비교적 안정적인 국제 질서를 확립하고 여러 제후국들에게 상당한 정도의 영향력과 지도력을 발휘했다는 점에서 그에 비견될 만한 업적을 남겼다고 평할 수 있음.

초공왕楚共王(B.C.590~560 재위)

초나라의 23대 군주로 본명은 심審. 초나라를 춘추 시대의 세번째 패권 국가로 부흥시킨 웅군雄君 장왕莊王의 아들로 열 살의 어린 나이에 왕위를 계승. 재위 기간을 통해 숙부인 공자 영제嬰齊의 보필을 받으면서 부친의 패업覇業을 유지하기 위해 여러모로 고군분투했으나, 진晉나라의 패업을 부흥시키면서 당대를 풍미한 영명한 군주 진도공晉悼公(B.C.573~558 재위)의 업적에 상대적으로 눌려 고전했음. B.C.575년의 언릉 전투에서 한쪽 눈을 잃는 큰 부상을 입으면서까지 진晉에 격렬하게 저항했으나 이 전투에서 결국 패배함으로써 패권의 흐름도 진나라로 넘어가게 되었음.

초장왕楚莊王(B.C.613~591 재위)

초나라의 22대 군주로 본명은 여旅(여侶). 즉위 3년째인 B.C.610년에 대기근과 백복百濮, 군만群蠻의 대대적인 침입을 위씨蔿氏 일파와의 협조하에 극복하고 정권을 장악한 후 위가蔿賈 · 위여신蔿呂臣 · 위애렵蔿艾獵 등을 중용하면서 행정 구조 개편, 군사 제도 개혁 등 다방면으로 내정을 쇄신하고 부국강병을 달성했음. 그 토대 위에 B.C.606년에 육혼융陸渾戎을 정벌하고 낙수雒水(혹 낙수洛水. 주나라 기내畿內를 관류하는 황하黃河의 지류) 유역의 주 왕성 부근에서 대규모 열병식閱兵式을 거행해 초나라의 위엄을 만방에 떨치는 한편, 사신으로 참석한 왕손王孫 만滿에게 주 왕실의 보기寶器인 구정九鼎의 크기를 물어 천하를 지배하겠다는 야심을 표현했음. B.C.605년에는 왕실의 최대 장애였던 약오씨若敖氏 세력을 꺾어 왕권을 대폭 강화했고, 이후 내정에 대한 근심 없이 거침 없는 영토 확대를 이루면서 중원의 패권을 쟁취하여 초나라를 제, 진을 이은 세번째 패권 국가로 부상시켰음. 재위 16년인 B.C.598년에 진陳나라의 하징서夏徵舒가 황음무도한 진영공陳靈公을 시해한 사건을 빌미로 삼아 진을 완전히 멸국滅國시켜 초나라의 일개 현縣으로 삼았으나 신숙시申叔時의 간언과 중원 제국의 여론을 고려하여 곧 치현置縣을 취소하고 진을 복국復國시켰음.

하징서夏徵舒

진陳나라의 비운悲運의 대부로 절세의 미인이자 탕녀인 하희夏姬와 하어숙夏御叔 사이에서 태어났음. 장성하면서 어머니의 음란을 알게 되어 몹시 괴로워하고 부끄럽게 여기던 차에 어머니와 동시에 상관하면서 온갖 추잡한 희학질을 서슴지 않았던 간신 공영孔寧·의행보儀行父·진영공陳靈公 등이 한자리에 모여 자신의 출생을 가지고 음탕한 농을 하자 격분한 나머지 진영공을 시해하는 비극을 저질렀음. 이를 빌미로 삼아 초장왕楚莊王이 진나라를 멸국치현滅國置縣했을 때 억울하게 능지처참당했음.

하희夏姬

정나라 목공穆公(B.C.627~606 재위)의 딸로 절세의 미인이자 천하에 둘도 없는 음녀淫女. 결혼하기 전부터 행실이 나빠 이복 오빠인 공자 만蠻과 깊은 관계를 가졌으며, 진陳나라 대부 하어숙夏御叔에게 출가하여 아들 징서徵舒만을 둔 채 과부가 된 후에는 더욱 문란해졌음. 진나라의 간신 공영孔寧·의행보儀行父·진영공陳靈公과 동시 상관하는 추잡한 짓을 저지른 것이 빌미가 되어 그를 참다못한 아들 하징서夏徵舒가 영공을 시해하는 비극을 저지르게 만들었음. 이를 구실로 삼아 초나라의 장왕莊王이 하징서를 능지처참하고 진나라를 멸국치현했다가 신숙시의 간언에 의해 치현置縣을 취소하는 우여곡절을 겪었음. 이때 하희는 장왕의 명령에 의해 연윤 양노襄老에게 출가했는데, 바로 그해에 양노가 필邲 전투에 참전하자 의붓 아들인 흑요黑要와 통정했고 양노가 전사하자 세인의 지탄을 받아

고향인 정나라로 도망쳤음. 그후 진나라를 멸국했을 때부터 하희에게 흑심을 품어왔던 초나라 대부 굴무屈巫가 나라를 배반하면서까지 정나라로 도망쳐 와 하희와 결혼했음. 이로 인해 굴씨 집안도 온통 도륙을 당했는데, 이처럼 한 나라를 뒤짚어엎고 한 제후와 세 가문을 패가망신시킨 전력(?)을 볼 때 경국지색傾國之色의 대표라고 할 만함.

연보

『열국지』 6권에서는 초장왕楚莊王(B.C.613~591년 재위)의 패업覇業이 확립되어 10여 년 간 지속되는 시기와, 장왕莊王 사후 초나라의 패권이 다소 주춤하면서 대신 진晉나라가 도공悼公(B.C.573~558) 치세에서 다시금 패업의 영광을 되살리는 약 15년 간의 시기를 함께 다루고 있다. 우선 초장왕의 패업에 관련된 내용은 5권 후반부에 이어 6권 전반부에 집중적으로 묘사되어 있다. 곧 이전까지 진晉 · 제齊 · 노魯 · 정鄭 · 위衛 · 송宋 · 진陳 등 전통 중원 국가들에 의해 남방 만이蠻夷로 경시되었던 초楚나라가 주나라 왕성王城 외곽에서 열병식閱兵式을 거행하고 왕실 보기寶器인 구정九鼎을 넘보는 등 동주 왕실을 능멸할 정도로 급성장한 데 이어(5권 말미 부분 참조), 중원 국가의 주요 일원인 진陳나라마저 멸국치현함으로써 명실공히 천하의 강자로 부상하게 된 것이다. 이러한 초나라의 강성은 당시 중원 국가들에게는 큰 충격으로 받아들여져 그들의 초에 대한 경계심도 대폭 고조되었다. 초나라의 패업이 나날이 견고해진 반면 중원은 제齊, 진晉의 패업이 관철되던 시기에 비한다면 뚜렷한 구심점이나 영도 세력을 찾지 못한 채 각 국의 내란內亂과 상호 간의 공벌攻伐, 항쟁 등이 어지럽게 얽혀 다분히 무법천지의 국면에 빠져들게 된다. 이 와중에 춘추 5대전大戰의 하나로 평가되는 필전邲戰에서 대승을 거둔 초장왕은 천하에 대한 지배력을 인정받아 명실공히 춘추의 3대 패업을 달성하게 된다. 이에 제齊나라는 진晉를 견제하고 초楚의 원조를 얻어 제환공齊桓公 시기의 영광을 되찾으려는 목적하에 친초親楚 노선을 택하게 되고, 기타 노 · 위 · 조曹 등 전통 희성姬姓 국가들은 진晉를 중심으로 결집함으로써 B.C.600~575년 무렵의 천하 질서는 초楚=제齊 대 진晉=조曹=노魯=위衛 양 진영의 대립을 축으로 해서 전개된다. 이런 상황은 패업의 주체인 초장왕楚莊王이 서거한 후 초나라가 언릉 전투에서 진晉에게 대패를 당하고, 반면 진晉나라는 영명한 군주 도공悼公을 옹립해 오랜 내분을 수습하면서부터 서서히 전환 국면을 맞게 된다. 도공은 내정 쇄신, 간신 숙청 등을 통해 진晉나라를 크게 안정시킨 후 중원 국가들의 분쟁을 조정, 해결하는 데 탁월한 역량을 발휘함으로써 지난날의 제환공齊桓公, 진문공晉文公에 견줄 만한 업적을 이루게 된다. 특히 그가 여러 현신들의 보필을 받아 B.C.570~562년 동안 9차례의 회맹을 주도한 점은 춘추 중기의 복잡해진 국제 상황에 비추어볼 때 상당히 뛰어난 업적이라 평할 만하다. 진의 부흥으로 B.C.575~560년 무렵의 천하 질서는 대체로 진을 맹주로 삼는 중원 세계와 초, 제의 연합을 주축으로 하는 동남방 세계의 각축이라는 양상으로 전개된다. 이 무렵 초나라의 동쪽에 해당하는 장강長江 하류 유역이 크게 개발되면서 그때까지의 선진先進 지방 정권 부재 상태를 벗어나 오吳, 월越의 양대 신흥 국가가 성장하기 시작한 점도 주목할 만하다. 오吳, 월越의 성장으로 인해 천하 열국들의 항쟁은 보다 다원적이고 역동적이 된다.

[기원전 605] **(주정왕周定王 2년, 노선공魯宣公 4년)** 정나라 7대 군주 영공靈公 즉위
(B.C.605 재위). 즉위 얼마 후 정나라의 집권자 **공자 귀생歸生이** 공자
송宋의 협박에 못 이겨 주군 **영공 시해를 방관.** 이에 사관은 귀생을 필
주筆誅하기 위해 송 대신 귀생이 영공을 시해했다고 기록했음(동호董
狐의 필주, 직필直筆 정신을 이은 것).

[기원전 604] 초장왕은 공자 영제嬰齊로 하여금 정나라를 징벌하게 함. 정은 진晉
에 구원을 요청해 위기를 극복. 초가 진陳을 공격. 진晉의 정경正卿
겸 중군 원수中軍元帥 조돈趙盾 사망.

[기원전 602] 정과 진晉이 흑양黑壤에서 동맹.

[기원전 600] 진晉 성공 서거. 진陳의 19대 군주인 영공靈公(B.C.613~599 재위)이
간신 공영孔寧·의행보儀行父와 함께 음녀 하희夏姬와 동시 상관. 이
를 엄격하게 충간한 충신 설야泄冶를 공영, 의행보가 살해.

[기원전 599] 진晉의 26대 군주 **경공景公 즉위(B.C.599~581 재위).** 초나라의 강성에 주
목한 정은 공자 거질去疾의 책략에 따라 지난날 영공을 시해한 공자
송宋을 처형하고 초나라에 화평을 요청. 진陳 대부 **하징서夏徵舒(하희
의 아들)가 주군 영공을 시해.** 공영과 의행보는 초나라로 달아나 초장왕
에게 자신들의 음란은 전부 숨긴 채 하징서를 처벌할 것을 주청함.

[기원전 598] **초장왕은** 대군을 이끌고 진陳나라를 공격해 하징서를 능지처참한 후
진을 완전히 멸국滅國시켜 초나라의 일개 **현縣**(중앙에서 현령縣令을 파견
해 직접 통치하는 지방 행정 조직의 핵심 단위)**으로 삼고 영제를 현공縣公**
(현령에 대한 경칭)**으로 삼음.** 신숙시申叔時가 하징서 한 사람 때문에
진나라를 멸국치현한 것은 부당하다고 충간. 이에 장왕은 **진陳나라를
즉시 복국復國시켰음.**

[기원전 597] 초장왕이 굴무屈巫를 신현申縣(신申나라를 멸국滅國하고 설치한 현縣)
현공縣公으로 임명해 신申, 여呂 2현을 동시에 다스리게 했음. 굴무
로 인해 내심 원하던 신, 여현 현공 지위를 **빼앗긴** 공자 영제는 굴무
를 미워하게 됨. 초나라가 진晉, 초楚 사이에서 배반을 일삼던 정나
라를 미워하여 그를 **재차 정벌함. 진晉이** 정나라를 구원하러 왔다가

필 땅에서 초군에게 대패당함(필의 전투). 필전의 대승으로 초는 중원에서 지리적으로 먼 **남방 국가이면서도 제와 진을 이어 춘추의 세번째 패업을 달성하게 됨**.

[기원전 596] 진晉이 작년의 패배를 설욕하기 위해 다시 정나라를 침입. 이에 초는 진나라의 부용附庸인 송宋나라를 공격. **송**나라는 처음에는 완강히 저항하다 사태가 점점 악화되자 대부 화원華元의 기지로 **초와 강화하고 맹약함**. 화원은 자청하여 초나라에 볼모로 감.

[기원전 595] 9월 초의 사자 신무외申無畏(일명 신주申舟)가 제齊나라로 출사出使해 가는 도중 송나라를 경유했는데 송이 그를 처형. 이에 **초나라가 송을 포위**.

[기원전 594] 송은 진晉에 구원 요청. **진晉은 초의 강성을 두려워해 송에 대한 직접 원조를 포기**. 대신 해양解揚을 보내 절대 항복하지 말도록 독려하게 함. 해양은 도중에 초에 붙잡혀 송에게 투항하도록 설득하라는 압력을 받았으나 이에 굴하지 않고 끝까지 충절을 지킴. 초장왕은 그 충절을 가상히 여겨 석방. **초 공자 측側과 송 화원華元의 중개로 양국은 화평**. 적 적赤狄의 일파인 노潞나라 군주 상아嬰兒가 대신 풍서酆舒의 무도와 전횡에 견디다 못해 진晉나라에 원조 요청. 진은 풍서를 처형한 후 상아도 크게 꾸짖고 **노潞나라를 멸망시킴. 진秦나라가 노潞나라 문제로 진晉을 침입**. 이 전투에서 진晉 장수 위과魏顆는 이전에 자신이 좋은 데로 개가改嫁시킨 서모庶母의 부친의 혼령이 나타나 **결초보은**한 덕에 진秦의 용장勇將 두회杜回를 사로잡고 승리를 거둠. 진경공晉景公은 위과에게 영호令狐 땅을 하사함.

[기원전 593] 진晉이 적적족赤狄族의 다른 일파인 갑씨甲氏·유우留吁·탁진鐸辰을 함께 정벌. 진晉나라가 사회를 경卿으로 삼아 어진 교화를 베풀자 도적이 줄어들고 기강이 잡힘.

[기원전 592] **진晉나라가 극극을 사신으로 보내 제나라에 화평을 요청**. 이때 위衛나라도 손양부孫良夫를, 노나라도 계손행보를, 조曹나라도 공자 수首를 제나라에 사절로 보내 3국 사신이 도중에 만나 동행했는데, 모두 불

구였음(애꾸·대머리·절름발이·꼽추). 제나라 경공(B.C.598~582 재위)은 모친 소태부인蘇太夫人을 즐겁게 해주기 위해 **4국 사신들의 신체 불구를 웃음거리로 만듦**. 수치를 당한 4국 사신은 함께 군사를 일으켜 제나라를 치기로 맹세.

[기원전 591] 춘추의 세번째 패업을 달성한 웅군雄君 **초장왕 서거**. 노선공 서거. 계손행보가 진晉나라 극극과 모의해 제나라 정벌을 계획하는 한편 이전에 삼환씨를 제거하려고 모의한 공손귀보公孫歸父(공자 중수仲遂의 아들) 및 그 일족들을 추방. 귀보는 제나라로 도망.

[기원전 590] **(노성공魯成公 1년)** 노나라의 21대 군주 성공(B.C.590~573 재위) 즉위. 계손행보季孫行父가 섭정. **처음으로 구갑丘甲 제도를 창안**. 초의 23대 군주 공왕共王(B.C.590~560 재위) 즉위. 공자 영제(자중子重)가 영윤슈尹(B.C.590~570 재직)이 되어 국정 장악.

[기원전 589] **진晉·위·조·노가 연합해** (이전 4국 사신들에 대한 무례를 보복하기 위해) **제를 침공. 제나라 군사 대패**. 차우車右 봉축보逢丑父가 제경공을 대신해 연합군 포로가 됨. 제의 요청으로 연합군과 제는 화평을 체결. 충신 봉축보를 석방. 초의 굴무屈巫가 이전부터 흑심을 품었던 하희夏姬를 계책을 써서 고향인 정나라로 먼저 돌려보낸 후 제나라로 사신 가는 틈을 타 정나라에 들러 그녀와 혼인한 후 진晉으로 도망침. 진은 그에게 형邢읍을 주고 대부로 삼음. 대노한 공왕과 영윤 영제嬰齊는 굴무의 일족을 모두 처형하고 재산을 몰수.

[기원전 588] 송宋의 23대 군주 공공共公 즉위(B.C.588~576 재위). 12월에 **진晉나라가** 기존 3군軍에다 3군을 증설해 규정상 천자만이 거느리는 **6군軍을 보유하게 됨**. 한궐韓厥이 신중군원수新中軍元帥, 공삭鞏朔이 신상군원수新上軍元帥, 순추荀騅가 신하군원수新下軍元帥로 됨.

[기원전 586] 정鄭나라의 9대 군주 도공悼公 즉위(B.C.586~585 재위). 진晉과 노魯가 연합하여 초나라에 신속臣屬한 정나라를 치려 했으나 때마침 정도공이 허許나라와의 국경 문제로 초나라와 의가 상해 다시 진晉나라를 섬겼기 때문에 공격을 중지. **주정왕 붕어崩御**.

[기원전 585] (주간왕周簡王 1년) 주의 22대 천자 **간왕 즉위**(B.C.585~572 재위). 진晉나라
가 도읍을 강絳에서 신전新田으로 옮김.

[기원전 584] 복수를 결심한 무신武臣이 신흥국 오吳에 출사出使하여 전거戰車 · 진
법陣法 · 전술戰術 등을 전수하면서 반초反楚 관념을 부추김. 이에 오
가 처음 초를 공격. 진晉의 중군 원수中軍元帥 극극郤克이 사망하고
난서欒書가 중군 원수가 됨. 간신 도안가屠岸賈의 참소를 그대로 믿
은 진경공이 조씨 일족을 몰살. 한단邯鄲에 가 있던 조승趙勝(조전의
아들)과 조삭趙朔의 처 장희莊姬가 임신하고 있던 유복자 조무趙武만
이 간신히 살아남음. 조씨 멸문滅門 후 난씨欒氏, 극씨郤氏 등이 득세.

[기원전 582] 초가 소국 거나라를 멸망시킴. 정성공鄭成公 곤륜睔(B.C.584~571 재위)
이 진나라를 내빙來聘하자 진은 정이 진과 초 사이에서 이심二心을
품은 것을 문책해 성공을 감금하고 정나라를 공격. 초나라가 진晉의
(비교적 충실한) 부용국 진陳을 공격해 정을 구원함.

[기원전 581] 진 조씨趙氏의 원령怨靈이 경공景公을 저주해서 경공이 서거. 정은
공손신公孫申의 계책을 수용해 공자 곤완髡頑을 군주로 옹립(그래야
진이 정성공을 무용하게 여겨 쉽게 석방하리라고 계산한 것임). 그러나 석
방되어 귀국한 정성공은 신군주를 옹립한 이들을 처형함.

[기원전 580] **진晉의 27대 군주 여공 즉위**(B.C.580~574 재위).

[기원전 579] **송 대부 화원華元의 중개로 진晉과 초가** 필전邲戰 이래의 오랜 불화를
풀고 **화친을 체결**. 공왕 대신 영윤 영제가 화약을 주도. 영제가 화약
체결을 독점한 일을 두고 공자 측側과 영제 사이에 갈등이 생김.

[기원전 577] 위나라의 21대 군주 정공定公(B.C.588~577 재위) 서거.

[기원전 576] 진晉으로 달아났던 굴무(일명 무신巫臣)의 주재하에 **노 · 제 · 송 · 위 ·
정과** 양자강 하류의 신흥 강국 **오가 종리鍾離 땅에서 회동하여 초나라를
고립시킬 계책을 논의**. 이에 초는 정을 공격했고 정나라는 다시 초나
라에 귀부歸附함. 진晉나라의 실권자인 극기郤錡 · 극주郤犨 · 극지郤
至 등 삼극三郤이 여공厲公에게 극씨 세력을 경계하라고 충간하는 충
신 백종伯宗을 참소하여 죽게 만듦. 백종의 아들 백주리伯州犁는 초

나라로 도주.

[기원전 575] 진晉나라가 삼극三郤 주도하에 정나라를 정벌. 이에 **초가 정**을 구원하러 와서 양국 군대가 함께 **언룽에서 진晉나라와 싸워 패배**함. 이때 초나라에서 진으로 도망간 묘분황苗賁黃(투월초의 아들인 투분황)이 진군晉軍의 참모를, 반대로 진나라에서 초나라로 도망온 백주리(백종의 아들)가 초군楚軍의 참모로 활약. 진나라의 여기呂錡가 초공왕의 한쪽 눈을 쏘아 맞히자 공왕은 신궁 양유기養由基에게 명해 그를 화살로 쏘아 죽임.

[기원전 574] 진晉의 간신 서동胥童, 이양오夷陽五가 삼극三郤을 참소해 처형하고 경卿이 됨.

[기원전 573] 진여공의 황음무도함과 서동의 전횡에 불만을 품은 난서欒書와 순언荀偃이 태음산太陰山에서 서동을 죽이고 진여공을 시해한 후 양공(23대 군주, B.C.627~621 재위)의 증손자이자 여공의 칠촌 조카인 공손주公孫周를 **진晉**나라의 28대 군주 **도공悼公(B.C.573~558 재위)으로 옹립**. 도공은 즉위 직후 간신 이양오 · 청불퇴淸沸魋 · 정활程滑을 처형. 이어서 공명정대한 백관百官 임명, 관기官紀 숙정肅整, 부세 경감, 빈민 구휼, 부채 탕감, 재난 구제, 음락 금지, 형벌 경감, 농시農時 준수, 법률 정비 등 대대적인 내정 쇄신을 추진. 이로써 **진나라의 내치內治가 문공 이래 오랜만에 공명해졌음**. 진의 부흥을 우려한 초공왕은 송나라를 쳐서 진나라에 혼란을 주기 위해 초나라에 피신한 송의 5대부(어석魚石 · 상위인尙爲人 · 인주鱗朱 · 상대尙帶 · 어부魚府)를 앞세워 송의 교통 요지 팽성彭城을 함몰시킴. 노성공 서거.

[기원전 572] **(노양공魯襄公 1년)** 노나라의 22대 군주 양공襄公(B.C.572~542 재위) 즉위. 이에 **진晉은 송 · 노 · 위衛 · 조曹 · 거 · 주 · 등 · 설薛 등 8국 군대를 이끌고 팽성을 탈환**하고 송의 5대부를 잡아 처형한 뒤 귀국. **주간왕 붕어**.

[기원전 571] **(주영왕周靈王 1년)** 주의 23대 천자 영왕(B.C.571~545 재위) 즉위. 정성공 서거. **진晉 순앵荀罃, 제 최저崔杼, 노 중손멸仲孫蔑, 송 화원華元, 위 손임보孫林父**, 조曹 · 주 · 등 · 설薛 · 소주 등이 척戚에서 회맹한 후 정나

라를 굴복시키기 위해 정의 험지險地인 호뢰虎牢에 성을 쌓음.

[기원전 570] 정나라는 곧 진에 굴복하고 화평을 요청. 초 영윤 영제가 오吳나라을 공격해 구자鳩玆 땅을 획득. 그러나 승승장구하다가 오나라의 복병에 패해 명장 등요鄧廖와 가읍駕邑을 상실. 백성들이 이를 비난하자 영제는 화병으로 사망. 진晉나라 장수 기해祁奚 은퇴. **진晉·송·노· 위·정·거·주·제 세자 광光 등이 계택에서 회맹(진도공晉悼公이 B.C.570~562년의 8년 동안 주도한 9차 회합 중 1차).** 진도공의 동생 양간楊干이 군명軍命을 어기자 위강魏絳이 그 종복從僕을 처형해 군기軍紀의 엄정함을 보임. 도공은 위강을 오해했다가 그의 강직함을 알고 크게 치하한 후 신군부장新軍副將으로 삼았음.

[기원전 569] 융적戎狄이 진에 귀부歸附할 것을 청함. 진도공은 수락하지 않으려다가 위강의 충간을 받아들여 허락했음. 위강은 융적과 화친할 경우의 5가지 이익을 역설.

[기원전 568] **진晉·송·노·진陳·위衛·정·조曹·거·주·등·설薛·제·오吳· 증이 척戚에서 회맹(진도공의 2차 회합).** 정의 6경卿=6목穆(목공 후예인 6대 세경가)인 3공자(정희공鄭僖公의 숙조부叔祖父들) 비騑(자字는 자사子駟), 발發(자국子國), 가嘉(자공子孔)와 3공손(정희공의 숙부들) 첩輒(자이子耳, 공자 거질去疾 아들), 채蠆(자교子蟜, 공자 언偃 아들), 사지舍之(자전子展, 공자 희喜 아들)들의 전횡으로 희공의 통치력이 제대로 발휘되지 못함.

[기원전 566] 진의 한궐韓厥이 은퇴하고 아들 한기韓起가 직위를 계승. 12월 **진晉·송·노·진陳·위·조曹·거·주가 위鄬에서 회맹(진도공의 3차 회합).** 정희공은 참석 못한 채 객사.

[기원전 565] **진晉·노·정·제·송·위·주가 사구邪丘에서 회맹(진도공의 4차 회합).**

[기원전 564] **진晉·송·노·위·제·조·거·주·등·설·기杞·소주의 12국 연합군이 정을 공격해 굴복시켜 화약을 맺음(진도공의 5차 회합).** 정이 초, 진晉 양국 간에 신의 없이 신속臣屬을 번복한 데 대해 진이 근본 대책을 마련. 초의 위세를 꺾어 다시는 정이 두 마음을 품지 못하게 하기 위해

12국가들로 3군軍을 편성해 그들을 교대로 출동시켜 초를 피로하게 하고자 함. 초는 정이 진과 화약한 것을 꾸짖기 위해 정을 벌伐하고 다시 화평 체결.

1군 : 노魯 · 조曹 · 주邾	2군 : 제齊 · 등滕 · 설薛	3군 : 송宋 · 위衛 · 예郳
장將 : 순언荀偃	장將 : 난염欒黶	장將 : 조무趙武
부장副將 : 한기韓起	부장副將 : 사방士魴	부장副將 : 위상魏相

3군 편성

[기원전 563] 진 · 송 · 노 · 위 · 제 · 조 · 거 · 주 · 등 · 설 · 기 · 소주와 오吳가 사査에 서 회맹(진도공의 6차 회합). 마침 핍양국偪陽國이 초, 정의 송나라 정벌 을 원조했기에 연합군은 견고한 핍양성을 고전 끝에 함락해 그 영토 를 송의 속지屬地로 삼게 함. 핍양 군주를 서민庶民으로 폐하고 그 공 족公族들을 곽霍으로 강제 이주시킴(춘추 중기 이후의 속국屬國 지배 강 화). 정나라에 내란 발생, 위지尉止와 사신司臣 등이 난을 일으켜 6경 卿(6목穆) 중 자사子駟 · 자국子國 · 자이子耳를 살해. 이에 자서子西 (자사子駟의 아들), 자산子産(자국子國의 아들), 자교子蟜(자이子耳의 아 들) 등이 힘을 합해 난을 진압하고 위지, 사신을 처형. 위편尉翩(위지 의 아들), 사재司齊(사신의 아들) 등과 잔당들은 송나라로 도망. 살아 남은 6목 중 가장 연장자인 자공子孔이 실권을 장악. **진晉 · 송 · 노 · 위 · 제 · 조 · 거 · 주 · 등 · 설 · 기 · 소주가 회합해 정을 정벌(진도공의 7 차 회합).** 정은 연합군과 화평을 체결.

[기원전 562] 진晉이 정을 재침공해 복종을 확인. 이에 초가 정을 침공. 초와 정 양 국은 송을 공격. 그러자 **진 · 송 · 노 · 위 · 제 · 조 · 거 · 주 · 등 · 설 · 기 · 소주의 12국 연합군이 4월, 7월에 2차 회합해 정을 2차 총공격(진도공 의 8, 9차 회합)**, 지친 초는 이를 대적 못하고 정을 일시 포기. 이에 정鄭 과 진晉은 맹약. 이로써 정은 오랜만에 **진晉에 완전 귀속. 이로써 진도 공은 문공, 양공의 패업을 부흥시킴.**

[기원전 561] 오吳나라 군주 수몽壽夢 서거. 장자 제번諸樊이 군위를 계승.

[기원전 559] 오왕 제번이 말제末弟이자 가장 현명한 계찰季札에게 양위하려 했으나 계찰이 고사해 포기. **진晉 · 송 · 노 · 위 · 제 · 조 · 거 · 진陳 · 주 · 등 · 설 · 기 · 소주가 진秦나라를 공격.** 범앙范鞅이 포로로 진秦에 잡혀간 후 진경공秦景公(B.C.576~537 재위)의 신뢰를 얻게 되어 그의 귀국을 계기로 양국은 화평을 체결. 진晉이 신삼군新三軍을 폐지. 위헌공衛獻公(B.C.576~544 재위)이 두 대신大臣 손임보孫林父, 영식甯殖을 모욕하자 손임보와 영식은 공모해 척戚에서 반란을 일으킴. 이에 헌공은 제나라로 도망감.

동주 열국지 6

새장정판 1쇄 발행 2015년 7월 25일
새장정판 3쇄 발행 2023년 8월 28일

지은이 풍몽룡
옮긴이 김구용
펴낸이 임양묵
펴낸곳 솔출판사

주소 서울시 마포구 와우산로29가길 80(서교동)
전화 02-332-1526
팩스 02-332-1529
이메일 solbook@solbook.co.kr
블로그 blog.naver.com/sol_book
출판 등록 1990년 9월 15일 제10-420호

ISBN   979-11-86634-15-8   04820
ISBN   979-11-86634-09-7   (세트)